ABBIE GREAVES

Jeder Tag für dich

ROMAN

Aus dem Englischen
von Pauline Kurbasik

S. FISCHER | KRÜGER

Aus Verantwortung für die Umwelt hat sich der S. Fischer Verlag zu einer nachhaltigen Buchproduktion verpflichtet. Der bewusste Umgang mit unseren Ressourcen, der Schutz unseres Klimas und der Natur gehören zu unseren obersten Unternehmenszielen.

Gemeinsam mit unseren Partnern und Lieferanten setzen wir uns für eine klimaneutrale Buchproduktion ein, die den Erwerb von Klimazertifikaten zur Kompensation des CO_2-Ausstoßes einschließt.

Weitere Informationen finden Sie unter: www.klimaneutralerverlag.de

MIX
Papier aus verantwortungsvollen Quellen
FSC® C014496

Erschienen bei FISCHER Krüger

Die englische Originalausgabe erschien unter dem Titel »The Ends of the Earth« bei Century, einem Verlag der Penguin Random House Gruppe, London.

Satz: Fotosatz Amann, Memmingen
Druck und Bindung: GGP Media GmbH, Pößneck
Printed in Germany
ISBN 978-3-8105-3069-1

Für Mum und Dad,
deren Geduld mit mir,
um das Mindeste zu sagen,
inspirierend ist.

Am Bahnhof Ealing Broadway gehört Mary O'Connor inzwischen zum Inventar. Sie wird übersehen und unterschätzt, wie so viele achtlos am Straßenrand abgestellte Dinge. Doch da enden die Gemeinsamkeiten auch schon. Mary sieht nicht schmuddelig aus – ganz im Gegenteil.

Sie trägt ihr Haar am Hinterkopf zu einem Knoten gesteckt, mit kastanienbraun schimmernden dunklen Strähnen. Mary ist seit Jahren nicht mehr beim Friseur gewesen, weil das für sie ein Luxus ist, den sie sich nicht gönnt, aber dank ihrer guten Gene ist ihr Haar dennoch in bestem Zustand. Diesen Genen hat sie auch ihre symmetrischen Gesichtszüge, die hohen Wangenknochen und eine hübsche, markante Nase zu verdanken. Mit ihren großen Augen, die völlig ungeschminkt sind, schaut sie suchend umher, so könnte ein Beobachter meinen. Suchend oder heimgesucht.

Mary kommt jeden Abend hierher, gleich nach der Arbeit in einem nahen Supermarkt, wo sie Regale eingeräumt hat. Sie hat keine Zeit, nach Hause zu gehen, um sich umzuziehen, weil ihre Schicht um fünf Uhr dreißig endet und sie sich beeilen muss, um den Strom der Feierabendheimkehrer am Bahnhof nicht zu verpassen. Sie zieht sich stattdessen einfach eine Strickjacke über das gelbe Poloshirt mit dem Logo ihres

Arbeitgebers. Das mag nicht sonderlich schick sein, aber Marys Schönheit überstrahlt jede Modesünde.

Sobald sie am Bahnhof ankommt, schaltet ihr Körper auf Autopilot. Sie sucht sich ihren Platz unter dem Vordach aus Beton, wenige Meter vor den Bahnsteigsperren und links von einem Kiosk, der wässrigen Kaffee anbietet. Wenn sie den richtigen Ort gefunden hat, greift sie nach ihrem Schild. Sie hat es immer dabei, es steckt in einer Seitentasche ihres Wanderrucksacks und hat in der Mitte vom vielen Auf- und Zuklappen einen Knick, der mit der Zeit immer poröser wird. *Nicht nur der Knick,* denkt sie und verzieht das Gesicht, als ein Schmerz wie von einem Messerstich in ihr linkes Schulterblatt fährt. Und dabei ist sie doch vorige Woche erst vierzig geworden … Der emotionale Tribut der letzten Jahre hat dafür gesorgt, dass sie sich mindestens zwanzig Jahre älter fühlt.

Sie ist groß, fast einen Meter achtzig, deswegen überprüft sie kurz, ob sie das Schild auf Augenhöhe der Passanten hält. Dann klappt sie den Karton auf und zeigt der Welt ihre Nachricht. Wenn ihre Finger anfangen zu krampfen, bewegt sie sie ein wenig, achtet aber darauf, keinen einzigen Zentimeter der Beschriftung zu verdecken: **KOMM NACH HAUSE, JIM**. Jedes Wort ist wichtig, und jede Silbe ist in ihrem Herzen eingebrannt.

»Jim?«, fragt sie die vorbeiziehenden Pendler, die auf ihre Handys oder eine Gratis-Lokalzeitung starren, die irgendwann vor ihren Füßen landet. In den letzten beiden Jahren ist die Anzahl jener Menschen, die bloß vermeintlich auf Mary reagieren, auf besorgniserregende Weise angestiegen. Tatsächlich sprechen sie in kabellose kleine Kopfhörer, diese winzigen, fast unsichtbaren weißen Apostrophe in den Ohrmuscheln. Sehr befremdlich. Und diese Menschen schauen sie so an, als würde bei *ihr* etwas nicht stimmen.

Wenn viel los ist, fragen vielleicht ein oder zwei Personen nach, was mit ihr oder Jim los sei. Zuerst meistens jemand, der annimmt, sie würde gerade schwere Zeiten durchmachen und bräuchte ein offenes Ohr. Einige wollen ihr immer etwas Geld zustecken, trotz ihres gepflegten Äußeren. Wie kann sie ihnen klarmachen, dass ihr nicht etwa ein Zuhause fehlt, sondern der Mensch, der ihr Zuhause sein sollte? Immer gehen die Leute schon weiter, bevor Mary die richtigen Worte gefunden hat.

Im Winter packt sie zusammen, wenn ihre Hände so taub sind, dass ihr das Schild zu entgleiten droht – nachdem sie es etwa zwei Stunden lang in ihren dünnen Wollhandschuhen hochgehalten hat. Und jedes Mal aufs Neue fühlt sie sich schuldig. Gibt sie zu früh auf? Was, wenn Jim gerade in dem Moment hier ankommt, wenn sie ihren Schlüssel in die Wohnungstür steckt? Nach fast sieben Jahren in diesem Rhythmus, sechs Mal durch alle Jahreszeiten, hat sie sich an das nagende Gefühl der Unzulänglichkeit gewöhnt, das mit der winterlichen Zeitumstellung einhergeht.

Aber nun, Anfang August, kann sie bis zehn Uhr abends draußen stehen bleiben. Das verschafft ihr eine weitere Stunde, ablesbar auf ihrer Uhr – der silbernen Uhr am schmalen Gliederarmband, ein kostbares Geschenk von ihm. Den Schmerz in den Füßen, in der Schulter und im Herzen wird sie ertragen, weil sie nicht weiß, wohin sie sonst soll und sie keine Lust auf die erdrückende Stille in ihrer Wohnung hat.

Diese eine Stunde wird sie noch ausharren, und selbst dann, weiß sie, wird sie sich noch wünschen, sie könnte für immer hier am Bahnhof stehen bleiben. Sie wird ausharren, bis ihre Knie einknicken und ihre Knöchel nachgeben. Sie wird sich nicht abfinden, keinen Schlussstrich ziehen. Sie wird nicht aufgeben. Nein. Sie wird warten und warten und weiter warten. Hatte sie das nicht Jim versprochen?

Bis ans Ende der Welt oder bis nach Ealing. Für immer.

KAPITEL 1

2018

Zehn Uhr abends. Mary dreht vorsichtig den Kopf von links nach rechts. Erst knackt es, dann knirscht es, als würde man auf trockenes Laub treten. Wer auch immer gesagt hat, dass Stehen gesund sei, war selbst noch nicht täglich zwölf Stunden auf den Beinen. Mary faltet das Schild zusammen und steckt es in den Rucksack zurück, dann lässt sie ein letztes Mal den Blick schweifen. Obwohl sie sich inzwischen an die Enttäuschung gewöhnt haben sollte, schmerzt der Anblick der Bahnhofshalle ohne das eine Gesicht, nach dem sie sich sehnt.

Weil es Dienstag ist, hat Mary keine Zeit, vor ihrer Schicht von 23 bis drei Uhr früh bei NightLine, der lokalen Krisenhotline, nach Hause zu gehen. Donnerstagnachts hat sie die gleiche Schicht, und sie hätte auch noch weitere übernommen, wenn nicht Ted, der Dienstplanschreiber, das verhindert hätte in der Befürchtung, Mary könnte sich überarbeiten. Tatsächlich ist sie dermaßen erschöpft – psychisch und physisch –, dass sie gar nicht mehr weiß, wie es ist, sich anders zu fühlen. Sie hofft, sich auf dem fünfzehnminütigen Spaziergang vom Bahnhof zur Grundschule St. Katherinen – wo sich die Räume der Krisenhotline befinden – etwas zu erholen, einen klaren Kopf zu bekommen für die Nacht am Telefon.

Als Mary bei NightLine angefangen hatte, war das, was mit Jim passiert war, gerade drei Monate her, und sie hatte zwar schon ihre Wache am Bahnhof aufgenommen, aber irgendwie reichte das nicht. Jims Verlust hatte eine Leere in ihrem Leben hinterlassen, wie ein großer klaffender Krater, der sie zu verschlucken drohte. Auch wenn Mary das Gefühl hatte, diese Leere würde nie wieder ausgefüllt werden, wusste sie doch, dass sie zumindest *versuchen* musste, etwas zu tun, um sich an die Fetzen einer Zukunft zu klammern, die ihr noch geblieben war.

Als an einem ihrer ersten Arbeitstage beim SuperShop ein Anschlag am schwarzen Brett verkündete, dass man neue Ehrenamtliche für NightLine suche, riss sie instinktiv einen der Zettel ab. Sie steckte ihn in die Hosentasche. Einen Tag oder zwei beließ sie es dabei. Jedes Mal, wenn sie an die E-Mail-Adresse schreiben wollte, kam ihr, ehe sie auf Senden klicken konnte, ein Lieblingsspruch ihrer Mam in den Sinn: *Bevor du anderen helfen kannst, musst du dir selbst helfen.*

Dieser Aphorismus entbehrte nicht einer gewissen Logik. Wenn aber nur Menschen anderen helfen würden, die selbst keine Hilfe benötigen, würde dann überhaupt noch jemand ehrenamtlich tätig sein? Außerdem passte Marys Profil zu den meisten Anforderungen der Ausschreibung. Nur bei dem Punkt »souverän in Krisensituationen« war sie sich nicht ganz sicher, aber Mary sagte sich, dass sie das doch ebenso gut bei NightLine lernen könne.

Noch nie war sie dermaßen mit Informationen bombardiert worden wie bei ihren ersten Schulungseinheiten. Anfangs markierte Ted ihr die wichtigsten Passagen in dem dicken Handbuch, aber damit hörte er bald wieder auf. Vielleicht spürte er Marys Gewissenhaftigkeit – sie würde das

Handbuch ohnehin komplett durcharbeiten. Nach all der Lektüre gab es nur einen Satz, den sich Mary zu Herzen nahm, und der prangte als Slogan auf dem Handbuch der Organisation: *Raum zum Reden*.

Dabei musste sie an Jim denken, was an sich nicht ungewöhnlich war, doch dieser Satz verlieh ihrem Denken eine neue Richtung. Sie hatte lange jedes Gespräch mit ihm im Kopf immer wieder durchgespielt. Doch nun wurde ihr klar, dass all die aneinandergereihten Worte – selbst wenn sie sich ganz genau erinnerte – nicht die ganze Wahrheit enthielten. Mary schwor sich, dass sie ihren Anrufern bei NightLine allen Raum geben würde, den sie aufbringen konnte.

Obwohl ihr Selbstwertgefühl seit Jahren am Boden liegt, weiß sie, dass sie eine gute Freiwillige ist. Und trotz ihrer kräftezehrenden Rolle bei NightLine hat sie festgestellt, dass sie sich dort wohler fühlt als an fast jedem anderen Ort der Welt. Das Gefühl, gebraucht zu werden, erdet sie nach den emotional anstrengenden Wachen am Bahnhof. Die Wände der Klassenzimmer haben etwas Tröstliches. Und dann ist da noch die Gesellschaft der anderen Freiwilligen, die ihr tatsächlich sehr ans Herz gewachsen sind.

Von allen kennt sie Ted am längsten, er ist allerdings streng genommen kein Freiwilliger, vor zwei Jahren nach dem Tod seiner Frau, der Gründerin von NightLine, hat er sich für die Trauerzeit vom Telefondienst zurückgezogen. Nun hat er eine ›leitende‹ Funktion inne, kümmert sich um die Dienstpläne, die Technik, eben die langweiligen Stellschrauben eines solchen Unternehmens. Ted und sie hatten nebeneinanderher gearbeitet, bis seine jüngste Tochter letztes Jahr ihr Studium begann und er Mary gestand, dass er nicht mehr weiterwisse.

Dann sind wir schon zu zweit, dachte Mary und sprang über

ihren Schatten, um ihm einen gemeinsamen Spaziergang vorzuschlagen. Inzwischen gehen sie regelmäßig sonntagnachmittags spazieren. Vor einigen Wochen sind sie in Kew eingekehrt und haben seinen Fünfzigsten gefeiert – wenn man bei zwei Scones in einem Café von einer ›Feier‹ sprechen kann.

»'n Abend!«, ruft Mary, als sie das Klassenzimmer betritt.

Ted hat ihr den Rücken zugewandt. Er trägt wie immer Poloshirt mit Kaki-Shorts und steht unter der Lichtleiste, sein rasierter Kopf leuchtet wie eine Glühbirne. Mary sieht, dass er gerade die Teemaschine füllt. Allerdings gehorcht ihm das Ding nicht. Der Behälter aus Edelstahl wackelt gefährlich nah an der Tischkante.

»Mary!«

In seiner Begeisterung, sie zu begrüßen, hebt Ted die Hand, die das Metallgefäß hielt, und es fällt krachend zu Boden. Beide zucken zusammen.

»Dieses Ding ist ein verdammter Albtraum«, sagt er, während der Behälter unter den Tisch rollt. Es überrascht Mary immer wieder, wie neutral seine Stimme in ihren irischen Ohren klingt. Er hat das Temperament eines Ganoven aus dem East End, aber keine Spur eines Akzents.

»War der Urlaub schön?«, fragt Mary.

Ted nickt, und Mary bemerkt, wie braun er geworden ist. Er ist zwar nie blass – ein Vorteil des Gärtnerberufs, vermutet sie –, nach den zweieinhalb Wochen bei seinen alten Eltern in Dorset ist er jedoch richtig braun gebrannt. Das macht ihn zehn Jahre jünger. »Gut, danke. Aber es ist nicht leicht mit anzusehen, wie sie immer gebrechlicher werden.«

Mary versucht, nicht an ihre eigene Mam zu denken, wie es ihr wohl gehen mag, mit ihren geschwollenen Fußgelenken über den Filzpantoffeln. Eine gute Tochter würde ihr abends zur Hand gehen, statt sich fünfhundert Meilen entfernt vor einen Bahnhof zu stellen. Sie schiebt den Gedanken weg.

»Ich muss los«, sagt Ted und reißt Mary damit aus ihrem Tagtraum. Sie hatte wohl zu lange geschwiegen, denn nun sieht sie, wie Ted zögert, er weiß nicht, ob er sie zum Abschied umarmen soll oder nicht. Mary lächelt ihn stattdessen sehr überzeugend an.

Als er weg ist, setzt sie sich und wickelt sich das Telefonkabel um den Zeigefinger, während sie auf die anderen beiden Freiwilligen wartet.

Kurz darauf sieht sie durchs Fenster, wie Kit und Olive die Straße überqueren. Kit – ein Mann in den Zwanzigern mit der unerschöpflichen Energie eines Schuljungen – erzählt gerade etwas. Er streicht sich immer wieder das strohblonde Haar aus den Augen, und Mary kann sich vorstellen, dass Olive – sie ist Chiropraktikerin im Ruhestand – sich verkneifen muss, ihm ein Zopfgummi anzubieten. Kit ist so makellos schön wie ein Boy-Band-Sänger, allerdings legt er nicht viel Wert auf sein Äußeres, was bedeutet, dass er immer so aussieht, als wäre er gerade von einem Festival gekommen. Kaum zu glauben, dass er tagsüber bei einer Investmentbank arbeitet.

»Für mich hört sich das ein bisschen weit hergeholt an …«, sagt Olive gerade, als sie hereinkommen.

Sie winkt Mary zu, dann schnappt sie sich den Drehstuhl vom Lehrerpult. Sie öffnet den Klettverschluss ihrer Sandalen und streift sie ab. Olive ist eine alte Freundin von Ted und arbeitet schon seit der Gründung bei NightLine. Das erklärt, warum sie sich hier wie zu Hause fühlt.

»Wie geht es dir, *amigo*?«

Kit hatte allen anderen Freiwilligen erzählt, dass er mit einer

App Spanisch lerne. Nun gibt es für ihn anscheinend kein anderes Thema mehr.

Kurz herrscht Stille, dann bemerkt Mary, dass er sie meint. »Mir?«

»Was gibt's Neues?«, hilft Kit ihr auf die Sprünge.

»Nicht viel.« Oder eher gesagt: *nichts*. Aber wie könnte sie Kit begreiflich machen, dass ihr Leben immer nur aus Supermarktschichten, Bahnhofswachen und an zwei Abenden pro Woche der Freiwilligenarbeit bei NightLine besteht? Nur vage kann sie sich sein Leben als hart arbeitender und noch härter Party machender Stadtmensch vorstellen. Um nichts in der Welt will sie sein Mitleid.

»Hast du einen Sommerurlaub geplant?«

Bevor sich Mary zu einer Antwort aufraffen kann, klingelt das Telefon neben Olive.

»Setz dich!«, herrscht Olive Kit an. »Es geht los.«

Stille legt sich über den Raum, als alle drei nacheinander Anrufe entgegennehmen. Marys erster dauert lange, über zwei Stunden: ein junger Mann, seine Frau hat ihn verlassen, die Zwillinge im Kleinkindalter hat sie mitgenommen. Es wird niemals leichter zu hören, dass jemand nicht mehr weiß, wofür es sich lohnt, morgens aufzustehen, doch Mary kann das zweifelsohne besser nachfühlen als die meisten anderen. Aber das darf sie sich nicht anmerken lassen. Die Freiwilligen sind anonym und dürfen Informationen aus ihrem eigenen Leben nur kurz aufblitzen lassen. Mary findet es tröstlich, sich als Leerstelle zu präsentieren. Das liegt ihr mehr, als eigentlich gesund wäre, denkt sie.

Nachdem er aufgelegt hat, kann sie kurz durchatmen. Sie beißt einmal in das Twix, das Ted ihr hingelegt hat, und brüht eine frische Tasse Tee auf. Wenn sie später an diese Szene zurückdenkt, wird sie staunen, wie die außergewöhnlichsten Ereignisse stets in den gewöhnlichsten Momenten geschehen. Doch nun schluckt sie erst einmal den Bissen vom Schokoladenkeks hinunter und greift dann wieder zum Telefon.

»Guten Abend, Sie haben die Rufnummer von NightLine gewählt. Bevor wir anfangen können, habe ich …«

»Hallo?« Die männliche Stimme am anderen Ende der Leitung klingt brüchig, als läge eine unruhige Hand auf dem Mikrophon.

»Hallo, guten Abend, hier ist NightLine. Ich muss Ihnen zunächst einige Fragen …«

»Ich wollte sagen, dass ich dich vermisst habe.«

Erst traut Mary ihren Ohren nicht. Sie arbeitet so lange hier, dass sie glaubt, schon alles gehört zu haben.

»Bist du noch da?«, fragt die Stimme. Sie hört sich dumpf an, aber man vernimmt deutlich ein Lallen.

»Ja, ja …« Mary legt ihre freie Hand auf den Schreibtisch, aber sie zittert, egal wie stark sie ihren Bizeps anspannt. Eine Sekunde lang versucht sie, sich auf das Hier und Jetzt zu fokussieren. Doch vergeblich, schon wird sie Jahre zurückkatapultiert, zurück zu dem Augenblick, als sie sich kennengelernt haben. Das kann doch nicht wahr sein, oder?

»Hast du gehört, was ich gesagt habe?« Die Worte des Mannes scheinen aufeinanderzuplumpsen, dahinter steckt mindestens eine halbe Flasche Whisky, vielleicht sogar noch mehr. Ihr Herz rast.

»Ja, hab ich. Danke. Du, ähm, hast mich vermisst …« Bei den letzten Worten stockt sie. Erst war es nur ein Funken Hoffnung gewesen – nun steht ihr ganzer Körper lichterloh in Flammen.

»Ich habe dich vermisst.«

Mary blickt über ihre linke Schulter, um sicherzugehen, dass weder Olive noch Kit lauschen. Sie spürt plötzlich den Beschützerinstinkt einer Löwin, und zugleich fühlt sie sich so verletzlich wie die Beute, die gleich erlegt wird.

»Heute ist mein schlimmster Tag seit Jahren. Ich habe mich so allein gefühlt, ich hatte niemanden zum Reden. Es ist schwer weiterzumachen, wenn man sich an niemanden wenden kann. Außer an dich. Du warst immer für mich da. Du hast mich nie im Stich gelassen. Du bist mein sicherer …« Die Verbindung knackt. Mary hört das letzte Wort nicht, aber sie formt mit ihrem Mund die Silbe, deren sie sich sicher ist:

Hafen.

Sie legt sich eine Hand auf die Stirn, sie ist klebrig – von dieser Art feuchten Wärme, bevor man eine Grippe bekommt. Ein weiteres Knacken bringt ihr fiebriges Gehirn auf Trab.

»Wo bist du?«, bringt Mary heraus. Sie braucht eine Antwort. Auch wenn sie weder Ort noch Koordinaten oder irgendetwas Zurückverfolgbares bekommt, ein einziges Wort würde ausreichen. Ein Wort, mehr braucht sie nicht. *Okay.* Wenn er nach so langer Zeit anruft, muss es einen Grund dafür geben. Denn, o Gott, was ist, wenn er in Gefahr ist, oder krank oder …

»Das kann ich dir nicht sagen. Nicht jetzt. Ich wollte, dass du meine Stimme hörst, Mary.«

Ihr stockt der Atem.

»Du weißt, wie ich heiße«, flüstert sie, mehr zu sich selbst.

»Was?« Da ist es wieder, das weiße Rauschen am anderen Ende der Leitung, das die Stimme verzerrt.

»Bist du noch da? Hallo?« Mary will sichergehen, dass ihre eigene Stimme trotz der schlechten Verbindung durchdringt. Verzweifelt kämpft sie gegen die technische Störung an. »Hallo?« Sie hat das schreckliche Gefühl, etwas Falsches gesagt zu haben. Sie darf ihn jetzt einfach nicht verlieren. »Hallo?« Ehe sie noch ein Wort sagen kann, ist die Leitung tot.

Mary taumelt zur Tür. Sie sieht kaum etwas, weiß nicht, wo sie hintritt, in ihrem Kopf spielen sich Horrorszenarien ab. Sieben Jahre Nichts sind innerhalb von einer Minute in sich zusammengefallen. Warum? Warum jetzt? Sie lehnt sich mit der brennenden Stirn gegen die Glasscheibe, der Fenstergriff drückt sich in ihren weichen Bauch. Was hat das alles zu bedeuten?

Sie starrt ihrem Spiegelbild tief in die Augen, als wäre dort etwas, was ihr Halt geben könnte.

Aber sie sieht nur Jim und ihre erste gemeinsame Nacht: seine kehlige Stimme und sein Gesicht, das wie ein Zuhause ist.

KAPITEL 2
2005

Mary kann sich noch genau erinnern, wo sie gestanden hat, als sie James zum ersten Mal sah. Nicht weil es Schicksal war, Amors berühmter Pfeil, oder wegen sonst irgendwelchen Unsinns, für den sie weder die Zeit noch den Kopf hatte. Nein, sie erinnert sich daran, weil es genau da war, wo sie Sekunden zuvor eine halb volle Auflaufform mit Coq au Vin über ihr bestes weißes Shirt geschüttet hatte.

Der Zeitpunkt hätte nicht schlechter sein können. In weniger als einer Stunde würden Braut und Bräutigam zu dem Empfang erscheinen, und sie hatten mehr als genug bezahlt, um verlangen zu können, dass ihre Oberkellnerin sich nicht mit dem Hochzeitsmahl bekleckerte. Außerdem war die Sauce brühend heiß. Es war schon schlimm genug, im Juli in voller Montur zu arbeiten – eine Verbrennung konnte man da gar nicht gebrauchen.

Mary schob das Baumwolltop hoch, das am BH klebte, um ihre Haut zu kühlen, und war sich bewusst, dass man nun freien Blick auf ihre Brüste hatte – sie trug einen absurd knappen Balconette-BH, zu dessen Kauf Moira sie überredet hatte. Sie blickte sich kurz um, um sicherzugehen, dass sie allein war.

»Alles in Ordnung dort drüben?«, rief der Mann im Türrahmen.

Wer zum Teufel war das? Keiner von den Caterern. Mary wäre es aufgefallen, wenn einer von ihnen wie ein Model ausgesehen hätte. Ein Hochzeitsgast? Nein – es war viel zu früh, und dafür war er nicht passend angezogen, mit seiner legeren Hose und dem kragenlosen Hemd. Wer hätte so topmodische Männerklamotten im Stormont-Hotel in Belfast erwartet? Mary ganz sicher nicht.

Plump platschte eine Kirschtomate von Marys linker Brust auf den Teppich.

Der Mann unterdrückte ein Lachen und schnalzte mit der Zunge. Seine Stoppeln im Gesicht hatten die Länge, die die Mädchen an der Rezeption flüsternd als »Dreitagebart« bezeichneten, wenn die gut betuchten Gäste der Junggesellenabschiede eincheckten. Sie hatte nie verstanden, was daran anziehend sein sollte – bis gerade eben.

»Kann ich Ihnen helfen?«, fragte sie. Die Situation war ihr peinlich, ja, aber eine ungestüme Neugier auf den Fremden, der gerade auf sie zuging, überwog. Er hatte den Blick nicht ein einziges Mal von ihr abgewendet.

»Mir?«

»Ja, Ihnen. Oder warum starren Sie mich an und sagen nichts?«

Wieder lächelte er, diesmal breiter und mit einem Selbstbewusstsein, das vermuten ließ: Er hatte schon etliche Frauen mit nassem T-Shirt gesehen.

»Damit wollte ich nicht sagen, dass *Sie mir* helfen müssen.« Mary bemerkte plötzlich, dass sie den Bogen überspannt hatte – wie um alles in der Welt konnte sie bloß einen Gast bitten, sauber zu machen? »Ich bin sowieso selbst schuld.«

»Nun, ich bin früh dran.«

Auch noch ein Engländer.

»Für die Hochzeit?« Mary machte eine Kopfbewegung in Richtung Sitzordnung, die auf einer Staffelei in einer Ecke des Veranstaltungsraums stand.

»Schön wär's! Ich bin zu einer Konferenz hier. Für Chirurgen. Fachrichtung Hals-Nasen-Ohren-Heilkunde.«

Tatsächlich? Er sah ein wenig älter aus als Mary, die mit ihren siebenundzwanzig Jahren dachte, sie hätte mehr als genug Lebenserfahrung, um das Alter des Mannes genau einschätzen zu können. Er war doch allerhöchstens Mitte dreißig? Das könnte auch das Selbstbewusstsein erklären. Vielleicht auch den wissenden Blick, die Fältchen in den Augenwinkeln. Er starrte sie immer noch hungrig, fast schon wild an.

»Tut mir leid, da kann ich Ihnen nicht weiterhelfen ...«, sagte Mary leiser. Ihr Gehirn hatte alle Funktionen eingestellt. »Sie könnten es, ähm, an der Rezeption versuchen.«

»Aber mir gefällt der Anblick hier.«

Was hatte er da gesagt? Mary hoffte, dass sie in ihrem seltsamen Zustand keine akustischen Halluzinationen bekam.

Der Mann machte einige Schritte und blieb dann bei einem Hühnerschenkel knapp zwei Meter vor Mary stehen. Es war schon eine Weile her, seit ihr ein Mann auf Augenhöhe begegnet war – die meisten Männer in Belfast reichten ihr gerade mal bis zur Schulter. Sie schätzte, dass dieser Engländer knapp zehn Zentimeter größer war als sie: Sie könnte ihm problemlos den obersten Hemdknopf schließen, wenn er denn einen hätte.

»Sind Sie sicher, dass Sie keine Hilfe brauchen?«

Mary gestattete sich einen Blick in seine Augen – ein tiefes, warmes Haselnussbraun, das sie an Nutella erinnerte. Seine Gesichtszüge hatten etwas Verspieltes. Eine Narbe zerfurchte seine linke Augenbraue. Sie hätte zu gern herausbekommen, woher er sie hatte.

Sie hielt den Ofenhandschuh in ihren zittrigen Händen. »Nein, ich komme schon zurecht. Aber vielen Dank für das Angebot.«

»James, ich heiße James.«

»Vielen Dank, James. Ich bin dann mal weg.«

Warum um alles in der Welt hatte sie das denn gesagt? Mary wollte nicht, dass sie ihm so in Erinnerung blieb. Das sollte nicht sein. Aber was wäre die Alternative? Sie musste sich auf ihre Arbeit vorbereiten und ihr Oberteil wechseln.

Er setzte sich in Bewegung. Aber statt zu gehen, hob er das Hühnerbein vom Boden auf und biss so genussvoll hinein wie ein Hund, der eine Woche lang durch die Wildnis gestromert war.

»Köstlich.«

Mary war dermaßen schockiert, dass sie wie erstarrt verharrte und zusah, wie er Richtung Ausgang ging. Und als er sich an der Schwelle zum Flur umdrehte und seinen Kopf durch die Tür steckte, um sie nach ihrem Namen zu fragen – antwortete sie.

Die Hochzeitsfeier war im Nu vorbei. Sie hatte inzwischen schon so viele mitgemacht, dass es ihr oft so ging. Doch dieser Nachmittag war anders: Jedes Mal, wenn sie einen Gast mit dunklen Locken sah, wurde ihr flau, in der Hoffnung, es könnte James sein; jedes Mal strich sie ihr Ersatzshirt glatt, damit es nicht so stark über der Brust spannte – sie konnte das heiße Gefühl seines Blicks nicht abschütteln.

Als die Feier vorüber war, blieb sie noch zum Aufräumen und Saubermachen. Eine Doppelschicht bedeutete auch doppelte Bezahlung, und in der Familienkasse wurde jeder Cent gebraucht, obwohl Mam wegen der Umschläge mit Bargeld immer mit ihr stritt. Mam wollte, dass sie noch genug übrig behielt, um auch ›ihr eigenes Leben zu führen‹. In den ersten Jahren hatte das geheißen, sich einige Wodka-Colas leisten zu können, wenn sie mit den anderen Mädels von der Arbeit ausging.

Aber als die Schule vorbei war, wurden solche Abende seltener, bis nur noch Mary und ihre beste Freundin Moira übrig blieben. Alle anderen waren zum Studieren weggezogen oder hatten eine Ausbildung zur Kosmetikerin oder Buchhalterin oder – wie Ciara Campbell – zur Schweißerin begonnen. Es hatte auch etwas Gutes, dass die alten Freundschaften auseinanderbrachen: Man bekam nicht mehr unmittelbar mit, wie schnell alle anderen Fuß fassten in ihrem neuen Leben.

Mary räumte noch das restliche Geschirr weg und versuchte, nicht darüber nachzudenken, wie die Umstände sich gegen sie verschworen hatten und sie in einem Job gefangen hielten, der eigentlich eine Notlösung gewesen war. Seit elf Jahren war sie beim Storemont-Hotel beschäftigt, seitdem sie mit sechzehn die Schule beendet hatte. Zu wissen, dass man nach vorne schauen sollte, war eine Sache; viel schwerer war es, wenn man keine Ahnung hatte, was genau man machen sollte. In ihrer Freizeit stellte sie Landkarten aus Stoff her, aber das war bloß ein Hobby. Mam hatte eine Stoffkarte von Belfast in den Flur gehängt – bislang ihre beste –, doch sie erinnerte Mary immer nur daran, dass sie es versäumt hatte, eine künstlerische Laufbahn zu verfolgen. Es half auch nicht, dass sie noch zu Hause lebte; Gemütlichkeit hatte selten jemanden zum Aufbrechen verleitet.

Sie sammelte die Gläser ein. Eins sah aus, als hätte es einen Sprung, und sie hielt inne, drehte es im Licht hin und her, um zu schauen, ob es tatsächlich beschädigt war. In der Spiegelung sah Mary kaum älter aus als bei ihrem Arbeitsbeginn vor elf Jahren. Das lag an den großen Augen, dachte sie. Ihr war immer schon bewusst gewesen, dass sie hübsch war, auf konventionelle Art, das konnte sie sich gerade noch zugestehen. In ihrer Erziehung war für Eitelkeit kein Platz gewesen, denn – wie Mam immer betonte – gutes Aussehen war nicht alles.

»Mary?«

Sie blickte zur Tür.

»War die Hochzeit schön?«

»War nicht meine.«

»Ja, das dachte ich mir.« Er sah noch besser aus als in ihrer Erinnerung. Er hatte einen Knopf seines komischen Hemdes geöffnet und sich die Ärmel hochgerollt, so dass Mary seine muskulösen Unterarme bewundern konnte. »Könnten Sie jetzt ein wenig Hilfe gebrauchen?«

Also ab in die zweite Runde.

»Na gut«, sagte Mary, nachdem sich ihre Zunge wieder gelockert hatte. »Sie können dort drüben die Tischdecken runternehmen. Die kommen in den Wäschebehälter ganz hinten.«

James erledigte seine Aufgaben, und Mary musste sich verkneifen, ihn anzustarren – sie konnte nicht fassen, dass er zurückgekommen war. Sie musste wissen, warum – aber wie konnte sie das fragen, ohne verzweifelt oder zu bemüht zu wirken? Sie entschied sich, die Frage einfach zu stellen. Er war schließlich Engländer, und es war recht unwahrscheinlich, dass sie ihn je wiedersehen würde.

»Wie kommt's, dass Sie noch hier sind? Doch bestimmt nicht aus Freude am Putzen.«

»Ihretwegen.«

»Wie bitte?«

»Sie haben mich schon verstanden.« Dieses Mal blickte James auf. Da war es wieder, das Lächeln. Sie wusste nicht, wie es möglich war, sich einem Fremden so nah, sich so zu Hause zu fühlen. »Sie«, wiederholte er. »Sie haben etwas … Geheimnisvolles an sich. Ruhig, aber wild. Ja, vielleicht ist es das. Und schön sind Sie auch, das ist zwar hilfreich, aber zweitrangig. Ich will herausfinden, was es mit Ihnen auf sich hat. Ich habe Sie in den letzten paar Stunden vermisst.«

Mary hatte keine Ahnung, was sie antworten sollte. Waren Engländer nicht eher zurückhaltend? Oder war das nur Unsinn, den sie aus Filmen hatte? Wie dem auch sei, Mary kannte niemanden, der seine Gedanken und Komplimente dermaßen direkt aussprach. Sie sollte sich bei James bedanken, aber das wirkte so geschäftlich. Am besten tat sie nichts, damit sie den Augenblick nicht zerstörte.

James ging zurück zu seinen Tischdecken.

»Wollen Sie einen Drink?« Sie nahm eine halb volle Weinflasche und zwei unberührte Gläser vom Tisch.

»Ich dachte schon, Sie fragen nie.«

James setzte sich neben Mary, sein Bein berührte ihres. »Cheers«, sagte er und hielt ihr sein Glas hin. »Auf Hochzeiten und Konferenzen und überraschende ... *Begegnungen*.«

Mary errötete. Sie war nie jemand gewesen, der Dinge überstürzte. Außerdem war es schon so lange her, dass sie sich mit einem Mann in einer solchen Situation befunden hatte. Dean war der Letzte gewesen, und die Trennung von ihm war bereits drei Jahre her. Moira meinte, sie hätte untenrum bestimmt schon Spinnweben. Mary konnte ihr nicht widersprechen.

»Woher kommen Sie?«, fragte sie und wollte das Thema wechseln, bevor man ihr die Gedanken ansehen konnte.

»Aus Ealing. West London. Waren Sie schon einmal in London?«

Mary schüttelte den Kopf. Sie war kurz vor ihrem Schulabgang mit der Klasse in Calais gewesen, davon abgesehen hatte sie Nordirland noch nie verlassen.

»Es ist toll da, zumindest für Touristen. Wenn man dort

lebt, ist es verrückt. Und teuer. Aber ich bin da aufgewachsen, und nun komme ich irgendwie nicht mehr weg.«

Mary konnte das gut nachvollziehen. James erzählte ein wenig von den Sehenswürdigkeiten in seinem Viertel und fragte sie, ob sie viel reise – oder ob sie gern reisen würde? Mit einem so aufmerksamen Zuhörer hätte Mary sich stundenlang weiter unterhalten können, und dennoch fühlte sie sich die ganze Zeit über seltsam ungeduldig.

»Und Sie leben allein?« Man hätte sie für übervorsichtig halten können, aber sie wollte sichergehen, dass sie niemandem auf die Füße trat. Sie hatte nichts, woraus sie Rückschlüsse auf die Rechtschaffenheit dieses Mannes ziehen konnte, außer dem eigenen Bauchgefühl, und im Augenblick war in ihrem Magen die Hölle los – sie hatte Angst, dass er es hören konnte.

»Eingefleischter Junggeselle.« James legte sich die Hand aufs Herz »Mit der richtigen Frau bin ich eine treue Seele – und ohne die richtige Frau bin ich …«

»Allein«, beendete Mary den Satz.

»Wie charmant.«

»Ich meine, Sie sind heute Abend alleine hier, oder?«

James runzelte die Stirn, und Mary zwang sich, nicht einzuknicken. Dieses Auftreten war ganz und gar untypisch für sie, und dennoch fühlte es sich richtig an. Wann würde sie wieder so eine Gelegenheit bekommen? Der Mann würde kommenden Montag wieder auf der anderen Seite der Irischen See zur Arbeit gehen.

»Ja. So ist es.«

Mary wusste, dass sie den ersten Schritt machen musste. »Vielleicht sollten wir einen Versuch wagen.«

An der Rezeption hatte der Nachtportier Dienst, das sanfte Summen der Drehtüren wurde nur von seinem gelegentlichen Schnauben unterbrochen, wenn er einschlief. Beim Warten auf den Fahrstuhl legte James Mary eine Hand auf den Rücken. Als sich die Türen öffneten, erhöhte er leicht den Druck und führte sie hinein, so dass ihr Spiegelbild – sie lehnte nun mit dem Rücken an seiner Brust – von den Metallverkleidungen verzerrt wurde.

Langsam setzte sich der Aufzug in Bewegung, und Mary fragte sich, ob er sie an Ort und Stelle küssen würde, wie in einem Film oder diesen Berichten in der *Cosmopolitan*, wo Frauen fünfzig Tacken dafür bekommen, dass sie ihre kuriosen sexuellen Neigungen offenlegen. Aber nein. Mary hatte noch nie erlebt, dass Zurückhaltung so frustrierend sein konnte.

Er übernachtete in der fünften, der ›eleganten‹ Etage, wie sie sie nannte, mit den größeren Zimmern und der schicken Suite am Ende des Ganges. *Die häufig für die Flitterwochen gebucht wird*, dachte Mary und erschauderte. Kurz vor seiner Tür löste James den Arm von ihr und zog seine Zimmerkarte aus der Hemdtasche. Die Tür öffnete sich beim ersten Versuch, und er trat in die Dunkelheit, während die Lampen flackernd angingen.

Mary folgte ihm und drückte die Tür mit der Hüfte ins Schloss. Bevor sie weitergehen konnte, waren Jims Lippen schon auf ihrem Hals. Er küsste sie dort, fuhr mit der Hand unter ihren Rockbund, schob mit einer schnellen Bewegung ihr T-Shirt hoch und über den Kopf. James hakte den BH auf, und sie senkte die Arme, damit er zu Boden fallen konnte. Flüchtig überlegte Mary, dass sie irgendwie ihre Strumpfhose loswerden sollte, aber ehe sie darüber nachdenken konnte, wie das zu bewerkstelligen war – weil sich James' Körper nun fest an sie drückte –, bückte er sich schon und zog sie ihr zu den Knöcheln hinunter, so dass sie die beiden Nylonwülste von den Füßen schütteln konnte. Er hob Mary hoch und trug sie zum Bett.

Sie sah James beim Ausziehen zu. Er blickte sie nicht direkt an, das machte es leichter, vermutete sie, weil sie nicht auf ihren Gesichtsausdruck achten oder sich fühlen musste wie bei der Bewertung eines preisträchtigen Zuchttiers. Das bedeutete allerdings nicht, dass sie nicht seine Figur wahrnahm, sein Brusthaar, das wenige Zentimeter unter seinem Schlüsselbein begann, die beiden Linien, die am Unterleib ein V formten.

Als er ins Bett kam, sich über Mary beugte, mit seinen schwieligen Fingern zart über ihre Brustwarzen streichelte, dann die Hände sanft über den oberen Rand ihrer Oberschenkel gleiten ließ – kam Mary der Gedanke, dass sie ihn vielleicht schon einmal gesehen hatte. Er hatte nicht gesagt, dass er zum ersten Mal in Belfast war. Könnte es sein, dass sie ihm im Hotel begegnet war? Oder in einer Bar in der Innenstadt?

Viel weiter kam sie mit ihren Gedanken nicht. Mit seinem Kopf zwischen ihren Beinen, ihren Händen in seinem Haar und einem Kissen unter ihrem Po war zum Nachdenken kein Platz mehr.

Nachdem Mary gekommen war, zitterte sie am ganzen Körper, und als James seinen Kopf auf ihre Brust legte, das Ohr auf die gerötete Haut dort drückte, bebten die beiden gemeinsam wie die Doppelpropeller eines Zweimannflugzeugs.

Mary fuhr mit dem Finger über die Kerbe in seiner linken Augenbraue. Wie konnte ein Mensch nur so vertraut und gleichzeitig so völlig fremd sein?

Sie spürte bereits, wie sie sich verliebte.

KAPITEL 3

2018

Nach sieben Jahren im SuperShop kann Mary ihre Aufgaben im Schlaf erledigen. Morgens füllt sie Regale auf und muss auch (falls erforderlich) Produkte umräumen, und nachmittags setzt sie sich an die Kasse und scannt bis zum Ende ihrer Schicht die Einkäufe der Kunden. Aber heute gehen ihr die Aufgaben nicht so leicht wie sonst von der Hand.

Sie räumt gerade losen Kohl in die Regalkisten und bemerkt erst, dass sie voll sind, als mehrere Köpfe neben ihr auf dem Boden landen. Etwas später passiert ihr wieder ein Malheur, eine Frau hält ihr eine Minute lang die Kundenkarte hin – Mary bemerkt es nicht. Irgendwann hustet die Frau, und Mary wird zurück in die Gegenwart katapultiert, sie entschuldigt sich mehrfach, dennoch vermuten wohl etliche Menschen in der Schlange, dass mit ihr etwas nicht stimmt.

Die Filialleiterin Janet ruft Mary daraufhin unter dem Vorwand von der Kasse weg, sie brauche ihre Hilfe im Lager. Beim Stehen wankt Mary. Sie hat den Großteil des Tages ohne Schlaf und Nahrung hinter sich gebracht, dennoch herrscht in ihrem Kopf aufgeregtes Durcheinander. Immer wieder muss sie Gesprächsfetzen der letzten Nacht durchgehen, sich an jene warme Vertrautheit von Jims Stimme erinnern, aus der sie Schmerz herauszuhören meinte.

»Was ist los?«, zischt Janet, als sie eine ruhige Ecke bei den Kühltruhen gefunden haben.

Eine einsame Erbsenpackung liegt neben Marys Fuß. Sie stupst sie an und fummelt an ihrem Namensschild herum. Die auf dem Kopf stehenden Buchstaben *Was kann ich für Sie tun?* verschwimmen vor ihren Augen.

»Mary, komm schon, du musst mir sagen, was los ist. Ich will es dir doch nur leichter machen, aber du musst mir erzählen, was passiert ist. Sonst kann ich dir so schlecht …« Janet macht eine ausladende Handbewegung.

Mary weiß, was sie sagen will. Janet ist dafür verantwortlich, dass sie noch hier arbeiten kann, obwohl die Geschäftsleitung Marys Nachtschichten nicht guthieß. Anscheinend sollte sie die Marke SuperShop stets und ständig repräsentieren, während der Arbeitszeit und darüber hinaus. Sie hat nicht gewusst, dass Leute so viel Wert auf die Loyalität derjenigen legen, die ihre Lebensmittel einpacken.

»Ich weiß … Ich weiß«, murmelt Mary. »Er hat angerufen. Gestern Nacht.« Die Worte purzeln aus ihr heraus, und nun – wo sie zwischen ihr und Janet in der Luft hängen – fühlen sie sich erschreckend real an. Es ist genau das eingetreten, was sich Mary erhofft und erträumt hat, und dennoch kann sie den Gedanken nicht abschütteln, dass ihn etwas Schreckliches zu seinem Anruf getrieben haben muss. Der Gedanke daran, dass es ihm schlecht gehen könnte und sie nicht für ihn da ist, schnürt ihr die Kehle zusammen.

»Mary …«

Janet muss nicht fragen, von wem sie spricht. Es geht doch immer nur um ihn. Sie streicht sich eine Strähne leuchtend rotes Haar hinters Ohr. Im Augenblick ist Tönung im Angebot.

»Total seltsam, ich weiß. Die ganze Zeit über habe ich gar

nichts von ihm gehört – kein Wort, keine Postkarte, keinen Brief –, und nun so etwas?« Mary blickt auf und sieht Janets kritischen Blick. »Ich weiß, dass du mich für verrückt hältst. Und vielleicht hast du recht. Ich habe die meiste Zeit über selbst das Gefühl, verrückt zu werden, aber nicht in dem Moment, als ich seine Stimme wieder hörte. Janet, ganz ehrlich, er war es. Das weiß ich. Er meinte, ich sei sein *sicherer Hafen*. Das hat Jim immer über mich gesagt.«

Marys Stimme bricht, und Janet nimmt sie in den Arm. Ebenso wie alle anderen weiß sie nichts Genaues über Jim – wo er hin ist, unter welchen Umständen er verschwunden ist –, aber jeder sieht, welchen Tribut das alles von Mary gefordert hat.

»Ich will nur wissen, dass es ihm gut geht und er in Sicherheit ist. Dass er nicht in Schwierigkeiten steckt oder … Was ist, wenn er mich braucht? Ich ertrage den Gedanken nicht …«

»Moment. Nun mal langsam. Eins nach dem anderen.«

Mary versucht, ein Schluchzen zu unterdrücken. »Wie kannst du dir so sicher sein, dass er es war? Hat er das gesagt?« Janet spricht nun leiser, als würde sie mit einem Kind reden, das gerade einen Nachtschreck hat und nur die beruhigende Stimme wahrnehmen kann.

»Es war seine Stimme. Und er meinte, er vermisst mich und hätte mich kontaktiert, weil ich immer für ihn da gewesen sei, dass ich diejenige war, die ihn nie aufgegeben hat.«

»Und das alles ist zu Hause passiert?«

»Nein, bei NightLine. Er muss also wissen, dass ich dort arbeite – oder es herausgefunden haben. Vielleicht wohnt er in der Nähe und hat mich dort gesehen oder … Ich weiß nicht, warum, aber ich bin mir sicher. *Hier* drin.« Mary schlägt sich so fest aufs Herz, dass Janet befürchtet, sie könnte einen blauen Fleck bekommen.

Sie nimmt Marys Hand fest zwischen ihre beiden Hände. »Alles ist gut.« Janet zieht ein zerknülltes Tempo aus der Tasche und reicht es Mary. »Süße, ich weiß nicht, was ich sagen soll. Mir war immer schon klar, dass man sich auf dein Urteilsvermögen verlassen kann, deswegen werde ich es auch jetzt nicht in Frage stellen. Wir reden morgen weiter darüber, aber im Augenblick halte ich es für das Beste, wenn du nach Hause gehst. Ich buche dich als krank aus – das ist kein Problem. Geh einfach nach Hause und leg die Beine hoch. Bleib heute Abend bitte daheim, ja?«

Mary ignoriert den letzten Satz und presst sich die Fingerknöchel unter die Augen, um die Tränen zurückzuhalten.

»Danke. Es tut mir leid.«

»Kein Problem – dafür sind Freunde doch da, oder?« Janet drückt Marys Schulter. »Ich muss wieder zurück. Du schleichst dich raus, und, ähm, kein Wort zu den anderen bitte. Ich will hier keinen Aufstand! Du hast Migräne, falls jemand fragt. Das ist eine fiese Krankheit.«

★

Mary versucht, so wenig Zeit wie möglich in ihrer Wohnung zu verbringen. Von der Größe her handelt es sich eher um eine Schlafstätte, mehr konnte sie sich für ihr Gehalt nicht leisten. Sie hat ein Wohnzimmer mit Kochnische, ein Schlafzimmer und ein Badezimmer mit der lautesten Lüftung der Welt. Die Wohnung reicht ihr vollkommen aus, weil sie ohnehin nicht viele Habseligkeiten besitzt, doch ab und zu schaut sie auf den grauen Teppich und die abblätternde Strukturtapete und fragt sich, wie sie mit vierzig allein hier gestrandet ist, wo doch mit dreißig alles noch so vielversprechend ausgesehen hatte.

Mary weiß, dass sie selbst schuld ist an ihrer Einsamkeit seit

Jims Verschwinden. Mam ruft ab und zu mal an und erkundigt sich nach ihr, doch Mary antwortet stets ganz fröhlich und findet immer neue Ausflüchte, warum sie nicht zu Besuch kommen kann. Jeder ihrer drei jüngeren Brüder – zu keinem hat sie eine enge Beziehung – hat inzwischen eigene Kinder, und sogar das ehemalige Party-Girl Moira, ihre älteste Freundin aus Belfast, ist nun verheiratet und hat zwei Kinder unter drei Jahren. Eine gute Ausrede dafür, dass man sich aus den Augen verloren hat, aber im tiefsten Inneren weiß Mary, dass es nicht schaden würde, auch einmal auf Textnachrichten zu antworten.

In London hat Mary Bekannte – die Freiwilligen von NightLine, Janet –, aber es sind alles nur sehr lockere Verbindungen. Das bedeutet nicht, dass Mary nicht ab und zu mal eingeladen wird, aber sie sagt immer ab. Meistens sind es ohnehin Abendeinladungen, und da weiß jeder, dass sie am Bahnhof ist. Anfangs versuchten noch alle, sie zu überreden, mal einen Abend ausfallen zu lassen. Janet war besonders hartnäckig – sie wollte, dass Mary das Schild gar nicht mehr in die Hand nahm.

Anfangs fühlte Mary sich angegriffen. Für wen hielt Janet sich, Mary zu sagen, wie sie mit ihrem Verlust umgehen sollte? Doch mit der Zeit hatte sie verstanden, dass Janets Nachdruck ein Zeichen von Sorge war. Einmal hatte sie ihr fast die Gründe für ihr Wachestehen erklärt. In ihrem Kopf war immer schon alles klar gewesen, die Rahmenbedingungen ihrer Existenz in einer Welt ohne Jim an ihrer Seite: *Weil ich etwas tun muss; weil ich versprochen habe, dass ich immer sein sicherer Hafen sein werde, egal, was auch passiert, weil Liebe ohne Geduld keine Liebe ist.* Doch dann schnürte sich ihre Kehle zusammen, und sie murmelte die immer gleiche einstudierte Antwort, um die Frage abzuschmettern: *Jeder hat sein Päckchen zu tragen.*

Nun schlägt Mary die Vordertür zu, geht direkt ins Badezimmer und spritzt sich Wasser in das verquollene Gesicht. Als sie in den Spiegel blickt, erinnert fast nichts mehr an das Mädchen, nach dem sich die Leute freitags abends umschauten, dem Mädchen, das Jim erstarren ließ, sein Herz klaute und ihn auf einen ganz neuen Lebensweg schickte. Er hatte Mary von Anfang an als ›schön‹ bezeichnet. Aber es ist etwas anderes, jemandem so etwas zu sagen und es jemanden wirklich spüren zu lassen. Jedes Mal, wenn er den Haken an der Rückseite ihres Kleides verschloss, verharrten seine Hände noch ein wenig an Ort und Stelle; wenn er ihr eine verfilzte Haarsträhne am Hinterkopf herauskämmte, fühlte sie sich ein wenig wohler in ihrer Haut.

Der Gedanke daran, wie seine Hände über ihren Nacken strichen, genügt, und sie spürt ein schmerzhaftes Verlangen. Sie stolpert in den Flur, will sich ihre Tasche wieder schnappen, doch in der Eile wirft sie das wackelige Schränkchen um. Sein Inhalt ergießt sich auf den Boden, darunter auch, in einem von Jahren liebevoller Berührung abgegriffenen Schuhkarton, jede Nachricht, die Jim ihr jemals geschrieben hat.

Mary kniet sich hin. Jetzt ist so ziemlich der unpassendste Zeitpunkt, um in Erinnerungen zu schwelgen. Jim hat angerufen, und bis sie weiß, was das zu bedeuten hat, muss sie noch wachsamer sein. Sie sollte eigentlich längst am Bahnhof stehen, mit dem Schild in der Hand. Was ist, wenn er dort auftaucht und damit rechnet, dass Mary an den Ticketschaltern auf ihn wartet, so wie früher, am Ende einer langen Schicht? Diese Wahrscheinlichkeit ist gerade höher als jemals zuvor. Nicht auszudenken, dass sie nicht der erste Mensch ist, der ihn sieht und in den Arm nimmt.

Sie sammelt die Erinnerungsschnipsel zusammen, bei den

meisten handelt es sich um Postkarten, die ihr aus den zitternden Händen rutschen. Jim brachte ihr von jedem Ort eine mit, egal, ob er im Vereinigten Königreich oder weiter weg war, er schrieb diese Karten nach seiner Rückkehr, während Mary noch döste, und stellte sie dann im Haus auf, wo sie sie entdeckte. Es gibt Postkarten vom Giant's Causeway; von jeder Touristenattraktion in London; eine von einer Konferenz in Singapur und eine aus Washington. Sie dreht die Karte ganz oben auf dem Stapel um:

Ich habe die Copacabana gesehen! Den Zuckerhut! Und auch die Konferenzzentren (so dröge, wie sie sich anhören).
Kurz, ich bin um die halbe Welt gereist und wäre dennoch nirgendwo lieber als bei Dir.
Für immer Dein,
Jim xxx

Mary kennt den Text auswendig. Anfangs, als sie Jim so sehr vermisste, dass sie nicht schlafen konnte, hatte sie alle Postkarten nacheinander gelesen, als würden sie aneinandergereiht eine Gutenachtgeschichte aus besseren Zeiten ergeben, die sie so weit beruhigte, dass sie schlafen konnte. In den letzten Jahren ist sie strenger mit sich gewesen: Sie versucht, nicht häufiger als einmal die Woche in den Schuhkarton zu schauen, und das auch nur, wenn sie sich sorgt, sie könnte eine von Jims Formulierungen vergessen haben.

»Wo bist du, Jim?«, murmelt sie und fährt mit dem Finger über seine Unterschrift.

Sie weiß nicht, wie lange sie schon wie versteinert dasteht, in Erinnerungen an das Gefühl seiner warmen Hand in ihrer schwelgt, sein vom Schlaf zerzaustes Haar, das schüchterne

Lächeln und das Blinzeln, wenn er sah, dass sie eine seiner Botschaften gefunden hatte. Schließlich führt sie die Karte an ihre Lippen, dann lässt sie sie fallen, bevor ihre Hände sie gar nicht mehr freigeben wollen. Aufräumen kann sie später. Sie eilt zur Tür hinaus, ihr Rucksack hüpft voll neuer Dringlichkeit auf und ab.

Sieben Jahre lang ist Mary nicht von ihrer Routine abgewichen. Sie hat um eine Postkarte, einen Text, eine anonyme E-Mail gefleht – *irgendetwas*, das ihr zeigte: Jim war in Sicherheit. Aber nichts. Auf einen Anruf zu hoffen, schien unrealistisch, vor allem, weil Jim nie gern telefoniert hatte. Es half auch nicht, dass er ein solcher Geheimniskrämer war. Wenn er nun derart drastisch auf sich aufmerksam macht … war das doch ganz sicher ein Hilferuf, oder nicht? Es musste einer sein. Mary schließt kurz die Augen und versucht, das kleine Fünkchen Hoffnung zu ersticken, Jim könnte heute Abend nach Hause kommen. Wenn man sich zu viel wünscht, wird nichts davon wahr.

Sie hört, dass am Bahnhof etwas los ist, bevor sie es sieht. Als sie die leuchtend blaue Fassade erblickt, ist es wegen der Massen an verschwitzten Pendlern unmöglich, dort etwas zu erkennen. Es muss ein Problem auf der Strecke geben, weil niemand die Bahnsteigsperren passieren kann, einige Arme ragen aus der Menge empor, um das Chaos in einem Video festzuhalten, weil man seinen Lieben die Verspätung erklären möchte.

Das hat ihr gerade noch gefehlt, besonders heute. Mary kann nichts sehen durch dieses Menschenmeer – wie zum Teufel soll sie jemanden erkennen? Und wenn Jim jetzt ankommt … Nun, dann wird er zumindest wissen, dass sie es versucht hat, denkt Mary und eilt über die Straße. Es ist Zeit, sich ins Getümmel zu stürzen.

Wenig überraschend freut sich niemand darüber, von einer breitschultrigen Frau, die dabei Entschuldigungen murmelt, zur Seite gedrängt zu werden. Mary ist daran gewöhnt, beschimpft zu werden, weil sie es wagt, in dem üblichen Gewimmel am Bahnhof noch Platz für sich einzunehmen, heute aber ist es besonders schlimm – so fühlt es sich zumindest an –, Fäuste und Hände stoßen in ihre Taille, Schimpfwörter werden ihr an den Kopf geworfen, und sie wird aggressiv geschubst. Doch sie lässt sich nicht einschüchtern – es steht zu viel auf dem Spiel. Mit großer Mühe erreicht sie ihren Stammplatz. Sie wischt sich die Schweißperlen von der Stirn und atmet einige Male tief durch. Sie ist immer noch zwischen anderen Menschen eingepfercht und auch, wenn sie sich eigentlich nicht als klaustrophobisch bezeichnen würde, fühlt sie sich nun so.

Plötzlich gerät die Menge in Bewegung. Mary wird in dem Gewoge vorwärts gedrängt. Sie reckt den Kopf in die Höhe und versucht zu erkennen, was passiert. Anscheinend hat ein Zug gerade seine Türen geöffnet, aber die Bahnsteigsperren sind noch geschlossen. *Idioten!* Warum öffnet man die Türen jetzt, wenn dieser Schwarm nirgendwohin kann? Damit verursacht man nur eine Massenpanik.

Mary versucht, das Chaos zu ignorieren und sich auf ihre Aufgabe zu konzentrieren. Aber wie? Während all diese Menschen sie anrempeln, ist es schwer, ihr Schild aus der Tasche zu ziehen. Sie spürt den Schweiß unter den Armen und an der Stirn. Schlimmer noch: Ihre Finger sind feucht. Das Schild rutscht, aber sie darf es nicht fallen lassen. Es würde von diesen ungeduldigen Füßen zertrampelt werden …

Sie krallt sich mit den Fingernägeln in die Pappe. Besser, die Pappe beschädigen als das Schild ganz zu verlieren. Mit zittrigem Bizeps hebt sie es in die Höhe. Allein dafür muss sie die

Arme eng an den Körper pressen. Trotzdem finden die Leute noch, sie würde zu viel Platz beanspruchen. *Jesus!*, murmelt jemand. *Nicht gerade ein passender Zeitpunkt, hey?*, ruft ein Anzugträger so nah vor Marys Gesicht, dass ihr Spucketröpfchen auf die geröteten Wangen fliegen. *AUS DEM WEG MIT IHNEN.*

Einerseits will sie genau das – aus dem Weg gehen, zurück in ihre Wohnung, diese schreckliche Menschenansammlung hinter sich lassen. Das Gedränge, die Hitze, der Lärm, das alles ist ihr zu viel. Doch dann denkt sie wieder an Jim gestern Abend am Telefon. *Du hast immer an mich geglaubt.* Nun, das wird sich jetzt nicht ändern. Als sie sich aufrichtet, trifft Mary ein Ellbogen genau in die Rippen und verwandelt ihre Verzweiflung in Wut. Sie löst eine Hand von dem Schild und greift nach dem Arm, der sie gestoßen hat.

»Meine Güte, ich brauche ein wenig Platz zum Atmen, bitte.«

Mary spricht dreimal so laut wie sonst, das bringt die ganze Halle zum Schweigen. Doch davon merkt sie nichts, weil sie ein Pfeifen in den Ohren hört, alles sich dreht und weißes Licht vor ihr aufblitzt, in das sich das rote Auge einer Handykamera mischt, die alles aufnimmt.

Und so wird Mary O'Connor zur Internetsensation.

KAPITEL 4

2005

Mary überkreuzte die nackten Beine und entfernte einen Faden von ihrem Jeansrock, das Überbleibsel eines wenig erfolgreichen Vormittags, den sie mit ihrer neusten Stoffkarte verbracht hatte. Rechts neben ihr auf der Bank lagen eine Viererpackung Lagerbier und eine Großpackung Chips. War das … zu draufgängerisch für ein zweites Date? Es war ein schmaler Grat zwischen dem Versuch, lässig zu wirken, und versehentlich alle Romantik zu zerstören. Im Supermarkt hatte Mary Panik bekommen – für welchen Wein benötigte man einen Korkenzieher? – und einfach das Nächstbeste gekauft. Nun konnte sie ihre Entscheidung nicht mehr rückgängig machen, weil James schon im Taxi vom Flughafen saß und sie keine Zeit mehr hatte, noch etwas anderes einzukaufen.

Das zweite Date – deswegen war sie in Wahrheit so nervös. Der Morgen nach der ersten Nacht hatte andere Herausforderungen mit sich gebracht (keine Wechselklamotten, nichts, um sich frisch zu machen), doch dann hatte sich mit James alles so vertraut angefühlt, bevor er sich in letzter Minute zum Flughafen aufgemacht hatte, das war zwei Wochenenden zuvor gewesen. Er hatte sie nach ihrer Nummer gefragt, sie zum Abschied geküsst, und dann, noch bevor er sein Hotelzimmer verlassen hatte, hatte sie eine Nachricht von ihm bekommen. *Ich meine es ernst – Ich will dich bald wiedersehen, J.*

Einen Tag danach rief er an und kam gleich zur Sache: Er habe wieder einen Flug nach Belfast gebucht, nächste Woche am Samstag. *Ich hatte ja bald gesagt, nicht wahr – hast du denn Zeit? Lass einen Mann nicht betteln, Mary. Es gibt bei dir noch so viel zu entdecken für mich.* Beim Klang seiner Stimme fühlte Mary, wie ihr ganzer Körper schwach wurde. Sie mahnte sich, die Fassung zu bewahren. Nichts schlug einen Mann schneller in die Flucht als jemand, der seine Gefühle nicht im Griff hatte. *Ich glaube, ich habe Zeit*, antwortete sie, bevor sie auflegte und in ein Kissen schrie.

Moira übernahm dankend ihre Schichten, doch sie war wie ein Bluthund, der die Aufregung in Marys Stimme witterte. Mary versuchte, es runterzuspielen, aber Moira sah so aus, als würde sie vor Überraschung fast in Ohnmacht fallen – *Du, mit einem Typen? Ist alles in Ordnung mit dir?* Als ob Mary noch darauf gestoßen werden musste, dass sie ihre Jugendjahre ungenutzt hatte verstreichen lassen und mittlerweile eine Frau »in den besten Jahren« war.

Doch in ihre Aufregung mischten sich auch leichte Schuldgefühle. Seit Dad vor fünf Jahren aufgehört hatte zu arbeiten, nachdem in seiner Lunge ein Tumor gefunden worden war, hatte Mary sich schrecklich gefühlt, wenn sie auch nur eine Stunde lang nicht zu Hause war. Was war, wenn in ihrer Abwesenheit etwas passierte? Darüber mochte sie gar nicht nachdenken. Aber James würde nur zwei Tage lang bleiben, und sie würde sich nicht weit von zu Hause entfernen. Nie würde Mary ihre Pflichten vernachlässigen – als Tochter, als Schwester, als Freundin –, aber zum ersten Mal seit langer Zeit begann sie zu hoffen, dass auch noch ein eigenes Leben auf sie wartete.

»Was für eine Augenweide.«

Marys Herz machte einen Satz. Sie hatte noch gar nicht mit ihm gerechnet, aber nun war er hier. Und er sah genauso umwerfend aus, wie sie ihn in Erinnerung hatte – wie er dastand in der Sommersonne, mit der ledernen Reisetasche über einer Schulter. Er ließ sie vor ihren Füßen fallen, und Mary stand auf, um ihn zu küssen. Da war sie nun – diese einzigartige Chance herauszufinden, ob der Funke noch da war.

James beugte sich zu ihr hinunter, als wäre es das Normalste der Welt. Seine Unterlippe war aufgesprungen, und Mary spürte an ihren Lippen die kleinen Rillen. Mit der Hand fuhr sie durch seine Locken am Hinterkopf und zog James enger an sich, sog seinen Duft tief in sich ein – er roch rauchig mit einem Hauch Kiefer. Es war berauschend. Seine Zunge drängte gegen ihre. Mary konnte spüren, wie die Chemie zwischen ihnen sie aus dem Park heraushob, aus sich selbst heraus, auf eine Art und Weise, die für einen öffentlichen Ort ganz und gar unpassend war.

Sie löste sich von ihm. »Na dann, willkommen im Victoria Park.«

James hatte kein Auge für die Umgebung, er setzte sich ans andere Ende der Bank, legte einen Arm über die Rückenlehne und blickte Mary an. »Du siehst umwerfend aus.«

»Oh, ja, ähm … danke.« Mary konnte Komplimente noch nie gut annehmen. Sie hatte sich für eine smaragdgrüne Seidenbluse mit kurzen Ärmeln und Rüschen am Hals entschieden – dem femininsten Kleidungsstück in ihrem Kleiderschrank. Der Ausschnitt war für die Arbeit zu gewagt, aber nun hatte sie anscheinend endlich jemanden gefunden, der ihn zu schätzen wusste. »Wie ist es dir ergangen?«

»Ich hatte viel zu tun. Wie immer. Mit jeder Beschwerde unter der Sonne im Bereich Hals-, Nasen- und Ohrenheilkunde.«

Mary öffnete den Mund, um weiterzufragen, um mehr zu erfahren, doch Jim unterbrach sie.

»Arbeit ist so ziemlich das Letzte, worüber ich sprechen möchte.« Er runzelte die Stirn, und Mary betete, dass er nicht über ihren Auftritt am vorletzten Wochenende sprechen wollte.

»Erzähl mir, was du lieber machen würdest.«

»Wie bitte?«

»Das große Ziel. Das, wovon du während der Arbeit träumst. Ich finde das immer sehr aufschlussreich.«

»Ich weiß nicht.«

Niemand hatte Mary diese Frage jemals gestellt. Es war, als könnte James direkt in ihr Herz blicken; das hatte sie schon nach dem verschütteten Coq au Vin bemerkt, und sie spürte es nun noch stärker. Vielleicht wusste er, dass sie, im Gegensatz zu dem, was sie gerade gesagt hatte – auch eine Antwort darauf hatte. Aber sie hatte nie jemandem davon erzählt. Es war nie relevant gewesen und auch nicht wichtig, weil sonst zu viel los war. Aber zum ersten Mal seit der Diagnose ihres Vaters fühlte sich Mary durch James' Anwesenheit nun imstande, in ihre eigene Zukunft zu blicken. Er fragte, weil er es wissen wollte; ihr Traum war ihm wichtig.

»Weißt du wohl. Komm schon! Sonst würdest du nicht rot werden.«

Mary atmete tief ein und drehte sich ein wenig weg, damit sie seine Reaktion auf ihre Antwort nur aus dem Augenwinkel mitbekam.

»Ich wäre gerne Künstlerin. Textilkünstlerin. Ich mache Textilbilder von Stadtplänen, Landkarten.« Mary zog ihr Handy aus der Tasche. Sie öffnete die Foto-App und suchte die Bildergalerie, die sie noch nie jemandem gezeigt hatte. Nun, wo sie es ausgesprochen hatte, hatte sie das Gefühl, sie müsse beweisen, dass es ihr ernst damit war.

Ein oder zwei Minuten lang schwieg James. Mary beobachtete ihn, während er sich durch die unscharfen Bilder klickte. Sie besaß keinen richtigen Fotoapparat und hatte die Aufnahmen mit der schlechten Bildauflösung ihrer Handykamera gemacht.

»Die sind grandios, Mary. Nimmst du Auftragsarbeiten entgegen?«

»Eigentlich nicht. Ich habe sie immer nur verschenkt. An Familienmitglieder – niemanden sonst.«

»Du könntest Geld damit verdienen. Viel Geld, wenn du sie an die richtigen Leute verkaufst. Du könntest dein eigenes Unternehmen gründen, würdest weiterempfohlen und dann …«

»Nun mal langsam, ich glaube, du übertreibst ein wenig.«

»Ich will ja nicht drängen – noch nicht. Rutsch mal rüber.«

»Wie bitte?«

»Hier, zu mir. Wo ich gerade dein Telefon in der Hand habe, willst du doch bestimmt ein Bild von uns beiden machen. Du kannst es ausdrucken und an die Wand hängen …«

»Am besten in einem Herzchenrahmen.«

James schmunzelte. »Komm her.« Er legte ihr den Arm um die Taille, und die Handykamera blitzte. Mary rutschte weg, bevor sie sich zu sehr an seine Hand in der Nähe ihres Slips gewöhnte.

»Du rückst schon wieder weg?« Sein Gesicht war immer noch nur wenige Zentimeter von ihrem entfernt.

»Bevor du noch frech wirst.«

James leckte sich über die Unterlippe. »Spielverderberin.« Er küsste sie stattdessen auf die Wange. »Dein großes Ziel sind also diese Textilbilder – was aber führt dich ins Hotel?«

»Ich arbeite immer schon dort.« Mary versuchte eher zerstreut als resigniert mit den Schultern zu zucken. Das war nicht gerade inspirierend, oder? Ein Job, bei dem man die Veranstaltungen anderer Leute organisierte und später hinter ihnen aufräumte. »Mit sechzehn habe ich angefangen, erst in Teilzeit, seit ich mit der Schule fertig bin in Vollzeit.«

»Lebenslänglich?«

»Kann man so sagen.«

Mary hatte gedacht, sie würde sich von oben herab beurteilt fühlen. Schließlich kam James aus einer wohlhabenden Familie. Um das zu erkennen, brauchte man kein Studium. Alles in allem war er vielleicht gar nicht sonderlich reich. Dennoch hatte sie den Eindruck, er würde aus einer völlig anderen Welt kommen. Und eine völlig andere Sprache sprechen. Für Mary bedeutete Wohlstand, dass das Gehalt bis zum Monatsende reichte und eine unvorhergesehene Ausgabe nicht die ganze Familie in den Ruin stürzte. Sie hätte James sein vermeintliches Geld gern missgönnt – weil es ihm so viel Freiheit verschaffte –, doch das brachte sie irgendwie nicht übers Herz.

»Mein Dad ist krank«, fügte sie hinzu.

»Das tut mir leid.«

Sie hatte keine Ahnung, warum sie das hinausposaunt hatte. Es hörte sich so seltsam an, als es einmal ausgesprochen war – eine Prognose, die ihren düsteren Schatten vorauswarf.

»Nein, *mir* tut es leid. Ich weiß nicht, warum ich das gesagt habe. Ich will nicht, dass du mich bemitleidest.«

»Keine Sorge, das tue ich nicht. Dafür bist du viel zu zäh.«

Mary lächelte schief.

»Du kannst mir davon erzählen, wenn du möchtest. Wenn du nicht möchtest, sprechen wir über etwas anderes. Zum Beispiel über die Karte, die du für mich machen wirst.«

Mehr brauchte Mary nicht, um sich zu öffnen. Ihr gefiel es, dass James sie nicht unterbrach, dass er es auch ertrug, wenn sie sich aufregte und Dinge erzählte, die sie sich aus lauter Angst selbst nicht eingestanden hatte – die große Liebe zu ihrer Familie und gleichzeitig das Gefühl, mit ihren drei wilden Brüdern zu Hause eingesperrt zu sein, während ihre besten Jahre vorbeizogen. Dass sie es ohne Dad nicht aushielt, aber auch nicht wusste, wie lange Mam die Pflege noch ertragen konnte. Als Mary weinte, machte sie sich keine Sorgen über ihr Aussehen, ihr Make-up. Sie nahm das Taschentuch, das James ihr hinhielt, ebenso wie den Raum, den er ihr für ihre Geschichte gab.

»Er kann froh sein, dass er dich hat. Sie können alle froh sein.«

Eine Gruppe Teenager raste vorbei, ihre Gesichter von Kapuzen halb verdeckt, und einer hat einen dieser Ghettoblaster dabei, die Mary seit Jahren nur noch in Secondhand-Läden in Newtownards gesehen hatte. Als der Krach verhallt war, hatte Mary sich wieder gefangen. Sie bot James noch ein Bier an, sein drittes. So musste sie es nicht trinken und sich zum Affen machen.

»Und bei dir? Was ist dein großer Plan? Jetzt bist du dran«, sagte sie.

»Es tut mir leid, ich habe keinen.«

»Unsinn!«

James blickte überrascht auf. Diese Resolutheit war immer schon in Mary gewesen, aber sie hatte sie fast ihr ganzes Leben lang unterdrückt, weil sie alle um sich herum glücklich machen wollte. James gelang es mühelos, die Ecken und Kanten ihrer Persönlichkeit zum Vorschein zu bringen. Sie genoss es, ein Ventil für ihre Gefühle zu haben.

»Ganz ehrlich, Officer. Ich verschweige Ihnen nichts. Keinerlei Pläne, zumindest nichts so Gutes wie deine Karten.«

»Gar nichts?«

»Ich mag meine Arbeit nicht besonders – so viel weiß ich.«

»Den Arztberuf?«

James nickte. »Es ist nicht immer einfach. Aber so ist es eben. Ich helfe Menschen gern. Aber meistens tue ich das gar nicht. Ich schlage mich mit Pfusch, Papierkram und anderem Ärger herum. Dennoch kann ich den Beruf nicht an den Nagel hängen. Ich bin sechsunddreißig, das ist zu spät für eine neue Laufbahn.«

Mary hatte schon überlegt, wie alt James wohl war, hatte aber nicht gewusst, wie sie ihn – ohne unhöflich zu sein – danach hätte fragen können. Also war er neun Jahre älter als sie – das war kein Problem. Sie hatte sich immer schon älter gefühlt, als sie war, und sich auch so verhalten. Bedeutete das, dass James sein Junggesellendasein gern hinter sich lassen würde, oder war es ein Anlass, sich Sorgen zu machen, weil er immer noch zu haben war? Das sollte sie zu diesem Zeitpunkt besser nicht fragen, entschied sie.

»Magst du London nicht?«

»Ich mochte es noch nie«, antwortete James schulterzuckend. »Aber meine Eltern sind dort. Und inzwischen auch die Arbeit. Wenn ich könnte, würde ich auf dem Land wohnen – mit ein paar großen Hunden und einigen Schafen, da wäre ich glücklich. Glaubst du, dass das zu mir passt?« Bevor Mary antworten konnte, stieß James, den Akzent eines südwestenglischen Bauern imitierend, hervor: »Farmer Jim.«

Der Gedanke war derart grotesk – passte überhaupt nicht zu dem Mann, der vor ihr saß, in seinem gebügelten Hemd und dem Jackett – dass Mary sich das Lachen nicht verkneifen konnte. Ihr Kopf fiel nach vorne, in unangemessene Nähe zu seinen Weichteilen.

»Moment mal – was ist denn daran so komisch?

»Alles, Jim.«

Mary beugte sich zu ihm und wollte ihn unbedingt noch einmal küssen. Sie hatte nicht gewusst, dass es Erregung entfachen konnte, wenn man sich verletzlich zeigte – zumindest nicht in diesem Maße. Plötzlich traf es sie wie der Blitz: Es gab einen Ort, den sie ihm unbedingt zeigen musste, während alles zwischen ihnen noch so frisch war.

»Komm, wir gehen.«

Noch war es nicht dunkel, aber die Augustluft war schon kühl. Als sie am Parktor ankamen, fröstelte Mary. Sie hätte etwas Wärmeres als ihre leichte Bluse anziehen sollen, vor allem, wenn sie noch zum Lagan wollten.

»Ist dir auch warm genug?« Jim hatte seinen Arm um Marys Schultern gelegt und spürte gewiss ihre Gänsehaut. »Warte mal.« Er blieb stehen. »Du frierst ja – warum sagst du denn nichts?« Er knotete die Ärmel seines Jacketts auf, die er vor der Brust zusammengebunden hatte. Er stellte sich hinter Mary und wartete, bis sie die Arme hineingesteckt hatte. Sie spürte etwas Eckiges und Hartes in der Brusttasche – einen Flachmann oder irgendeine Schachtel. »Steht dir gut.«

Mary führte sie von der Waterfront Hall mit den zahlreichen Konzertbesuchern weg, dorthin, wo die Bebauung langsam spärlicher wurde und sich Stille über das Flussufer legte. Als sie weit genug von der Stadt entfernt waren, wand sie sich durch die Metallstäbe, die verhindern sollten, dass betrunkene Fußgänger ins Wasser fielen. Ein kleines Kreuz, das mit einem Feuerstein in den Bodenbelag gekratzt worden war, leuchtete im rosigen Licht der Abenddämmerung – das Ergebnis vieler Stunden, die sie allein dort verbracht hatte.

An diesen Ort hatte Mary noch nie jemanden mitgenommen. Weder Moira noch Mam. Und ganz sicher nicht Dean, in den achtzehn unglücklichen Monaten ihrer Beziehung. Er hätte das Plätschern der Wellen mit seinem unablässigen Geplapper übertönt – ein Papagei in Puma-Turnschuhen und einem Kapuzenpulli, den er vor seiner Schicht an der Tankstelle wer weiß wo aufgestöbert hatte. Nein. Das war ein Ort, der ihr allein gehörte. Hierher kam sie, um nachzudenken, um zu träumen, wenn ihr alles zu viel wurde, die ganze Welt mit ihren Verpflichtungen und Zwängen.

Mary war fest entschlossen, nicht darüber nachzudenken, warum sie Jim hierher eingeladen hatte. Sie wusste nur, dass es sich richtig anfühlte und dass es sich vom ersten Moment an, seit sie ihm begegnet war, ausgezahlt hatte, auf ihr Bauchgefühl zu vertrauen.

Sie saß mit dem Rücken zur Stadt, ihre Füße baumelten knapp zwei Meter über dem Wasser, und sie bedeutete Jim, sich zu ihr zu setzen. Er rutschte so nah zu Mary, dass sich ihre Schultern berührten. Eine ganz flüchtige Berührung, dennoch durchfuhr es sie. Sie drehte sich zu ihm, um ihn zu küssen, und was als Küsschen begann, wurde intensiver und fordernder, bis sie sich dazu zwingen musste, sich von ihm zu lösen, damit sie kein öffentliches Ärgernis erregten. Unmöglich zu sagen, wie viel Zeit vergangen war, hatte jemand sie gesehen? Ihr wäre es peinlich gewesen, wenn ein Nachbar oder ein Kollege sie so erblickt hätte.

Er legte Mary einen Arm um die Taille. »Das ist aber ein schönes Fleckchen. Und die Gesellschaft ist auch nicht zu verachten.«

»Charmeur.«

»Nur bei dir.«

»Das glaub ich nicht.«

»Warum nicht?«

Er hatte einen wunden Punkt getroffen. »Weil du mit anderen Mädchen auch so bist.«

»Mit welchen anderen Mädchen?«

»Denen in London.«

»Ach, genau, mein Harem. Ich hoffe, dass jemand die Damen dieses Wochenende versorgt.«

»Du weißt schon, was ich meine.«

»Und ich weiß, dass ich nur Augen für eine einzige Frau habe.«

Mary stockte der Atem.

»Wann besuchst du mich mal?«

»In London?«

»Wo denn sonst?«

Mary vermied es, ihn anzuschauen. Was sollte sie auch sagen? Sie konnte es sich nicht leisten, auch nicht, wenn sie monatelang sparen würde. Und außerdem brauchte ihre Familie das Geld. Ihr wurde plötzlich klar, dass das alles ein Traum gewesen war – ein alberner, schöner Traum. Ein zweiwöchiger Traum, der ihr gutgetan hatte und schließlich verschwinden würde, wie jeder andere Gast im Hotel oder jeder Mensch, den sie ins Herz geschlossen hatte.

»In vierzehn Tagen also, schön. Ich buch dir ein Ticket.«

Mary öffnete den Mund und wollte gerade protestieren.

Da küsste Jim sie, und der Klang ihres Protests wurde weit aufs Meer hinausgetragen.

KAPITEL 5
2005

Sie wachten beide erst auf, als das Reinigungspersonal am nächsten Morgen klopfte. Mary betrachtete den Schreibtisch aus Eichenholz in der Zimmerecke, auf dem die Reisetasche lag, dann blickte sie auf das gestärkte weiße Laken, das sie sich über die Brust gezogen hatte. Sie war nicht in ihrem Bett zu Hause, so viel war klar. So dicke Bettdecken gab es bei den O'Connors nicht. *Das Stormont. Ihr zweites Date.*

Mary hätte nicht überrascht sein sollen, dass sie hier gelandet waren. Sie beide hatten sich am Lagan wie Teenager benommen. Er hatte seine Hände unter ihr Top geschoben und sie hatte ihre ... nun, diese Gedanken ziemten sich nicht für einen Sonntagmorgen, es war schließlich der Tag des Herrn. Es fiel Mary schwer zu begreifen, dass sie sich an einem öffentlichen Ort so ... *schamlos* verhalten hatte. Sosehr sie andere, die ein solches Spektakel veranstalteten, verachtet hätte, sowenig schien sie selbst sich in Jims Gegenwart zurückhalten zu können. Sie kannte ihn noch nicht einmal drei Wochen lang, hatte ihn zweimal gesehen, und bereits jetzt spürte sie, dass alles, was sie über sich – und die Welt – zu wissen glaubte, in sich zusammenfiel.

Es klopfte wieder, dieses Mal lauter.

»Mist!«

»Was ist los?« Jim lag auf dem Bauch und hob den Kopf vom Kissen.

Noch ein Klopfen, dazu ein Husten und ein Satz, den Mary nicht verstand. Sie suchte nach ihrem Shirt, seinem Hemd – irgendetwas, um nicht völlig würdelos dazustehen und zu vermeiden, dass ihre Kollegen vom Zimmerservice mehr zu Gesicht bekamen, als ihnen lieb war. Vergeblich. Ihr Spitzen-BH baumelte von der Gardinenstange – da kam sie nicht dran. Was zum Teufel hatten sie veranstaltet? Sie gab auf und kroch wieder ins Bett, zog sich das Laken einfach über den Kopf.

»Lass gut sein.« Jim torkelte aus dem Bett und stieg in die Hose, die über dem Schreibtischstuhl hing. Er öffnete die Tür einen Spaltbreit. »Was kostet ein späterer Check-out?«

Mary verstand die Antwort nicht, aber sie wusste, dass das Hotel viel zu viel Geld verlangen würde. Damit machte man in der Branche nämlich wirklich Umsatz: mit Menschen, die zu faul waren, sich an die Regeln zu halten. Sie konnte sich nicht daran erinnern, jemals so lange im Bett geblieben zu sein.

»Ich zahle dann später unten. Vielen Dank Ihnen beiden, Sie haben mir sehr geholfen.«

Sie konnte sich ausmalen, wie sein Lächeln auf sie gewirkt haben musste.

Jim schloss die Tür und kam wieder zum Bett. Er zog Mary die Decke vom Leib und legte eine Hand auf ihre Oberschenkelinnenseite.

»Du schämst dich für mich, oder?«

»Ich schäme mich eher dafür, dass wir noch im Bett liegen.« Mary versuchte, den Finger zu ignorieren, der langsam höher fuhr. Und wieso hatte James zu dieser Tageszeit überhaupt so viel Energie? Sie hatten erst im Park ein Bier getrunken und dann noch einige an der Pommesbude, wo sie zu Abend gegessen hatten. Sie wünschte sich, sie wäre mit einem Kater ebenso fit. »Das späte Auschecken ist teuer.«

»Ich kümmere mich drum.«

»Du kümmerst dich immer um alles.«

»Ist das eine Beschwerde? Beschwerden nehme ich sehr ernst, weißt du?« Jim sah sie mit gespitzten Lippen feierlich-spöttisch an.

Mary hoffte für seine Patienten, dass er ein besserer Schauspieler sein konnte.

»Ich gebe dir etwas dazu. Für das … das Zimmer.«

Wegen seines Besuchs hatte sie ihre Schichten abgeben müssen, und nun würde alles noch knapper werden als ohnehin schon, aber sie würde sich etwas einfallen lassen. Sie könnte ihren Dispo ausreizen, wenn es sein musste.

»Okay. Das ist lieb von dir. Aber bitte lass es mich dieses Mal übernehmen. Und unser nächstes Wochenende in London auch. Und vielleicht noch ein paarmal danach …« Jim küsste erst ihre verfilzten Strähnen am Haaransatz und wanderte mit seinem Mund dann langsam weiter über ihren Hals und die Brust.

Das alles kam Mary nicht richtig vor, oder besser gesagt, normalerweise hätte sie Bedenken gehabt. Aber irgendwie hatte sie bei Jim nie das Gefühl, ihm etwas schuldig zu sein. Sie war ihm nichts schuldig und er ihr auch nicht.

Jim fuhr ihr mit der Zunge über die Nippel und biss sie sanft. Vielleicht war der späte Check-out doch sein Geld wert.

★

In einer kurzen Nachricht an Moira berichtete sie, welche interessanten Dinge man an einem Sonntagmorgen in Belfast erleben konnte. Weil Jim gestern Abend die *Fish and Chips* derart genüsslich verschlungen hatte, war Mary klar, dass er gern aß. Als er ausgecheckt hatte, beschloss sie deshalb, die Stunden vor seinem Heimflug mit ihm auf dem St George's Market zu verbringen.

Nach dem gestrigen Abend hatte Jim einen Bärenhunger. Bei fast jeder Fressbude musste er etwas probieren, und von jedem Sandwich, jedem Brötchen und aus jeder Box bot er auch Mary einen Bissen an, bis sie sich fragte, ob er zu den Männern gehöre, von denen Moira in einer Zeitschrift gelesen hatte, die es antörnt, Frauen zu füttern. Mary dachte, dass sie damit leben könnte.

Dicht aneinandergedrängt saßen sie an zwei langen Bierbänken zwischen Einheimischen, die ihren Brunch hinunterschlangen, und Mary staunte darüber, dass sie diesen Ort, an dem sie schon Hunderte Male gewesen war, dank Jim nun mit ganz anderen Augen sah. Die Dachziegel und Pflastersteine waren ihr vorher nie aufgefallen. Die Rufe der Händler hörten sich glasklar an. Im Gegensatz dazu sorgte Jims Nähe andererseits dafür, dass Mary sich trunken fühlte, schwindelig in der Gewissheit, dass es ihm ebenso ging. Zum ersten Mal in ihrem Leben spürte sie, dass sie Ängste, Erwartungen und Verpflichtungen hinter sich ließ. Ausnahmsweise einmal fühlte sie sich wirklich lebendig.

Bei einem Spaziergang danach sprachen sie über alles und nichts. Mary hatte unendlich viele Fragen an Jim, aber sie wurde nur einen Bruchteil davon los; Jim konzentrierte sich ganz darauf, Mary auszufragen, und hörte sich auch die langweiligste Antwort interessiert an. Mary hatte sich nie für irgendwie besonders gehalten. Bis zu dem Augenblick, als Jim in ihr Leben getreten war. Das Interesse, das er an den Tag legte, konnte man nicht heucheln. In seinen Augen hatte sie

Chuzpe, Grips und Feuer. Je mehr Zeit sie in seiner Gegenwart verbrachte, desto stärker spürte auch sie, wie diese Eigenschaften tatsächlich in ihr erwachten.

Sie kamen zu der alten Werft, die nun zum Teil von den Gerüsten neuer Bauten verdeckt war. In den Schiffsrümpfen brach sich das Sonnenlicht, beide mussten blinzeln.

»Hier irgendwo wurde die *Titanic* gebaut«, setzte Mary an.

»Hier irgendwo ...« Jim schlang von hinten die Arme um Mary, und sie musste den Gedanken wegschieben, wie er unter seinem komischen kragenlosen Hemd aussah. »Das ist ja äußerst präzise.« Er legte Daumen und Zeigefinger beider Hände zu einem Sucher zusammen, den er Mary über das linke Auge legte. »Geht es etwas genauer als *irgendwo* hier?«

»Weg mit dir!«, Mary wand sich in seinen Armen.

Sie erhaschte einen Blick auf seine Uhr an dem Arm, der um ihre Schultern lag. Er würde bald gehen müssen. Ihr Herz schmerzte schon beim Gedanken daran.

»Nun die Eine-Million-Dollar-Frage.« Jim küsste sie unters Ohr – und als seine Lippen auf ihrem Hals landeten, sagte sich Mary, dass sie diese Summe ausgeben würde für einen weiteren Tag mit ihm, sie beide, in der Sonne, so wie jetzt gerade. »Glaubst du mir, dass ich dir den letzten Platz im Rettungsboot überlassen würde?«

Ja, dachte Mary. *Ja, ja, ja*. Sie würde alles dafür geben. Aber ganz konnte sie nicht aus ihrer Haut. Sie hatten erst zwei Dates: drei, wenn man die Tage einzeln rechnete. Der Mann musste sich erst noch beweisen.

»Darüber muss ich noch nachdenken«, antwortete sie. »Vielleicht entpuppst du dich ja als Hallodri.«

KAPITEL 6

2018

»MEINE GÜTE, ICH BRAUCHE VERDAMMT NOCHMAL RAUM ZUM ATMEN!«

Sie brüllt diese Worte in der brechend vollen Bahnhofshalle. Alle bleiben stehen. Alle starren sie an. Es ist, als hätten Hunderte zorniger Pendler alle gemeinsam eingeatmet und warteten auf den Befehl einer einzigen Frau, um wieder auszuatmen. Wer sie auch sein mag, sie hat zweifellos die Menge in ihren Bann gezogen.

Alice Keaton ist nicht so leicht aus der Ruhe zu bringen, doch dieser Aufschrei hat es geschafft. Sie stellt sich auf die Zehenspitzen und probiert, die Verursacherin ausfindig zu machen. Es war die Stimme einer Frau, mit irischem Einschlag. Was steckte dahinter. Wut? Schmerzen? Aus Erfahrung würde Alice beides in Betracht ziehen. Für eine solche Reaktion an einem öffentlichen Ort musste sie schon verzweifelt sein. Alice kann sich nicht mehr daran erinnern, wann sie zum letzten Mal jemanden im Londoner Verkehrsnetzwerk *sprechen* gehört hat, von schreien ganz zu schweigen.

Vergeblich. Mit ihren gerade mal einsvierundfünfzig sieht Alice nur das zerknitterte Hemd des Mannes vor sich. Die Stimme – die Frau – bleibt ein Rätsel. Noch bevor Mary ihre Fersen in den Ballerinas wieder auf den Boden gestellt hat, drängen die ungeduldigen Passagiere nach vorne. Sie wird mitgerissen, in Richtung der Bahnsteigsperren, die nun endlich offen sind und den Weg zum wartenden Zug freigeben.

Alice streckt den rechten Arm aus, als wäre sie eine unberechenbare Radfahrerin, die abbiegen möchte. Sie ist keine Pendlerin, wie der Rest der Meute – sie ist geschäftlich hier! Sie kommt jetzt schon zu spät zu ihrem Termin mit dem Bahnhofsmanager. Je eher sie Neil treffen kann, desto früher kann sie wieder abhauen und den Abend so verbringen, wie es sich für eine anständige Sechsundzwanzigjährige gehört – auf dem Sofa lümmeln mit einem großen Glas Wein in der Hand –, und nicht auf der Jagd nach noch einem belanglosen Artikel.

Neil Bloom ist das dienstälteste Mitglied des Underground Networks und deswegen Interviewpartner für die Kolumne ›My Ealing‹ diesen Monat, die auf der letzten Seite von *The Bugle* erscheint. Als Juniorreporterin ist es Alice' Job, seine Antworten auf so tiefschürfende Fragen aufzuschreiben wie ›Lieblingsort für einen Hundespaziergang‹ und ›Wo gibt's den besten Kaffee im Bezirk?‹

Alice hatte gleich nach der Uni bei *The Ealing Bugle* angefangen. Sie hatten ihr nach einem einmonatigen Praktikum einen Job angeboten, und sie hatte die Gelegenheit beim Schopf ergriffen. Jeder wusste, dass es sich mit Einsteigerjobs in der Journalismus-Branche ähnlich verhielt wie mit Riesenpandas in der Wildnis – beide waren extrem selten. Doch das Neue hatte sehr rasch seinen Reiz verloren. Die interessantesten Artikel in ihrem aktuellen Lebenslauf hatte sie über interne Machtkämpfe des örtlichen Frauenbüros geschrieben. Als sie diese Perle vor einigen Wochen ganz oben in ihren Lebenslauf geschoben hatte, wurde sie erneut von Selbstzweifeln überwältigt. Wenn ihr beruflicher Höhepunkt der vergangenen fünf Jahre darin lag, den Diebstahl eines siebzig Jahre alten Marmeladenrezepts zu untersuchen, dann war etwas mit ihrem Lebensplan schiefgelaufen. Oder eher *gehörig* schiefgelaufen.

Dennoch wollte Alice nie etwas anderes werden als Journalistin, dieses Ziel ist das einzige Gute, das aus ihren Teenagerjahren übrig geblieben ist, denkt sie und verspürt leichte Trauer. Für die vierzehn Jahre alte Alice hatten Journalisten die Mittel, Werkzeuge und einen ausreichend langen Atem, um die Wahrheit ans Licht zu bringen. Wenn Behörden nicht helfen konnten oder wollten, griffen Reporter ein. Wo unbeantwortete Fragen drohten in Vergessenheit zu geraten, konnten Journalisten die losen Enden wieder aufnehmen. Alice träumte davon, etwas Bedeutsames zu schreiben. Ihr war es wichtig, dass ihr Beruf einen tieferen Sinn hatte. Wie zum Teufel war sie dann hier gelandet, auf dem Weg zu einem Interview mit dem ödesten Lokalpromi der Welt?

Inzwischen haben sich die Menschen in der Halle zerstreut, Alice kann sich einen besseren Überblick verschaffen. Die Leute passieren die Bahnsteigsperren, die wenige Minuten zuvor noch verborgen waren, in beide Richtungen. *Meine Güte, ich brauche verdammt nochmal Raum zum Atmen!* Diese Worte hallen in Alice' Kopf nach, und sie versucht, sich vor dem Treffen mit Neil zu beruhigen und wieder einen klaren Kopf zu bekommen. Rechts erblickt sie die Plexiglasscheibe, die den Kontrollraum des Ealing Broadway abschirmt. Dort sollte Neil gerade drin sein.

Sie auch. Aber am anderen Ende der Station entdeckt Alice etwas, besser gesagt, *jemanden*.

Eine einsame Frau steht da, schwankend wie der letzte Kegel auf der Bahn.

Alice hat absolut keinen Zweifel, dass sie es ist, die Frau, die vor nur wenigen Minuten den ganzen Bahnhof in ihren Bann gezogen hat.

Sie ist vielleicht Mitte dreißig – groß und breit, trägt eine schwarze Nylonhose und eine bordeauxrote Strickjacke, die sich mit ihrem gelben Polohemd beißt. So weit nichts Besonderes. Bis Alice ihr Gesicht betrachtet. Was für ein Kontrast. Diese Frau ist wunderschön, das kann man nicht anders sagen. Sie hat große grüne Augen und Wangenknochen wie ein Model, ihre Lippen sehen aus wie mit Permanent-Make-up modelliert.

Alice' Blick fällt auf das Schild in den Händen der Frau, und sie liest **KOMM NACH HAUSE, JIM**. Wer hätte gedacht, dass in diesen vier kurzen Wörtern so viel Sehnsucht und Schmerz stecken könnten? Alice spürt einen Stich in der Brust. Das Interview ist vergessen. Sie muss mit dieser Frau sprechen. Sie *muss* es einfach. Es ist Mitgefühl, ja. Aber es ist mehr als eine normale mitmenschliche Regung. Alice weiß, wie es sich anfühlt, verlassen zu werden.

»Hi. Ich wollte nur mal nachsehen, ob alles in Ordnung ist.«

Die Frau lässt das Schild sinken und wendet sich der Stimme zu. Sie ist einen Kopf größer als Alice, und Alice stellt sich vor, dass ihr Haupthaar nun besonders gründlich betrachtet wird. Sie fährt sich mit der Hand durch ihren stumpfen, kinnlangen Bob und dann mit dem Finger unter beide Augen, um zu prüfen, ob die Wimperntusche ihr nicht die Wangen hinunterläuft.

»Ähm … ja. Also, nein. Ich weiß nicht, was da über mich gekommen ist.«

»Vielleicht wollen Sie sich mal setzen … und etwas trinken?«

Alice blickt zum Kontrollraum. Anscheinend ist dort niemand. Damit ist es beschlossene Sache: Scheiß auf das Interview! Sie wird Neil morgen eine Mail schreiben und sich entschuldigen. Wird sagen, dass ihr etwas Persönliches dazwischengekommen ist. Was ja auch irgendwie stimmt.

»Nein, wirklich, alles okay. Machen Sie sich keine Sorgen.« Die Frau bemüht sich, überzeugend zu wirken und das Schild ein paar Zentimeter höher zu halten, aber ihr Arm zittert.

»Sie würden mir eine Freude machen.«

Alice kann sie nicht so stehen lassen. Sie könnte umkippen, und niemanden hier würde das interessieren.

»Ich sollte ...«

Die Frau verstummt, sie hat wohl nicht genug Energie, ihren eigenen Satz zu vollenden. Man kann Alice geradeheraus nennen (das würde sie nicht zum ersten Mal hören), aber dies ist der Beweis, dass sie diese Fremde dazu zwingen muss, sich auszuruhen. Sie muss sich hinsetzen. So viel ist klar.

»Ich bestehe darauf.« Alice sieht, dass die Frau zögert. »Sie sollten auf sich aufpassen, sonst muss ich das für Sie tun!« Die letzten Worte sollten ein Witz sein, doch die Frau verzieht schmerzgeplagt das Gesicht. Alice legt ihr die Hand auf den Unterarm. »Bitte, tun Sie mir den Gefallen?«

»Okay«, sagt sie schließlich seufzend. »Aber ich habe nicht viel Zeit.«

Alice hatte nicht darüber nachgedacht, wohin sie die Frau einladen wollte. Die Cafés, die sie kennt, sind inzwischen geschlossen, und die Frau mit dem Schild sieht nicht aus wie jemand, der Alkohol trinkt. Sie scheint trotz ihres kurzen Ausbruchs ansonsten gut beieinander. Sie steckt sich gerade einige Strähnen aus ihrem makellosen Gesicht hinters Ohr zurück. Alice glaubt nicht, dass die Frau eine solche Szene nötig gehabt hätte, damit man sie beachtet, doch andererseits weiß Alice, wie tief man in den eigenen Gedanken versunken sein kann.

Genau wie sie selbst im Augenblick. Sie war so damit beschäftigt, ihre Begleiterin genau zu mustern, dass sie gar nicht bemerkt hat, wie sie das nächste Pub ansteuert. Sie hofft, dass die Frau harten Alk nicht als Affront empfindet.

»Was hätten Sie gern?«, fragt Alice.

Es ist nicht allzu viel los, mitten in der Woche, dennoch werden sie von den Stammgästen angestarrt, deren Blicke sonst ins Leere gehen.

»Eine Cola bitte.« Die Frau kramt einen Fünfer hervor, den Alice umgehend ablehnt. »Ich suche uns einen Platz. Vielleicht ist draußen noch etwas frei.«

Als Alice die Getränke erhalten hat, folgt sie ihrer Begleitung in den Garten. Es ist drückend heiß, und sie stellt erst die Gläser mit eiskaltem Wasser vom Tablett auf den Tisch. »Ich bin übrigens Alice.«

»Mary.«

»Freut mich, Mary. Auch wenn wir uns unter so ähm … widrigen Umständen kennengelernt haben.«

Alice fragt sich, ob Mary darauf eingeht und sich erklärt. Leider nicht. Sie rührt mit dem Strohhalm und sagt mit einem Blick auf die Cola: »Vielen Dank.«

»Keine Ursache. Arbeit macht durstig, wie geht es Ihnen?«

Dieses Mal also ein direkter Versuch. Alice sieht das Schild nicht mehr und vermutet, Mary habe es in ihrer Tasche verstaut. Stille, während Mary an ihrem Getränk nippt und sich auf die Holzmaserung der Bank konzentriert. Immer noch nichts. Mary scheint eine harte Nuss zu sein, aber Alice' Neugierde wird sie langsam, aber sicher knacken.

»Was war das eben?«

Mary starrt immer noch auf den Tisch. »Ich hatte eine anstrengende Woche«, sagt sie schließlich.

»Möchten Sie darüber reden?«

Alice erwartet keine Antwort. Sie weiß, wie schwer es ist, sich zu öffnen, selbst zu guten Zeiten und mit den liebenswürdigsten Menschen. Es macht nicht den Anschein, als würde sie Marys Festung überwinden können, auch wenn sie ihr so gern vermitteln würde, dass sie nicht allein ist.

Alice stürzt die Hälfte ihres Drinks hinunter und vermutet, dass sie bald wieder aufbrechen. Als Mary ihr antwortet, ist sie derart überrascht, dass sie sich an ihrem Gin verschluckt.

»Ich habe gestern Abend einen Anruf erhalten. Von Jim.«

Alice braucht ein, zwei Sekunden, um das zu verstehen. Sie starrt Mary an, die ihr nun direkt ins Gesicht blickt. Sie sieht verängstigt aus. Alice hat den Eindruck, dass die Worte ihren Mund verlassen haben, bevor sie sie zurückhalten konnte.

»Nein. Nein, das wollte ich nicht sagen. Vergessen Sie's, ich weiß nicht, was ich mir dabei gedacht habe … Ich bin niemand, der mit seinen Problemen vor Fremden herausplatzt. Ich bin nur müde und unruhig, und wahrscheinlich hat mich Ihre Freundlichkeit überwältigt. Ich weiß, Sie haben aus Höflichkeit gefragt, und ich danke Ihnen dafür, aber wissen Sie was«, Mary greift nach ihrer Tasche am Boden, »ich muss jetzt los.«

»Von dem Jim von dem Schild?«

Der Klang von Jims Namen, den Alice so sanft ausspricht, lässt Mary abrupt innehalten. Sie nickt, Tränen brennen in ihren Augen.

»Hey, mal langsam. Wozu die Eile?« Alice bedeutet Mary, sich wieder hinzusetzen. »Sie können doch mit mir reden. Geteiltes Leid ist halbes Leid … Oder, na ja, wenn schon nicht geteilt, erleichtert es wenigstens. Dann fühlen Sie sich besser. Und machen Sie sich keine Gedanken um mich. Ich habe keine Termine mehr.«

»Jim hat angerufen«, sagt Mary ganz ruhig, als müsste sie erst einmal vorfühlen, ob sie Alice tatsächlich vertraut.

Je länger Alice mit Mary redet, desto stärker spürt sie den Wunsch, ihrem Geheimnis auf den Grund zu gehen. Sie hat etwas Faszinierendes an sich. Etwas ganz Besonderes.

»Ich meine, ich glaube, dass er es war. Er hörte sich so ängstlich an. Oder … Ich weiß es nicht. Vielleicht hat er sich auch geschämt, weil er sich gemeldet hat? Das war schwer zu sagen, weil wir nur kurz gesprochen haben, dann wurde die Verbindung unterbrochen.«

»Haben Sie ihn zurückgerufen?«

»Nein, das ging nicht. Er hat mich nicht auf dem Handy angerufen, wissen Sie. Er hat in dem Callcenter angerufen, wo ich arbeite. NightLine. Das ist eine städtische Krisenhotline. Aber es ist völlig anonym, deswegen kann man Anrufe nicht zurückverfolgen oder …« Marys Silben stolpern übereinander, ein Schwall abgehackter Wörter und eiliger Atemzüge.

»Alles in Ordnung. Hier, nehmen Sie einen Schluck.« Alice schnipst gegen den Strohhalm in Marys Getränk, damit er wieder zu ihr zeigt. Mary leert das Glas in einem Zug.

»Tut mir leid.«

»Muss es nicht.«

»Das ist seltsam, oder?«, fragt Mary.

»Hört sich so an, ja.«

»Hm …« Mary knibbelt an der Nagelhaut ihres linken Daumens. Alice versucht, beim Anblick der Haut nicht zurückzuschrecken: roh und knallrot meliert. Das Ergebnis jahrelanger Tortur. Ebenso lange wird es dauern, bis es wieder verheilt.

»Wer ist dieser Jim, wenn ich fragen darf?«

»Ein Mann, den ich kenne. Kannte, besser gesagt. Er ist verschwunden.«

Verschwunden. Alice rutscht das Herz in die Hose.

»Vor sieben Jahren«, fügt Mary flüsternd hinzu.

»Es tut mir leid ... Darf ich ... darf ich fragen, was passiert ist?«

»Ich wünschte, ich wüsste es selbst. Niemand weiß, wo er ist. Ich weiß es nicht. Seine Eltern wissen es nicht. Also nicht, dass ich mit Richard und Juliette noch Kontakt hätte ...« Mary rührt mit dem Strohhalm die schmelzenden Eiswürfel in ihrem Glas. »Die Polizei hat die Ermittlungen eingestellt. Deswegen habe ich angefangen, mich am Bahnhof hinzustellen, mit dem Schild. Ich musste etwas unternehmen.« Sie kneift die Augen zusammen. Die nächsten Worte scheinen ihr alles abzuverlangen. »Das gab mir die Kraft weiterzumachen.«

Alice greift über den Tisch und legt ihre Hand auf Marys geballte Faust. »Es tut mir so leid, Mary. Wirklich.«

Mary kann Alice immer noch nicht in die Augen blicken. Trotzdem ringt sie sich ein schiefes Lächeln mit zusammengepressten Lippen ab, als wolle sie sämtliche Gefühle in ihrem Inneren verschließen. Alice stellt sich vor, wie Angst und Erschöpfung wieder von Mary Besitz ergreifen, auf ihren Schultern lasten. Etwas hat Mary ausgehöhlt, etwas, das tiefer geht als nur der Schmerz. Alice hat Angst, weiterzufragen, selbst von dem Schmerz mitgerissen zu werden.

»Erzählen Sie mir mehr von diesem Callcenter – Night-Line?«

Mary entspannt sich ein klein wenig.

»Ich habe dort einige Monate nach Jims Verschwinden angefangen. Ich glaube, ich brauchte einfach eine sinnvolle Beschäftigung. Menschen zu helfen, die Probleme haben. Und vielleicht an meinen Fähigkeiten als Zuhörerin arbeiten.«

Alice begreift nicht, wie es Mary trotz ihres eigenen Albtraums möglich ist, andere aufzufangen. »Das ist beeindruckend. Ich sollte auch so etwas machen.«

»Wir suchen immer Leute. Wenn Sie NightLine googeln, finden Sie die Website. Sie ist nicht besonders toll, aber dort steht alles Wichtige.« Mary hält inne, ihr wird bewusst, dass sie nur über sich selbst gesprochen hat. »Was machen Sie überhaupt? Also wenn Sie nicht gerade hier sitzen und sich um fremde Menschen kümmern.«

»Ähm …« Alice' Mund wird trocken. Sie kann Mary doch nicht erzählen, was sie beruflich macht, oder? Niemand traut einer Journalistin. Und Mary hat gerade angefangen, sich ihr zu öffnen. Das Letzte, was Alice will, ist, dass Mary sich fühlt, als wäre sie unter Vortäuschung von Freundlichkeit in einen Hinterhalt geraten.

»Ich mach Online-Zeug. Digital. Hauptsächlich Content Creation.«

Diese Worte scheinen völlig an Mary vorbeizugehen. War das eine Lüge, fragt sich Alice? Falls ja, dann aber nur eine kleine.

Wenn Alice doch nur gewusst hätte, wie schnell aus einem Schneeball eine Lawine wird.

KAPITEL 7

2005

»Aufstehen.« Jim stellte zwei Tassen auf den Nachttisch neben Mary. Sie tunkte einen kleinen Finger hinein und leckte den Milchschaum ab. Es war pure Zauberei in ihren Augen, dass Jim den Kaffee wie ein Barista zubereiten konnte. »Bin gleich zurück, ich hab noch etwas auf dem Herd stehen.«

Nachdem er aus dem Zimmer gestürzt war, nahm Mary sich einen Augenblick, um ihre Umgebung zu betrachten. Sie war noch nie in einer Wohnung wie der von Jim gewesen – ja, sie war überhaupt noch nie in einer Wohnung gewesen –, und es hatte eine Weile gedauert, sich an das Glas, das Metall und die peinliche Ordnung zu gewöhnen. Auf Mary wirkte es ein wenig unpersönlich, aber wenn man doch niemanden hatte, mit dem man es teilen konnte … Außerdem machte das Umland die etwas sterile Wohnung wieder wett. In dem kleinen Teil von Ealing, den sie gesehen hatte, gab es viele gemütliche Cafés und Pubs, alle rappelvoll mit gut verdienenden jungen Paaren.

Mary konnte sich gut vorstellen, hier zu leben, in den Wohltätigkeitsgeschäften oder in den eleganten Boutiquen, die sie weiter unten auf der High Street gesehen hatte, nach Stoffen Ausschau zu halten, falls Jim bei Sofakissen aus zweiter Hand die Nase rümpfte. *Hör auf, hör auf, hör auf.* Sie war in Gedanken schon wieder viel zu weit vorgeprescht. Sie verbrachten gerade erst das dritte Wochenende miteinander, das erste in London, und auch, wenn es nicht besser hätte laufen können, konnte sie kaum fassen, wie sehr Jim von ihr angetan war.

Ihre übliche Vorsicht walten zu lassen, war nicht einfach. Es hatte einen Moment gegeben – nachdem Jim die Buchungstermine für ihre Flüge geschickt hatte, als er sie anrufen musste, um sie nach ihrem zweiten Vornamen und der genauen Schreibweise ihres Nachnamens zu fragen. *Ein ›n‹ oder zwei?* Als Mary aufgelegt hatte, bekam sie Panik. War sie verrückt, zu einem dritten Date zu ihm nach London zu fliegen? Oder noch schlimmer, war sie verrückt, sich in einen Mann zu verlieben, der fünfhundert Meilen weit weg wohnte?

Zum Glück hatte sie noch andere Anker als Jim, wenn ihr Selbstvertrauen ins Wanken geriet. Mary hatte sich große Sorgen gemacht, wie Mam die Nachricht von einem Mann in ihrem Leben aufnehmen würde, besonders von einem, der sie übers Meer lockte, wenn sie eigentlich bei der Arbeit sein sollte. Doch als sie es endlich stammelnd erzählte, freute Mam sich so sehr für sie, dass Mary sich aus der überschwänglichen Umarmung kaum befreien konnte. *Ich freue mich so für dich*, sagte Mam immer wieder, *jetzt bist du mal dran, das hast du wirklich verdient.* Mary hatte nicht geahnt, dass ihr Singledasein Mam so große Sorgen bereitete.

Und dann gab es noch Moira – die auch noch eine dritte Wochenendschicht für Mary übernahm, aber nur, wenn Mary ihre nicht jugendfreien Fragen zu Jim beantwortete. Mary wurde allerdings aus dem Verhör gerettet, weil Jenny, die Hotelmanagerin des Stormont, Moira unterbrach, als die gerade drei unterschiedlich lange Papierröhren schwenkte. Damit war das Verhör beendet – zumindest fürs Erste. Kurz bevor Mary losgehetzt war, um am Freitagabend ihren Flug zu bekommen, hatte ihr Moira eine eingeschweißte Plastikhülle zugeworfen: noch einen Balconette-BH.

Aber nun gab es für Mary absolut keinen Zweifel mehr, dass die Schwierigkeiten, die Mühen und die Angst sich gelohnt hatten. Niemals hätte sie sich noch vor knapp einem Monat vorstellen können, dass sie auf einen gut aussehenden Engländer warten würde, der ihr Frühstück ans Bett brachte. Daran könnte sie sich gewöhnen. Daran und auch an den Rest von Jims Aufmerksamkeiten. Jim hatte Pflegeprodukte für sie gekauft, die nicht nach Mann rochen, und eine Schachtel irischen Barry's Tea. Und auch, wenn sie nur im Laden um die Ecke Milch kaufen wollten, ging Jim an der verkehrsreichen Straße, die Ealing durchquerte, immer an der Seite, die näher zur Fahrbahn lag. Ein echter Gentleman.

Noch war alles ganz frisch, führte Mary sich vor Augen, alles könnte sich noch ändern. Aber sie betete inständig, dass sich nichts mehr ändern möge.

Jim steckte den Kopf durch die Tür. »Hunger?« Dann kam er ins Schlafzimmer, den Blick auf den Teller auf einem Samtkissen in seinen Händen gerichtet. »Sorry, ich habe kein Tablett.«

»Gibt's doch nicht.« Mary tat so, als würde sie den Teller wegschieben wollen, aber ihr Magen knurrte. »Irgendetwas riecht phantastisch.«

»Ich fühle mich geschmeichelt.« Jim legte Mary das Kissen auf den Schoß. »Selbst gemacht. Das Brot – nicht die Eier. Es wird wohl noch etwas dauern, bis ich meinen Bauernhof bekomme.«

»Und eine Rose?«

»Die habe ich nebenan abgeschnitten, als wir gestern da vorbeigegangen sind und du gerade von mir geträumt hast.«

Mary blickte Jim vernichtend an. »Mit Blumen entschuldigt man sich, und Männer, die sich entschuldigen, haben etwas falsch gemacht.«

»Meine große Romantikerin, wie ich sie kenne und liebe.«

Mary nahm einen Bissen. Die Eier schwammen in Butter, nicht sonderlich gut für ihre Figur. Sie rutschte ein wenig weiter unter die Decke. »Raus mit der Sprache.«

»Ich habe noch eine Kleinigkeit vergessen zu erwähnen.«

»Das war doch nur ein Scherz.« Sie umklammerte ihre Gabel fester. Sie hatte keine Ahnung, was er als Nächstes sagen würde. Sie hatte ihn beim ersten Treffen gefragt, aber was war, wenn er gelogen hatte? Gab es noch eine andere Frau? Das war es – er hatte eine Freundin. Eine Frau. Jesus, Maria und Josef – was, wenn er eine *Ehefrau* hatte?

»Wir haben später eine Verabredung.«

»Oh. Mit wem?«

»Mit meinen Eltern.«

Mary blieb der Mund offen stehen – mit Blick auf die Körner des Sauerteigs in ihren Backenzähnen.

»Das wird toll. Ich will, dass du sie kennenlernst. Es ist nur ein kurzes Mittagessen. Danach sind wir wieder zu zweit, bevor du dich auf den Nachhauseweg machst …«

Ging das nicht alles ein bisschen zu schnell? Die Eltern würden bestimmt fragen, wie sie sich kennengelernt hatten – wie sie zueinander standen. Marys Magen rebellierte schon beim Gedanken daran.

Jim redete weiter – er hatte nichts bemerkt. »Sie werden dich lieben. Du musst einfach nur du selbst sein.« Als Mary nicht antwortete, schob er den Teller zur Seite und schaute ihr in die Augen.

»Es tut mir leid, dass ich es dir nicht früher gesagt habe. Ich wollte nicht, dass du Angst bekommst, aber anscheinend habe ich genau das bewerkstelligt. Ich sage ab, wenn du möchtest, ja? Ich kann sagen, dass ich krank bin.«

Mary dachte kurz darüber nach. Aber was würde sie damit über ihr Vertrauen in die Beziehung aussagen – und auch in sich selbst? »Nein, ich komme mit.« Jims Gesicht leuchtete auf. »Du kannst das aufessen, während ich dusche.« Sie zeigte auf die angeknabberten Leckereien, die schon kalt wurden.

»Oder ich könnte mitkommen?« Jim rutschte so nah zu Mary, dass sie seine Wärme spüren konnte. Er zog sein T-Shirt aus und schob die Hand unter ihrs. »Es gefällt mir, dass ich einiges wiedergutzumachen habe.«

★

Mary war noch nie in einem solchen Restaurant gewesen, wie Jim es für das Mittagessen mit seinen Eltern ausgesucht hatte, mit seinen freigelegten Backsteinwänden und den dicken Metallrohren dort, wo die Bilderschienen hängen sollten. Und wenn es nach ihr ginge, müsste sie auch nicht unbedingt noch einmal dorthin. Im Wasserkrug schwamm viel Grünzeug. Jim lachte, während Mary die Stängel zur Seite schob und versuchte, sich einzuschenken.

»Hier sind wir!«, rief er.

Mary stand auf und strich sich das Kleid über den Oberschenkeln glatt. Hätte sie gewusst, dass sie seine Eltern kennenlernen würde, hätte sie etwas Adretteres eingepackt, auf jeden Fall etwas Längeres. Sie wollte nicht, dass sie sie für ein Flittchen hielten, das nicht gut genug für ihren Sohn war.

»Hi, es ist schön, Sie kennenzulernen.«

»Mum, Dad, das ist Mary.«

»Richard.« Jims Vater machte einen Schritt auf sie zu und

schüttelte ihre ausgestreckte Hand mit einem ›festen Händedruck‹, wie Dad sagen würde. Dann drehte Mary sich zu seiner Mutter, um auch ihr die Hand zu geben. Diese kramte gerade selbstvergessen in ihrer Handtasche.

»Mum«, Jim berührte sie am Handgelenk. Sie blickte langsam auf, als wäre sie gerade aus einem Nickerchen gerissen worden.

»Sorry, sorry, es freut mich sehr.« Sie übersah Marys Hand – die inzwischen schlaff an ihrem ausgestreckten Arm hing – und küsste sie auf die Wange. »Ich bin Juliette, und ich weiß, dass James dir schon viele schreckliche Dinge über mich erzählt hat.« Ihr Lächeln war zu schwach, um überzeugend zu wirken.

Als sie am Tisch saßen, in die Speisekarten schauten und Jim einige Fragen zu seiner Arbeit beantwortete, versuchte Mary, einen ersten Eindruck von seinen Eltern zu gewinnen. Juliette sah schlank, akkurat und ruhig aus – eine kleine Frau im Vergleich zu ihrem überlebensgroßen Ehemann.

»Wie dem auch sei, Sohn, es ist schön, dich endlich einmal mit einer Freundin zu sehen. Wir haben schon gedacht, mit dir würde etwas nicht stimmen.« Mary mussten fast die Augen aus dem Kopf gefallen sein, denn Richard klopfte ihr versöhnlich auf die Schultern. »War doch nur ein Witz! Es ist bloß schon eine Weile her, dass er jemanden mit nach Hause gebracht hat. Wann war das letzte Mal, Juliette? Unser James war zwanzig, oder? Wie geht es Evie überhaupt? Sie macht ganz sicher etwas absolut Geniales. Sie war immer schon eine Frau der Tat.« Mary bemerkte, dass Richards Augen aufleuchteten. »Hast du noch viel mit ihr zu tun?«

Mary blickte auf ihre Serviette. Sie wusste, dass Jim nur wenige ernsthafte Beziehungen gehabt hatte (was seltsam war, dachte sie, wo er doch so gut aussehend und erfolgreich war), aber sie konnte sich vorstellen, was das für Frauen gewesen waren. Blonde und langbeinige Barbies.

»Nein, überhaupt nicht mehr. Das ist schon so lange her, damals war alles … anders. Wie dem auch sei, jetzt gibt es nur noch eine Frau für mich.« Er griff nach Marys zur Faust geballten Hand und drückte sie.

»Gut zu hören«, sagte Richard und füllte die Weingläser wieder auf. Jim hatte schon ein Glas mehr als alle anderen. »Und, Mary, Jim hat erzählt, dass Sie im Hotelbusiness tätig sind? Nennt man das heute so, wenn man an der Rezeption arbeitet?« Sein Lachen erfüllte den Raum. Niemand fiel ein.

»Dad!« Mary sah, dass Jim mit ihm schimpfen wollte, aber sie wünschte, er würde es lassen; irgendwie spürte sie, dass ein solcher Kommentar seinen Vater in seiner Überheblichkeit nur noch weiter anstacheln würde. Wollten reiche Menschen das nicht ohnehin: dass man auf ihre Witze ansprang?

»Ich habe als Zimmermädchen angefangen«, unterbrach Mary ihn. »Dann habe ich mich zur Rezeptionistin hochgearbeitet und nun organisiere ich Veranstaltungen. Ich arbeite beim Stormont in Belfast – kennen Sie das?«

»Nein, das kann ich nicht behaupten. Aber unser James war voll des Lobes über dieses Haus.« Richard wirkte so, als hätte man ihm den Wind aus den Segeln genommen. Mary klopfte sich in Gedanken auf die Schulter. Sie konnte damit umgehen – sie würde ein Vorurteil nach dem anderen aus dem Weg räumen.

»Natürlich sagt er das. Aber fairerweise muss man sagen, es ist wirklich schön. Es ist gepflegt, wissen Sie. Wird gern für Hochzeiten gebucht.« Mary hoffte, dass ein Gespräch über Trauungen Juliette mit in die Unterhaltung einbeziehen würde. Sie wirkte zwar nicht gelangweilt, war mit den Gedanken aber ganz eindeutig woanders. Sie starrte in die Leere, spielte mit dem Stiel ihres Weinglases und ließ den Inhalt kreisen.

»Sehr schön. Sehr schön. Und was machen Sie – wenn Sie nicht gerade arbeiten?«

»Mary ist Künstlerin.« Jim legte ihr eine Hand auf den Oberschenkel, alarmierend weit oben. Mary setzte sich etwas auf und hoffte, die Hand würde verschwinden. »Sie macht ganz tolle Stadtpläne und Landkarten aus Stoff. Man muss es sehen, um es zu glauben.«

»Das hört sich beeindruckend an.« Bei Jims zärtlicher Geste erinnerte sich Richard an seine eigene Frau. Er streichelte die nackte Haut ihres Unterarms, und sie blickte zu Mary auf.

»Wir würden sehr gern eine Karte in Auftrag geben. Vielleicht von der Stadt Skye ...« Juliette verstummte, und sowohl Jim als auch Richard blickten auf den Tisch. Jim presste einen Finger auf seinen Brotteller und pickte Krümel auf.

»Nicht jetzt, Darling«, sagte Richard und nahm die Hand wieder weg. Mary versuchte, Jim in die Augen zu blicken, doch er konzentrierte sich darauf, ein rutschiges Haferkorn mit dem Daumen zu zerdrücken. Sie hätte es nicht für möglich gehalten, aber Richards überhebliche Kommentare waren ihr lieber als dieses Schweigen. Es war gespenstisch. Absolut abschreckend für einen Fremden.

Es war eine Erlösung, als das Essen kam. Mary schaffte es, die Unterhaltung wegzulenken von Skye und der Wirkung, die diese Stadt auf die anderen hatte. Sie sprachen über Jims Arbeit; die Kinder eines Cousins, die zum Schulbeginn nur ungern wieder nach Michaelmas zurückgekehrt waren – ein Internat, wie Mary vermutete. Aber der Name Skye lag noch in der Luft, ein Phantom am Tisch, dem Mary stets ausweichen musste. Als die Teller abgeräumt waren, hatte Richard gleich nach der Rechnung verlangt und wollte trotz Marys Protest nicht, dass sie sich beteiligte. Er hatte recht deutlich gemacht, dass er davon ausging, ihre Karte wäre nicht gedeckt.

Jim brach mit ihr so rasch auf, dass Mary nicht einmal mehr zur Toilette konnte.

Draußen auf der Straße war es laut, eine Blaskapelle spielte vor einem begeisterten Publikum. Es dauerte eine Weile, bevor sie sich bei dem Lärm wieder verständlich machen konnten.

»Und …?«, fragte Jim, als sie zurück in seine Wohnung gingen. »Lebst du noch?«

»Mit Müh und Not.«

»Du hast dich gut geschlagen. Und hör mal, es tut mir leid, was mein Vater über deine Arbeit gesagt hat.«

»Ich schäme mich nicht dafür, James. Es sei denn, du willst, dass ich mich schäme?«

»Auf gar keinen Fall! Wie kommst du denn darauf?«

»Vielleicht, weil ich nicht Evie bin. Ich arbeite in einem Hotel, ich bin bestimmt keine Frau der Tat.«

Evies Name war – wie oft – zweimal gefallen? Und dennoch wusste Mary, dass – wer sie auch sein mochte, egal welchen Uniabschluss und Stammbaum sie auch haben mochte – sie die Traumschwiegertochter der Whitnells war.

»Ich wollte nicht mit Evie zusammen sein. Und ich will es auch jetzt noch nicht – okay? Du bist diejenige, die ich will. Die Einzige, die ich will.«

Jim ließ Marys Hand fallen und nahm sie stattdessen fest in die Arme. Sie konnte den Rotwein riechen, inzwischen mehr Äthanol- als Fruchtaroma, der sich mit seinem Rasierwasser vermischte. Eine Minute lang drehte sich die Erde um ihre aneinandergepressten Körper, während Mary versuchte, den

Mann, der sie umarmte, und die bösartigen Unterstellungen seiner Eltern auseinanderzuhalten.

Als sie sich sicher war, dass ihre Stimme nicht mehr zittern würde, nahm sie all ihren Mut zusammen: »Was war das Problem mit Skye? Warum seid ihr so ... still geworden?«

Schweigen.

»Hm? Was ist da passiert?«

Jim starrte auf einen Punkt irgendwo bei den parkenden Autos hinter Marys Schulter. Er hatte denselben in die Ferne schweifenden Blick wie seine Mutter während des ganzen Essens. Schließlich schüttelte er den Kopf und küsste sie auf die Stirn.

»Lass uns zu Hause darüber reden.«

KAPITEL 8

2005

Während der kurzen U-Bahn-Fahrt zu Jims Wohnung hatte Mary Gelegenheit, die subtilen Veränderungen an dem Mann neben sich zu bemerken. Er hielt ihre Hand, aber der Griff wirkte lockerer – falls es keine Einbildung war. Sie saßen schweigend da, abgesehen von einer gelegentlichen Bemerkung, die sie eingeworfen hatte, um ihr ungutes Gefühl zu durchbrechen. Bis zu diesem Augenblick war ihre gemeinsame Zeit – nur sie beide zusammen – wirklich toll gewesen. Sie hatten prustend gelacht, sich Insider-Witze erzählt und sich beim Kaffee oder Cocktail heimliche Blicke zugeworfen, die den Rest der Welt völlig außen vor ließen. Aber seit beim Essen mit seinen Eltern Skye erwähnt worden war, spürte Mary, wie sich langsam eine Fremdheit zwischen ihnen ausbreitete.

»Es tut mir leid«, sagte er, sobald sie die Wohnungstür hinter sich geschlossen hatten.

Jim schenkte sich einen Whiskey vom Sideboard ein, dann sackte er auf dem Sofa zusammen. Mary setzte sich auf den Sessel ihm gegenüber. Sie hatte recht gehabt – er vermied ihren Blick. Er bot ihr noch nicht einmal auch einen Drink an. Dabei war *sie* doch sicherlich diejenige, die ihn nötig hatte. War es das nun? Sie verstand nicht, wieso man ein Flugticket bezahlte, nur um die Sache persönlich zu beenden.

»Wegen meiner Mum, meine ich. Ich hätte es dir vor dem Essen sagen sollen. Es war nicht fair, dich da unvorbereitet hineingehen zu lassen. Ich hatte gedacht, es würde ihr besser gehen. Dass *alles* besser laufen würde. Dass sie sich zusammenreißen und normal benehmen würde, wenn ich ihr einmal jemanden vorstellte.«

»Moment – *was* genau würde besser sein? Was du sagst, ergibt keinen Sinn.«

»Ihr … alles.«

»Das musst du mir schon etwas genauer erklären.« Mary überraschte sich selbst damit, wie energisch ihre Stimme klang. Sie war hierhergeflogen und hatte damit ein Wochenende lang auf ihren Lohn verzichtet. Sie ließ nicht zu, dass man ihre Zeit mit fadenscheinigen Ausreden verschwendete. »Du lässt deine Eltern auf mich los. Ich fühle mich total unwohl, während wir über deine Ex sprechen – die *wunderbare* Evie –, und nun willst du mich auch noch im Unklaren lassen über all dies?«

Jim blickte auf. »Willst du wissen, was es mit Skye auf sich hat?«

»Ja.«

Mary beobachtete, wie er wieder zu Boden blickte. Jim hatte bislang so einen offenen Eindruck gemacht. Dann fiel ihr ein, dass er nie über etwas Persönlicheres als seine Unzufriedenheit mit seinem Beruf gesprochen hatte. Diese neue Offenheit verursachte ihm erheblichen Stress. Er kaute auf seiner Unterlippe und hatte Probleme damit, Worte zu finden. »In Skye ist Sam gestorben«, sagte Jim schließlich. »Sam, mein Bruder.«

»O Gott, Jim, das tut mir so leid.« Mary hätte sich selbst für ihr Insistieren ohrfeigen können. Sie konnte ihren scharfen Ton nicht mehr zurücknehmen. Erst reden, dann denken, das war typisch für sie. Sie konnte einfach nicht aus ihrer Haut.

»Es ist okay. Es *sollte* okay sein. Es ist schon so lange her – zwei Jahrzehnte. Für Mum fühlt es sich allerdings nicht so an.«

Mary wollte den Mund öffnen, um sich noch einmal zu entschuldigen, schaffte es aber, sich noch gerade rechtzeitig zu bremsen. Nun sollte es auf keinen Fall um sie gehen. Sie hatte schon genug angerichtet.

»Erzähl mir von ihm.«

Jim schreckte auf. Hatte sie schon wieder das Falsche gesagt? Doch langsam veränderte sich sein Gesichtsausdruck, seine Lippen waren nicht mehr ganz so verkniffen. Vielleicht hatte sie nichts Falsches gesagt, sondern um etwas Seltenes gebeten.

»Er war achtzehn«, fing Jim an. »Zwei Jahre älter als ich, deswegen standen wir immer miteinander in Konkurrenz, auch wenn wir das nicht zugegeben hätten. Ich habe ihn vergöttert. Sam war der Kluge, der Witzige. Der Gutaussehende. Ob in der Schule oder außerhalb der Schule – überall lagen ihm die Mädchen zu Füßen.« Jim lachte kurz auf. »Er war auch der Liebling meiner Eltern, obwohl sie das nie zugeben würden. Er hatte einen Studienplatz an der Uni, wollte in zwei Monaten anfangen. Oxford: Medizin.«

»Hört sich toll an«, traute sich Mary zu sagen.

»Er war auch toll. Und ich war seltsamerweise noch nicht einmal neidisch.« Nun, wo Jim einmal zu reden angefangen hatte, schien es ihm leichter zu fallen, sich zu öffnen. Mary bemerkte, dass er ihr vertraute, wenn sie ihn nicht drängte. »Er hat den Druck von meinen Schultern genommen. Ich konnte der missratene Jüngste sein. Ein bisschen schwarzes Schaf, aber ich würde schon meinen Weg gehen. Wenn ich mit Sam zusammen war, fühlte ich mich unbesiegbar. Es war wohl die Arroganz des Teenagers, aber damals fühlte es sich nicht so an.

Ich dachte, er würde immer mein großer Bruder sein. Bis er es nicht mehr war.«

»Darf ich fra…«

»Was passiert ist? Ja, das wüsste ich selbst gern.« Jim trank sein Glas leer, stellte es auf den Tisch und klammerte sich an der Armlehne fest. Die Adern auf seiner Stirn schwollen an. »Von uns war niemand da. Er war in Skye, in Schottland, auf großer Tour mit seinen Schulfreunden nach den Abschlussprüfungen. Mum hat den Anruf entgegengenommen. Mitten in der Nacht.«

Mary sah Juliette vor ihrem inneren Auge, erst verschlafen und verwirrt, als das Telefon klingelte, und dann auf die Knie fallend, nachdem sie drangegangen war.

Jim schluckte. »Er war gefahren, und das Auto hatte sich überschlagen. Als wir davon erfahren haben, wurde Sam gerade ins Krankenhaus geflogen. Wir sind die ganze Nacht lang gefahren. Dad hat Vollgas gegeben. Er ist wirklich wie ein Verrückter gerast. Das hat niemanden gekümmert. Die ganze Fahrt über habe ich gebetet, dass er noch da sein würde. Ich hatte nie zuvor gebetet, aber wenn mich etwas dazu gebracht hat, dann das. Ich habe Gott alles versprochen, wenn mit Sam nur alles in Ordnung sein würde.

Aber das war es nicht. Als wir ankamen, war er tot. Er hatte die Nacht nicht überlebt. Als wir in das Zimmer gegangen sind, um ihn zu sehen, waren alle Maschinen und Schläuche schon weg, und er lag auf dem Bett. Tot.« Jim schaute schließlich vom Boden auf, blickte Mary jedoch nicht an, sondern durch sie hindurch. »Darüber kommt man nie hinweg, oder? Und Mum nicht einmal annähernd. Das hat Dad einmal gesagt.«

»Was meinte er?«, flüsterte Mary.

»Dass sie eine wandelnde Tote sei.«

Zu Marys Füßen klingelte ihr Telefon. Ihr Wecker. Sie hatte sich und ihm nach den letzten beiden Tagen nicht zugetraut, dass sie es schafften, rechtzeitig am Flughafen zu sein – nach den endlosen Vormittagen im Bett und ihren inneren Uhren, die sich überhaupt nicht nach der tatsächlichen Zeit richten wollten. Das alles schien eine Ewigkeit her zu sein.

»Sorry. Sorry.« Mary drückte auf *Schlummern*.

»Nein, *mir* tut es leid. Musst du jetzt los?«

Sie schüttelte den Kopf. Sie musste ja kein Gepäck einchecken. Jim saß zusammengesunken auf seinem Sessel und beugte sich vor zu ihr, um ihr Knie zu berühren.

»Wirklich, Mary. Das meine ich ehrlich. Es tut mir so leid. So sollte das heute nicht laufen. So sollte das Wochenende nicht enden. Ich wollte, es würde gar nicht enden, Punkt. Weißt du, was das Schlimmste an dem Ganzen ist?«

Sie hatte keine Ahnung, worauf diese Unterhaltung hinauslief. Sie wollte nur Jim umarmen, diesen sechsunddreißigjährigen Mann vor ihr, der gerade zwanzig Jahre zurück in seine Zeit als verängstigter, haltloser Teenager katapultiert worden war. »Ich finde, es hätte mich treffen sollen, nicht Sam, *ich* hätte sterben sollen. Er hätte ein besseres Leben geführt als ich. Ich habe mir den Großteil meines Lebens gewünscht, alles wäre vorbei. Dass ich irgendwie alles hinter mir lassen kann.«

Wie konnte er so etwas nur denken? Wenn Jim anstelle von Sam gestorben wäre, dann hätten sie sich nie kennengelernt, und sie wäre immer noch bloß der blasse Abklatsch der Frau, die sie innerhalb eines Monats in seiner Gesellschaft geworden war. Sie erschauderte. Sie verstand nicht genau, was hier gerade vor sich ging, doch sie war sich sicher, dass dem etwas Beunruhigenderes zugrunde lag als bloße Ruhelosigkeit.

»Das hört sich so undankbar an, oder? Aber so ist es nicht.

Es ist der Druck. Die Erwartung. Von meinen Eltern, weil Sam nicht mehr da ist, ja; aber auch bei der Arbeit, mit meinen Freunden. Ich kann mich nie entspannen. Manchmal frage ich mich, wie das Leben wäre, wenn ich zeigen könnte, dass alles eben nicht perfekt ist. Dass es manchmal schon schwer genug ist, morgens aufzustehen, ganz zu schweigen davon, den schönen Schein zu wahren.«

Mary konnte sich gerade noch zusammenreißen, nicht die Hand auf ihrem Knie zu umgreifen und zu flüstern: *Dann lass es doch*. In dem Augenblick wusste sie, dass sie ihn liebte. Dass sie immer mit ihm zusammen sein wollen würde – schöner Schein hin oder her.

»Und dann habe ich dich getroffen«, sagte Jim.

»Wie … wie bitte?«

»Dann habe ich dich getroffen. Ich weiß, es ist alles noch ganz frisch. Ich bin der Letzte, der sich in … diesen Dingen große Hoffnungen macht. Aber es ist das erste Mal seit langer Zeit, dass ich das Gefühl habe, einfach ich selbst sein zu können, dass es sich lohnt, dranzubleiben.«

»Ach, ich weiß nicht …« Mary biss sich auf die Zunge, sie hasste sich dafür, dass sie ihm ganz automatisch einen Korb gegeben hatte. Aber wie konnte sie ausdrücken, was sie wirklich fühlte? Es war noch zu früh, auch wenn sie sich so sehr wünschte, dass dem nicht so wäre.

»Du bist anders, Mary.« Wahrscheinlich hatte sie ihre Gefühle nicht gut verbergen können, weil Jim rasch hinzufügte: »Auf eine gute Art und Weise, meine ich. Du bist so … prinzipientreu. Leidenschaftlich, wenn du deinen Standpunkt verteidigst und mich in meine Schranken weist. Das brauche ich. Aber ich habe den Eindruck, dass du mich gar nicht brauchst. Nein, mehr als das, ich weiß nicht, ob du mit mir zusammen sein *willst*.

Ich spüre bei dir keine Erwartung, jemand anderes sein zu müssen als der, der ich wirklich bin. Wenn ich mit dir zusammen bin, fühle ich mich frei. Oder besser gesagt: freier.«

Jim lächelte. Zumindest hielt Mary es für ein Lächeln – kurz darauf war es wieder verschwunden.

»Wir könnten abhauen.«

»Was?«

Jim ließ sich ruckartig in den Sessel fallen und runzelte die Stirn. Mary hatte das schreckliche Gefühl, sie wäre in ein Fettnäpfchen getreten.

»Warum fahren wir nicht weg?«, schlug sie vor. »Das wolltest du doch, oder?«

Jim blickte sie mit gerunzelter Stirn an, als wolle er herausfinden, wie ernst sie es meinte. Mary hatte sich immer noch nicht an seinen intensiven Blick gewöhnt.

»Na gut – denk dir etwas aus, überrasch mich.«

Die Worte hallten ihr noch im Ohr, als sie später an jenem Abend in Belfast landete.

KAPITEL 9

2018

Als Alice im Büro ankommt, lässt sie sich gar nicht erst auf eine Plauderei mit den Kollegen in der Küche ein, sondern steuert mit ihrem Kaffee-to-go-Becher direkt ihren Schreibtisch an. Bevor Koffein in ihrem Blutkreislauf ankommt, ist sie unausstehlich, und nach weniger als einer Stunde Schlaf in der Nacht grenzt es an ein Wunder, dass sie noch lebt und sogar irgendwie ihre Arbeit erledigen kann.

Seit sie sich gestern Abend vor dem Pub von Mary getrennt hat, ist Alice völlig durcheinander. Erst hat sie sich Sorgen gemacht, ob Mary gut nach Hause gekommen ist. Mary mochte zwar auf den ersten Blick zäh wirken und sich vehement gegen eine Verletzung ihres persönlichen Raums wehren, bei dem gemeinsamen Drink hat Alice jedoch auch eine andere, verletzlichere Seite von ihr gesehen. Sie würde doch keine Dummheiten machen? Alice hätte sich ihre Telefonnummer geben lassen sollen, aber sie war zu sehr mit Jims geheimnisvollem Verschwinden beschäftigt gewesen, um einen vernünftigen Gedanken zu fassen.

Als die Angst sich schließlich verflüchtigte, hielt ihre Neugier sie wach. Sie hat nur wenige Details aus Mary herausbekommen, will aber unbedingt wissen, was mit Jim passiert ist. Alice ist sich schmerzlich bewusst, dass es Verluste gibt, von denen man sich kaum erholen kann, und es ist klar, dass Mary um ihren eigenen Schmerz kreist. Wenn Alice nur ein paar mehr Informationen hätte, könnte sie vielleicht die Puzzleteile zusammenfügen und Mary helfen, damit abzuschließen …

»Da bist du ja!«, Jack, Chefredakteur und Alice' Chef, blickt von oben in ihre Arbeitskabine. Ihm klebt etwas im Mundwinkel, das wie getrocknete Tomatensauce aussieht. Erst will sie ihn darauf hinweisen, dann entscheidet sie sich dagegen. Ihm ist schnell etwas peinlich. »Kann ich kurz mit dir sprechen?«

»Sicher.« Alice zieht den benachbarten Schreibtischstuhl heran. Sie hatten schon ewig keinen Praktikanten mehr.

»In meinem Büro?«

Ihr wird ganz flau. Ist sie während der ganzen fünf Jahre jemals in Jacks Büro gerufen worden? Manchmal schaut sie freiwillig vorbei, wenn sie gute Arbeit geleistet hat und ihm das in der Hoffnung auf eine Gehaltserhöhung unter die Nase reiben will, doch sie war noch nie dorthin zitiert worden. Was um alles in der Welt hatte sie bloß falsch gemacht?

»Geht ganz schnell«, sagt Jack, als die Tür zu ist. »Setz dich.«

Er sieht nervös aus. Und auch aufgewühlt. Viel mehr als sonst. Er hat offensichtlich schlechte Nachrichten. Alice hat für so etwas feine Antennen.

»Leider geht es der Zeitung nicht besonders gut, Alice.« Na, *das* ist ja mal etwas Neues. Wer kauft *The Bugle* überhaupt, abgesehen von Rentnern aus dem Viertel, die sonst nichts zu tun haben? »Wir müssen ab September Kosten einsparen, und du bist unsere jüngste Reporterin.«

»Und die Günstigste, nicht wahr?«

Jack geht nicht auf den Witz ein. Er windet sich in seinem Sessel. »Das bedeutet, dass dein Job in Gefahr ist.«

Alice kommt ein wenig von ihrem Morgenkaffee wieder hoch. Sie kann ihren Job nicht verlieren. Sie hat nichts gespart. Sie wird die Miete nicht zahlen können und dann wieder zu ihrer Mum nach Slough ziehen müssen, ob sie will oder nicht. Sie bekommt feuchte Hände. Wann haben sie zum letzten Mal entspannt gemeinsam unter einem Dach gelebt? Als sie zwölf war. Und das ist schon vierzehn Jahre her! Es würde alle alten Wunden wieder aufreißen.

»Es tut mir so leid, Alice.« Jack neigt den Kopf. »Eine Entlassung wurde noch nicht beschlossen. Dazu würde es erst kommen, wenn die Gesellschafter in einigen Wochen herkommen, aber ich wollte, dass du Bescheid weißt, falls es darauf hinauslaufen sollte.«

»Kann ich denn gar nichts dagegen tun? Ich könnte länger arbeiten, mehr Verantwortung übernehmen …« Alice verkneift sich gerade noch zu sagen, dass sie eine Lohnkürzung akzeptieren würde. Mit noch weniger Geld käme sie einfach nicht über die Runden.

»Wenn ich du wäre, würde ich meinen Lebenslauf aktualisieren. Stell deine besten Artikel vielleicht ins Internet.«

»Ich habe keine!« Alice spricht lauter als beabsichtigt und erinnert sich – in der unangenehmen Stille, die darauf folgt – an Marys Ausbruch gestern Abend. Stille, die auf die entfesselte Verzweiflung folgt.

»Du hast noch ein wenig Zeit.« Jack schaut auf den Wandkalender. »Sie kommen erst Anfang September, das sind noch drei Wochen. Ich tue alles für dich, was in meiner Macht steht. Wenn du mir eine gute Geschichte bringst, veröffentliche ich sie auf der Titelseite. Und sie steht im Internet ganz oben. Wenn du mir bis Ende August etwas Gutes lieferst – etwas wirklich Gutes –, werde ich es veröffentlichen. Versprochen, Alice.«

»Vielen Dank, das ist sehr nett«, sagt sie und versucht, das Kratzen in ihrem Hals unter Kontrolle zu bekommen. Sie darf nicht weinen. Nicht im beruflichen Kontext. Nicht, wenn sie ernst genommen werden will.

»Sag mir Bescheid, wenn du weißt, worüber du schreiben möchtest. Ich reserviere dir die letzte August-Ausgabe.«

In jeder anderen Situation hätte Alice wegen Jacks Gutherzigkeit gelächelt, doch jetzt traut sie ihrer zitternden Unterlippe nicht. Stattdessen verlässt sie sein Büro und eilt an ihren Schreibtisch, bevor jemand sie fragen kann, worum es in dem Gespräch ging. Sie atmet dreimal tief ein und versucht, ihre Panik in den Griff zu bekommen. *Reiß dich zusammen, Keaton. Irgendwo muss es doch noch Hoffnung geben*, denkt Alice.

Das Angebot mit der Titelseite ist wirklich großzügig. Alice wollte schon lange die Karriereleiter emporklimmen. Nur hätte sie nie gedacht, dass sie es sich so hart erkämpfen müsste. Und außerdem: Gab es Lokalnachrichten, die durchschlagend genug waren, um dämliche Gesellschafter davon zu überzeugen, dass nicht ausgerechnet *sie* gehen muss? Hier passiert doch nie etwas. Wer wüsste das besser als sie, die in den letzten zwei Jahren über vier neu eröffnete Zahnarztpraxen berichtet hat.

Alice entsperrt ihr Telefon und geht aus Gewohnheit auf Twitter. Das Nachrichtenportal für Breaking News – zumindest für ihre Generation. Sie weiß nicht, was genau sie dort sucht. Ein inspirierendes Zitat? Ein passendes Meme? Inspiration für ihren allerletzten Artikel?

Sie wird all dies auf einmal bekommen.

Im ersten Tweet in Alice' Timeline ist ein Video eingebettet – mit vielen Likes, so wie es aussieht. Sie vergewissert sich, ob ihr Telefon stumm geschaltet ist, dann drückt sie auf *Play*.

Anfangs ist es schwer herauszufinden, was geschieht und wo das Video gedreht wurde. Es ist etwas körnig, vielleicht mit einer Handykamera aufgenommen. Zuerst sieht man ein Gedränge von Rücken, Taschen, Mänteln und zerzausten Frisuren. Auf dem Bildschirm sind etliche hundert Menschen oder mehr zu sehen. Alle drängeln sich, bis sie plötzlich erstarren.

Zwei Sekunden später teilt sich die Menge wie durch ein Wunder vor der Kamera. Alice erkennt die Situation wieder. Und was sieht sie dort, im Zentrum des Bildes? Ihr Herz klopft so heftig, dass sie sich fragt, ob Erika auf der anderen Seite der Trennwand etwas von ihrer Aufregung mitbekommt.

Es ist Mary, ihr Schild in Großansicht im Bild.

Es ist ihr Ausbruch von gestern Abend.

Alice lässt ihr Telefon auf den Schreibtisch fallen und stützt den Kopf in die Hände. Sie findet es furchtbar und unerträglich, dass dieser private Moment von Marys Verzweiflung so häufig geteilt wurde. Das ist Missbrauch, eine Missachtung ihrer Persönlichkeitsrechte, nichts anderes. Wie ist es dazu gekommen? Alice nimmt ihre Kopfhörer aus der Handtasche und steckt sie in den Rechner. Eigentlich will sie während der Arbeitszeit nicht auf Sozialen Medien surfen, dieses Mal macht sie eine Ausnahme. Nach Jacks Ankündigung hat sie nicht mehr viel zu verlieren.

Der erste Post in ihrer Timeline kam von einer alten Schulfreundin, einer Beauty-Bloggerin, die das ursprüngliche Video retweetet und ›QUEEN‹ darunter geschrieben hat. Alice klickt sich nun auf den ursprünglichen Post. Wer zum Teufel denkt, er hätte das Recht, Marys Nervenzusammenbruch ohne ihr Wissen ins Internet zu stellen? Jemand namens *Simon Stager*. Diese Ratte. Über dem Video hat er geschrieben: »Habe das auf meinem Nachhauseweg gestern Abend gesehen. SO schafft man sich Freiraum.« Das Video hat zweihunderttausend Retweets, und es werden sekündlich mehr.

Und was noch viel schlimmer ist: *Zwanzigtausend Kommentare*. Alice spürt, wie ihr das Frühstück wieder hochkommt. Sie schwebt mit dem Cursor über dem Kommentar-Symbol und macht sich bereit. Das Internet zieht die niederträchtigsten Menschen an, seine Anonymität bietet den perfekten Rahmen für die perfidesten Hetzkampagnen. Kann sie das? Sie muss. Besser sie als Mary, die das nicht zu Gesicht bekommen sollte. Alice hat das Gefühl, Mary beschützen zu müssen, obwohl sie sie erst einmal gesehen hat, aber das liegt daran, dass diese Frau, die eigentlich sehr verschlossen ist, sich ihr geöffnet hat. Wenn einer dieser Menschen etwas Unhöfliches geschrieben hat … Wütend ballt Alice eine Faust unter dem Schreibtisch und klickt mutig mit der rechten Hand.

Der erste Kommentar ist wohltuend – ›weiß, was sie will‹; der zweite ähnlich inhaltslos ›Arbeitsmodus‹. Beim dritten muss Alice würgen. Es handelt sich um eine halbgare Zweideutigkeit von einem anonymen Alias. Sie stellt sich vor, wie Mary den Kommentar öffnet und ihr die Farbe aus dem Gesicht weicht. Das darf nicht passieren. Das darf einfach nicht passieren. Sie hat schon genug gelitten. Und wenn Alice den ganzen Tag damit verbringen muss, Tausende gruselige, gesichtslose Männer anzuzeigen, dann wird sie das tun.

Glücklicherweise bekommt sie sich schnell wieder ein, wie immer. Grobe Kommentare gibt es bei näherer Betrachtung nur sehr vereinzelt. Die meisten Menschen haben Variationen von ›lol‹, ›rofl‹ und ›legendär‹ geschrieben. Die aufmerksameren Betrachter erwähnen das Schild – ›was hat es damit auf sich?‹ –, und einige fragen auch nach Jim – ›wo ist er denn?‹ Alice sieht wieder Marys Gesicht vor sich, wie niedergeschmettert sie aussah, als sie Alice erzählte, wie Jim sie vor nicht einmal achtundvierzig Stunden angerufen hatte. Da wirken selbst die wohlmeinendsten Kommentare im Vergleich hohl.

Ob Mary das Video schon gesehen hat? Dass ihr kurzer Gefühlsausbruch gefilmt wurde, wird ihr zutiefst peinlich sein, das ist sicher; und noch dazu die Tatsache, dass nun zahllose Fremde ihr Privatleben kommentieren. Vielleicht erreichen sie diese Nachrichten aber auch nie? Eine schnelle Google-Suche nach der ›Lady vom Bahnhof Ealing Broadway‹ zeigt, dass das Video bislang nur auf Sozialen Medien zu sehen ist, und Alice kann sich nicht vorstellen, dass Mary ein Profil auf einer dieser Plattformen hat, oder – falls doch –, dass sie es häufig checkt.

Sie geht wieder auf Twitter und klickt auf den Originalpost des Videos, der inzwischen hundert neue Kommentare hat. Sie fängt an, den letzten Schwung zu lesen:

›Warum würde jemand eine solche Frau verlassen?‹

›Wo ist Jim hin?‹

›#FindJim‹

›BRING IHN NACH HAUSE.‹

›Dahinter steckt eine Geschichte.‹

Ja, denkt Alice, *ja, das ist es*. Und wenn jemand diese Geschichte erzählen wird, dann sie.

KAPITEL 10

2005

»Wir sind da!«

Mary stand mit dem Rücken zu Jim, sie hörte sich angespannt an. Das war nicht das Cottage, wie es im Internet beschrieben wurde. Man konnte es ohnehin kaum Cottage nennen. Eher Schuppen, obwohl man damit Gärtnern unrecht tun würde. Dann eben: Bretterbude.

In den ersten paar Tagen nach ihrer Rückkehr aus London war Mary wie gelähmt gewesen von der Verantwortung, eine Auszeit für sich und Jim zu planen. Was hatte sie sich dabei gedacht, sich auf diese Aufgabe zu stürzen? Nichts konnte die Chemie zwischen ihnen schneller vergiften, als wenn sie ihre innere Pfadfinderin raushängen ließ. Aber es schien nicht so, als könnte sie noch einen Rückzieher machen. Jedes Mal, wenn sie an Jim in seiner Wohnung in Ealing dachte, daran, wie er sagte, es hätte ihn und nicht Sam treffen sollen, brach Mary das Herz. Sie musste diesen Gedanken aus seinem Kopf verbannen, ganz allmählich, eins nach dem anderen.

Leider ermöglichten Marys Finanzen ihr lediglich ein paar Tage Urlaub und keine richtige Auszeit, dennoch hatte sie jeden Abend nach der Arbeit in der nahe gelegenen öffentlichen Bibliothek gründlich recherchiert. Dort hatte man wenig Privatsphäre (deswegen hieß sie vielleicht öffentliche Bibliothek), aber es war immer noch besser als an dem klobigen Rechner bei den O'Connors in der Wohnzimmerecke – wo Mary nicht vor der Neugier der gerade anwesenden Familienmitglieder gefeit war. Soweit sie wusste, hatte keiner ihrer Brüder einen blassen Schimmer davon, dass es einen Mann in ihrem Leben gab, und das sollte auch so bleiben. Sie hatte Jim erst vor gut sechs Wochen kennengelernt, und noch wollte sie ihr Glück nicht öffentlich machen.

Mary überschlug, dass sie zweihundert Pfund für diesen Urlaub hatte, anschließend wären alle ihre Ersparnisse aufgebraucht. Mit diesem Betrag waren keine großen Sprünge möglich, und schließlich entschied sie sich für einen Ort, an dem sie schon einmal gewesen war: Portrush, ein Badeort an der Küste von Antrim. Dort wäre es nun nach Schulanfang wieder ruhig genug, die Touristenströme wären weg, das Meer rau. Und außerdem wäre es günstig, sie hätte allerdings wissen müssen, dass mit einer Ferienwohnung zu diesem Preis etwas nicht stimmte. Mary versuchte, sich an die Beschreibung unter den gut fotografierten und geschickt beleuchteten Bildern zu erinnern – ihr kamen wieder die Worte ›romantisch‹, ›gemütlich‹ und ›einzigartig‹ in den Sinn.

Aber es musste doch einen Unterschied geben zwischen positiver Darstellung und unlauterer Werbung. Sie sah sich um in ihrer Unterkunft für die nächsten fünf Nächte: Es war ein einziges Zimmer, an der hinteren Wand stand ein Doppelbett, es war zwischen zwei Schränke eingequetscht, und oberhalb des Kopfendes hing ein Wandschrank; der Küchentisch stand so nah am Fußteil des Bettes, dass ein normal großer Gast seinen Toast mit den Zehen berühren konnte. Von einem Badezimmer keine Spur.

»Ich hab immer gern mal draußen gepinkelt.«

Jim legte einen Arm und Marys Taille und versuchte, sie zu sich umzudrehen. Sie stand wie angewurzelt da. Wie hatte sie es nur geschafft, das zu vermasseln? Und das, wo so viel auf dem Spiel stand. Ihre Wut auf die Scharlatane von der Ferienwohnungsagentur verwandelte sich in das Bedürfnis zu weinen. Sie hatte Jim enttäuscht, das durfte sie aber nicht zeigen, weil sie für beide stark sein musste. Kein guter Urlaub begann damit, dass sich der Reiseorganisator an einer Schulter ausheulte. Auch nicht, wenn Jims Schulter wie dafür geschaffen schien.

»Es tut mir leid, auf den Bildern im Internet hat es …« Mary kramte nach ihrem Telefon. Wenn sie hier Empfang hatte, würde sie ihm zeigen, dass sie bei ihrer Suche nicht nachlässig gewesen war.

»Nein! Ich will nichts davon hören.« Er küsste sie auf die Wange. »Zurück zur Einfachheit – sagt man das nicht überall?«

Er stellte seine Tasche in eine Ecke und schleuderte die Schuhe von den Füßen. Einer traf den Radiator, das Ventil fiel auf den Boden und eine kalkhaltige Substanz rieselte hinterher. Mary hoffte, dass man keinen Asbest in Heizungen verbaut hatte. Nun würden sie sich so schnell nicht aufwärmen können. Sie schlotterte. Es war inzwischen Spätherbst, und man begeisterte sich nicht mehr für Kastanien und goldene Blätter unter den Füßen, sondern wollte nur wieder die Sonne sehen.

»Verdammt nochmal!« Jim stand auf Socken auf der Matratze und taumelte unter dem Gewicht der Decken, die vom Schrank fielen. »Glaubst du, das heißt, dass wir frieren werden?«

Mary griff nach einer blau karierten Wolldecke, die vor ihren Füßen gelandet war. Sie roch noch muffiger als erwartet, und in der Mitte prangte ein erschreckendes Brandloch.

»Komm, du willst doch lachen, lach doch mal. Komm schon.« Jim sprang vom Bett und lief zu ihr, er hatte sich eine unvollendete Patchworkdecke um die Taille gebunden. Lose Fäden streiften über den Linoleumboden. »Nur ein kleines Lächeln.« Er nahm ihr die Wolldecke ab und machte auch ihr daraus einen Sarong.

Es war lächerlich. Absurd. Unbestreitbar schrecklich. Aber da standen sie nun und lachten, bis die Bäuche schmerzten und sie kaum noch atmen konnten. Jedes Mal, wenn sie sich beruhigt hatten, genügte ein Blick auf ihre Kostümierung, und sie prusteten wieder los. Wie schaffte Jim das bloß? Die Knoten in Marys Gehirn zu lösen und sie daran zu erinnern, was wichtig war auf der Welt.

In jener Nacht schliefen sie in einer Deckenburg, die Jim gebaut hatte. Als Mary sich endlich aus seinen Armen befreit hatte, um Abendessen zu machen, hatte er aus der rings in den Schränken verstauten Bettwäsche ein Himmelbett errichtet. Er hatte drei Fahrradlichter zwischen die Laken geklemmt. Wenn Mary blinzelte und nicht durch die Nase atmete, war es beinahe luxuriös.

»Du hast wirklich das Beste daraus gemacht«, sagte sie und kuschelte sich noch enger an Jims Brust.

»Das könnte ich auch über dich sagen.«

»Aber ich hab das hier doch nicht aufgebaut.«

»Aus mir, meine ich«, antwortete Jim.

Er nahm einen Schluck aus der offenen Rotweinflasche und reichte sie Mary. Sie war ein wenig besorgt gewesen, als er eine ganze Kiste in den Kofferraum des Mietwagens geladen hatte – war ihre Gesellschaft wirklich so schlimm, dass er so viel trinken musste? –, doch nun, wo sie ihre Unterkunft für die nächsten paar Tage gesehen hatte, hätte sie Jim für seine unorthodoxe Vorratshaltung nicht dankbarer sein können.

»Ja, das stimmt. Du bist wirklich ein hartes Stück Arbeit.«

Sie hatte sich noch nicht ganz an seine Größe gewöhnt, an die Wärme seines nackten Körpers, das Gefühl seiner Haut unter ihren Fingern. Und zugleich hatte sie sich noch nie mit jemandem so wohlgefühlt. Ab und zu musste Mary innehalten und sich daran erinnern, dass sie sich erst viermal gesehen und weniger als zwanzig Tage miteinander verbracht hatten. Alles in allem. Es schien ein schmaler Grat zu sein zwischen Verrücktheit und Genialität, besonders bei Jim.

»Ich könnte mich hier verstecken«, sagte er, stützte sich auf die Ellbogen und blinzelte durch die von ihm aufgehängten Gardinen aus dem Fenster. Die Jalousien waren kaputt und der Regen peitschte gegen das Glas.

»Sieht nicht so aus, als würden wir überhaupt noch irgendwann irgendwo hingehen«, murmelte sie.

Mary wagte es nicht aussprechen, aber nichts wollte sie lieber als hier liegen, genau so, bis die Vermieterin sie hinauswarf. Sie brauchte nichts sonst. Niemanden. Sie fragte sich, ob dieses Gefühl Liebe bedeutete. Ob es bedeutete, dass man sich fühlte, als sei man angekommen. Und falls dem so war, hoffte sie, dass dieser Zustand nicht so flüchtig war, wie alle Welt behauptete.

Jim legte sich zurück und rollte sich auf die Seite, seine Brust berührte Marys Rücken. Die Fahrt hatte sie erschöpft, und sie schlummerte ein.

»Genau das habe ich gebraucht«, murmelte er in ihr Haar. »Ich glaube, *du* könntest genau das sein, was ich gebraucht habe.«

★

Mary verstand schnell, warum alle sagten, eine Luftveränderung würde guttun. Zugegeben, sie hatte nicht viel Erfahrung mit Urlaub, Pausen vom Alltag – wie auch immer man es nennen wollte. Aber zum ersten Mal seit Jahren fühlte sie sich ausgeruht. Und auch wenn – meteorologisch gesprochen – der Urlaub in Portrush ins Wasser gefallen war, war er physisch und emotional ein voller Erfolg gewesen. Mary hatte jede Nacht mehr als zehn Stunden geschlafen. Jim behauptete das auch von sich, obwohl sie hätte schwören können, dass sie ihn – als sie frühmorgens wach war und tapfer die Außentoilette benutzt hatte – mit offenen Augen an die Decke hatte starren sehen.

Abgesehen davon gab es keine Anzeichen für den Schmerz, den sie an ihrem letzten Nachmittag in London in Jims Augen gesehen hatte. Die Last schien von ihm genommen, hatte sich aufgelöst, wie sie hoffte. Sie erwähnte weder Sam noch seine Eltern und vermied in Gesprächen seine Arbeit, wenn es möglich war. Nicht jeder Mensch musste über alle Einzelheiten des Lebens seines Partners im Bilde sein. Wenn sie das einzig Gute in Jims Leben wäre, war das sicherlich eine Ehre. Sie hatte nicht mehr das Gefühl, sich die ganze Zeit über Sorgen machen zu müssen, wo zwischen ihnen alles nun so vielversprechend war.

An ihrem letzten Tag kam zum ersten Mal die Sonne heraus. Ein gutes Vorzeichen, dachte Mary, während sie ihren Kulturbeutel in dem provisorischen Badezimmer packte. Es hatte sie einige Mühe gekostet, Jim für eine touristische Sehenswürdigkeit zu begeistern, doch nun stand er hier unter der Dusche und trommelte die Melodie eines Liedes, das sie nicht kannte, auf die leeren Duschgel- und Shampoo-Flaschen.

»Wir brechen in fünf Minuten auf. Ich will dich nicht aus

der Dusche ziehen müssen«, rief Mary über das Wasserrauschen hinweg.

»Wie schade!«

Sie warf ein Handtuch über die Duschkabine und ging in die Hütte zurück, um eine Tasche für den Tagesausflug zu packen, bevor ihre Selbstbeherrschung sie verließ.

Eine Stunde später fuhr Mary auf den Parkplatz des Dunluce Castle. Vor ihr schwenkte ein erschöpfter Lehrer ein Klemmbrett und versuchte, die Nachzügler zu der Schlange an der Kasse zu dirigieren.

»Ein Schulausflug also.« Jim runzelte die Stirn, während der Motor langsam verklang.

»Dieser Ort ist historisch höchst interessant.«

»Für wen genau?«

»Für dich. In Kürze. Raus jetzt.«

Mary nahm ihn an der Hand und zog ihn durch den Eingangsbereich, an den Ausstellungsobjekten vorbei, dabei überholten sie die Kinder auf der Brücke, von denen einige auf und ab hüpften, um zu sehen, ob man die Brücke zum Schwingen bringen konnte. Sie fanden eine abgeschiedene Ecke am Wasser und blickten auf die Wellen, die sich unten an den steilen Klippen brachen. Im Sonnenlicht schien die Gischt an den Felsen zu funkeln, und so weit das Auge reichte, erstreckte sich majestätisch die Causeway-Küste.

Jim stieß Mary mit der Hüfte an. »Na schön, du hast gewonnen. Es war die Reise wert.«

»Das wusste ich. Und wenn ich deinem Charme erlegen wäre, wären wir jetzt nicht hier …«

»Das war knapp, oder?«

Sie lächelte ihn schief an. Dem Ego von Männern wie Jim musste nicht geschmeichelt werden.

»Du bist *so* charmant.« Sie wollte ihre Hand in seine Gesäßtasche stecken, aber er drehte sich, so dass sie nicht daran kam.

»Hast du dort etwas, was ich nicht sehen soll?«

»Vielleicht.«

Mary versuchte erneut, seine Hosentasche zu berühren. Doch dann verzog Jim sein Gesicht, und Mary erstarrte. Bevor sie noch etwas sagen konnte, wurden sie von den lärmenden Kindern unterbrochen, die eben noch auf der Brücke ihr Unwesen getrieben hatten. Sie rannten mit ihren kleinen Körpern gegen das Geländer rechts neben Jim und warteten, bis ihnen die Gischt ins Gesicht spritzte, dann eilten sie kreischend wieder ins Trockene.

»Das reicht als Abschreckung, oder?«, fragte Jim.

Er lächelte wieder, was immer ihn irritiert hatte, war wie weggeblasen. Sie fragte sich, ob derart wechselhafte Launen gesund waren, oder ob nur *sie* das seltsam fand, sie, die auch nach zehn Jahren noch sauer auf ehemalige Mitschülerinnen sein konnte. Aber weil nun eine viel wichtigere Unterhaltung vor ihr lag, nahm sie seine Zurückweisung einfach hin.

»Abschreckung wovon?«

»Kinder«, antwortete Jim.

»Ha, so schlimm?«

»Für mich ist es nichts«, gab er zu.

»Eigene Kinder zu haben?«

»Genau.«

»Ach so. Ich kann mir das auch nicht vorstellen.« Mary hatte nie groß darüber nachgedacht, eine eigene Familie zu haben, und diese einfache Tatsache war ihr nun Bestätigung genug. Ihr war es egal.

»Wirklich?« Jim lehnte sich ein wenig zurück, um Mary ins Gesicht zu sehen. Wenn er nach Zeichen suchte, ob sie es ernst meinte, ließ er sich das nicht anmerken. »Was ist denn mit eurer Brut zu Hause – macht dir das keine Lust auf Familie?«

»Jesus, nein. Eher im Gegenteil. Warum? Also warum willst du keine, meine ich?« Ein solches Gespräch hatte sie nicht erwartet, ganz sicher nicht so früh. Aber da sie schon einmal damit angefangen hatten, konnte sie es ebenso gut mit einigen konkreten Antworten beenden. »Wenn es dir nichts ausmacht, dass ich frage.«

Jim wirkte nicht irritiert. »Es verlangt dir einiges ab, oder? Diese Verantwortung. Man ist verantwortlich für das Leben eines anderen Menschen. Man kann sie nicht mal eben abgeben. Ja, diese Verantwortung. Das liegt mir nicht.«

Mary wusste nicht, was sie davon halten sollte. Nach ihrem Gespräch in London hätte sie sich nicht darüber wundern sollen. Jim war ein Freigeist, oder wäre zumindest gerne einer. Kinder würden dazu einfach nicht passen. Aber eine Familie war etwas anderes als eine Beziehung. Sie redete sich ein, dass es nichts daran änderte, dass ihre Beziehung zu einem Anker in seinem Leben werden könnte.

»Ich glaube, du kannst Verantwortung übernehmen.«

»Dann bin ich wirklich gut darin, mich zu verstellen.« Jim grinste. Er schlang ihr beide Arme um die Taille. »Oder nur bei dir. Zumindest sorgst du dafür, dass ich besser werden will.«

Ehe sie widersprechen konnte, hatte Jim Mary an sich gezogen, mit seiner Hand an ihrem Nacken zog er ihren Kopf zu sich. Er drängte sie, seine Zunge bewegte sich fordernd und er küsste sie leidenschaftlich. Eine Minute lang versank alles andere um sie herum. Es gab nur Jim, Mary und die Wärme seines Mundes auf ihrem. Dann erklang hinter ihnen ein Pfeifen und gleich darauf das Getrampel von dreißig kleinen Füßen.

Sie wollte sich von ihm lösen, aber Jim hielt sie fest.

»Ich schäme mich nicht zu sagen, dass ich dich liebe. Und ich werde mich nie dafür schämen.«

KAPITEL 11
2005

Mary war so außer sich vor Freude, dass sie sich auf dem Weg zum Pub verfuhr. Gleich zwei Mal. *Jim liebte sie auch*. Sie hatte es vermutet, natürlich, aber es tatsächlich zu hören, war etwas völlig anderes. Es bedeutete ihr mehr als irgendein amtliches Siegel. Denn es hieß, dass sie eine gemeinsame Zukunft haben würden.

Weil sie die ganze vergangene Woche zusammen gewesen waren, konnte sie nicht umhin, sich vorzustellen, wie es sein würde, jeden Morgen neben Jim aufzuwachen, sein Gesicht auf dem Kissen, sein Bauch gegen ihren gedrückt, während sie darauf warteten, dass das Wasser kochte. Sie konnte sich vorstellen, wie sie in zehn oder zwanzig Jahren zur Feier ihres Jahrestages zurück nach Portrush kamen. Vielleicht würden sie aus nostalgischen Gründen sogar in demselben schrecklichen Cottage übernachten, wenn es bis dahin nicht abgerissen worden war.

»Ich vermute, du willst keinen Platz mit Blick auf den Fernseher«, sagte Jim, als sie den Pub betraten. Auf dem Bildschirm pochte der selbstverliebte Moderator im feinen Anzug ungeduldig mit einem Stift auf den Tisch, weil der Interviewte ausweichend antwortete. Einer der Männer an der Bar gähnte und rülpste anschließend laut. »Sieht einladend aus«, sagte Jim.

»Pscht«, Mary schlug ihm auf den Arm. »Such uns einen Platz. Die besten sind dahinten.«

Mary war seit über zwanzig Jahren nicht mehr hier gewesen, damals reichte sie ihrem Dad gerade einmal bis zur Taille. Mam war mit Gavin schwanger, deswegen waren sie nur zu viert im Urlaub und quetschten sich in eine Einzimmerwohnung hinterm Bahnhof. Ganz offensichtlich war Mam alles etwas zu viel geworden, sie war aufgequollen wie ein Hefekloß und erschöpft von den vielen Streitereien zwischen Mary und Terry. Sie wollte die Bleibe zwei Stunden lang für sich allein haben und hatte alle anderen rausgeworfen – in einen Pub hätte sie sie aber vermutlich nicht geschickt.

Dad hatte den beiden Kindern eine große Limo und eine Packung Chips gekauft. Er hatte die Folie in der Mitte aufgerissen, so dass sie sich daraus bedienen konnten. Normalerweise hätte Mary die Chips liebend gern in zwei genau gleich große Portionen geteilt. Terry war verfressen – und zwar schon seit seiner Geburt, als er fünf Kilo gewogen hatte und mit seinen Patschehändchen bald enorm viel grabschen konnte. Doch an jenem Tag war Mary mit ihrer Aufmerksamkeit ganz woanders, wie gebannt.

Mit weit aufgerissenen Augen betrachtete sie die Wände des Hinterzimmers, die über und über mit Karten bedeckt waren. Vom Boden bis zur Decke Übersichtskarten und Karten aus Reiseführern, die sich überlagerten und die faszinierendste Tapete erschufen, die sie jemals gesehen hatte. Die Orte hatten keine Ordnung, eher im Gegenteil: Irgendwo bei ihrem linken Knöchel lag Leeds, daneben das schottische Fife, daneben wiederum ein stecknadelkopfgroßer schwarzer Punkt: Belfast. Mary fuhr mit den Fingern über das Netzwerk aus roten und gelben Adern, die in die Städte hinein- und aus ihnen herausführten, hüpfte über die Kreise aus hellgrünen Feldern und die blassblauen Wege, die die Flüsse markierten.

Bis zu diesem Augenblick war Geographie ein Schulfach gewesen. Und auch kein besonders wichtiges, eher etwas für einige Stunden vor den langen Sommerferien, wenn man in Mathe, Naturwissenschaften und Rechtschreibung genug gelernt hatte. Es war trockener Stoff. Alles, was Mary aus dem hektischen Unterricht mitgenommen hatte, war, dass jeder Mensch seinen Platz im Atlas hatte. Und der war vorherbestimmt. Schicksal bestimmte die Herkunft, und ein Großteil der Menschen wäre woanders besser dran gewesen.

Aber das hier? Das war etwas anderes. Zum ersten Mal in ihren siebendreiviertel Jahren hatte Mary gespürt, dass es eine Welt außerhalb von Belfast gab und dass diese Welt nicht so unerreichbar war, wie man ihr gesagt hatte. In den darauf folgenden Jahren dachte sie immer mal wieder an diesen Kartenraum. Wenn es so einfach war, eine Karte auseinanderzuschneiden und etwas Neues daraus zu erschaffen – ein Patchwork der Möglichkeiten, vielleicht ein Zuhause – dann war ihr Horizont vielleicht nicht so festgelegt, wie sie zunächst gedacht hatte.

Zwanzig Jahre später war ihr das Leben dazwischengekommen. Dad war krank, Mam brauchte Hilfe, und wenn Mary ehrlich mit sich war – so ehrlich, wie sie nur allein im Dunkeln sein konnte, im Bett nach dem Ende einer Schicht –, würde sie sagen, dass sie selbst das eigentliche Problem war. Die Krankheit von Dad war ein willkommener Vorwand, die wahren Gründe zu verdrängen, warum sie nicht ausgezogen war, warum sie sich keinen neuen Job gesucht hatte. In Wahrheit hatte der Alltag ihren Ehrgeiz zermürbt. An einigen Tagen konnte sie sich gerade noch dazu aufraffen, sich im Belegschaftsraum für eine gewisse Kekssorte zu entscheiden. Sie hatte Jim gebraucht, um sich daran zu erinnern, was das Leben noch für sie in petto hatte, wie hoch sie noch fliegen könnte.

»Wow«, sagte Jim, er stellte ihre Pints auf den nächsten Tisch und zog seine Jacke aus. »Das hast du gar nicht erwähnt.«

»Ich wusste nicht, ob die Karten noch da sein würden.«

Er zeigte auf den Stuhl neben sich, den er zur hinteren Wand geschoben hatte.

»Glaubst du, du kannst uns auf diesen Karten finden? Komm, wer schneller ist.«

Es dauerte nicht lange, und Mary hatte gewonnen – sie verlor kein Wort darüber, dass sie von ihrem Muskelgedächtnis an den Ort geführt wurde, wo ihr Finger in den vielen Jahren zuvor verharrt war.

»Was ist denn mit mir?«, fragte Jim. Er hatte bereits ausgetrunken. Mary hatte erst einen Schluck genommen.

»Was soll denn mit dir sein?«

»Wo bin ich?«

»Eine wirklich schwere Frage«, sie drückte Jims Oberschenkel.

»Gibt es hier eine Karte von London? Komm, wir suchen meine Wohnung. Ich habe schreckliches Heimweh.« Jim setzte eine traurige Grimasse auf. »Der Verlierer gibt die nächste Runde aus.«

Sie suchten beide in schweigendem Wetteifer nebeneinander her. Von nebenan erklang ein bestürztes Stimmengewirr, gefolgt von dem rhythmischen Hämmern auf Plastik. Mary vermutete, der Fernseher habe den Geist aufgegeben.

»Ich hab's«, polterte Jim nach kaum einer Minute. Mary schlängelte sich an den Stühlen vorbei und schaute ihm über die Schulter. Er legte ihr den Arm um die Taille. Sie spürte die

Haare seiner Unterarme auf der bloßen Haut über ihrer Jeans. »Hier.«

Er hatte leider recht.

»Schrecklich weit weg«, seufzte Mary.

Es war das erste Mal, dass einer von beiden aussprach, woran sie beide so häufig dachten. Gleich darauf wünschte sie sich, sie hätte es gelassen. Sie wollte nicht klammerig wirken oder die Erinnerung an diesen perfekten Tag zerstören. Sie wollte ungestüm und unabhängig sein, *anders*, oder was auch immer Jim in ihr gesehen und worum sie selbst so mühevoll gerungen hatte, bevor sie sich kennengelernt hatten.

Er kreiste mit dem Finger über Ealing. Dann zeigte er über die Schraffur, die den Bahnhof darstellte. »Du weißt, dass es nicht wichtig ist. Das weißt du doch, oder?« Mary wusste nicht mehr, was sie wusste und was nicht. Die letzten beiden Monate hatten ihre Welt völlig auf den Kopf gestellt. Es war grandios, spannend, schwindelerregend. Alles, nur nicht sicher. »Ich will, dass du weißt, dass ich für dich da bin, egal wo – sei es am Ende der Welt, in Ealing …« Er unterstrich das Wort auf der Karte mit dem Finger. »Immer. Das meine ich auch so. Ich hoffe, du weißt es.«

Mary erstarrte. Meinte er damit das, was sie dachte? Das konnte einfach nicht sein. Wenn man sich zu viel erhoffte, hatte man am Ende nichts.

»Ganz ehrlich, Mary. Komm, schau mich an.« Jim hob ihr Kinn mit einer Hand an. »Ich wollte in meinem Leben immer weglaufen und verschwinden. Aber mit dir will ich es ausnahmsweise einmal nicht.« Es gab so viel, was Jim ihr hätte erzählen können – dass Mary sich in seinem chaotischen Leben wie ein Ruhepol anfühlte; dass er, bevor er sie kennengelernt hatte, nicht gewusst hatte, wie man sich dermaßen an jemanden gebunden fühlen konnte und ohne dass es sich wie eine Last anfühlte. Dass er vielleicht gar nicht kaputt war, sondern sie nur hatte finden müssen. »Es gibt niemand anderen, zu dem ich das sagen würde, vertrau mir. Ich will für dich da sein. Für immer.«

Mary lag es auf der Zunge, ihn zu bitten, das zu wiederholen. Sie musste sich verhört haben. Diese romantischen Dinge geschahen anderen Menschen. Nicht ihr in der schäbigsten Spelunke von Portrush.

»Zieh zu mir.«

»Wie bitte?«

»Du hast mich verstanden. Zieh zu mir. Du hast meine Wohnung gesehen – dort ist definitiv genug Platz für uns beide.«

Mary suchte in seinem Gesicht nach Anzeichen dafür, dass er sie veräppelte, aber Jim war ebenso ernst wie immer.

»Ich bin dieses Hin und Her leid. Ich will es. Ich will dich.« Jim lehnte sich zu Mary und küsste sie auf die Stirn. Er war der Einzige von den Männern, mit denen sie jemals zusammen gewesen war, der groß genug dafür war. Und auch der Einzige, der zärtlich genug dafür war.

»Ja«, flüsterte sie. Dann wiederholte sie es lauter, mit ihrer neu erlangten Überzeugung: »Ja.«

KAPITEL 12

2018

Mary zögert vor der Tür zu dem Klassenraum. Seit dem Augenblick, als sie vor zwei Nächten Jims Stimme am anderen Ende dieser schrecklichen, knarzenden Leitung gehört hatte, fürchtet sie sich vor ihrer Rückkehr zu NightLine. Sie fürchtet sich und ist gleichzeitig voller Hoffnung. Eine gute Beschreibung des Schwebezustands, in dem sie sich seit sieben Jahren befindet, denkt sie seufzend.

Als Mary gestern aus dem Pub nach Hause kam und dann Jims Postkarten auf dem Flurboden gelegen haben, war jegliche Erleichterung, die sie nach dem vertrauensvollen Gespräch mit Alice verspürte, wie weggeblasen. Sie ist auf die Knie gesunken und hat angefangen, seine Botschaften wahllos aufzuheben. *Erinnerst du dich an das Abendessen gleich um die Ecke? Ich hatte das beste Date in ganz London.* Sie wusste, dass sie es nicht tun sollte. Es war nicht so, als würde sie Schorf von einer Wunde knibbeln, sondern eher als würde sie eine nässende Wunde wieder aufreißen. *Der erlesenste Export aus Irland – und er gehört mir! Ich bin der glücklichste Mann der Welt.*

Jim hatte immer ein Händchen dafür, Mary die Welt zu erklären. Bevor sie ihn kennengelernt hatte, dachte Mary, dass es im Leben darum ging, sich irgendwie über Wasser zu halten – zu Hause, bei der Arbeit und auch in dem kleinen bisschen Privatleben, das sie sich genehmigte. Aber Jim zeigte ihr, dass man leben und nicht nur überleben konnte. Er erweiterte ihren Horizont. Er ermutigte sie, groß und größer zu träumen. In den sechs Jahren ihrer Beziehung zweifelte Mary nie daran, dass Jim ihr die Welt zu Füßen legte. Hier saß sie nun, zwischen den Beweisen dafür.

Und während Jim sie dazu gedrängt hatte, sich auszumalen, was alles für sie möglich war, war Mary der sichere Hafen geblieben für sie beide. Das hatte er am Telefon gesagt. Sie löste alles in überschaubare Schritte auf. Sie war bedächtig. Ruhig. Natürlich hatte auch sie Ausreißer, wer nicht?

Der gestrige Abend am Bahnhof war ein perfektes Beispiel dafür. Bei der Erinnerung daran wird Mary vor Scham ganz heiß. Aber sie fasst sich schnell wieder, ein kurzer Kontrollverlust verändert ihren Charakter nicht. Jim kannte die echte Mary besser als jeder andere. Das musste so sein – warum würde er sich sonst bei ihr melden, nach sieben langen Jahren Schweigen? Und wenn er einmal den Mut aufgebracht hat, wird er wahrscheinlich heute Abend wieder anrufen.

Mary öffnet die Tür zum NightLine-Raum.

Sie geht direkt zu ihrem Platz. Dort liegt das übliche halb geschmolzene Twix von Ted neben einem Zeitungsausschnitt über einen Wanderweg im Moor.

»Alles in Ordnung mit dir?«, Ted winkt, seine andere Hand ist in einem riesigen Sack voller Teebeutel vergraben.

Mary bewundert immer wieder seine tiefen Lachfalten in den Stoppeln neben seinem Mund. *So sieht Positivität für dich aus*, denkt sie. Ted hat sich nach dem Tod seiner Frau so gut wie eben möglich wieder gefangen und sich – sogar in den Anfangstagen – immer noch Zeit genommen für die Freiwilligen. Derart aufmerksame Menschen gibt es nicht wie Sand am

Meer. Mary fragt sich flüchtig, ob sie ihm jemals gesagt hat, wie dankbar sie für seine Freundschaft ist.

»Ich habe dir da einen Artikel über einen neuen Wanderweg hingelegt, den wir mal ausprobieren könnten«, fährt er fort, als Mary nicht antwortet. »Ein wenig weiter weg als sonst. Nördlich vom Fluss, meine ich, aber vielleicht könnten wir es mal in Angriff nehmen, wenn du einen Tag frei hast? Ich habe gerade sehr viele Kunden, aber das läuft uns ja nicht weg …«

Ted wird von Kit unterbrochen, der durch die Tür stürmt. Und Olive wird von der zurückschwingenden Tür fast erwischt.

»Die berühmte *Señorita* von heute!«, ruft Kit, und lässt dabei einen Bissen Granola in seinem Mund erkennen. »NightLines höchstpersönlicher Internethype.« Sein Grinsen passt nicht zu der absoluten Ratlosigkeit in den Gesichtern von Ted, Olive und Mary.

Kit bemerkt ihre Verblüffung. »Kommt schon – das müsst ihr doch gesehen haben.« Er zieht sein Handy aus der Gesäßtasche und öffnet eine App. Ted, Olive und Mary treten näher heran. Er hat Twitter geöffnet, was Mary selbst noch nie genutzt hat. Sie war überhaupt noch nie in Sozialen Netzwerken aktiv, hat nur einen Facebook-Account, den sie nicht benutzt. Die Selbstdarstellung, die Mitteilungen, der damit einhergehende Narzissmus – wenn sie nur daran denkt, wird ihr übel.

Kit scrollt bis zu einem Video, dann drückt er auf ›Play‹. In den ersten Sekunden sieht man eine körnige Aufnahme einer verärgerten Menge, man weiß nicht genau, wo. Doch dann ertönt eine Stimme, die Mary immer erkennen würde. Wie Fingernägel auf einer Tafel.

Es ist ihre Stimme.

»MEINE GÜTE, ICH BRAUCHE VERDAMMT NOCHMAL RAUM ZUM ATMEN!«

Mary spürt einen Stich in der Brust, einen unerträglichen Druck auf den oberen Rippen, und irgendwo darunter ringen ihre Lungen verzweifelt nach Luft. Das gestern Abend war nichts dagegen, *jetzt* braucht sie Raum. Alle stehen viel zu nah neben ihr. Sie kämpft gegen den Impuls an, um sich zu schlagen, Kits Telefon aus ihrem verdammten Blickfeld zu hauen. Stattdessen versucht sie, sich auf das Video zu konzentrieren, das inzwischen vorbei ist. Die Umrisse auf dem letzten Bild wirken verzerrt. Mary blinzelt, auf den zweiten Blick wirkt das Bild deutlicher. Verdammt – das Schild! Die Schrift ist auch zu sehen.

»Was ... was ist das?« Mary ist panisch, ihre Kehle schnürt sich zusammen. »Wer? Wie?«

Kit bleibt der Mund offen stehen. »Ich dachte, du hättest es schon gesehen oder davon gehört ...«

»Hier, komm schon, setz dich«, sagt Olive. »Mach Mary einen Tee und dich nützlich«, faucht sie Kit an.

Mary hält Kit am Handgelenk fest, bevor er Olives Befehl ausführen kann.

»Ähm, nun, jemand wird diese ... Szene ganz offensichtlich aufgenommen haben.« Auch wenn Kit seine Worte mit Bedacht wählt, möchte Mary vor Scham im Boden versinken. »Und dieser Jemand hat es bei Twitter hochgeladen. Den Leuten scheint es zu gefallen!«

»Was meinst du mit *gefallen*?«

»Sie sagen alle möglichen netten Sachen über dich. Du seist eine Legende – du gibst nicht klein bei. Du ziehst dein Ding durch, so etwas eben.« *Aber das Einzige, was wirklich wichtig ist, schaffe ich nicht,* denkt Mary und spürt einen stechenden

Schmerz. *Jim nach Hause zu bringen.* »Auf jeden Fall viele liebevolle Kommentare, das gibt es nicht oft im Internet …«

Er entsperrt sein Handy wieder, als wolle er es ihr zeigen, doch Olive schnappt sich das Gerät.

»Habt ihr das gesehen?« Mary fixiert nacheinander Olive und Ted.

Beide schütteln die Köpfe.

»Ganz ehrlich«, fügt Ted hinzu. »Ich habe gar nichts davon mitbekommen.«

»Ich kenn mich im Internet nicht aus«, sagt Olive und kräuselt angewidert die Nase.

»Es scheint nirgendwo hingeschwappt zu sein – in Zeitungen oder was auch immer ihr lest.« Olive sieht wegen dieser Anspielung auf ihr Alter gekränkt aus. Für Kit ist alles über fünfunddreißig offensichtlich uralt. »Ich wollte damit sagen, dass es sich dabei um klassisches, schnelllebiges Internetmaterial handelt«, fährt er fort. »Clickbait. Viele Menschen schauen es an, retweeten es und vergessen es dann. Inzwischen ist schon wieder etwas anderes im Fokus, dabei ist es erst seit einem Tag online.«

Mary ignoriert Kits letzten Satz, der sie beruhigen sollte.

»Was bedeutet *viele Menschen*?«

Kit beißt sich auf die Unterlippe. »Eine Million Aufrufe?«

Mary sackt in sich zusammen. So viele Menschen kann sie sich gar nicht vorstellen. Die alle hinter ihren Bildschirmen sitzen und sie bewerten, sich über sie lustig machen. Es ist ein Mob. Ein Schwarm. Die Annahme, in diesem Leben genug Machtlosigkeit gespürt zu haben, hat sich als naiv erwiesen. Ist niemandem in den Sinn gekommen, dass sie vielleicht gar keine Internetberühmtheit sein will? Hat niemand überlegt, dass es sie fertigmachen würde? Wie konnte man nur derart egoistisch sein?

Diese Leute hatten nicht einmal Jim außen vor gelassen. Sein Name stand auf dem Schild, und dieses Schild kann nun jeder sehen. Ob Jim es gesehen hat? Er war nicht auf Sozialen Medien unterwegs, damals, als sie ihn zum letzten Mal gesehen hat, aber wenn er immer noch irgendwo da draußen ist, kennt er vielleicht jemanden, der es ihm zeigt. Natürlich soll Jim wissen, dass er Mary immer noch wichtig ist, dass sie so lange wie nötig warten wird, damit er zur Besinnung kommt und wieder nach Hause zurückkehrt, aber sie wollte nicht, dass er das alles durch dämliche Internetsensationsgier herausfindet. Was für eine Schande!

In dem Video sieht sie furchtbar aus – mit struppigem Haar, und ihre Blässe wird durch die groben Pixel noch verstärkt. Was, wenn einer ihrer Brüder es sieht und Mam zeigt? Dann würde sie gefragt werden, was zum Teufel sie da vor dem Bahnhof macht. Sie hatte es nie geschafft, Mam davon zu erzählen. Jims Eltern würden es wohl nicht zu Gesicht bekommen. Sie sind mindestens noch zehn Jahre älter als Olive und hatten nie viel für Technik übrig, vielleicht hat sie zumindest von dieser Seite nichts zu befürchten.

»Die Menschen erinnern sich nicht an alles, was sie im Internet sehen, das kann ich beschwören«, erklärt Kit, als das Schweigen für die anderen Freiwilligen unerträglich wird. Ted und Olive sind ein wenig näher gerückt, als würden sie Mary umarmen wollen, aber befürchten, sie würde wieder um *verdammten Raum* bitten.

»Aber warum?«, murmelt Mary. Dann lauter: »Warum? Warum hat jemand diese … Szene überhaupt gefilmt? Ich wollte nur, dass die Leute mit dem Drängeln und Schubsen aufhören und ihre verdammten Ellbogen einziehen.« Niemand antwortet. »Warum?«

Kit zuckt die Schultern. »Das trifft dich sehr unerwartet, glaube ich. Wenn man zu einem Fremden etwas in der U-Bahn sagt, kann es auch am nächsten Tag auf der Titelseite stehen. Dann ist da das Schild …«

»Was ist mit dem Schild?«, faucht Mary. Sie hat genug von Menschen, die ihre Nase in fremde Angelegenheiten stecken oder sich darüber amüsieren.

»Nichts!«, Kit hält entschuldigend die Hände in die Höhe. »Das weckt nur Interesse, sonst nichts.«

Es klopft an der Tür. Olive, Kit, Ted und Mary drehen sich alle gleichzeitig um. Der Kopf einer Frau erscheint, ein adretter kastanienbrauner Bob mit einem gepflegten Pony. Durch das Schichtglas der Scheibe ist das Bild verzerrt, dennoch kann man ihre eisblauen Augen erkennen.

»Hallo, alle miteinander, ich bin Alice.«

Einige Sekunden vergehen, bevor jemand antwortet. »Ach ja, wir haben dich schon erwartet«, sagt Olive schließlich. Es sah ganz und gar nicht danach aus, als hätten sie jemanden erwartet. Olive fischt den Zeitplan aus dem bestickten Geldbeutel, der um ihren Hals hängt.

»Alice Keaton, ja?«

»Das bin ich.«

»Hallo noch einmal«, Mary versucht zu lächeln. »Schön, dass du gekommen bist.«

»Du kennst sie?« Kit streicht sich die Krümel seines Müslis vom T-Shirt. Mary hat noch nie zuvor gesehen, dass er sich so schnell bewegt.

»Ja, wir haben uns gestern kurz getroffen. Mary hat mir vorgeschlagen, dass ich mich melde. Und nun bin ich hier!«

»Gut, Alice.« Olive zischt beim Aussprechen des Namens. »Wenn du dir einen Stuhl nimmst – ja, einen dieser kleinen

Stapelstühle –, kannst du dich heute Abend neben mich setzen. Kit, du musst dann das erste Telefon nehmen – kannst du Alice ein Headset holen?«

Und wieder dreht sich die Welt weiter, während Mary völlig erstarrt dasteht. Standbilder aus dem Video tauchen vor ihrem Auge auf wie Schnitzel aus einem Horrorfilm. Sie berührt ihre feuchte Stirn. Wie haben sie es genannt – *viral gehen?* Das ist passend. Mary kann sich kaum daran erinnern, wann ihr das letzte Mal so schlecht war. Erst der Anruf und nun das? Das wird ihr Ende sein.

»Solltest du noch hier sein?« Ted traut sich, Mary eine Hand auf die Schulter zu legen, eine leichte Berührung, die aber ausreicht, um sie in dem unerträglich heißen Klassenzimmer zum Zittern zu bringen.

»Ja. Ganz ehrlich, ich glaube, das ist besser für mich. Also nicht allein zu sein …«

In Wahrheit würde sie sich am liebsten ins Bett fallen lassen und nie wieder aufstehen. Aber das kann sie nicht machen, wenn so viel auf dem Spiel steht. Falls Jim sie wieder anruft, muss sie da sein, um ihn anzuhören und ihm zu helfen.

»Das weißt du selbst am besten«, antwortet Ted. »Und du weißt auch, wo ich bin, falls du etwas brauchst.«

Die Hotline nimmt kurz nach Teds Abschied ihren Betrieb auf. Kit nimmt die meisten der ersten kurzen Anrufe entgegen und leitet die Sonderlinge an Olive oder Mary weiter. Gegen Mitternacht werden die Anrufe wie immer zahlreicher, das hat nichts mit der Geisterstunde zu tun, vielmehr erscheinen zu dieser Zeit alle Probleme riesengroß: einsame Witwen, die sich mit ihren Beschwerden über herumlungernde Gestalten vor ihrem Fenster besser woanders hinwenden sollten als an eine Krisenhotline; dann ist da Gerald der Trucker, der überzeugt davon ist, dass die Wasserrohre mit ihm sprechen; Aurelia, die sich mit der Einsamkeit in der Elternzeit schwertut, obwohl sie so häufig wie möglich das Haus verlässt.

»Mary, den hier musst du annehmen.« Kit hat eine Hand über den Lautsprecher seines Telefons gelegt, dessen Stummschalttaste schon seit langem nicht mehr funktioniert. »Bei Olive wurde ein Anruf unterbrochen, deswegen würde ich diesen gerne auf dein Telefon umleiten, falls ihr Gerät den Geist aufgegeben hat.«

»Guten Abend, Sie haben die Rufnummer von NightLine gewählt …« Sie arbeitet schon seit sieben Jahren hier und dieser Spruch ist ihr in Fleisch und Blut übergegangen. Es ist wirklich überraschend, wie eloquent sie die Worte aneinanderreiht, obwohl ihre eigene Welt gerade auseinanderbricht.

»Guten Abend.«

»Bevor wir anfangen können, muss ich Ihnen einige Fragen stellen. Haben Sie suizidale Gedanken?«

»Nein.«

»Befinden Sie sich gerade an einem sicheren Ort?«

»Ja – ich glaube, das könnte man so sagen.«

»Gut, vielen Dank. Das waren erst einmal alle Fragen, nun können wir weitermachen. Wie kann ich Ihnen helfen?«

»Mary, bist du das?«

Nach der Höllenqual durch das Video war ihr Körper im Selbsterhaltungsmodus, und Mary hatte die Stimme am anderen Ende der Leitung nicht erkannt. Nicht bemerkt, wie vertraut sie klang.

»Ich wusste nicht, ob du noch da sein würdest.«

»Warum?« Mary senkt die Stimme. »Warum sollte ich nicht mehr da sein?«

»Nachdem ich angerufen hatte … wirktest du so verzweifelt. Ich wollte mich bei dir melden, aber ich wollte dich damit nicht aus dem Gleichgewicht bringen.« Die ohnehin schon wackelige Leitung knackt. Es hört sich so an, als würde das Mikrophon gegen eine raue Oberfläche gerieben. Hat er sich einen Vollbart wachsen lassen, fragte Mary sich. »Schau mal, ich weiß nicht, was ich mir gedacht habe, als ich dich angerufen habe … Ich wollte nicht, dass du einen falschen Eindruck von mir bekommst. Es war schon spät, ich hatte einen Drink.« Sie schließt die Augen, ihre Lider zucken. Sie hätte es wissen müssen. »Ich hatte keine Kraft mehr, ich wusste nicht, was ich tun sollte. Es tut mir so leid.«

»Es ist okay. Dafür bin ich da. Wie fühlst du dich jetzt?«

»Verloren.«

Mary traut ihren Ohren nicht. Es ist so, als würden sich die letzten sieben Jahre mit diesem einzigen, winzigen Wort auflösen. Und auch ihre Beschämung wegen des Videos. Es ist egal. Eigentlich ist es egal. Falls es bedeutet, dass Jim endlich nach Hause kommen wird.

»Ich fühle mich so verloren, ich habe eine schreckliche Entscheidung getroffen. Du musst mir vergeben oder … Ich weiß nicht, was ich sonst tun werde.«

Bei NightLine sind sie auf das Schlimmste vorbereitet – die dunkelsten Anrufe, die schrecklichsten Beichten. Es ist niemals leicht, nie, und dennoch kommt mit der Anonymität dieses kleine Stückchen Distanz, das diese Aufgabe überhaupt erst ermöglicht. Aber wenn man von den Schwierigkeiten eines bekannten Menschen erfährt? Mary hatte sich bis heute nicht ausgemalt, wie lähmend das sein würde.

Sie muss dem, was er erzählt, auf den Grund gehen, aber das ist schwer, weil sie so nah neben Olive sitzt, dass sie ihre bestickte Bluse berühren könnte. Sie darf nicht riskieren, dass

Olive misstrauisch wird, und gleichzeitig sehnt Mary sich so sehr nach einem Zufluchtsort, auf eine Art und Weise, wie sie es immer schon getan hat, wenn es um Jim ging. Damals hatte es nur sie beide gegeben, blind und taub für den Rest der Welt.

»Hast du das gehört? Es tut mir leid. Es tut mir *so* leid.« Da ist es wieder. Dieses kratzende Geräusch, das die Stimme dämpft.

»Ja. Du bist nicht alleine. Ich bin hier.« Dann fügt Mary fast schon flüsternd hinzu: »Ich kann dich abholen.« Sie braucht mehr Privatsphäre. »Bleib kurz dran. Nur eine Sekunde. Kannst du dranbleiben?«

Sie wartet nicht auf eine Antwort. Stattdessen bückt sie sich unter dem Schreibtisch nach ihrer Tasche. Sie kramt in der Außentasche nach ihrem Handy und drückt mit dem Daumen auf den Home-Button, dreht es in alle möglichen Richtungen, um das verdammte Ding zu entsperren.

»Noch eine Minute, bitte«, murmelt sie.

Mary tippt ihre Handynummer in das Festnetztelefon, um den Anruf weiterzuleiten. Sie starrt auf den Schreibtisch, versucht, so unauffällig wie möglich zu wirken; falls Kit oder Olive sie erwischen, würden sie den Anruf unterbrechen. Sie weiß, dass sie gegen sämtliche Regeln im Handbuch von Night-Line verstößt, aber sie kann es nicht ertragen, ihn noch einmal zu verlieren. Wegen ihrer Aufregung hat sie einen Tunnelblick.

Deswegen bemerkt sie auch nicht, wie Alice Mary gerade mit aufgerissenen Augen anstarrt und derart von der Szene vor ihren Augen mitgerissen wird, dass sie vergisst, sich Notizen zu machen.

Es beginnt zu piepsen, ein Morsecode wie von fallenden

Stecknadeln – ihr Rettungsseil für Jim. Nach kaum dreißig Sekunden endet es so abrupt, wie es angefangen hat.

»Hallo? Hallo? Bist du noch dran?«

Am anderen Ende der Leitung ertönt ein Pfeifen, ein hohes Summen, das ihr in den Ohren dröhnt. Mary blickt auf das Display des Festnetzes.

Verbindung getrennt.

KAPITEL 13

2005

Mam stand schon in der Tür, bevor Mary noch mit ihrem Koffer über die Einfahrt heraufgekommen war. Es war dunkel, und hinter ihrer Mutter leuchtete das Licht aus der Küche. Mary sog den Duft nach Stew ein, fast schon karamellartig, dann hörte sie das Getrampel von Pferdehufen bei einem Rennen und Dad, der schimpfte.

»Sie ist da! Ach, wir haben dich vermisst!«

»Ich war nicht einmal eine Woche weg, Mam.«

»Ich weiß, ich weiß. Aber du musst uns von deinem Urlaub in Portrush erzählen. Komm rein, der Tee ist fast fertig.«

Mary hatte Jim gerade am Flughafen abgesetzt, und seine Abwesenheit schlug ihr jetzt schon auf den Magen. Das schien aber niemand zu bemerken, und außer Mam interessierte das auch keinen. Gavin und Conor besprachen lärmend wie immer das Brown Derby gestern Abend – irgendeine Lügengeschichte über Jamie, einen Nachbarsjungen, der zu einem Schlag ausgeholt hatte, und sie beide, die wie das A-Team der Kings Road eingeschritten wären. Ihre Witzeleien taten Mary gut, und Gavin fegte mit seinen fuchtelnden Armen mindestens zwei Gläser vom Tisch, dennoch schnürte ihr die Angst die Kehle zu. Sie hatte keine Ahnung, wie Mam die Nachricht von ihrem Auszug aufnehmen würde.

»So schlimm sind wir doch gar nicht, oder?«, fragte Mam und wischte den Tisch ab.

Mary betrachtete den Boden des Kochtopfes und versuchte herauszufinden, welche Flecken ihre Zeit wert waren und welche sie nicht beseitigen könnte. Im Zimmer nebenan hustete Dad so laut, dass man Tote damit hätte wecken können. Als sie nicht antwortete, kam Mam und legte ihr eine Hand auf den Rücken. Sie fühlte sich kalt an, und Mary spürte durch ihre dünne Bluse die leichte Feuchtigkeit vom Spüllappen, den Mam zuvor in der Hand gehabt hatte.

»Was ist los?«

»Ich ziehe aus.«

Mary zwang sich, sich umzudrehen. Es war eine Sache, anzukündigen, dass sie ihre Familie verließ, etwas völlig anderes war es, den Entschluss von Angesicht zu Angesicht zu verkünden.

»Ich ziehe hier aus und verlasse Belfast. James hat mich gebeten, zu ihm zu ziehen.«

Mary beobachtete, wie Mams Augen größer wurden. Die Haare ihrer Augenbrauen wurden langsam grau, und Mam hatte sie mit dem Stift nicht weit genug nachgezogen.

»Oh, Mary. Das ist aber toll«, brachte sie hervor.

»Es tut mir leid, Mam.«

»Was denn?«

»Dass ich dich verlasse.«

Sie hatte keine Ahnung, wie Mam ohne sie daheim zurechtkommen würde. Die Jungs waren … genau das eben. Jungs. Sie stürzten sich immer noch wegen der Fernbedienung auf Dad, auch wenn er gerade frisch von der Chemotherapie nach Hause kam.

»Sobald ich dort eine Stelle gefunden habe, schicke ich euch wieder jeden Monat etwas.« Mary machte sich schon große Sorgen darüber, wie sie Arbeit finden sollte. Jim meinte, für einige Wochen könnten sie von seinem Gehalt leben, aber darauf wollte sie sich nicht verlassen, und ein solches Arrangement wäre außerdem nichts für die Ewigkeit. »Und ich komme so häufig zu Besuch, wie ich kann, und im Not…«

Mary brachte es nicht über sich, das Wort *Notfall* auszusprechen, weil sie damit das aussprach, was alle verdrängen wollten: Besser würde es nicht wieder werden. Sie hasste sich dafür, dass sie Dad in diesem Zustand allein ließ, aber wenn sie jetzt nicht gehen würde: Wann dann?

»Man fliegt eine Stunde. Von Tür zu Tür braucht man zwei.«

Mam hatte nichts gesagt, und Mary sah, dass sie erst einmal den Kloß in ihrem Hals runterschlucken musste.

»Jetzt bist du dran.« Mam legte Mary einen Arm um die Schulter und zog sie an sich. »Ich freue mich so für dich.«

Mary musste ihre Tränen zurückhalten. »Ich meine es aber ernst, also das mit dem Geld.«

»Das will ich nicht. Du hast mehr als genug für uns getan, nun ist es an der Zeit, dass du glücklich bist. Und ich weiß, es ist furchtbar plötzlich – aber so ist es in diesen Dingen häufig.«

Mary kannte Jim seit zwei Monaten, hatte ihn erst viermal getroffen. Bestimmt warnte Mam sie gleich, dass es alles zu schnell ging? Sie hatte es ja selbst gedacht, hätte selbst diesen Einwand gehabt, wenn die Verbindung zwischen ihr und Jim nicht so stark gewesen wäre.

»Findest du nicht, dass es zu früh ist?« Mary wusste zwar, was sie wollte, dennoch brauchte sie Mams Bestätigung – wie jeder, egal ob mit sieben oder mit siebenundzwanzig.

»Nein! Wie kommst du denn darauf? Das habe ich doch

nicht gesagt, oder? Außerdem: Wenn du dir sicher bist, bist du dir sicher. Das war ich mir bei deinem Dad auch. Wir haben uns nach sechs Wochen verlobt und sind immer noch glücklich.« Mary blickte auf den halb fertigen Pullover, den Mam für Dad strickte und der über dem Küchenstuhl hing. Ihm war immer kalt, seitdem er so viel abgenommen hatte. Der Pulli hatte ein Fischgrätmuster – ihre Mam war so fürsorglich, das war Mary ein Vorbild. »Wenn man den richtigen Menschen trifft, muss man einfach mit ihm zusammenbleiben, egal was passiert. Durch dick und dünn. Ich bin mir sicher, dass es für dich und Jim auch so sein wird, Mary.« Sie hielt inne. »Aber es gibt ein Problem.«

Mary blieb das Herz stehen. Sie hatten schon über Arbeit und Geld gesprochen, über Dad – sie hatte keine Ahnung, was es sonst noch für Probleme geben könnte.

»Wir haben den jungen Mann noch gar nicht kennengelernt.«

»Oh.« Ein überwindbares Hindernis. »Kommt ihr mit? Wenn ich umziehe?«, platzte Mary heraus, bevor sie sich Sorgen über die Kosten machen konnte. »Du und Dad, ihr beide. Dann seht ihr, wo ich wohne.«

Sie sah, wie Mam über das Angebot nachdachte und Marys Gesicht nach einem Zeichen dafür absuchte, ob sie es auch ernst meinte. »Gerne.« Sie lächelte. Es war schon lange her, dass Mary bei Mam aufrichtige Freude gesehen hatte. »Es wäre schön, euch beide zu sehen. Den Mann kennenzulernen, der dir das Herz gestohlen hat. Ich schau mal, was die Fähren kosten.«

★

Im Hotel war man verblüfft, als sie kündigte. Mary versuchte, es nicht zu persönlich zu nehmen. Jenny, die Geschäftsführerin, tat so, als hätte jemand vorgeschlagen, das Fundament des Gebäudes zu zerstören. *Elf Jahre waren das*, wiederholte sie immer wieder, *niemand organisiert ein Event so wie du*. Als sie fragte, wer der Glückliche war und wie lange sie ihn schon kannte, murmelte Mary etwas von einem alten Freund, und Moira trat ihr vors Schienbein.

»Warum zur Hölle hast du das gesagt?«

»Was hätte ich sonst sagen sollen? Es sollte nicht so klingen, als ob ich verrückt wäre.«

»Weil du mit einem Fremden zusammenziehst.«

Mary spürte, wie ihr der Schweiß ausbrach. Klar, dass Moira das sagte. Sie hatte recht, egal wie man es drehte und wendete: Man konnte nicht sagen, dass man zu einem Mann zog, den man viermal gesehen hatte, und dabei vernünftig wirken. Aber das änderte nichts an der Art und Weise, wie sie sich fühlte – und wie Jim sich fühlte. Bei ihrem allabendlichen Telefonat hörte sie, wie aufgeregt er war, sogar nach einer zwölfstündigen Schicht im OP-Saal.

»Lächele mal, Liebes.« Moira schlug Mary mit dem Gästebuch. Mary würde Moira ganz fürchterlich vermissen. »Das ist das Mutigste, was du jemals getan hast, und das ziehst du jetzt durch – dafür sorge ich.«

Der Tag des Umzugs war schnell gekommen. Irgendwie hatte Mam das Geld für die Fähre aufgetrieben, hatte die Ausgabe damit gerechtfertigt, dass sie Mary mit ihrem Gepäck helfen würden. Auch wenn Dad bereits am Ende der Straße außer Atem war und Mary gerade einmal zwei große Sporttaschen mitnahm. Mam hatte sich für die nächtliche Überfahrt entschieden, mit ihrer wenig wissenschaftlichen Erklärung, dass man so die Seekrankheit verschlafen könnte. Nach einer Stunde konnte Mary nur noch hoffen, dass sie – wenn sie stocksteif auf dem Boden der Kabine lag – nicht die ganze Nacht die Toilettenschüssel umarmen müsste.

Jim hatte trotz Marys Protest darauf bestanden, sie vom Hafen abzuholen. Mary fragte sich, ob das seine Buße dafür war, dass er ihre Eltern nicht früher kennengelernt hatte. Als sie erzählte, was passiert war – was Mam dazu gesagt hatte, dass sie zu einem Mann zog, den sie noch nie gesehen hatte –, hatte er sich schrecklich gefühlt. Er wollte nicht, dass ihre Eltern dachten, sie würden ihre Tochter einem Fremden übergeben oder dass er kein Interesse an ihnen hatte. Er musste sich aber nicht dafür entschuldigen; es war ihrer beider Schuld, vermutete sie, weil sie so sehr miteinander beschäftigt gewesen waren.

Es war immer noch dunkel, als sie von Bord gingen – Mary schulterte eine Tasche, Mam die andere. Dad wollte nach einem der Träger greifen, aber Mam ließ ihn nicht.

»Ich kann doch mittragen.« Am Ende der Rampe tauchte eine Hand auf und schnappte sich das Gepäck. »Guten Morgen, meine Schöne«, sagte Jim laut genug, dass Mary es zwar hörte, nicht aber ihre Eltern.

Mary stellte ihn so kurz wie möglich vor: »Mam, Dad – das ist Jim. *James*. Mein Freund James.« Unfassbar, dass sie ihn nie zuvor so genannt hatte.

»Ihr Freund«, wiederholte Jim. »Es tut mir wirklich leid, dass wir uns erst jetzt kennenlernen.«

Eine Familie mit riesigen Rollkoffern wartete hinter Dad, deswegen nahm Mam ihn beim Arm und drückte sie beide gegen die Reling, damit die Leute vorbeikonnten.

»Wollen wir?«, fragte Jim, als die lärmenden Rollen verklungen waren, und zeigte in Richtung Parkplatz. »Ich fürchtete, es könnte etwas eng werden, aber Mary scheint mit wenig Gepäck zu reisen.«

Mam und Jim redeten während der gesamten vierstündigen Fahrt miteinander. Selbst Dad sprach mehr als sonst, über Rugby und wie er in der Onkologie gebeten hatte, mehr Fernseher anzuschaffen, damit er während der Behandlungen keine Minute seiner Spiele verpassen musste. Jim hatte an einer Tankstelle einige Becher Tee gekauft (lauwarm, dennoch sehr willkommen) sowie Croissants, ein Luxus, für den Mam ihm immer wieder dankte, während sie die Autobahn entlangbrausten. Es war ein Wunder, dass Mam sich nicht den Nacken verknackste, weil sie den Kopf immer wieder um die Ecke zum Fahrersitz reckte, um Jim anzuschauen.

»Unser letzter Besuch in London ist schon lange her, nicht wahr, Stan?«

»1976 – das erste Hong Kong Sevens. Wahrscheinlich vor deiner Zeit?«

»Ich war damals zu jung, um mich noch daran zu erinnern, tut mir leid«, antwortete Jim. Er setzte den Blinker und fuhr auf einen Parkplatz vor der Wohnung. »Wir sind da. Home, sweet Home.«

Er nahm beide Taschen aus dem Kofferraum und hängte sich jeweils eine über die Schultern. Er öffnete die Autotür für Dad, und die beiden gingen gemeinsam, in ein Gespräch vertieft, zur Wohnung. Bevor Mary hinterhergehen konnte, hielt Mam sie am Handgelenk fest.

»Er ist perfekt«, flüsterte sie.

»Nun mal ganz ruhig.«

»Du kannst dich glücklich schätzen, Mary O'Connor.«

Dreizehn Jahre – sechs zusammen, sieben auseinander –, und es war keine Minute vergangen, in der Mary auch nur annähernd ihr Glück vergessen hätte.

KAPITEL 14

2018

Zehn Minuten nach Mitternacht. Mit einem Knall fällt Mary der Hörer aus der Hand und auf den Schreibtisch. Fahrig will sie ihn auffangen, bevor er noch mehr Unheil anrichtet. »Es tut mir leid, sorry.«

Alice sieht, dass Mary ihr Handy zu verstecken sucht, bevor Olive bemerkt, dass sie es herausgeholt hat. Vielleicht sollte sie als Sichtschutz fungieren? Glücklicherweise ist Olive gerade mit einem Anruf beschäftigt, sie wiederholt bestätigend »Hm«, ohne selbst zu Wort zu kommen.

»Dein Anrufer hat wieder aufgelegt?«, fragt Kit. »Es gibt immer wieder Unterbrechungen – ich könnte schwören, dass es immer derselbe ist. Oje!« Er wartet nicht darauf, dass Mary seine Hypothese bestätigt oder entkräftet. »Bist du bereit für den nächsten Anrufer? Hoffentlich ist jetzt jemand dran. Mary?«

»Kit, ich muss gehen.« Sie packt bereits ihre Sachen zusammen. Sie schaut niemanden an. Alice hofft, dass Mary nicht in Tränen ausbricht. Als Alice hereingekommen ist, sah sie so verletzlich aus, und sollte Alice gerade Zeugin eines erneuten Anrufs von Jim geworden sein, zweifelt sie nicht daran, dass Mary am Ende ist.

»Oh, kein Problem. Und, hör mal, tut mir leid, was ich vorhin gesagt habe. Das Interesse an dem Video ebbt schon wieder ab …« Mary hört nicht zu. Sie ist mit den Gedanken ganz woanders. »Warte!« Kit springt auf. Mary dreht sich um. »Kannst du allein nach Hause gehen?« Kit, der seit Alice' Ankunft im Schnitt fünfmal pro Minute zu ihr hinübergesehen hat, schaut sie nun auffordernd an. »Ein Taxi ist wahrscheinlich zu teuer, aber vielleicht könnte Alice dich bringen? Ihr kennt euch gut, oder, Mary?«

»Natürlich. Das mache ich gern.« Alice tritt so energisch auf, dass Mary ihre Hilfe schlecht ablehnen kann. Es funktioniert, Alice ist schon aufgesprungen und treibt Mary zur Tür hinaus.

»Geht es dir gut?«, fragt sie Marys Rücken.

Dumme Frage. Der Anruf, inzwischen vielleicht ein zweiter. Dann das Video. Kit hat vorhin lautlos das Wort ›Video‹ mit den Lippen geformt, als Alice dazukam und bemerkte, dass die Stimmung bei NightLine angespannt war.

Erst als Mary fünf Minuten später stehen bleibt, sagt sie überhaupt etwas.

»Gut, wir sind da.« Sie stehen vor einem *Fish-and-Chips*-Geschäft auf einer Straße, wo Alice sich selbst einmal eine Wohnung angesehen hatte. Sie hatte die Wohnung nicht genommen. »Hier oben, meine ich«, murmelt Mary. Sie geht über die Schwelle und macht Anstalten, die Tür hinter sich zuzuziehen.

Alice schiebt schnell den Fuß in den Spalt. »Ich mach dir eine Tasse Tee, ja? Ich könnte eine vertragen.«

»Also eigentlich …«

»Nur ganz kurz. Nach dieser Nacht.« Bevor Mary ablehnen kann, ist Alice schon in den Flur geschlüpft. »Hier hoch?«

Alice fühlt sich leicht unwohl, weil sie sich so aufdrängt, aber schon bei ihrer ersten Begegnung hat sie gemerkt, dass Mary sich nur sehr zögerlich öffnet. Was zum Teil erklärt, warum Alice nun hier ist; Mary würde bei der Suche nach Jim nie jemanden um Hilfe bitten. Aber Alice weiß aus eigener Erfahrung, wie wichtig es ist, mit so etwas abzuschließen. Wenn Mary das jetzt nicht einsieht, wird sie es erkennen, sobald sie diesen Zustand erreicht hat. Und die Tatsache, dass sich dahinter eine Geschichte verbergen könnte – die große Story, die Alice bei der Arbeit die eigene Haut retten könnte? Nun, das kommt auch nicht ungelegen.

Mary schließt ihre Wohnungstür auf und geht direkt zu ihrem Zufluchtsort auf dem Sofa, dort kauert sie sich mit angewinkelten Beinen zusammen wie ein verängstigtes Kind. Alice füllt Wasser in den Kocher.

»Also«, beginnt Alice, als sie zwei Tassen Tee auf den dreibeinigen Hocker stellt, der als Couchtisch dient. Sie setzt sich Mary gegenüber. »Ist wirklich alles in Ordnung? Echt? Du kannst mit mir reden, das weißt du.«

Man sieht Mary an, wie aufgewühlt sie ist. Für Journalisten ein Geschenk, denkt Alice. Sie ahnt, dass Mary die Tortur zu erzählen, was in der Nacht passiert ist, gegen die Erleichterung abwägt, sich jemandem anzuvertrauen. Sie beißt sich auf die Unterlippe, als ob sie die Worte nicht herauslassen wolle. Schließlich gibt sie nach.

»Er hat angerufen. Jim. Schon wieder.«

»Heute Abend?«

»Ja.«

»Was hat er gesagt?«

Mary atmet tief ein, beim Ausatmen zittert ihre Unterlippe. »Er meinte, er würde sich verloren fühlen. Und es tat ihm leid, dass mich sein Anruf so aufregte. Dabei ist das doch ganz egal, und ich habe versucht, ihm das klarzumachen, aber das ist so schwer, dort bei NightLine. Vor allem, weil Jim immer schon so ein Geheimniskrämer war. Deswegen wollte ich den Anruf auf mein Handy weiterleiten. Ich weiß, *ich weiß genau*, dass man das nicht darf, aber ich konnte dort nicht mit ihm sprechen. Nicht mit all den anderen im Raum. Und ich hab gesagt, er solle dranbleiben, dass ich ihn gleich durchstellen würde. Und als ich mir das Handy ans Ohr gehalten habe … war er weg.« Sie erschaudert.

In Alice' Kopf wirbeln Hunderte Fragen umher, die ihr aber angesichts von Marys Leid im Hals stecken bleiben. »Es tut mir so leid. Wirklich.«

»Ich … ich wusste einfach nicht, was ich machen soll. Ich kann ihn nicht noch einmal verlieren.«

Alice weiß genau, wie sie sich fühlt – diese Hilflosigkeit der Zurückgebliebenen. Aber was nun, wo Erinnerungen an ihre eigenen dunkelsten Tage anklingen? Sie kann sich nur vor Augen führen, warum sie hier ist: Sie will Jim für Mary finden, und sie will die Geschichte aufschreiben, damit sie ihren Job behält.

»Ist er das?«, fragt Alice schließlich.

Sie zeigt auf den einzigen Fotorahmen im Raum auf einem ansonsten leeren Kaminsims. Jims Gesicht nimmt zwei Drittel des Bildes ein. Er ist groß, dunkelhaarig und klassisch schön, wie der Hauptdarsteller in einer Fernsehserie. Alice hat Schwierigkeiten, auch nur den kleinsten Makel zu entdecken, mit Ausnahme einer Spalte in der linken Augenbraue, als hätte ein Messer durch die Haare geschnitten. Marys Gesicht blickt hinter seiner Schulter hervor – sie wird entweder huckepack getragen oder geht einige Schritte hinter ihm. Das Bild wurde vor einer atemberaubenden Kulisse aufgenommen: flache, sich überlagernde Steine, die hinter dem Paar aus dem tosenden Meer herausragen.

»Ja, das ist er. Er war mein Partner. Mein Freund, sagt man wohl. Aber das hört sich so kindisch an, und er ist neun Jahre älter als ich, deswegen fand ich es immer komisch, ihn so zu nennen.«

»Du siehst so glücklich aus.«

Vielleicht hat Alice es zu weit getrieben. Mary schließt die bebenden Augenlider. »Das waren wir auch«, sagt sie. »So glücklich. Ich wusste gar nicht, was das Wort bedeutet, nicht wirklich, bevor ich ihn kennengelernt habe. Ich habe mich nie so lebendig gefühlt wie in seiner Gegenwart. Entschuldige mich bitte.« Sie stolpert vom Sofa zur Badezimmertür. Alice hört, wie der Riegel vorgeschoben wird, dann erklingen gedämpfte Schluchzer.

Alice wünscht sich mehr als alles andere, Mary zu trösten, aber aus Erfahrung weiß sie, dass man sich bei gewissen Arten von Traurigkeit nur selbst beruhigen kann. Wenn Mary wieder rauskommt, wird Alice gehen müssen. Doch sie wird mit leeren Händen gehen. Es sei denn, sie könnte etwas aus Marys Wohnung einstecken …

Bevor sich Alice' Gewissen einmischen kann, macht sie mit ihrer Handykamera ein Bild von dem Foto auf dem Kaminsims. Sie hat keine Ahnung, wann sie es brauchen wird, aber es hat eine viel bessere Qualität als das Video von gestern Abend. Außerdem ist Jim zu sehen. Jim. *Jim*. Jim – und wie weiter? Alice kennt nicht einmal seinen Nachnamen, was ist sie bloß für eine Journalistin?

Sie steht auf und geht rüber zum Spülbecken. Zwischen dem Radio und dem Trockengestell klemmen einige Unterlagen. Alice blättert durch Rechnungen und Broschüren, überfliegt den Text. Alles ist an Mary adressiert, wenig überraschend. Alice stopft die Papiere wieder zurück. Sie will nicht, dass Mary auftaucht und sie erwischt. Ein Passbild fällt heraus.

Wieder Jim, aber diesmal hat sein gutes Aussehen ebenso gelitten wie bei Normalsterblichen, wenn sie ihre offiziellen Dokumente erneuern und sich deswegen in eine überteuerte Fotokabine quetschen müssen. Obwohl sie weiß, dass sie sich kein Urteil erlauben sollte, findet sie, dass er auf diesem Bild härter aussieht, vor allem im Vergleich zu seiner Attraktivität auf dem anderen Foto. Augenringe. Strähniges Haar. Unrasiert. Was war ihm widerfahren?

Alice dreht das Foto um. *James Whitnell, Juli 2011.* Also heißt Jim eigentlich ›James‹. Ein erster Anhaltspunkt.

Als Mary wieder auftaucht, steht Alice schon an der Tür. »Das hast du alles nicht verdient – das weißt du, oder?« Sie kann den Gedanken nicht ertragen, dass eine so liebevolle Person wie Mary sich selbst die Schuld an den Ereignissen gibt. Sie hat das Video im Internet nicht einmal erwähnt. Das ist wahrscheinlich auch besser so, denkt Alice und reicht ihr einen Kassenzettel, auf dessen Rückseite sie ihre Nummer notiert hat. Ein längeres Gespräch würde Mary heute Abend nicht mehr verkraften. »Ruf mich bitte an, wenn du etwas brauchst. Irgendwas. Ich würde dir gern helfen.«

Sie zögert. Jetzt wäre der passende Augenblick, um Mary zu erzählen, was sie vorhat: Nachforschungen, aufdecken, was mit Jim passiert ist – und ihr den Job retten könnte, alles in einem Aufwasch. Doch sie hat gesehen, wie geschockt Mary auf das Video reagiert hat. Mary würde keinen Zeitungsartikel wollen, auch keinen sehr zurückhaltenden in einer Lokalzeitung, von jemandem, den sie kennt. Wie könnte Alice ihr den Plan erklären? Sie hatte Mary vor zwei Tagen im Pub schon bei der Frage nach ihrem Beruf angelogen.

Es ist besser, um Vergebung als um Erlaubnis zu bitten, denkt Alice. Außerdem kann Alice nur beweisen, dass der Zweck die Mittel heiligt, wenn sie Jim tatsächlich findet … Dann würde sie nicht um Vergebung bitten müssen.

»Ich sollte dich schlafen lassen. Gute Nacht, Mary.«

Draußen ist die Luft immer noch warm, obwohl es schon ein Uhr früh ist – eine der weniger lauen Nächte des kurzen Londoner Sommers. Alice' Wohnung ist nur zehn Minuten zu Fuß entfernt, doch irgendwie hat sie kaum mehr die Kraft, einen Fuß vor den anderen zu setzen. Das Echo ihrer eigenen Erfahrungen wird schier überwältigend.

Seitdem Alice Mary kennengelernt hat, versucht sie, das Gefühl der Verbundenheit mit dieser Frau zu unterdrücken, eine Fremde, die mit ihrem Schild die Erinnerung an die schlimmste Zeit ihres eigenen Lebens wachruft. Eine Zeit, über die Alice nie gesprochen hat – aus Angst, dass Schamgefühl und Trauer zurückkehren und alle Fortschritte der letzten Jahre zunichte machen. *Verschwunden.* Ist es schlimmer, wenn ein Beziehungspartner das Weite sucht oder ein Familienmitglied, das doch eigentlich genetisch zum Bleiben programmiert sein sollte?

Alice wird nie den Tag vergessen, an dem ihr Dad verschwand. Sie war gerade zwölf geworden. Eine Woche zuvor war er noch der Mittelpunkt ihrer Geburtstagsfeier und spielte seine Lieblingsrolle – den Clown. Er zog Grimassen und erzählte Witze. Alice' Freunde liebten ihn. Aber niemand so sehr wie sie. Sie waren wie Pech und Schwefel, die besten Freunde.

Als die Party vorbei war, machten sie es sich zusammen auf dem Sofa gemütlich, um *Match of the Day* zu schauen, mit einem heißen Kakao in der Hand. Alice hatte schon mehr als genug Zucker verspeist – den Kuchen, das Eis, die Riesenpackung Süßigkeiten –, aber für ihr süßes Ritual war noch Platz im Bauch. Während Alice die Spielstände vor den Augen verschwammen, tat ihr Dad so, als würde er nicht bemerken, dass sie Sahne von seinem Kakao abgeschöpft hatte. Als sie an seine Brust gekuschelt einschlief, legte er eine Decke über sie, die er unter ihren Füßen feststeckte. Alice wusste, dass sie mit ihm an ihrer Seite immer in Sicherheit sein würde.

Doch dann kam Montag, der 15. März 2004 – ein Datum, das ihr für immer ins Gedächtnis eingebrannt bleiben wird. Alice wachte auf, und er war weg. Sie merkte, dass ihre Mutter ihr zuliebe versuchte, ein tapferes Gesicht aufzusetzen, doch nicht einmal der beste Schauspieler der Welt könnte zuversichtlich aussehen, wenn die eigene Familie zerstört war. Alice erinnert sich daran, dass sie sich die Hände auf die Ohren gepresst hatte. Was sie nicht hören würde, wäre nicht wahr. Sie könnte stattdessen glauben, dass ihr Dad ausschlief oder lange arbeitete, dass er bald wieder bei ihnen wäre.

Doch als aus Tagen Monate wurden und aus Monaten Jahre, hatte Alice keine andere Wahl, als zu akzeptieren, dass aus ihrer dreiköpfigen Familie eine unsichere Verbindung zwischen zwei Menschen geworden war. Dennoch fragte sie sich weiterhin, ob sie irgendetwas mit dem Verschwinden ihres Vaters zu tun hatte, oder ob sie irgendetwas tun konnte, damit er wieder nach Hause kam.

Mit der Zeit interessierte sich niemand mehr für ihn. Er war weg, das war nun mal so. Auch Alice' Mum war so gelähmt vor Trauer, dass sie gleich nach der Arbeit ins Bett ging. In Alice' Augen hatte ihre Mum sich der Situation ergeben. Das konnte sie ihr aber nicht in das schmerzverzerrte Gesicht sagen. Was konnte Alice denn tun, um die Lage zu verbessern oder um zu beweisen, dass es für ihren Dad noch Hoffnung gab? Sie war noch so jung, in der ersten Klasse an der weiterführenden Schule. Sie hatte gerade erst damit angefangen, allein von der Schule nach Hause zu gehen. Eine Zwölfjährige kann nicht erfolgreich Nachforschungen anstellen.

Fünfzehn Jahre später ist Alice alt genug, um zu helfen, nun allerdings einer Fremden. Sie denkt plötzlich daran, dass ihre Mum für Mary die richtigen Worte finden würde. Aber würde sie es auch gutheißen, dass Alice ohne Marys Segen Jims Geschichte recherchiert? In ihrem tiefsten Inneren kennt Mary die Antwort.

Und es ist nicht die, die sie hören möchte.

KAPITEL 15

2006

Mary hörte Jim, bevor sie ihn sah. Oder besser gesagt, sie dachte, es sei Jim. Wenn sie sich nicht täuschte, versuchte er sich gerade als Heimwerker. Ihr war nicht bewusst, dass irgendetwas repariert werden musste; vor sechs Monaten war sie eingezogen, und noch immer hatte sie sich nicht daran gewöhnt, wie steril die Wohnung in Ealing war.

Sie brauchte einige Versuche, um den Schlüssel ins Schloss zu stecken. Mary war schwer bepackt mit Einkaufstüten aus dem Stoffladen auf der Uxbridge Road. Sie fragte sich, ob sie deren beste Kundin war. Nachdem Mary Ende letzten Monats eine Website online gestellt hatte, hatte sie zahlreiche Aufträge bekommen und musste sich nun jede Woche neu mit Garnen und Stoffen eindecken.

Schließlich trat Mary ein. Sie stellte ihre Pakete an der Tür ab und legte die Sonnenbrille auf den Beistelltisch. Der Krach war hier viel lauter – unablässiges Hämmern, das aus dem Wohnzimmer zu kommen schien. Seit wann hatte Jim einen Werkzeugkasten? Oder hatte er kürzlich in einem Anflug von Wahnsinn einen gekauft? War er nicht noch ein bisschen zu jung für eine Midlife-Crisis?

Vom Flur aus brauchte Mary eine Weile, um herauszufinden, ob Jim gerade etwas zusammenbaute oder zerstörte, sie hatte keine Ahnung, woran er herumfuhrwerkte. Sein Hemd war hochgerutscht, sein unterer Rücken war mit einer feinen Staubschicht bedeckt. Über seiner linken Hüfte befand sich ein kleine Ausbeulung – von einem Schraubenzieher? Es war ein besonders warmer Frühlingstag, und es sah aus, als sei er ins Schwitzen geraten. Ihr schöner, kompetenter Arztfreund, der gerade von einem Möbel zum Zusammenbauen in den Wahnsinn getrieben wurde.

Mary räusperte sich. Nichts. Er war in seiner eigenen Welt. Sie wollte ihn nicht erschrecken, aber ein leichtes Tippen auf die Schulter würde ja nicht schaden.

Jim schreckte zusammen, sein Aufschrei wurde von dem lauten Aufschlagen des Hammers auf dem Boden übertönt.

»Sorry, sorry.« Mary legte ihm die Hand auf den Oberarm. »Aber ich muss sagen, ich finde es schön, wenn du mal hart arbeitest. Ausnahmsweise.«

Sie biss sich auf die Zunge, als sie Jims empörten Blick sah. Er hatte in letzter Zeit häufig Zwölf- bis Vierzehn-Stunden-Schichten gearbeitet, weswegen sie dankbar für ihren zeitaufwendigen neuen Job war. Wenn sie an der Nähmaschine saß, das rhythmische Rattern der Nadel hörte, die durch den Stoff und ihr Bewusstsein drang, hatte sie keine Zeit, sich nach ihm zu sehnen. Doch sie hatte ihr Telefon laut gestellt, damit sie, wenn Jim ihr eine SMS schickte, dass er sich auf den Heimweg von der Klinik machte, sich aufmachen konnte, um ihn abzuholen. Es war der Höhepunkt ihres Tages, wenn sie ihn am Bahnhof Ealing Broadway durch die Bahnsteigsperren kommen sah. Einige der schönsten Momente seit ihrem Umzug nach London hatte Mary während des fünfminütigen gemeinsamen Heimwegs erlebt, den sie Hand in Hand zurücklegten.

»Darf ich dich fragen, was das … ähm, ist?« Mary sah, wie

Jim in sich zusammensackte. »Ich meine, das wird bestimmt hübsch, wenn es fertig ist.«

»Das ist für dich.«

»Ah. Wow! Ja, nun, ich wollte immer schon ein …« Mary blinzelte und versuchte, die kleine Schrift auf der Aufbauanleitung zu lesen, die gefährlich weit weg lag von dem Haufen Bretter und Nägel mitten im Zimmer. Wahrscheinlich dachte Jim, er würde es auch ohne Anleitung schaffen.

»Ein Tisch. Für dich, zum Nähen. Das sollte eine Überraschung sein.«

Mary kniete sich auf den Boden. Jims Jeans war an den Knien zerrissen, dem Projekt zum Opfer gefallen, ebenso wie die Dielen. Sie nahm sein Gesicht in beide Hände und küsste die Sägespäne weg. Schon eben im Flur hatte sie gedacht, sie könnte ihn nicht mehr lieben als jetzt, wo er wegen eines einfachen Möbelstücks zum Selbstaufbauen so ins Schwitzen geriet. Und nun das – eine selbstlose Überraschung. Das war die Schönheit ihrer Beziehung, bemerkte Mary: Jedes Mal, wenn sie dachte, sie könnte ihn nicht noch mehr lieben, liebte sie ihn plötzlich doch noch mehr.

»Ich wollte, dass du deinen eigenen Arbeitsplatz hast. Ich dachte, wir könnten den Tisch dort drüben hinstellen.« Jim zeigte neben den Küchentisch, der von Marys Projekten in Beschlag genommen war. Sie aßen ihr Abendessen seit Monaten auf dem Schoß. »Und ich wollte auch etwas machen, um dir zu zeigen, dass du hier ebenso zu Hause bist wie ich.«

»Jim«, setzte Mary an. Sie schaffte es kaum, den Namen auszusprechen, und beschwor sich, nicht zu weinen. Sie wollte nicht, dass er dachte, sie sei unglücklich oder würde sich hier unwohl fühlen, obwohl er ihr überhaupt nicht dieses Gefühl vermittelt hatte. Und dennoch, nie vergaß Mary den Ort, der achtundzwanzig Jahre ihr Zuhause gewesen war. Es war nicht dasselbe, Mam anzurufen oder sich mit ihr aufs Sofa zu kuscheln.

»Nein! Lass mich ausreden! Eins noch … Ich glaube, ich will dir damit auch Folgendes zeigen: Ich möchte, dass du deine Arbeit so ernst nimmst wie ich. Du bist von Natur aus zurückhaltend. Machst dir viele Sorgen. Und ich verstehe das. Aber es wird klappen, Mary. Ganz bestimmt.«

Nun konnte sie ihr Schluchzen nicht mehr zurückhalten. Niemand hatte jemals so sehr an sie geglaubt wie Jim. Nicht einmal annähernd. Natürlich wollte ihre Familie das Beste für sie, aber auf eine andere Weise: Sie wollten, dass sie mit dem zufrieden war, was sie hatte, und nicht nach den Sternen griff. Jim hatte Mary gezeigt, dass sich ihr familiäres Pflichtgefühl und ihr Ehrgeiz nicht gegenseitig ausschlossen, dass es nicht egoistisch sein musste, gut für sich selbst zu sorgen.

»Danke«, brachte sie hervor. Sie wusste nicht, wie sie einen solchen Mann verdiente, der so großzügig war und sie so sehr unterstützte. Sie hatte davon geträumt, vom Verkauf ihrer Stoffbilder zu leben, doch es war auch wie ein Traum, eine Liebe gefunden zu haben, die sie an sich glauben ließ. Kurz kam Mary sich egoistisch vor, als hätte sie etwas Verbotenes getan, um all dieses Glück zu haben. »Soll ich dir beim Zusammenbauen helfen? Es sieht so aus, als könntest du Hilfe brauchen.«

Der Tisch war bald als solcher zu erkennen, weil sie der Anleitung genau folgte und Jim Anweisungen gab.

»Mir ist nach Feiern zumute«, Jim hockte auf einer Kante des fertigen Produkts, und Mary fing an, sich um ihn herum einzurichten. »Wir könnten was bei dem Inder bestellen, der neulich neben dem Bahnhof eröffnet hat – kennst du den? Wir holen uns eine Flasche Wein und schauen endlich die Serie zu Ende – wir sind fast schon bei der letzten DVD.«

»Sind wir nicht bei Gus zur Einweihungsparty eingeladen?«

Jim zuckte die Schultern. »Mir ist nicht so danach.«

Mary hatte auch nicht viel Lust, wenn sie ehrlich war. Sie hatte Gus und dessen Verlobte Jillian bei einem Geburtstagsumtrunk einige Wochen nach ihrem Umzug nach London kennengelernt. Alle hatten Mary angestarrt, als sie Hand in Hand mit Jim hereingekommen war. *Das Mädchen, das es geschafft hat, James' Herz zu stehlen,* hauchte Jillian. *Jemand, der ihn endlich auf den richtigen Weg bringt – in allerletzter Minute!* Der letzte Spruch war besonders schlecht bei Jim angekommen. Sie waren nur auf einen Drink geblieben, und seitdem hatte Mary den Eindruck, dass Jim Einladungen aus seinem erweiterten Freundeskreis absagte.

»Willst du deine Freunde nicht sehen?«, traute sie sich zu fragen. Eigentlich ging es sie nichts an, aber sie fand es schlimm, dass Jim sich von den Menschen zurückzog, die er seit der Uni kannte. Und darüber hinaus fand sie es schlimm, dass die anderen sie womöglich dafür verantwortlich machten.

»Ich möchte Zeit mit dir verbringen.«

»Das tun wir doch. Jeden Tag …«

»Langweile ich dich schon?«

»Niemals.« Diese Aussage war so wahr, dass Mary erstarrte. Jim nutzte die Gelegenheit, um sie an sich zu ziehen und zwischen seine Beine zu klemmen.

»Wo liegt denn dann das Problem?«

Gab es überhaupt eins? Das wäre typisch für die alte, die Vor-Jim-Mary, die Probleme sah, wo keine waren. Die letzten sechs Monate in Ealing waren die besten ihres Lebens, viel besser, als sie sich hatte ausmalen können, als sie damals in Portrush Zusammenwohnen gespielt hatten. Es gab keine größeren Zwischenfälle oder Streitigkeiten; sie verlebten glückselige Wochenenden und fanden einen neuen Alltag – mit beidem hätte Mary bis ans Ende ihrer Tage leben können.

Doch manchmal fragte Mary sich, ob die Abgeschiedenheit, in der sie lebten, so gesund war. Moira hatte es noch nicht nach London geschafft, und Jim und Mary hatten selbst noch keine Tickets nach Belfast gebucht. Jims Freunde waren fast allesamt nicht mehr willkommen, blieben nur noch seine Eltern. Seitdem sie zusammengezogen waren, waren Richard und Juliette erst einmal vorbeigekommen, auf eine Tasse Kaffee. Nicht einmal einen Keks wollten sie dazu. Sie schienen nicht mit Mary warm zu werden.

Jim steckte die Hände in die Gesäßtaschen von Marys Jeans. Er roch so wie immer, rauchig. »Nun gut. Aber von meinem Peshwari Naan gebe ich nichts ab.«

»So kenne und liebe ich dich, Mary.«

»Wollen wir es zusammen holen?«

»Nein.« Jim war schon auf den Beinen. Es war inzwischen sechs Uhr, und Marys Magen knurrte bereits voller Vorfreude. »Ich gehe.«

»Ich komme gerne mit.« Mary folgte ihm in den Flur und wollte sich ihre Jacke schnappen.

Jim ergriff die Kapuze und hängte die Jacke wieder an den Haken. »Du bleibst hier. Richte dir deinen Tisch schön ein. Ich bin ja nur eine halbe Stunde weg.«

Er küsste sie auf die Wange und war aus der Tür, ehe sie protestieren konnte.

Sie hatte keine Ahnung, was das sollte. Er wollte mit ihr feiern, sie aber nicht dabeihaben, wenn er das Essen holte. Sie glaubte auch nicht, dass er noch eine Überraschung für sie geplant hatte. Es sei denn, er wollte noch telefonieren oder er wollte nicht, dass sie sah, wie teuer der Wein war oder wie viel Wein er kaufte oder wie schnell er ihn trank …

Das Telefonklingeln war eine willkommene Ablenkung und unterbrach Marys Gedankenspirale. Sie hatte schon monatelang nicht mehr über die schlimmstmöglichen Szenarien nachgegrübelt, schon gar nicht in Bezug auf Jim. Der Mann hatte ihr gerade erst einen Schreibtisch zusammengebaut – sie musste sich keine Sorgen machen.

»Hallo?«

»Mary?«

Als sie Mams Stimme hörte, wusste sie, dass sie sich um das Falsche gesorgt hatte.

Dad war tot.

KAPITEL 16
2018

Alice schaltet ihren Bürocomputer ein und gähnt, während er hochfährt. Wieder liegen ein Abend mit Mary und eine schlaflose Nacht hinter ihr. Sie kann nicht mehr leugnen, dass sie doppelt daran interessiert ist, Jim zu finden – persönlich und beruflich –, und dass sie, anders als erhofft, ihre Vergangenheit nicht hinter sich lassen kann – das klappt nie, oder?

Der Tag, an dem ihr Dad verschwunden war, hatte alles verändert. Alice' Beziehung mit ihrer Mum war nie wieder wie zuvor geworden. Sie schreiben sich kaum Nachrichten, und wenn, dann nur oberflächliche, und telefonieren nie, es sei denn, es ginge um Leben und Tod. Natürlich weiß Alice, dass ihre Mutter sie liebt und alles für sie tun würde, aber es ist, als würden beide einen Sicherheitsabstand einhalten. Wenn sie offen über alles sprechen würden, was passiert war, würde die Illusion einer Normalität, die sie sich so lange und mühsam aufgebaut haben, in sich zusammenfallen. Wenn Alice gestehen würde, wie sie sich wirklich wegen des Verlustes fühlte, dann wäre ihre Mum wieder völlig fertig.

Denn Alice war nicht nur ihre Kindheit abrupt gestohlen worden, sondern auch ihre Zukunft. Wie wäre es, fragt sie sich, wenn ihr Vater jetzt Teil ihres Lebens wäre? Sie könnte mit ihm über ihre Arbeit sprechen. Auch wenn sie selbst auf ihre Arbeit in der Redaktion nicht stolz war, einem Vater wäre das egal. Einem guten Vater zumindest. Würde er sich freuen über all ihre sinnlosen Artikel, die Links mit seinen Freunden und Kollegen teilen? Sie könnte ihn um Rat fragen – wegen der drohenden Entlassung. Und er würde auch einen Blick auf ihr Privatleben werfen; auf Jungs, die sie zu Hause vorstellen wollte. Also nicht, dass es da viele gegeben hätte …

Der Computer erwacht stotternd zum Leben. *Behalte das Ziel fest im Blick, Keaton,* erinnert sie sich selbst und setzt sich auf ihrem Schreibtischstuhl ein wenig aufrechter. Für sie ist es vielleicht zu spät, doch wenn ihr die letzten Tage etwas gezeigt haben, dann, dass es für Mary nicht zu spät ist. Jim hat sich bei ihr gemeldet, dafür muss es einen Grund geben. Sie fängt an, online nach ›James Whitnell‹ zu suchen.

Von denen gibt es anscheinend so einige auf der ganzen Welt, deswegen muss sie ihre Suche eingrenzen, indem sie Begriffe wie ›UK‹ und ›London‹ hinzufügt. Bei den Grundbucheinträgen findet sie Details über eine Wohnung in der Nähe, die ihm einmal gehört und die er vor sieben Jahren für ein kleines Vermögen verkauft hat. In einem viel besseren Viertel als dem, wo Mary nun lebt, denkt Alice etwas entrüstet. Als hätte sie noch nicht genug gelitten, weil sie dermaßen im Ungewissen gelassen wurde.

Sie findet James' vollständigen Namen auf der Alumni-Seite eines College in Oxford, ohne weitere Details; ähnlich wie bei dem Treffer auf der Seite einer vornehmen Schule in Zentrallondon. Das sollte Alice nicht überraschen, wenn man bedenkt, wie kultiviert er auf dem Foto auf Marys Kaminsims aussah, Mary hingegen macht nicht den Eindruck, als käme sie aus einem wohlhabenden Elternhaus. Es müssen Welten zwischen ihnen gelegen haben. Schicke Wohnung, reiche Familie, eine tolle Partnerin – für Alice hat es den Anschein, als hätte Jim ein schönes Leben gehabt. Warum zum Teufel war er verschwunden?

Musste er überhaupt arbeiten? Alice scrollt noch durch vier Seiten mit Suchergebnissen, bis sie auf der schicken Website einer Arztpraxis, garantiert nur für Privatpatienten, auf ›Dr. James Whitnell – Hals- Nasen-, Ohrenarzt‹ klickt: *Error404 – not found.* Okay, das war kein Treffer. Aber klar, wenn Jim wie vom Erdboden verschluckt war, war auch nicht zu vermuten, dass er gerade die Nasengänge eines reichen Menschen untersuchte.

Aber er muss ein guter HNO-Arzt gewesen sein, wenn er in einer solchen Praxis eine Stelle gefunden hatte. Gab es keine Datenbank, in der Ärzte gespeichert waren? Für den Fall, dass sie sich als Psychopathen herausstellten? Vielleicht könnte sie so herausfinden, wo er sonst noch gearbeitet hatte. Sie öffnet einen neuen Tab ihres Browsers, findet ein Ärzteverzeichnis und tippt James' Namen ein. *Wir konnten keinen Datensatz finden, der zu ihrer Suchanfrage passt.*

Bei der Arbeit ist er wohl auch spurlos verschwunden. Alice seufzt frustriert und klickt wieder auf die Website seiner alten Arztpraxis, wo die Weiterleitung zu Jims Profil nun nicht mehr funktioniert. Jemand dort wird wissen, warum Jim von der Seite verschwunden ist. Vielleicht einfach, warum er verschwunden ist, Punkt.

Alice schreibt die Adresse auf. Es ist Zeit für eine Exkursion.

Das Elridge Health Centre befindet sich in einem Stadthaus in einer Seitenstraße in Kensington, einer grünen, ruhigen Gegend. Alice betritt das Gebäude und kontrolliert ihre Zähne in dem polierten bronzenen Türklopfer. Sie macht sich zwar immer für die Arbeit schick, dieses Viertel ist aber viel vornehmer als die High Street, und sie will nicht, dass ein gemeiner Kekskrümel ihre ohnehin schon zweifelhafte Maskerade als Zugehörige der wohlhabenden Oberschicht auffliegen lässt.

Selbstvertrauen ist hier alles. Alice reckt die Schultern zurück und geht an die Rezeption, als würde ihr die Praxis gehören.

Die Frau hinter dem Tresen ist an die dreißig, würde sie schätzen, mit einem langen, glatten Zopf und dem gelangweilten Gesichtsausdruck einer Angestellten, die sich schon längst einen neuen Job hätte suchen sollen. Alice kennt dieses Gefühl.

»Kann ich helfen?«, fragt sie.

»Ja. Ich würde gerne Dr. James Whitnell sprechen.«

Der Rezeptionistin bleibt der Mund offen stehen und gibt den Blick frei auf außergewöhnlich gerade Zähne. Sie reißt die Augen auf, oszilliert zwischen Schock und Verwirrung und noch etwas anderem, das Alice nicht einordnen kann. Eins ist allerdings sicher: Sie kennt den Namen.

»Es tut mir leid, Dr. Whitnell arbeitet nicht mehr hier«, sagt sie langsam und wohlüberlegt. »Darf ich fragen, worum es geht?«

»Oh, ich bin eine alte Freundin.«

Die Rezeptionistin runzelt die Stirn. Jim war neun Jahre älter als Mary, und Mary ist – hm, fünfunddreißig, vierzig? Jim könnte also gut zwanzig Jahre älter sein als Alice. *Mist!* »Also eigentlich bin ich im Auftrag eines alten Freundes hier. Ich wusste nicht, dass er nicht mehr hier arbeitet ... Vielen Dank trotzdem. Ich bin dann mal weg.«

Sie dreht sich auf dem Absatz um. Als sie die Praxis verlassen hat, rennt sie in den Hof und sucht Sichtschutz hinter den Mülltonnen. Sie will nicht, dass ihr die Rezeptionistin folgt und weitere seltsame Fragen stellt. Was zum Teufel hat sie sich dabei gedacht, sich als *alte Freundin* auszugeben? Das war ein riesiger Fehler. Wie dem auch sei, die Dame am Empfang hätte einer völlig Fremden keine wichtigen Informationen über Jims Verbleib mitgeteilt, oder? Alice fragt sich, ob ihr Gehirn einen Kurzschluss hat oder ob sie einfach begriffsstutzig ist. Sie braucht eine Minute, um sich zu sammeln, bevor sie sich trauen kann, am Fenster vorbeizuspazieren. Das war eine riesige Zeitverschwendung und ...

Die Eingangstür öffnet sich wieder. Schritte erklingen – wohl von vier Füßen –, erst auf den Betontreppen und dann, erschreckend nah, auf dem Kies der Seitengasse. Alice duckt sich. Sie lugt hinter der Mülltonne hervor und sieht die Rezeptionistin und eine andere, jüngere Frau mit kastanienbraunem, schulterlangem Haar. Die Rezeptionistin bietet ihrer Kollegin eine Zigarette an. Beide geben sich Feuer.

»Gerade ist was voll Komisches passiert«, sagt die Rezeptionistin. »Da kommt ein Mädel rein. Du hast sie von deinem Platz nicht gesehen, aber sie war in deinem Alter. Vielleicht fünfundzwanzig? Ein hübsches Ding mit einem gepflegten Bob. Also, sie kommt rein und will Dr. Whitnell sprechen.«

»Wen?«

»Ja genau. Das war vor deiner Zeit. Er hat vor neun oder zehn Jahren hier gearbeitet. Du würdest dich an ihn erinnern, wenn du ihn gesehen hättest, das kann ich dir sagen. Er war der Wahnsinn, Em, einfach umwerfend. Alle waren hinter ihm her, aber er war fest vergeben. Er hatte eine langjährige Freundin. Mattie? Ich glaube, so hieß sie. Ich habe sie einmal gesehen. Sie war leider ebenso umwerfend wie er. Aber irgendwie komisch, fand ich, doch die ganze Situation war irgendwie komisch, als ich sie kennengelernt habe.«

»Moment mal, ich komm nicht mehr mit ...« Die zweite Frau reißt ihre Rehaugen auf. Sie sieht so aus, als wäre sie recht schnell verwirrt.

»Oh, okay, also, Dr. Whitnell oder *James*, wie er von uns genannt werden wollte.« Die Rezeptionistin wechselt von ihrem nordenglischen Akzent zum Standardenglisch. »Er hat die Praxis schon vor Jahren verlassen, und jetzt erkundigt sich diese Frau nach ihm. Voll komisch, wenn du mich fragst. Vor allem, weil *James* unter so seltsamen Bedingungen verschwunden ist.«

»Wieso? Was ist passiert?« Rehauge wittert Klatsch. Alice auch, jedoch wummert ihr Herz so laut, dass sie kaum noch etwas anderes hört. *Konzentration, Keaton. Konzentration.*

»Das wissen wir nicht genau. Eine der Arzthelferinnen hat gehört, dass ihr Boss meinte, er würde lieber freiwillig gehen als gegangen werden. Dass er früher oder später rausgeschmissen worden wäre, weil er ...«

Knirschend tritt die Rezeptionistin ihre Zigarette im Kies aus.

»Wow!«, sagt ihre Kollegin und geht vor ihr her wieder ins Gebäude zurück. »Ich hätte nicht gedacht, dass solche Dinge hier vorkommen.«

»Aber nicht weitererzählen«, sagt die Rezeptionistin noch. »Ich will nicht, dass man mich für eine Klatschtante hält.«

KAPITEL 17

2006

Mary war ganz und gar nicht darauf vorbereitet, Dad zu verlieren. Gleich, wie viele Jahre zwischen der Diagnose und seinem Tod lagen, keine Zeit der Welt würde sie mit einem Leben ohne ihn versöhnen. Er war der Fels der Familie. Das Haus würde gewiss zusammenbrechen ohne das Getrampel seiner Pferderennen als Kulisse zu dem Gezanke ihrer Brüder. Und Mam – was war mit ihr? Sie hatten mit zweiundzwanzig geheiratet und mehr Zeit gemeinsam als getrennt verbracht. Dad hatte Mary gezeigt, woran man einen guten Mann erkannte: Ehrlichkeit, Rücksicht und die Art von Anbetung, bei der sich Mam wie eine Königin fühlte, obwohl sie in einer vollgestopften Doppelhaushälfte in Belfast lebte.

Jim wusste gleich, als er die Wohnung betrat, dass etwas nicht stimmte. Mary hatte das Telefon noch in der Hand. Er ließ die Tüte mit dem Essen fallen, Papadams rollten über den Boden, und nahm sie in die Arme. Doch den Schmerz in Marys Brust, weil sie nie wieder ihren Dad umarmen würde, weil er ihr nie wieder sagen würde, wie stolz er auf sie war, weil sie den Umzug nach England gewagt hatte und weil sie so tolle Karten anfertigte, konnte er einfach nicht lindern.

In der Woche vor der Beerdigung war Mary völlig aus der Bahn geworfen, an Arbeit war nicht zu denken. Wegen eines

Streiks der Flugbegleiter konnte sie nicht früher fliegen, und Jim konnte sich nicht freinehmen, um bei ihr daheim zu bleiben, auch wenn er immer wieder betonte, um sie zu trösten, dass er nirgendwo lieber wäre als zu Hause bei ihr. Und als wäre das alles nicht schlimm genug, hatte er auch noch Probleme bei der Arbeit. Jim kam erst frühmorgens zurück und bestritt auf Marys direkte Nachfrage nicht, dass es Schwierigkeiten gab. *Ich erzähle es dir, wenn es sich erledigt hat*, sagte er, und Mary akzeptierte das, weil sie wusste, dass ihr Kummer in absehbarer Zeit keinen Platz für weitere Emotionen ließ.

An der Totenwache nahmen fast hundert Menschen teil, und Mary war völlig geschafft davon, Beileidsbekundungen entgegenzunehmen und immer belegte Brote nachzulegen. Ihre Brüder hatten die Aufgabe, nach ihrer Mam zu sehen, aber Mary hatte sie trotzdem selbst stets im Auge. Dann war da noch Jim, der so gut wie niemanden kannte. Mary hatte ihn kurz Moira und ihrem neuen Freund vorgestellt, aber sie kannten auch noch andere Gäste und unterhielten sich mit ihnen, und bald schon verlor Mary ihn aus den Augen. Natürlich, er war ein erwachsener Mann, aber er hatte sich in den letzten Wochen, bei all dem Stress mit den Patienten, so sonderbar verhalten, und Mary wollte ihn nicht noch weiter unter Druck setzen, indem sie von ihm verlangte, an ihrer Seite zu bleiben, wenn er einmal frische Luft schnappen wollte.

In einer der wenigen kurzen Atempausen hatte Mary sich auf die Suche nach Jim gemacht. Das Haus war nicht groß, und sie hatte ihn rasch in der Küche mit ihrem Bruder Gavin gefunden. Jeder hatte eine Dose Guinness in der Hand, und hinter ihnen standen etliche vermutlich leere Dosen. Warum dachte keiner von ihnen daran, sie wegzuräumen? Und warum war Gavin nicht bei Mam?

Mary atmete einige Male tief ein und versuchte, sich zu beruhigen. Wenn es den richtigen Zeitpunkt zum Streiten überhaupt gab, war er definitiv nicht jetzt. Außerdem rief Tante Carol gerade: *Die Schottischen Eier sind leer – weiß Mary, ob der Caterer noch welche gemacht hat?* Als Mary die Eier gefunden und mit Father Reilly gesprochen hatte, war sie nicht mehr in der Stimmung, noch einmal nach Jim zu schauen. Sie versuchte, den Gedanken wegzuschieben, dass er es ohnehin nicht verdiente.

Stattdessen nahm sie die Treppe zu dem einen Zimmer, zu dem die Gäste keinen Zutritt hatten. Mams und Dads Zimmer. Es sah noch genauso aus wie vor fast sieben Monaten, kurz bevor sie zu Jim gezogen war. Sie wusste nicht, warum sie dachte, es hätte sich verändern müssen. Dads Kleidung lag immer noch zusammengefaltet auf dem Stuhl in der Ecke, seine Rätselbücher auf dem Nachttisch, und Münzen aus seinem löchrigen Portemonnaie waren auf dem Boden verstreut. Sie ließ sich auf sein Kissen fallen und starrte an die Decke, sie fragte sich, was er in seinen letzten Augenblicken wohl gedacht haben mochte. Sie betete, dass es etwas Schönes gewesen war – ein Gedanke an Mam, sie, die Jungs, vielleicht ihren Urlaub in Portrush vor über zwanzig Jahren.

»Ich habe deinen Mann in mein Zimmer gelegt, damit er seinen Rausch ausschlafen kann.« Gavin streckte den Kopf durch die Tür.

»Wie bitte?«

Mary setzte sich abrupt auf. Sie hatte kein Recht, hier zu liegen, aber zumindest sagte ihr Bruder nichts. Wenn überhaupt sah er so aus, als würde *er* sich schämen. So hatte sie ihn noch nie gesehen.

»Wie bitte?«, wiederholte sie, als er ihr nicht antwortete.

»Deinen Typen – James.« Gavin spreizte Daumen und den kleinen Finger von der geballten Faust ab und führte den Daumen zum Mund.

»Bist du sicher?«

»Er ist der kultivierteste Betrunkene hier im Haus. Und auch der einzige mit diesem britischen Akzent. Er, ähm, hat unten ins Badezimmer gekotzt.«

»Jesus!« Mary schwang die Füße aus dem Bett und kniff sich in den Nacken. Die Verspannungen schienen immer tiefer zu gehen. Wie naiv, dass sie hier oben eine Pause machen wollte. Sie hätte versuchen sollen, ihn wiederzufinden. Sie hätte ihn besser im Auge behalten sollen. »Und du sagst, er ist hier oben?«

»Erschieß nicht den Überbringer der schlechten Nachricht.«

Es war Marys altes Zimmer, wo Jim zusammengekauert auf dem Bett lag, weil Gavin versucht hatte, ihn in die stabile Seitenlage zu legen. Mary drehte ihn auf den Rücken und kühlte ihm mit ihrer Hand die Stirn.

»Meine Schöne«, krächzte er, und Mary roch sauren Atem und einen Hauch Whisky. So roch er immer, normalerweise nur ohne den Geruch nach Erbrochenem. »Was habe ich verpasst?«

»So wie es aussieht, fast die ganze Totenwache.«

»Ich brauchte einen kleinen Drink, damit ich das aushalte.«

»Damit *du* das aushältst?«

»Sei nicht so empfindlich. Du weißt, was ich meine.«

Mary wurde wütend, sie spürte Druck im Kopf und klebrige Hitze unter den Armen. Sie stand auf, um zu gehen.

»Komm schon«, lallte Jim. »Was ist in dich gefahren?«

»Das ist die Beerdigung meines Vaters«, zischte Mary. »Du bist eine Riesenenttäuschung.«

Als sie die Tür schloss, legte sie eine Hand flach auf das Holz, um das Geräusch zu dämpfen. Sie biss sich selbst in die Fingerknöchel, um nicht zu weinen. Was zum Teufel war gerade passiert? Das war nicht der Jim, den sie kannte. Sie hatten während der neun Monate ihrer Beziehung einige kleine Kabbeleien gehabt – wegen Hausarbeit, einige scharfe Worte, weil sie wegen ihrer Selbständigkeit aufgewühlt war und Jim viel Stress bei der Arbeit hatte – aber eine derartige Situation hatten sie noch nie erlebt. Würde ihr erster richtiger Streit auch der letzte sein? Ausgerechnet hier und heute? Wenn ihr nicht erlaubt war, *empfindlich* zu sein, nachdem Dad gerade erst unter der Erde war, wann denn sonst? Mary brauchte Jim, heute mehr denn je, und es war nicht zu leugnen, dass er sie im Stich gelassen hatte.

Sie hätte nie gedacht, dass Jim sie derart enttäuschen würde. Sie hätte nie gedacht, dass er sie überhaupt enttäuschen würde, Punkt, obwohl sie vermutete, dass das recht unwahrscheinlich wäre. Mary wurde plötzlich klar, dass sie so sehr von Jim gebannt gewesen war, von der Chemie zwischen ihnen, seiner Brillanz, dass sie keine Chance gehabt hatte zu erkennen, dass sie ihn auf ein Podest gestellt hatte, dass er Ecken und Kanten hatte wie jeder andere Mensch auch.

Wie viel hatte er getrunken? Mit einem Guinness hatte sie ihn gesehen, so wie es aussah, mussten es einige mehr gewesen sein, und er roch nach Whiskey. Es hatte definitiv Momente seit Marys Einzug gegeben, in denen sie erstaunt bemerkte, wie viel Jim trinken konnte. Doch man merkte ihm den Alkohol kaum an, er taumelte nicht, lallte nicht und wurde auch nicht langsamer wie jeder normale Mensch, deswegen konnte es doch eigentlich kein Problem sein, oder?

Mary zuckte zusammen, als sie sich an die Jacke erinnerte,

die sie sich bei ihrem zweiten Date von Jim ausgeliehen hatte: In der Tasche hatte ein Flachmann gesteckt. Sie hatte es gewusst. Und dann war da noch ihr Mülleimer in Ealing, für den sie sich schämte. Sie versuchte immer, eine Müslipackung obendrauf zu legen, damit sich die Nachbarn nicht fragten, warum sie so viele Flaschen wegwarfen …

»Da bist du ja!« Mary zuckte zusammen und stieß gegen die Tür. Sie hörte, dass Jim auf der anderen Seite etwas murmelte. »Entschuldige, Liebes, ich wollte dich nicht erschrecken. Ist alles in Ordnung mit dir?« Die Haut unter Mams Augen sah wie Pergament aus, violett, wie blaue Flecken in dem schummrigen Licht des mit Quasten versehenen Lampenschirms über ihnen.

Mary nahm Mam am Arm und führte sie nach nebenan in das alte Zimmer der Jungs. »Ich sollte fragen, ob mit *dir* alles in Ordnung ist, Mam.«

Mam setzte ein mattes Lächeln auf.

»Dumme Frage«, murmelte Mary.

»Er hebt ganz gerne einen, oder?« Mam machte eine Kopfbewegung in Richtung von Gavins Schlafzimmer. »Tante Kay sagt, er habe aus einem Flachmann getrunken. Ich kann es gut verstehen.«

»Es tut mir leid«, Marys Stimme zitterte. »Ich … ich wusste es nicht, sonst …« Was sonst? Sonst hätte sie Jim nicht mitgebracht? Die anderen wegen seines Trinkverhaltens gewarnt? Sie wusste nicht, warum sie den Alkohol nicht früher erwähnt hatte, allerdings hatte sie immer gedacht, es wäre nichts Schlimmes. Mary trank selbst gern mal ein Glas, aber nie derart exzessiv. Oder vielleicht lag es daran, dass ein gewisser Grad absichtlicher Ignoranz eine Voraussetzung für ihr gemeinsames Leben war – Schweigen war die einzige Möglichkeit, dieses vermeintliche Glück zu erhalten.

»Ich mache ihm keinen Vorwurf. Dein Vater hatte weiß Gott genügend Laster. Vielleicht wäre er sonst noch hier …« In Marys Kindheit waren Streitereien über die zwanzig täglichen Zigaretten von Dad an der Tagesordnung gewesen. »Ich wollte nur nachsehen, ob ihr euch nicht streitet.«

Mary schüttelte den Kopf. »Er ist normalerweise nicht so.«

»Dann musst du dir keine Sorgen machen, Liebes. Niemand ist perfekt.«

Mary schluckte. Das hörte sich ganz anders an als das, was Mam gesagt hatte, als sie Mary beim Umzug nach Ealing geholfen hatte. Mary wurde daran erinnert, wie schnell ihre Mam ihre Meinung über Menschen änderte, vor allem, wenn jemand ihre Kinder zu verletzen drohte. Sie hatte plötzlich das Verlangen, Jims guten Ruf vor Mam zu verteidigen, ihrer beider Ruf als glückliches Paar, für das Mam sie gehalten hatte.

»Ich bin ja selbst keine Heilige, und vielleicht liegt es daran – der Stress durch meinen Einzug –, und dann meinte er, dass er ein Problem bei der Arbeit habe, letzte Woche. Ich weiß nicht, was es damit auf sich hat, vielleicht eine Beschwerde oder …«

»Es liegt nicht an dir, Süße. Dieser junge Mann hat anscheinend einiges um die Ohren, und heute war es wahrscheinlich alles zu viel für ihn.« Mam blieb stehen und blickte Mary in die Augen. »Und falls es wirklich ein Problem gibt, dann würdest du es mir erzählen, ja?«

»Wie meinst du das?« Marys Stimme zitterte.

»Nur, dass du mich immer anrufen kannst. Man ist nie zu alt, um nach Hause zu kommen.«

Mary bekam Mams Worte nicht aus dem Kopf, als sie am nächsten Tag zurück nach London flogen. Sie hatte den Sicherheitsgurt eng angezogen, und die Stimmung zwischen ihr und Jim war angespannt. Sie hatte eine leichte Genugtuung verspürt, als Jim mit hämmernden Kopfschmerzen aufgewacht war und polternd in der Dunkelheit nach den Paracetamol-Tabletten suchte, die – wie Mary wusste – in einer Seitentasche seiner Reisetasche steckten, und Wasser in sich hineinschüttete, als wäre er eine Woche lang in der Wüste verschollen gewesen. Sie hatte sich bis zehn Minuten vor Ankunft des Taxis schlafend gestellt.

Mit einem leisen Piepen erlosch das Anschnallsymbol. Gleich darauf hatte Jim sich abgeschnallt und sich zu Mary umgedreht, so dass er den Geschäftsmann am Fenster abschirmte.

»Ich kann dir gar nicht sagen, wie leid es mir tut.« Er roch noch immer nach Alkohol.

»Ich möchte jetzt nicht darüber reden.«

»Ich aber.« Auf der anderen Seite des Ganges zog sich ein Teenager den Kopfhörer aus seinem ihnen zugewandten Ohr und versuchte dabei gar nicht, sonderlich unauffällig zu wirken. »Ich habe es vermasselt. Und zwar mit Anlauf.«

»Weißt du überhaupt noch, was du gesagt hast?«

Jim biss die Zähne aufeinander. Mary interpretierte diese Geste als ein Nein. »Ich habe mich zum Affen gemacht, so viel weiß ich. Aber was noch viel wichtiger ist: Ich habe dich blamiert. Ich war nicht für dich da, als du mich gebraucht hast …«

»Ich helfe dir gern auf die Sprünge«, unterbrach ihn Mary. Sie fand es furchtbar, ihm eine Szene zu machen, aber sie konnte in dieser Sache auf keinen Fall Stillschweigen bewahren. »Du hast gesagt, ich würde mich wegen des Todes meines eigenen Vaters anstellen.« Sie wusste, dass sie ihn nicht anstacheln sollte. Sie musste sich beherrschen, bevor sie die Überhand – und vielleicht Jim – für immer verlor. Aber irgendwie konnte sie sich nicht beherrschen. »Das denkst du also?«

»Natürlich nicht! Ich weiß nicht, warum ich das gesagt habe. Das passt gar nicht zu mir. Aber ich leugne es natürlich nicht.« Jim hob kapitulierend die Hände. »Ich war betrunken, aber das ist keine Entschuldigung. Gar keine. Mary, bitte.« Er griff nach ihrer Hand, doch sie schlug sie weg.

»Was ist überhaupt los mit deinem Trinkverhalten?«, fragte Mary.

»Ich hatte eine schlimme Woche bei der Arbeit.« Jim rieb sich bedenklich fest mit den Fingern über die Stirn. »Ich wollte es dir nicht erzählen, weil du schon so viel um die Ohren hattest. Du hast getrauert. Einer der Patienten hat sich über meine … Arbeit beschwert. Ich wollte nicht, dass du dir Sorgen machst. Die Beschwerde ist an den Haaren herbeigezogen, und es ist bereits geklärt. Aber dennoch …«

»Aber du hast nicht nur gestern getrunken, oder?« Mary dachte an alle Abende, wenn Jim sich – kaum zur Tür herein – einen Whisky einschenkte. Die Kiste mit Wein, die sie in Portrush geleert und keinesfalls zu gleichen Teilen getrunken hatten. »Hast du Probleme mit dem Trinken?«

»Nein!« Jim sah entsetzt aus. »Vielleicht trinke ich ab und zu ein wenig zu viel, aber das macht doch jeder. Und ja, vielleicht habe ich es in letzter Zeit ein wenig übertrieben. Es hat mir geholfen runterzukommen. Nicht als Krücke. Schau mich an, Mary. Mary, bitte, schau mich doch einmal an.«

Das Vorderrad des Erfrischungswagens hatte sich in Marys Schal verheddert, der auf dem Boden hing, ein riesiger Strickschal, der aus dem kleinen Netz am vorderen Sitz gefallen war. Sie musste einige Male fest ziehen, bevor sie ihn herausbekam, sich wieder aufrichten und Jim ansehen konnte. Er sah zerknirscht aus, das konnte man nicht leugnen. Aber sie konnte ihm erst wieder vertrauen, wenn sie die benötigten Antworten bekam. Sie war eigentlich kein Mensch, der ein Ultimatum stellte, doch als sie sich in den frühen Morgenstunden im Bett hin und her gewälzt hatte, war ihr klargeworden, dass sie die Beziehung nicht ohne ein Ultimatum weiterführen konnte.

»Kannst du es aufgeben? Das Trinken. Für mich?«

Jim sank in seinen Sitz zurück. Es klang aufrichtig, als er sagte, er habe kein Problem damit.

»Ja«, antwortete er, nun nur noch resigniert. Er hielt inne und erklärte dann: »Weißt du, was das Schlimmste ist? Als ich dich kennengelernt habe, gefiel ich mir selbst zum ersten Mal seit Sams Tod wieder. Du kannst dir nicht vorstellen, wie sehr du mich gerettet hast. Und dann habe ich dich so behandelt ... Ich weiß, dass ich es wiedergutmachen muss.« Mary sah ihr Spiegelbild in seinen feuchten Augen. Sie waren blutunterlaufen, so schlimm hatte er noch nie ausgesehen. »Und wenn ich dafür trocken werden muss, dann bin ich bereit dazu.«

»Danke.« Mary lehnte sich zu ihm und nahm seine Hand in ihre Hände. »Und selbstverständlich höre ich auch auf. Das wird uns beiden guttun ...« Sie hätte sich ohrfeigen können für diese Aussage. Das hörte sich so an, als ginge es um einen Entzug und nicht die Lösung eines Problems, das das Potenzial hatte, sie zu entzweien. »Danke, dass du das für mich tust.«

Jim schüttelte den Kopf. »Wir ziehen eben an einem Strang.«

KAPITEL 18

2018

Im Bus auf dem Rückweg von der Arztpraxis in Ealing platzt Alice fast der Kopf. Was hatte es mit dem Skandal auf sich gehabt? Was hatte Jim nur getan, dass er beinahe seinen Job verloren hätte? Weiß Mary davon, dass er bei der Arbeit Probleme hatte? Alice kann sie nicht einfach fragen, ohne zu erklären, warum sie bei seinem früheren Arbeitgeber herumgeschnüffelt hatte. Sie vermutete aber, dass Mary es nicht wusste. Mary hatte es selbst gesagt: Sie und Jim waren glücklich. *Sehr* glücklich. Doch auch wenn Jim nicht der erste Mensch auf der Welt wäre, der sich zu Hause wohler fühlte als bei der Arbeit, gab es bei ihm definitiv mehr Konflikte zwischen den beiden Bereichen seines Lebens als bei den meisten Menschen.

Alice ist so in ihren Gedanken versunken, dass sie fast ihren Ausstieg verpasst. Ihr Arm bleibt in den Automatiktüren hängen. Sie reibt sich die Quetschung, und erst als der Bus wegfährt, bemerkt sie, dass sie zu früh ausgestiegen ist. Sie befindet sich nun während des Berufsverkehrs vor der Bahnhofstation Ealing Broadway. Und nach allem, was passiert ist, steht Mary wieder da, mit dem Schild in der Hand. Sie hat sich nach dem Video nicht einmal einen freien Tag gegönnt. Aber sie scheint nicht mehr Beachtung zu finden als sonst.

Mary hat den Kopf gesenkt. Worüber denkt sie nach? Über die Anrufe, vermutet Alice; ob Jim irgendwo dort draußen ist und an sie denkt. Ob er Schmerzen hat. Ob er sie braucht. Ob sie irgendetwas tun könnte, um ihm zu helfen. Alice könnte nun zu ihr gehen, aber sie glaubt nicht, dass Mary das wollen würde. Alice muss ihr ganz konkret helfen, indem sie herausfindet, was mit Jim los ist. Sie könnte damit beginnen, die Anrufe zurückzuverfolgen.

Aber wie? Alice hatte gestern Abend so ziemlich nichts über die Technik bei NightLine gelernt. Olive war beschäftigt und wiederholte nur, dass sie nähere Informationen dazu von Ted bekommen könnte, bei der Übungssitzung, die er für alle neuen Freiwilligen bei sich zu Hause abhält. Alice kann sich nicht daran erinnern, wann diese Einweisung laut Olive stattfinden soll; es könnte noch Wochen dauern, und so lange kann sie nicht warten. Sie muss diese Geschichte bis zum Ende der Woche haben, sonst wird sie bei *The Bugle* gefeuert und kann zum Arbeitsamt spazieren.

Jemand muss ihr erklären, wie die nachgeschalteten Rechner bei NightLine funktionieren, je eher, desto besser. Mary kann sie natürlich nicht fragen. Olive war ihr zu schnippisch. Ted würde sagen, sie solle auf seine Einführung warten. Bleibt also Kit. Der vom anderen Stern. Würde der überhaupt helfen können?

Bevor Alice hinterfragen kann, ob es sinnvoll ist, was sie da macht, ist sie in eine Seitenstraße eingebogen und sucht in der Freiwilligenbroschüre, die sie gestern bekommen hat, nach Kits Nummer.

»*Hola!*«, antwortet er beim ersten Klingeln. »Hier ist Kit.«

»Hi, Kit, hier ist Alice. Alice von NightLine, ich habe gestern angefangen …«

»Alice, sicher. Wie geht es dir?« Falls Kit sich wundert, warum sie anruft, lässt er sich das nicht anmerken.

»Kann ich vorbeikommen?«

»Was? Oh, ähm … ja, klar.« Kurzes Schweigen, dann: »Warum?«

»Vielleicht geht es schneller, wenn ich es dir vor Ort erkläre?«

»Dann komm vorbei.« Kit rattert eine Adresse runter, am anderen Ende von Ealing, und Alice kritzelt sie sich auf die Hand.

Gott sei gedankt, denkt Alice, *für die vertrauensvollen Menschen dieser Welt.*

Kits Wohnung befindet sich im sechsten Stock eines grauen Wohnblocks, der Aufzug funktioniert nicht. Als Alice seine Tür erreicht, schwitzt sie – nicht gerade auf die attraktive Weise.

»Willkommen!«, sagt Kit, während er sie durch die Wohnungstür und vorbei an einer Tonne voller alter Schuhe winkt. »*Mi casa* ist *su casa* und so, mach es dir gemütlich.«

Alice hatte nicht genug Zeit, darüber nachzudenken, wie sie sich Kits *casa* genau vorgestellt hatte, aber sichtbar feuchte Decken oder Tapeten, die sich wie die Schale einer Orange abpellten, hatte sie nicht erwartet.

»Darf ich dir etwas zu trinken anbieten?« Kit trägt ein kariertes Hemd, das er vorn in die Hose gesteckt hat. Alice fragt sich, ob sie ihn beim Aufstylen für eine Party gestört hat – oder sogar für ein Date. Er sieht schicker aus als in dem verwaschenen Band-Shirt von gestern Abend.

»Nein, nein, alles gut, danke.« Alice sieht einen Stapel Abwasch, der sich neben der Spüle auftürmt, das Trockengestell hingegen ist leer.

Es entsteht Stille, und sie weiß, dass Kit eine Erklärung erwartet für ihren überraschenden Besuch in der Wohnung eines Mannes, der eigentlich ein völlig Fremder ist. Zumindest wirkt er nicht gefährlich, dafür ist Alice mehr als dankbar.

»Ich glaube, ich sollte dir erklären, was mich hierher verschlagen hat … Gestern Abend war alles ein wenig verrückt. Es war so viel auf einmal los. Und ich habe mich ein wenig überfordert gefühlt, deswegen wollte ich jetzt ein wenig mehr über NightLine erfahren.«

Kit hebt verwirrt die Augenbrauen. Sie sind dick und ein wenig buschig, einzelne lange Haare locken sich. *Charmant*. Würde sie ihn mit diesem Begriff beschreiben? Sie ist jedoch nicht hier, um Kit zu porträtieren, ermahnt sie sich.

»Das ist aber sehr verantwortungsbewusst von dir.« Er zeigt auf das vollgekrümelte Sofa. »Schieß los.«

»Also, wenn der Anruf durchkommt – zu dir oder zu demjenigen, der ihn sonst annimmt – sehen wir nichts auf der Anzeige, keine Rufnummer oder etwas in der Art?«

»Ja, das stimmt. Das wurde alles deaktiviert. Ich bin mir nicht sicher, wie das funktioniert, aber die Anrufer sollen anonym bleiben.«

»Und man kann die Anrufe nicht zurückverfolgen?«

»Das ist nicht unsere Aufgabe.« Kit blickt nach oben, als würde die Logistik vom Himmel fallen.

»Sogar wenn du denkst, jemand könnte sich in Gefahr befinden oder wenn die Anrufer etwas Schlimmes erzählen – also etwas, das auch richtig gefährlich sein könnte?«

»Warum fragst du das alles?«

Alice tut so, als würde sie sich einige Sätze notieren. Um

etwas Zeit zu schinden. »Das kam bei der Erklärung nicht gut rüber«, sagt sie, als sie hochblickt. »Und es ist so wichtig, das alles zu verstehen, meinst du nicht?« Kit wirkt auf sie wie ein Mensch, der auf jede Frage antwortet, auch auf rhetorische, deswegen spricht sie schnell weiter. »Also gibt es wirklich gar keine Möglichkeit, diese Anrufe zurückzuverfolgen?«

»Du bist eine echte Detektivin, oder?«

Alice vermeidet seinen Blick und schaut stattdessen auf den kleinen Riss in seinem Ärmel, auf die Haut darunter, die er anscheinend mit einem blauen Kuli angemalt hat. Plötzlich wirkt er nicht mehr wie ein Mann Mitte zwanzig, sondern wie ein zu großer Teenager. Sie hat noch nie einen Mann kennengelernt, der so schwer einzuordnen war.

»Sehr witzig. Nein, ich will nur wissen, wie das funktioniert. Werden die Anrufe irgendwo verschlüsselt?«

»Ja, ich glaube schon. Ich bin aber kein Experte. Ted kennt sich da besser aus.«

»Also weiß man nicht einmal, von wo jemand anruft?«

»Nur, wenn die Anrufer es uns erzählen. Spielen wir hier ›Wahrheit oder Pflicht‹ oder was?«

Alice blickt Kit vernichtend an.

»Ich meine, kann das nicht bis morgen warten, wenn du deine Sitzung mit Ted hast?«

»Woher weißt du, dass das morgen ist?«

Kit errötet. »Manchmal braucht Ted ein wenig Hilfe ... Deswegen habe ich angeboten ...«, stammelt er.

»Verstehe.« Alice kneift die Augen zusammen. »Also die Anrufe: Sie werden nicht aufgezeichnet?«

»Alice, was möchtest du *eigentlich* wissen?«

Ihr bleibt kurz das Herz stehen. Kann sie sich aus der Situation herauslügen? Will sie das überhaupt? Es wäre doch schön, sich diese Last mit jemandem zu teilen, oder? Außerdem ist Kit ein alter Hase bei NightLine. Sie hingegen war dort nur kurz hineingescheit, und auch nur, um das Rätsel um Jim zu lösen. Es ist ein Risiko, das sie eingeht. »Ich will Jim finden.«

Kit sieht verwirrt aus. Dann fällt der Groschen. »Den Jim von Marys Schild? Ihren Freund? Also ich meine, den Typen, den ich immer dafür gehalten habe …«

»Ja.«

»Warum?« Kit sieht ein wenig verstört aus, aber zumindest ist er nicht böse oder gekränkt oder sonst wie verschnupft wegen Alice' Neugier.

»Weil Mary darunter leidet, und das wird erst aufhören, wenn er zurückkommt. Ein Leben in Ungewissheit kann nicht gesund sein. Weil, keine Ahnung, kennst du nicht das Gefühl, dass man einmal etwas Sinnvolles tun möchte?«

Alice scheint bei Kit einen wunden Punkt getroffen zu haben. Er presst die Lippen aufeinander, sie lockt ihn gerade aus der Reserve.

»Will *Mary* das denn auch?«

Alice versucht, das ungute Gefühl in ihrem Bauch zu unterdrücken. Mary wird ihr eines Tages danken. Das weiß sie. »Warum denn nicht, Kit? Aber sie ist niemand, der andere Menschen um Hilfe bitten würde.«

Sie beobachtet Kit, der über eine Antwort nachdenkt. Plötzlich verschleiern sich seine Augen, und es sieht so aus, als sei er in Gedanken ganz woanders. »Das verstehe ich.«

»Aber ich denke immer noch, es sollte … unter uns bleiben, ja?« Alice redet rasch weiter. Sie braucht Kit auf ihrer Seite. »Mary darf sich keine Hoffnung machen. Wenn wir Jim finden, dann ist alles gut, und wir erzählen es ihr. Wenn wir ihn nicht finden, dann … glaube ich, es sollte unser Geheimnis bleiben.«

»Nein, sie sollte sich wirklich keine Hoffnungen machen. Da hast du völlig recht. Enttäuschung ist schrecklich.« Das letzte Wort betonte Kit nachdrücklich.

»Also bist du dabei?«

»Na gut.« Er ist wieder anwesend. Er schüttelt den Kopf, als wolle er einen schlechten Traum loswerden, und lächelt sie kurz an. »Aber ich verstehe immer noch nicht, warum du unbedingt so viel über die Anrufe wissen willst. Jim hat doch nicht ...« Ihm fällt der Unterkiefer herunter.

Hatte er Anfang der Woche bei NightLine etwas bemerkt? Alice hat selbst gesehen, wie verzweifelt Mary nach den Anrufen war; den anderen Freiwilligen muss das ebenfalls aufgefallen sein, auch wenn Mary noch so sehr gehofft hatte, dass dem nicht so sei.

»Mary hat bisher zwei Anrufe angenommen, von denen sie vermutet, dass sie von Jim waren.« Alice fühlt sich ein wenig schuldig, weil sie Kit davon erzählt. Aber sie braucht Rückendeckung, wenn sie herausfinden will, wie das System bei NightLine funktioniert. »Du darfst niemandem etwas davon erzählen, okay? Mary hat es mir im Vertrauen erzählt, als ich sie kennengelernt habe. Ihr wäre es gar nicht recht, wenn sie wüsste, dass ich es jemandem erzählt habe.«

»Alles klar, beruhig dich, ich rede mit niemandem darüber. Aber ich verstehe auch nicht, warum sie es dir erzählt und dann nicht will, dass jemand bei NightLine es erfährt. Wir kennen sie schon länger. Ach, weißt du was, es ist egal.« Alice freut sich über Kits Erkenntnis, dass es hier nicht um ihn geht. »Aber ich bin mir sicher, dass es schwer wird, den Anrufer aufzuspüren. Die Rückverfolgung der Anrufe soll absolut ausgeschlossen sein. Wenn du Jim also wirklich finden willst, musst du es auf einem anderen Weg versuchen.«

»Ich habe schon angefangen«, setzt Alice an. »Ich habe Jims vollständigen Namen herausgefunden – James Whitnell – und habe ihn in eine Suchmaschine eingegeben, als ich bei der Ar…« Sie unterbricht sich. Wenn sie Kit erzählt, dass sie Journalistin ist, wird er kapieren, dass etwas anderes dahintersteckt.

»Prokrastinieren auf Kosten des Arbeitgebers, nicht wahr?«

»Ja, stimmt.«

»Was machst du überhaupt beruflich?«, fragt Kit.

»Ich bin im digitalen Bereich, Vertrieb …«, improvisiert Alice. »Aber zurück zu Mary. Schau mal, die Polizei wird uns bestimmt nicht helfen. Sie haben Jims Akte geschlossen, und es würde Jahre dauern, bevor sie sie wieder öffnen, wenn überhaupt.«

Kit nickt. Alice vermutet, dass er ungefähr im selben Alter ist wie sie. Ein Jahr erscheint da wie eine Ewigkeit.

»Und Jim ist nun seit sieben Jahren verschwunden«, fährt Alice fort, »deswegen werden wir mit Mobilfunkdaten, Überwachungskameras und Fahrzeugsuchen nicht weiterkommen – selbst, wenn wir Zugriff auf diese Informationen hätten.«

»Was ist denn mit den Menschen, die ihn kannten? Also außer Mary, meine ich. Die muss es doch auch noch geben. Was ist mit seinen Eltern?«

»Mary sagt, sie haben den Kontakt zu ihr abgebrochen.«

Kit verdreht die Augen.

»Genau das habe ich auch gedacht …«

»Wissen wir denn zumindest, wie sie heißen?«, fragt er.

»Das habe ich irgendwo aufgeschrieben.« Papier fällt aus Alice' Block. »Richard und Julia … oder soll das Juliette heißen?« Alice hält eine Karteikarte vor das Licht, auf der das

Datum des Tages steht, an dem sie Mary kennengelernt hat. Darauf hat sie eine Zusammenfassung ihrer ersten Unterhaltung im Pub gekritzelt.

»Ich habe irgendwie das Gefühl, dass eine lange Nacht vor uns liegt«, murmelt Kit und verlässt das Wohnzimmer.

Alice findet die Bemerkung unangebracht. Er denkt doch nicht, zusammenarbeiten bedeutet, dass …? Nein, das kann nicht sein. »Entschuldige – wo gehst du hin?«

»Ins Bad. Möchtest du mit? Ich denke mal, du wirst von nun an meine Klopausen festlegen.«

★

Als Kit vom stillen Örtchen zurückkommt, wischt er sich die Hände an der Jeans ab. »Ich hab's! Ich bin drauf gekommen, als ich auf dem Klo saß.«

Na wunderbar, denkt Mary; ich habe hier eins dieser Genies an meiner Seite, die am besten denken können, während sie sich erleichtern.

»Was ist denn mit dem ganzen Zeug, was durch das Video an die Oberfläche gespült wurde?«, fragt Kit.

»Du meinst die Online-Kommentare?«

»Ja, aber auch durch das Hashtag – *FindJim*.«

Alice hatte nicht bemerkt, dass daraus ein Trending Hashtag geworden ist, zumindest nicht in dem Maße, dass man daraus nützliche Schlussfolgerungen ziehen könnte.

»Ich kümmere mich gerne darum.« Kits Magen knurrt. »Aber ich brauche etwas zwischen die Zähne. Was würdest du lieber machen: Spaghetti oder suchen?«

»Spaghetti«, antwortet Alice wie aus der Pistole geschossen. Der Tag war lang. Jims lückenhafte Online-Präsenz, ihre heimliche Lauschaktion bei der Arztpraxis, die Informationen, unter welchen seltsamen Bedingungen Jim dort ausgeschieden war … Sie hat noch gar nicht angefangen, Kit auch davon zu berichten, aber das kann noch warten. Er hat Twitter schon geöffnet und starrt auf den Bildschirm.

Alice füllt den Wasserkocher und findet Nudeln im Schrank. Sie sind seltsam klebrig.

»Wie hießen Jims Eltern noch gleich?«, fragt Kit, kurz bevor die Spaghetti fertig sind.

»Richard und Juliette.«

Kit tippt weiter, hält inne, dann ertönt ein »Aha!«.

Alice' Herz klopft wie verrückt. Vielleicht hat er eine Nachricht von Jim gefunden. Eine Standortinformation. Sie fliegt vom Herd zum Sofa und stellt sich so nah an den Bildschirm, dass sie Kits Körperwärme neben sich spüren kann. »Wer ist Gus Driddlington-Hodge?«

»Das weiß ich genauso wenig wie du.« Kit zoomt auf den Kommentar, der dann den ganzen Bildschirm einnimmt. »Lies.«

Alice hat die Worte schnell aufgenommen. »Angesichts des Videos bitten James' Eltern Richard und Juliette darum, seine Privatsphäre zu wahren. #FindJim.«

»Ein Freund der Familie?«

»Würde ich sagen.«

Kit hat bereits Gus' Zungenbrechernachnamen bei Google eingetippt. Das erste Ergebnis führt zu einer Website von McAvery Asset Management, und das Bild passt zu seinem Twitter-Alias. Zwei Klicks später schreibt Kit eine E-Mail an Gus.

»Ich wusste gar nicht, dass du Geld zum Anlegen hast.« Alice sucht erfolglos Beilagen zu ihrem Essen. Im Kühlschrank sind noch Anchovis, leider seit zwei Monaten abgelaufen.

»Hab ich nicht, aber das weiß er nicht.« Kit schreibt seine Nachricht fertig. »Nicht bis zu unserem Termin am Montag um zehn. Du kannst dir bei der Arbeit freinehmen, oder?«

Alice nickt. Wenn sie aus Redundanzgründen entlassen werden soll, kann sie nicht essenziell für das Team sein. Außerdem würde Jack eine kurze Abwesenheit gar nicht bemerken. Sie hat ihm eine Mail geschrieben, dass sie vielleicht eine Story hat – eine, die auf die Titelseite gehört –, hat aber nichts Genaueres erwähnt, auch nicht das Thema, falls sie es vermasselt. Jacks Unbeholfenheit wegen ihrer unsicheren Stelle hat dafür gesorgt, dass er erstaunlich vertrauensselig war.

Aber was war mit Kit? Olive hatte gesagt, er wäre Banker, und sollte das wirklich stimmen, hätte *er* doch gewiss Schwierigkeiten, einen Tag freizunehmen. Dann würde sie allein gehen müssen. »Augenblick, du kommst aber mit, oder?«

»Ich habe noch so viel Urlaub«, antwortet Kit ein wenig zu schnell. Doch noch ehe Alice nachfragen kann, fügt er hinzu: »Dann haben wir also eine Verabredung, oder eher einen Plan.« Er glättet sein T-Shirt. »Wir treffen gemeinsam unseren neuen Freund Gus.«

KAPITEL 19

2018

Wie Kit schon prophezeit hatte, wurde es spät. Nachdem sie ihren Termin mit Gus vereinbart hatten, saßen Kit und Alice nebeneinander auf dem Sofa und schlürften Spaghetti, während sie sich mit forensischer Genauigkeit durch die restlichen Twitter-Kommentare scrollten und nach weiteren Hinweisen zwischen den wahllos verstreuten Emojis suchten.

Es gab einige Männer namens Jim, die im ursprünglichen Post markiert waren, aber es war kein Treffer dabei. Niemand wies auch nur eine entfernte Ähnlichkeit auf zu dem Mann auf Marys Kaminsims.

Es war schon Mitternacht, als Alice Kits Wohnung verließ, nachdem sie mit dem Kopf auf seiner Schulter eingedöst war. Er bestand darauf, ihr ein Taxi zu rufen.

Doch auch am nächsten Morgen galt: Wer rastet, der rostet. Alice wird schon vor zehn (kriminell an einem Wochenende) von Kit mit einer Textnachricht geweckt: *Falls du es vergessen hast: Teds Übungssitzung für NightLine beginnt um 12:00 Uhr. HEUTE. Wir erwarten dich … KIT*. Alice glaubt, es war eine gute Idee, ihn bei den Ermittlungen zu Jim mit ins Boot zu nehmen – schließlich hatte er den Hinweis zu Gus gefunden –, dennoch hofft sie, dass er sie bei den nächsten Schritten nicht mit seinem unerschütterlichen Enthusiasmus und seiner Unfähigkeit, zu sozial angemessenen Zeiten am Tag zu simsen, überrollt. Sie schleppt sich aus dem Bett unter die Dusche.

Teds Wohnung liegt etwa zehn Minuten zu Fuß von NightLine entfernt, in einem Viertel, das bei jungen Familien beliebt ist. Der günstige Supermarkt, in dem Alice immer einkauft, befindet sich in der Nähe, aber sie nimmt stets einen Umweg, um dem Anblick von Vätern auszuweichen, die ihren Kindern auf dem Gehweg Fahrradfahren beibringen oder Knirpse auf der Schulter tragen.

Heute muss sie sich jedoch ihrem Unbehagen stellen. Sie blickt auf den Stadtplan auf ihrem Handy und konzentriert sich auf ihre Aufgabe. Wenn Ted die Anrufe bei NightLine irgendwie zurückverfolgen kann, muss Alice herausfinden, wie. Und zwar schnell.

Die Haustür der Nummer 25 ist offen, und sie kann Ted schon hören. Sie will gerade klingeln, weil sie das höflicher findet, als einfach hineinzuspazieren, als Ted auftaucht und sie hereinbittet. »Alice! Wie schön, dich zu sehen. Wir haben gerade über dich gesprochen.« Er trägt ein Polohemd, sein Bizeps droht den Ärmel zu sprengen. *Attraktiv*, denkt Alice. *Für einen älteren Mann zumindest. Er ist doch bestimmt – hm, fünfzig?*

»Nur Gutes, hoffe ich!«

»Natürlich. Etwas anderes würde dieser Typ hier sowieso nicht erzählen.« Ted tätschelt Kit die Schulter mit seiner riesigen Pranke, die ihn erbeben lässt.

»Da bin ich aber erleichtert.« Alice blickt zu Kit, der ihr offenbar nicht in die Augen schauen kann. Er sieht plötzlich schüchtern aus, das hat sie zuvor nicht bemerkt. »Vielen Dank für die Einladung. Du wohnst aber schön«, fügt sie hinzu.

Eigentlich hatte sie sich noch gar nicht richtig umgesehen. Sie stehen im Wohnzimmer, das liebevoll eingerichtet ist: eine

Tapete mit verschnörkeltem Blümchenmuster, dazu passendem Teppich und einer dreiteiligen Sitzgruppe aus Leder.

»Danke. Aber hier im Wohnzimmer bin ich nicht mehr oft. Seit ich allein bin. Meine Kinder sind beide aus dem Haus. Tim studiert, und Rachel ist mit dem Studium fertig, aber sie wohnt mit Freunden im Osten der Stadt. Das sei ›cooler‹, sagt sie.« Ted malt die Anführungszeichen dermaßen energisch in die Luft, dass sie wie Hasenohren hüpfen. »Normalerweise dann, wenn sie einen Besuch ihres alten Herrn vermeidet.«

»So sind sie eben.« Alice lächelt, obwohl sie ein Schmerz durchzuckt. Sie hofft, Tim und Rachel wissen, was für ein Glück sie haben.

»Ich dachte, ich lasse die Haustür offen, damit ein wenig Luft hereinkommt. Normalerweise halte ich mich tagsüber nicht hier in diesem Raum auf. Und die Vorhänge ziehe ich abends auch nie zu.« Ted zeigt auf die schweren Vorhänge, und Alice denkt an den Staub, der sich bestimmt in den Falten angesammelt hat. Sie findet das unfassbar traurig. »Es ist so stickig, oder? Wir hatten schon lange keinen so warmen August mehr.« Er stützt sich mit einer Hand auf den Telefontisch vor dem Fenster und prüft mit der anderen, ob es nicht weiter aufgestoßen werden kann. »Gut, wollen wir dann?«

Ted setzt sich in den Sessel. Kit und Alice nehmen ihm gegenüber auf dem Sofa Platz, wo Kit, wie immer, ihr so nahe rückt, dass sie sich ganz tief in die Kissen drücken muss, um seinem wippenden Knie zu entkommen.

»Kit weiß, dass ich das mit allen neuen Freiwilligen mache. Ich finde es schön, sie dabei kennenzulernen. Ich weiß, dass es Bev auch gefallen hätte. Bev war meine Frau«, erklärt er. »Sie ist vor zwei Jahren gestorben. Bauspeicheldrüsenkrebs. Nach der Diagnose hat es nur noch wenige Wochen gedauert. Sie war erst sechsundvierzig. Sie hätte noch so viel Zeit haben sollen. *Wir* hätten noch so viel Zeit haben sollen.«

»Das tut mir leid«, sagt Alice und achtet drauf, Ted in die Augen zu schauen. Es gibt nichts Schlimmeres als verstohlenes Wegblicken, wenn man jemandem sein Beileid ausspricht.

»Vielen Dank.« Teds Stimme hört sich belegt an, Alice würde ihn so gerne trösten. »Bev war eine echte Naturgewalt. Ich kann gar nicht in Worte fassen, wie schwer es ist, ohne sie weiterzumachen. Es fällt mir höllisch schwer, jeden Morgen ein zuversichtliches Gesicht aufzusetzen, das kann ich dir sagen. Aber ich muss es versuchen. Einige Tage sind leichter als andere – was die Einsamkeit und so weiter betrifft. Wie auch immer, NightLine ist Bevs großes Vermächtnis, und sie würde es wunderbar finden, dass wir so brillante junge Freiwillige haben wie euch beide. Wo war ich stehen geblieben? Das Wichtigste ist – Kit, du wirst es wissen. Alter Hase? Oder heißt es ›alte Nase‹? Ich kann es mir einfach nicht merken … Ich will damit sagen, dass das Wichtigste an Freiwilligen ihre Empathie ist. Gute, ehrliche Kommunikation.«

Alice schluckt. Sie ist nicht aus reiner Nächstenliebe bei NightLine. Sie wäre nicht hier, wenn sie Mary nicht getroffen hätte und wenn sie sich nicht erhoffen würde, ihre Stelle zu behalten, aber auch für Marys Seelenfrieden sorgen zu können, indem sie Jim findet. Als Alice ihr leises Schuldgefühl beiseiteschiebt und sich wieder auf das Gespräch konzentriert, ist Ted immer noch dabei, von den Eigenschaften eines perfekten Freiwilligen zu erzählen. Sie will, dass er zum Punkt kommt.

»Ich glaube, ich interessiere mich am meisten für die Technik hinter dem Ganzen«, unterbricht Alice Ted. Sie schaut hilfesuchend zu Kit, aber er sieht ebenso überrascht aus wie Ted. *Scheiße.* Alice ist nicht gut darin, angemessenen Druck aufzubauen: Wenn man zu zaghaft ist, sitzt man schnell in der Falle, wie sie bei *The Bugle*, und wenn man zu viel Druck aufbaut, werden die Leute gereizt, vor allem, wenn man eine junge Frau ist.

»Oh«, erwidert Ted lächelnd. »Nun, Interesse ist immer willkommen! Der Witz ist aber, dass ich davon gar nichts verstehe.«

Alice blickt zu Kit. Er runzelt die Stirn.

»Wirklich?«, fragt er. »Das war mir nicht klar. Wer weiß denn dann Bescheid?«

»Wir haben das inzwischen alles ausgelagert. Die Software.« Ted schlägt die Hände über dem Kopf zusammen, als schwebte die Technik, die Alice beim Auffinden von Jim helfen würde, durch die Luft.

Alice muss sich zusammenreißen, um nicht laut aufzustöhnen. »Darf ich mal bei dir auf die Toilette?«, fragt sie. Sie braucht eine Pause.

»Natürlich, natürlich«, antwortet Ted. »Du musst nach oben, hier unten funktioniert die Spülung nicht so richtig. Erste Tür links – durch mein Schlafzimmer, aber lass dich davon nicht stören. Die Tür neben dem Kleiderschrank.«

Im Vergleich zum Wohnzimmer wirkt Teds Schlafzimmer spartanisch. Kein Nippes, nur frische weiße Laken und ein Weidenkorb für Wäsche, durch dessen Ritzen man Hemdzipfel erahnen kann. Das erinnert Alice an etwas, und sie braucht ein oder zwei Sekunden, bis es ihr einfällt: *Marys Wohnzimmer.* Dieselbe Funktionalität, die Art und Weise, wie die kleinste persönliche Note die zugrunde liegende Leere nur noch betont.

Alice sitzt auf der Bettkante, im Kissen ist immer noch Teds Kopfabdruck zu erkennen, weil er es nicht aufgeschüttelt hat. *Wie kann es sein, dass er nicht weiß, wie das Back-End seiner eige-*

nen verdammten Organisation funktioniert? Er ist ja ein netter Kerl, aber seine Inkompetenz macht sie wütend, und das ist noch gelinde ausgedrückt. Vielleicht hatte sich Bev um die technischen Angelegenheiten gekümmert. Davon hat Alice nun nichts mehr. Bev wird ihr wohl selbst in einer Séance mit einem Medium nicht mehr erklären, wie man die Standortdaten anonymer Anrufe entschlüsselt.

Auf dem Nachttisch steht nur ein Bild: ein Hochzeitsfoto. Bev sieht neben Ted winzig aus, ihr zarter Oberkörper steckt in einem engen Mieder aus besticktem Satin. Sie sieht pfiffig aus, eine Frau, bei der NightLine bestimmt wie ein Uhrwerk lief. Außerdem wirkt sie wie wahnsinnig vor Glück. Dieses Bild strahlt so viel vertrauliche Freude aus, dass Alice sich bei dem Anblick fühlt, als überschreite sie eine Grenze.

Sie lässt ihren Blick vom Bild nach unten schweifen. Ein Schlüsselband ragt aus der obersten Nachttischschublade heraus. Mary zieht sie ein winziges Stück auf, um es wieder reinzustecken. Doch das Nylonband hatte sich im Scharnier verfangen, und sie zieht das ganze Ding aus der vollgestopften Schublade.

Dabei rutscht ein Stück Papier über den Rand. Alice nimmt es. Sie braucht gut eine Minute, bis sie versteht, was sie da in der Hand hält.

Das kann doch nicht wahr sein, oder?

Sie macht ein Bild mit ihrem Handy und schiebt den Zettel dann wieder in die Schublade.

★

»Bedien dich, Liebes«, sagt Ted und reicht ihr eine Tasse und eine Packung mit Doppelkeksen. »Wir haben uns schon Sorgen gemacht.«

»Es tut mir leid – ich hatte schreckliche Kopfschmerzen. Mir ist ein wenig schwindelig.«

Kit springt auf, so schnell hatte er sich noch nie bewegt. »Hier, setz dich, Alice.«

»Soll ich dich nach Hause fahren?« Ted hat bereits die Autoschlüssel in der Hand. Das ist das Letzte, was sie in ihrem Schockzustand braucht.

»Nein, nein. Alles okay. Du kannst weitermachen.«

»Auf keinen Fall«, sagt Ted und schüttelt den Kopf. »Du solltest nach Hause gehen und dich hinlegen.«

Alice nickt und will einfach, dass alles aufhört. »Vielleicht kann Kit mich zu Fuß begleiten.«

»Ja sicher, gerne.« Die Gelegenheit, sich nützlich zu machen, scheint Kit zu gefallen. Theatralisch nimmt er Alice' Arm, streichelt ihn an der Innenseite.

»Mir ist schwindelig, aber ich bin nicht altersschwach, Kit«, raunzt Alice. Sein Griff wird lockerer, und sie bereut es fast umgehend. »Sorry«, murmelt sie.

»Ne, überhaupt nicht. Du bist *grantig* und nicht altersschwach.«

»Bring sie sicher nach Hause«, sagt Ted im Flur. »Du kannst hospitieren, wenn du dich wieder besser fühlst, also lass dir Zeit. Ich hoffe aber, dass ich euch beide nächste Woche bei der Jahreshauptversammlung sehe.«

Als sie außer Sichtweite sind, legt Alice einen Schritt zu.

»Ich dachte, du fühlst dich nicht gut?«, Kit ist so groß, dass er problemlos mithalten kann.

»Hm.«

»Hast du Kopfschmerzen? Ich habe spezielle Pflaster dagegen daheim …«

Was soll sie Kit sagen? Sie kann ihm nicht erzählen, was sie gerade gesehen hat. Nicht, wenn sie es selbst noch nicht versteht. Es wird ihn verwirren. Er könnte sich verplappern. Mann – redet er immer noch weiter?

»Reiki! Du kannst dir nicht vorstellen, wie gut das gegen Spannungskopfschmerzen wirkt. Die Lösungen sind häufig dort zu finden, wo man sie am wenigsten vermutet.«

Damit könnte Kit recht haben.

KAPITEL 20

2001

Obwohl Mary wusste, dass sie kein Recht dazu hatte, war sie doch enttäuscht, dass Jim sie nicht vom Flughafen abholte. Nach zwei Jahren, die sie nun zusammenlebten, war der anfängliche Taumel der Leidenschaft so gut wie verflogen, und außerdem hatte sie für den Wochenendtrip nach Belfast nicht viel Gepäck dabei. Doch Jim hatte seine Meinung so plötzlich geändert, gestern noch hatte er gesagt, er würde sie abholen. Als sie ihm dann vor dem Start geschrieben hatte, schien er sein Versprechen vergessen zu haben, weil er Besseres zu tun hatte. Offenbar hatte er in der Stadt ›zu tun‹, was immer das heißen mochte.

Mary versuchte, ihr mulmiges Gefühl zu unterdrücken, als sie ihren Koffer durch den unübersichtlichen Duty-Free-Bereich im Terminal 2 des Flughafens Heathrow zog. Sie hatte den Eindruck, dass überall Alkohol verkauft wurde – Bottiche voller Gin, Wodka und Whisky zu ›sensationellen‹ Preisen. Wahrscheinlich war es gut, dass Jim nicht hier war. Er war nun schon mehr als zwölf Monate trocken – Mary auch, weil sie ihn unterstützen wollte –, aber noch immer war sie bemüht, jede Versuchung von ihm fernzuhalten.

Als sie vor über einem Jahr nach Dads Beerdigung nach Hause zurückgekehrt waren – und Mary Jim noch immer grollte –, hatte er sein Versprechen, trocken zu bleiben, überraschend mühelos umgesetzt. Sie hatten sämtliche Reste aus den Schränken weggeschüttet und hatten Restaurants den Pubs vorgezogen, wenn sie ausgehen wollten. Jim schien sich überhaupt nicht schwerzutun, deswegen fragte Mary sich anfangs, ob der Alkohol tatsächlich so ein großes Problem gewesen war. Hatte sie überreagiert? War die Trauerfeier einfach mit dem Ende einer schlimmen Woche zusammengefallen, wie Jim gemeint hatte, und hatte gar nicht irgendein tiefer liegendes Problem zutage gefördert?

Drei Monate später, bei Gus' und Jilians Hochzeit, fand Mary heraus, dass ihr früherer Verdacht doch begründet gewesen war. Gus konnte es gar nicht glauben, dass Jim ›nicht mehr an der Flasche hing‹, wie er es ausdrückte. Er hätte sich beinahe verschluckt, als er sah, dass Jim Holunderblütensaft trank statt Weißwein. »Sie hat dich gerettet, gerade noch rechtzeitig, mein Kleiner«, sagte Gus und hatte einen Arm um jeden von ihnen gelegt. Und auch wenn das eine nette Geste war, fragte Mary sich, wovor genau sie Jim gerettet hatte. Den restlichen Abend über trank sie aus demselben Glas wie Jim, um sicherzugehen, dass er bei Softdrinks blieb.

Jim hingegen war den ganzen Abend lang gut gelaunt gewesen. Tatsächlich war der alte Jim, der bei der Trauerfeier völlig abwesend gewesen war, nun so präsent wie nie zuvor. Und ein Jahr danach war er wieder derselbe selbstbewusste, gesellige Mann, in den Mary sich im Stormont-Hotel verliebt hatte. Sie hatte auch zum ersten Mal die Ruhelosigkeit bemerkt, von der Jim kurz nach ihrem Kennenlernen gesprochen hatte. Nur, dass sie ihr nicht unbedingt so negativ schien, wie sie es erwartet hätte. In den ersten trockenen Monaten hatte Jim nicht weniger als fünf Wochenendtrips für sie beide geplant: Paris,

Dublin, Amsterdam und Berlin (dort hatte es ihnen so gut gefallen, dass sie schon zweimal da waren), sie genossen Jims neu gewonnene Freizeit nach seinem Wechsel in eine Privatpraxis und das Geld, was Mary neuerdings dank gut bezahlter Aufträge verdiente.

Sie ertrugen sogar ein paar Tage in Sussex mit Jims Eltern in deren Ferienhaus am Meer. Mary hatte erst Widerwillen verspürt, das aber nicht gesagt; in den achtzehn Monaten, in denen sie inzwischen zusammenwohnten, hatten sie Richard und Juliette nur wenige Male gesehen. Vielleicht lag es an der Seeluft oder an Jims gelassenerer Art, die drei Tage verliefen jedenfalls ohne besondere Vorkommnisse.

Eine Woche vor dem Trip wurde eins von Marys Stoffbildern in einem Artikel über Nachwuchskünstler im *Evening Standard* vorgestellt. Jim wäre vor Stolz fast geplatzt. Als Mary ihn an dem Abend, als der Artikel veröffentlicht wurde, am Ealing-Broadway-Bahnhof abholte, hatte er darauf bestanden, dass sie so viele Ausgaben kauften, wie sie tragen konnten. Eine Kopie dieses Artikels für Jims Vater, und Richards Kommentare über Marys Beruf waren verstummt. Seitdem kamen sie miteinander aus, zwar nicht gut, aber es ging.

Die Mutter war eindeutig vernarrt in ihren Sohn. Wenn Juliette den Kopf auf Jims Brust legte, musste Mary an ihre eigene Mam denken. Sie hatte das Gefühl, dass Jim Ausflüge nach Belfast vermied seit seinem Komplettausfall im Vollrausch. Er war an diesem Wochenende und auch das letzte Mal nicht mitgekommen. Mary wollte ihm deswegen nicht grollen – schließlich entschied man sich für seinen Partner und nicht für dessen Familie –, dennoch wünschte sie sich insgeheim, er hätte ein besseres Verhältnis zu Mam.

Mary glaubte, dass Jim sich für sein Verhalten bei der Trauerfeier schämte, auch wenn er das seit ihrer Versöhnung auf dem Rückflug nicht mehr ausdrücklich gesagt hatte. Und Mary ging es nicht anders. Sie wurde fuchsteufelswild, wenn Gavin sich darüber lustig machen wollte, und selbst mit ihrer Mam versuchte sie, dieses Thema zu vermeiden. Nie würde sie die Sorgen in Mams Blick vergessen. Aber es kam noch etwas hinzu: Jim war vom Spitzenplatz auf den letzten Platz abgerutscht – vom Märchenprinzen zum Frosch degradiert. Mam erwähnte Jims Benehmen bei der Trauerfeier nie, aber Mary kannte sie gut genug, um zu wissen, dass sie sich immer noch Sorgen machte.

Deswegen erzählten sie niemandem den wahren Grund für ihre Abstinenz, sondern erfanden Ausflüchte, wie gesundheitliche Bedenken, besseren Schlaf, und stritten vehement jede Vermutung ab, dass sie ein Kind bekommen wollten. Keiner von beiden hatte seine Meinung in Bezug auf Kinder oder Ehe geändert. Und man nahm ihnen, ohne zu zögern, ab, dass sie einfach gesünder leben wollten, zumal ihre Abstinenz sich so eindrucksvoll positiv auswirkte: Besonders Jim war scharfsinniger und mehr auf Zack als jemals zuvor. Wenn Mary hörte, wie er Brunch machte und dabei pfiff, spürte sie, dass sie ihn wieder ebenso grandios fand wie früher. Er hatte, ohne zu murren, mit dem Trinken aufgehört. Er hatte es ernst gemeint – er würde für sie tatsächlich bis ans Ende der Welt gehen.

Mary hatte jetzt den Taxistand erreicht. Ihr Gepäck war im Kofferraum verstaut, und sie kramte in der Tasche nach ihrem Telefon, um Jim zu schreiben, dass sie auf dem Nachhauseweg sei. Sie war nicht sicher, ob er das verdiente, nachdem er sie versetzt hatte, aber eigentlich wollte sie ihn einfach wiedersehen.

Doch anscheinend war Jim ihr zuvorgekommen: *Wir treffen uns am Ende der Arnfield Road – wir haben ein Date. Jx*

★

Was hatte es damit auf sich?

Der Kontrast zwischen Jim in seiner guten dunkelblauen Jacke und der brüchigen Mauer, auf der er saß, war beeindruckend. Er trug eins seiner typischen kragenlosen Hemden. Und ihr Ärger fiel, wie jedes Mal, in sich zusammen, als sie ihn erblickte. Wenn er zu beschäftigt gewesen war, um sie vom Flughafen abzuholen, dann sollte sie das akzeptieren und nicht weiter darauf rumreiten.

»Ich habe doch gesagt, wir haben ein Date, okay?«

»Aber du hättest mich vorwarnen können, dann hätte ich mir etwas anderes angezogen.« Mary trug kein Make-up und hatte sich beim Essen bekleckert. »Habe ich Zeit, meine Tasche abzustellen und mich umzuziehen?«

Jim schüttelte den Kopf. »Tut mir leid, aber das geht leider nicht. Wir müssen pünktlich sein, und das wird jetzt schon knapp. Du siehst außerdem immer toll aus.« Er stellte sich hin, um Mary zu küssen. Gut, dass sie daran gedacht hatte, Kaugummis einzustecken, überlegte sie flüchtig, während seine Lippen ein paar Sekunden länger auf ihren verweilten, als es sich unter den wachsamen Augen der Nachbarschaft ziemte. Sie vergab ihm an Ort und Stelle. »Gut, bewahren wir uns den Rest für später auf.« Jim winkte. »Wollen wir?«

Er nahm Marys Hand, während sie sich durch den Verkehr auf der Hauptstraße schlängelten, und kam mit ihr vor einem neuen Restaurant zum Stehen, das gerade erst zwischen Park und Apotheke eröffnet hatte. Mary hatte letzte Woche, als sie hier vorbeigegangen waren, ein Auge auf die Speisekarte geworfen; es war obszön teuer und sah so aus, als würde es in einem Monat wieder schließen. Den Menschen hier im Viertel mangelte es nicht an Geld, aber die meisten warfen es nicht gedankenlos zum Fenster hinaus.

»Nach dir.«

»Bist du sicher?«, zischte Mary, als Jim ihr die Tür aufhielt.

»Ich lade dich ein.«

»Ach komm, wir machen halbe-halbe. Bitte?«

»Es ist ein besonderer Anlass.«

Wirklich? Ehe Mary ihn fragen konnte, war der Kellner schon bei ihnen, und kurz darauf saßen sie mit einer Flasche sprudelndem Wasser und zwei Speisekarten am Tisch.

Jim schob eine kleine Schachtel über den Tisch, bevor Mary auch nur die Vorspeisen durchgelesen hatte.

»Für mich?«

»Für wen denn sonst?«, lächelte Jim.

Das konnte nicht sein, oder? Sie hatten deutlich vereinbart, dass eine Ehe nicht zur Debatte stand, dennoch war Mary eine Frau und deswegen von Kindesbeinen darauf konditioniert, dass eine Schmuckschatulle immer etwas zu bedeuten hatte.

»Mach schon auf«, redete Jim ihr gut zu. »Die Speisekarte hat Zeit.«

Mit einem tiefen Atemzug öffnete Mary das Kästchen. Im Inneren erblickte sie eine Uhr an einer hübschen silbernen Kette, die doppelt um ein purpurrotes Kissen gewickelt war.

»Ich meine – was … wofür …? Das ist zu großzügig, das ist …«

Jim nahm die Postkarte, die unter der Schachtel gelegen hatte, und schob sie zu Mary hin. Das Motiv war das Stadtbild von Berlin, wohin sie ihre letzte Reise unternommen hatten.

Alles Gute zum zweiten Jahrestag! Du weißt nicht, wie viel du für mich getan hast. Danke, dass du immer mein Anker bist, auch bei rauer See. Danke, dass du mich liebst, egal was auch passiert.
Auf weitere zwei, vier, sechs, acht Jahre – es wird wunderbar! Ach verdammt, vergiss den Satz, der war blöd. Er ruiniert die Stimmung. Es sollte ausdrücken: Auf viele, viele weitere wundervolle Jahre.
Immer dein,
Jim xxx

Mary hatte Tränen in den Augen, noch bevor sie bei seiner Unterschrift angekommen war. Schon die Tatsache, dass Jim jetzt, in diesem Moment, zu ihr gehörte, war für sie so unbegreiflich schön, und nun hatte er auch noch geschrieben, dass er ihr für immer gehören würde.

Schlimm, dass sie den Jahrestag vergessen hatte. Sie war so sehr mit ihrem Ärger beschäftigt gewesen, dass er sie heute nicht vom Flughafen abgeholt hatte, und sie hatte sich Sorgen gemacht, was das zu bedeuten habe. Kurz dachte sie darüber nach, sich mit einer Notlüge herauszureden, entschied sich aber dann für die Wahrheit. Das war das Mindeste, das er verdiente, nachdem er das alles für sie organisiert hatte.

»Es tut mir so leid, ich habe unseren Jahrestag vergessen. Belfast muss mein Hirn irgendwie weich gekocht haben …«

»Das macht nichts«, antwortete Jim. Er sah kein bisschen beleidigt aus. Mary fragte sich, wie sie einen so nachsichtigen Mann verdiente. »Das ist ein schöner Vorwand für mich, dich zu verwöhnen, und für uns beide, uns einen schönen Abend zu machen.« Er legte ihr die Uhr ums Handgelenk. »Ich wusste, sie würde dir stehen. Ich habe heute Stunden beim Juwelier verbracht. Es war ganz schön schwierig herauszufinden, was dir vielleicht gefallen würde. Deswegen konnte ich dich nicht vom Flughafen abholen. Aber ich hoffe, dir gefällt, was ich ausgesucht habe. Und ich hoffe, dass dein Rückweg vom Flughafen ohne mich das wert war.«

»Du bist es immer wert«, antwortete Mary. »Immer.«

KAPITEL 21

2018

»Wow, du hast dich aber ganz schön herausstaffiert«, sagt Alice, als sie Kit erblickt, der die Treppe an der Green Park Station hochspringt. Er trägt einen dreiteiligen Anzug zu dem Treffen mit Gus, ihrem Twitterfund – einem Freund von Jim, falls ihre Annahmen sich als richtig erweisen.

Kit streicht seine Nadelstreifenweste glatt. Für Alice ist das etwas übertrieben, aber so ist Kit nun mal. »Danke.« Alice sieht, wie er ein Lächeln unterdrückt. Hocherfreut wäre noch eine Untertreibung. »Genauso wie du, *Milady*. Geht es dir ein wenig besser?«

Alice muss sich kurz sammeln und daran erinnern, wovon er spricht. Natürlich – ihr abrupter Aufbruch aus Teds Haus, vorgestern. Kit hatte sich mit einer Textnachricht nach ihrem Befinden erkundigt, aber sie hatte zu viel im Kopf, um zu antworten.

»Ja, danke; ich glaube, ich war nicht krank, sondern eher …« Rasch geht Alice im Kopf die Möglichkeiten durch. Verwirrt? Erschüttert? Erschrocken darüber, was ihre Entdeckung für sie alle bedeutet: für sie selbst, Kit, Mary? *Vor allem für Mary*. Sie entscheidet sich für »… müde. Ich glaube, es ist alles über mir zusammengebrochen. So, wie ist der Plan für heute?«

Sie kommen weiter nach Mayfair hinein, wie an den immer

kostspieligeren Autos zu erkennen ist. Ein Bauarbeiter pfeift Alice hinterher, und sie starrt ihn vernichtend an.

»Ich werde mich Gus als potenzieller Kunde vorstellen, Investor und so weiter.« Kit richtet seine Krawatte. »Wir machen Smalltalk, bis wir im Büro sind, hinter geschlossenen Türen. Dann …«

»Dann sprechen wir es offen an?«

»Ich glaube, das wäre am besten. Was kann im schlimmsten Fall schon passieren?«

Schweigend denkt Alice über die Frage nach. *Ist es vielleicht schon passiert? Nein* – sie weiß noch nichts Genaueres. Sie darf nicht mehr über den Nachmittag bei Ted nachdenken, zumindest für kurze Zeit, und muss sich darauf konzentrieren, Gus darüber auszuquetschen, welche Hinweise er zu Jims Verschwinden hat.

»Wir sind da«, sagt Kit. Sie stehen vor einem riesigen Stadthaus mit frisch gestrichenen Eisengeländern. »Bist du bereit?«

Sie nickt. Die Sohlen ihrer Ballerinas klatschen auf der Marmortreppe. Am Empfang versteckt sie sich hinter Kit, in der Befürchtung, jemand könnte spüren, wie wenig sie hierhergehört.

Alice' Teenagerjahre waren von ständigen Geldsorgen geprägt. Nach dem Verschwinden ihres Dads mussten sie vom Gehalt ihrer Mam als Lehrerassistentin leben. Alice ging Zeitungen austragen, aber das war nur ein Tropfen auf dem heißen Stein. Es war eine Sache, dass ihr Dad nicht da war, um mit ihr ins Kino zu gehen, aber es war etwas völlig anderes zu wissen, dass für so etwas kein Geld da war.

»Christopher Ripton?«

»Das bin ich.« Kit steht auf und schüttelt die Hand eines Mannes mit dem aufgedunsenen Gesicht eines Fernsehkochs.

Er hat Wurstfinger und trägt einen Ring am kleinen – und einen am Ringfinger.

»Mein Name lautet Gus Driddlington-Hodge, und ich freue mich, Sie kennenzulernen, Sie … beide?«

»Das ist meine Partnerin Alice«, erklärt Kit.

»Kommen Sie doch bitte mit.«

Gus' Büro ist ein Palast. Und es ist komplett klimatisiert – welch ein Luxus! Sie setzen sich auf zwei Polsterstühle an einem großen Eichenschreibtisch ihm gegenüber und warten, bis er sich gesetzt hat, vor ihnen stehen Gläser mit Sprudelwasser.

»Und wie kann ich Ihnen heute behilflich sein? In ihrer Nachricht stand, dass sie ein Portfolio für eine mittelgroße Erbschaft wünschen – vielleicht würden Sie ja gern in Asien investieren?«

»Ja, das ist die eine Sache. Aber bevor wir darüber reden, würde ich gern von Ihnen wissen …« Kit stößt Alice mit dem Ellbogen in die Seite.

»Wir wollten Sie in einer anderen Angelegenheit etwas fragen.«

Gus sieht verwirrt aus, er wartet auf Alice, die auf ihrem Telefon herumtippt. Sie findet den Screenshot von dem Tweet und dreht ihr Handy um.

»Wir suchen Jim.«

Gus blickt auf den Bildschirm, man sieht nicht, was er denkt, dann dreht er sich in seinem Stuhl und betrachtet Kit und Alice aus den Augenwinkeln.

»Journalisten?«

»Nein!«, rufen Kit und Alice wie aus einem Munde.

»Freunde von Mary«, fügt Alice hinzu. »Wir haben gehofft, wir könnten ihr helfen, mit der Sache abzuschließen.«

»Ich könnte Sie dennoch von der Security rauswerfen lassen.«

»Dürfen wir es zumindest erklären?«

Alice merkt genau, wie schrill sie sich in ihrer Verzweiflung anhört. Dieser Mann kennt Jim. Besser als seine Kollegen, vielleicht besser als jeder andere auf der Welt mit Ausnahme von Mary. Er muss etwas wissen, das ihnen dabei helfen kann, Jim zu finden, und die Antworten werden – wie Alice aus Erfahrung weiß – Mary dabei helfen, ihr gebeuteltes Selbstbewusstsein wieder aufzubauen.

»Meiner Meinung nach sollte man die Angelegenheit auf sich beruhen lassen«, seufzt Gus. »Darum ging es mir in dem Post. James' Eltern wollen nicht, dass Mary eine Szene macht. Ich wusste nicht, ob ich sie auf dieses Video hinweisen soll oder nicht, aber letztendlich habe ich mich dafür entschieden. Ich dachte, sie hätten ein Recht, es zu wissen. Aber es hat sie nur beunruhigt – Marys Verhalten, ganz zu schweigen von den vielen Spekulationen in den Kommentaren. *Warum ist er abgehauen? Wo ist er?* Nun, das geht niemanden etwas an. James' Eltern haben mich gebeten, online dazu etwas zu sagen. Wenn Sie mit Mary befreundet sind, könnten Sie ihr vielleicht diesen Tweet zeigen.«

»Aber Sie müssen doch eingestehen, dass Mary das Recht hat zu wissen, wo er ist, oder?«, insistiert Alice.

»Das hat sie.«

Alice geht nicht auf ihn ein. »Wollen Sie denn nicht auch wissen, ob es ihm gut geht?«

»Natürlich! Aber das ist eher unwahrscheinlich. Um ehrlich zu sein, war ich gar nicht sonderlich überrascht, als Jim verschwunden ist. Die meisten Menschen, die ihn kannten, würden das genauso sehen. Außer Mary, wie mir scheint. Sie hat nie hinter die Kulissen geblickt. In ihren Augen waren sie eine

›glückliche Familie‹. Einige Menschen sehen nur das, was sie sehen wollen.«

»Und Sie wissen wirklich nicht, wo …«, setzt Kit an.

»Ich habe genug gesagt.« Gus dreht sich um und legt die Fäuste auf den Tisch. »Vielleicht sogar zu viel. Ich muss Sie bitten zu gehen.«

Alice will nicht aufstehen. Was meint er damit, dass Mary nur das sah, was sie sehen wollte? Alice hat noch nie eine Frau erlebt, die ihre eigene Situation derart realistisch einschätzte.

Sie will etwas sagen, doch Kit ist schon auf den Beinen, er hat ein Auge auf den Alarmknopf neben dem Bücherregal und Gus' Hand gerichtet, die darüber schwebt. Er zupft sie am Ärmel: »Komm, Alice, wir gehen.«

★

Kit führt Alice in ein Café in der Nähe des Bahnhofs. Während sie noch über die Begegnung nachgrübelt, besorgt er zwei Eiskaffee und einen großen Cookie mit Rosinen.

»Die Schmollzeit ist jetzt *terminado*«, sagt er.

»Aber er könnte Antworten haben.«

Kit legt den Kopf schief. »Wenn wir uns an Strohhalme klammern, werden wir nicht weit kommen. Übrigens hat Gus uns einige hilfreiche Hinweise gegeben.«

»Wirklich?« Bislang schien die Recherche nur lose Enden zutage zu bringen. Und Alice hat sich schon viel zu sehr in ihnen verheddert.

»Nun, anscheinend war Jim doch nicht so glücklich. Oder vielleicht waren er und Mary *gemeinsam* nicht so glücklich …«

»Das wissen wir nicht«, blafft Alice. »So was hat sie nie zu mir gesagt. Eigentlich hat sie sogar das genaue Gegenteil gesagt: Sie haben sich geliebt.«

»Das war ja nur eine Andeutung von Gus«, schlussfolgert Kit. »Aber kein Paar ist perfekt.«

»Jim war nicht glücklich bei der Arbeit«, fügt Alice hinzu. Als Kit die Stirn runzelt, sagt sie noch: »Ich habe bei seinem letzten Arbeitgeber vorbeigeschaut, einer Privatarztpraxis. Um es kurz zu machen: Ich habe in einer Unterhaltung belauscht, dass er unter dubiosen Umständen gegangen ist.«

»Was soll das bedeuten?«

»*Das* haben sie nicht gesagt.«

»Doof.« Kit verdient den Preis für die Untertreibung des Jahrhunderts, dann bricht er den Cookie in zwei Teile und reicht Alice das größere Stück.

»Finde ich auch.« Sie sackt im Stuhl in sich zusammen. »Ich weiß nicht, was wir jetzt machen sollen.«

Sie erwartet keine Antwort darauf. Aber wenn man sich bei Kit auf eins verlassen kann, dann auf seine Fähigkeit, auch unter widrigsten Bedingungen ein Gespräch in Gang zu halten.

»Ich hoffe noch auf die Foren.«

»Welche Foren?«

»Für vermisste Menschen.«

Alice erstarrt, sie kann ihren Bissen nicht runterschlucken, Kit jedoch nimmt bereits ganz selbstvergessen seinen Laptop aus der Aktentasche, die er zum Termin mitgenommen hat. Sie wirkt wie ein Relikt vom *Trödel-King,* und zwar keins, das sich als besonders wertvoll erweist.

»Bist du sicher? Auf diesen Seiten werden doch bestimmt unzählige Menschen vorgestellt. Und eher neuere Fälle …« Alice will Jim zwar unbedingt finden, aber sie will sich nicht wieder verrennen. Nicht schon wieder.

»Nein, auch Fälle von schon lange Vermissten. Ich habe Jims Thread gestern Abend gefunden. Er ist sehr kurz, nur einige

Einträge in der ersten Woche nach seinem Verschwinden. Nichts Brauchbares, soweit ich sehe, aber wahrscheinlich nur, weil die Informationen schon so alt sind. Du meintest, er sei seit sieben Jahren verschwunden? Wir müssen diese Seite auf den neusten Stand bringen.« Kit zieht seinen Stuhl neben Alice', die Beine schleifen über den Boden. Alice presst die Augen zusammen. »Geht es dir gut? Bist ziemlich früh aufgestanden, glaube ich.«

»Alles okay.« *Das alles ist so lange her, Keaton. Reiß dich zusammen.* Auf dem Bildschirm erscheinen unscharfe Aufnahmen einer Überwachungskamera und Bilder, die auf Vorplätzen von Tankstellen gemacht wurden.

»Für den Anfang brauchen wir ein vernünftiges Foto von Jim«, murmelt Kit wie zu sich selbst. »Das Gesicht oder irgendetwas anderes. Alice, hörst du mir zu?«

Sie starrt auf ihren Kaffee, der noch unberührt vor ihr steht. Sie kann sich nicht überwinden, die Seiten des Forums anzuschauen.

»Ich habe gerade gesagt, wir brauchen ein Foto von Jim. Das könnte uns brauchbare Informationen einbringen.«

»Ich habe eins«, sagt Alice ganz ruhig. Sie sucht auf ihrem Telefon das Bild, das sie bei ihrem ersten und einzigen Besuch in Marys Wohnung gefunden und fotografiert hat, und schickt es via Bluetooth an Kit, während sie mit den Gedanken noch ganz woanders ist.

»Wow! Die beiden sehen aber gut aus. Woher hast du das?«

»Aus Marys Wohnung. Ich dachte, es könnte uns nützlich sein.« Sie erwähnt nicht, dass Mary ihr das Bild nicht freiwillig überlassen hatte. Sie muss hier raus, bevor Kit das Forum für Vermisste genauer unter die Lupe nimmt.

»Das sieht aus wie der Giant's Causeway.« Kit ist zu sehr

damit beschäftigt, sich den Hintergrund anzuschauen, um auf Alice' Antwort zu reagieren. »Wusstest du, dass ich mir dort bei einem Schulausflug fast den Knöchel gebrochen hätte? Ich bin wie ein Wilder herumgelaufen, und das Meer kam wie aus dem Nichts. Ich sage es dir, Allie, das Gelände dort ist echt nicht ohne. Zerklüftet wie eine Felswand.« Alice hört ihm nicht mehr zu, doch er ist völlig selbstvergessen. »Ich lade das jetzt dort hoch, in Ordnung? Ich wette, wir bekommen innerhalb der nächsten Tage einige neue Antworten. In der Zwischenzeit müssen wir uns noch um die Anrufe kümmern, oder? Der gute alte Teddy war in dieser Beziehung ja keine große Hilfe …«

Argh. Das war das Schlimmste – Probleme kamen nie allein, sondern immer gebündelt. »Ich glaube, damit beschäftige ich mich morgen.«

»Oh – meinst du, du hast etwas herausgefunden? Sollen wir das gemeinsam angehen?«

»Nein!«, rutscht es ihr heraus, und Kit sieht geknickt aus. Doch Alice weiß, dass es noch viel schlimmer kommen wird, wenn sich ihr Verdacht zu den Anrufen als richtig erweisen sollte. Sie legt einige Münzen auf den Tisch. »Ich muss gehen, Kit. Ich sage dir Bescheid, wenn ich etwas Neues herausgefunden habe.«

Sie hofft aufrichtig, dass das nicht der Fall sein wird.

KAPITEL 22

2018

Alice trinkt ihren Kaffee aus – die fünfte Tasse heute – und fragt sich, wie sie hier gelandet ist. *Hier,* das heißt in der Redaktion von *The Bugle*. Und das abends um halb elf. Obwohl es gar nicht so selten vorkommt, dass Alice bis spätabends im Büro arbeitet. Das würde auch erklären, warum sie ihre Mitbewohnerin Maia seit beinahe einem Monat nicht mehr gesehen hat und warum sie – seit wann, seit einem Jahr? – kein Date mehr hatte. Ist es wirklich schon so lange her? Wie dem auch sei, es ist ein jämmerliches Leben. Alice versteht selbst nicht, warum sie sich so verausgabt für einen Job, der ihr so wenig zurückgibt. Und schon bald vielleicht gar nichts mehr.

Deswegen ist es so wichtig, dass sie die Informationen zu Jim ordnet, und zwar jetzt. Was hat das Gespräch mit Gus gestern letzten Endes ergeben? Womöglich war die Geschichte mit Jim doch nicht so toll gewesen, wie Mary es Alice glauben gemacht hatte. Hinzu kommt, dass Gus überhaupt nicht überrascht war, als Jim verschwand … Und dann noch der Skandal in der Arztpraxis. Die einzige Schlussfolgerung, die Alice bislang ziehen kann, lautet, dass in Jims Leben anscheinend alles in Auflösung begriffen war.

Sie drückt ihren Bleistift so fest in ihr Notizbuch, dass die Mine abbricht. Sie schleudert den Stift quer durch den Raum und freut sich über das dumpfe Aufprallgeräusch in dem leeren Gebäude. Noch nie hat sie sich im beruflichen Kontext so frustriert gefühlt. Während Alice bislang ihre Artikel wie mechanisch runtergeschrieben und dann oberflächlich verbessert hat, überflüssige Texte, die nur Spalten füllen sollten – bedeutet ihre Arbeit nun endlich etwas.

Selbst die sinnlosesten Artikel hatten Alice nicht den Glauben daran nehmen können, dass Journalismus etwas Gutes bewirken kann. Andernfalls hätte sie die vielen Arbeitsstunden, die niedrige Bezahlung und die Rückschläge für ihr Selbstbewusstsein nicht ertragen. Als ein Berufsberater die vierzehnjährige Alice gefragt hatte, was sie später gerne machen würde, antwortete sie nur: *Die Wahrheit ans Licht bringen.* Der Berater wühlte in einem Stapel Unterlagen und wählte dann eine einzige Broschüre aus: *Investigativer Journalismus*.

Die erste Berührung mit ihrem Wunschberuf hatte sie nur wenige Tage nach dieser kurzen, oberflächlichen Beratung. Und wie der Zufall es will, spielte sich das Ganze auf ebendem Forum ab, auf dem Kit gestern im Café gelandet war. Vor zwölf Jahren war die Website noch viel rudimentärer, doch das hatte den Teenager Alice nicht davon abgehalten, eine Seite für ihren Dad einzurichten: *Nick Keaton. Vermisst.* Wieder hatte sie schlaflose Nächte gehabt. Diesmal hielt sie allerdings kein Kummer wach, sondern Hoffnung. Es würden etliche Hinweise eingehen. Sie fing an, sich auszumalen, wie ein Wiedersehen aussehen könnte – in einem Park irgendwo, unter den ersten Frühlingsblüten gestammelte Entschuldigungen.

Die arme, naive Alice. Alles, was sie erhielt, waren einige Beileidsbekundungen. Also war sie noch einmal enttäuscht worden. Schon beim Gedanken an dieses Forum wird ihr übel, auch noch nach all der Zeit. Als sie Kit gestern dabei beobachtete, wie er die Website mit derselben irrigen Teenager-Hoffnung öffnete, verspürte sie einen weiteren Schlag in die Magengrube. Sie wollte seine Idee nicht im Keim ersticken, aber sie hatte auch nicht die Kraft, sich in diese Ermittlungen einzuklinken.

Man könnte Alice deshalb für eine Mimose halten. Aber das ist sie eigentlich nicht. Wenn sie wollte, könnte sie selbst in die Foren schauen. Genau jetzt, mit einer stabilen Internetverbindung und genügend Zeit. Jetzt wäre der richtige Zeitpunkt, um zu zeigen, dass sie darüber hinweg ist.

Sie öffnet ein neues Fenster auf ihrem Browser und atmet durch den Mund aus.

»Du bist aber noch spät hier! Ich dachte, ich wäre allein.«

Alice reißt den Kopf so schnell herum, dass sie sich den Nacken verrenkt. Sie klickt den Browser zu und öffnet ein beliebiges Word-Dokument. In ihrer Panik hat sie auf einen Artikel von vor drei Jahren geklickt, über große Aufregung wegen Lebensmittelvergiftungen im örtlichen Dönerladen.

»Ha! Mit dir habe ich nicht gerechnet, Jack.«

Er sieht erschöpft aus. Er trägt etliche schwere Aktenordner im Arm, auf allen steht *Buchhaltung*.

»Ich habe noch viel zu erledigen bis September«, murmelt Jack. »Ich muss die Bilanzen sanieren, sie sehen ein wenig … wacklig aus.« Als er lacht, rutscht ihm der oberste Ordner vom Stapel. Alice hebt ihn auf und legt ihn zurück auf den Turm. »Ach übrigens, wie läuft es mit deiner Geschichte? Du hast dich so angehört, als hättest du etwas Interessantes ausgegraben.«

»Ja … Na ja, ich arbeite gerade dran.« Sie verspürt ihren Widerwillen, noch mehr zu erzählen. Sie weiß, dass sie Jack vertrauen kann – er hat ihr, um sie zu retten, einen Platz auf der Titelseite angeboten –, doch im Augenblick scheint die ganze Geschichte noch so unsicher. Nur noch ein wenig mehr Druck und der ganze Artikel könnte in sich zusammenfallen.

»Worum geht es denn? Ich weiß, ich hab gesagt, ein Feature wäre gut, aber ein Interview – zu einem wichtigen Thema – könnte auch funktionieren. Und idealerweise exklusiv.«

Ein Interview mit Jim … Das wäre tatsächlich ein Traum, aber ist das wirklich die Geschichte, die Alice verkaufen will?

»Es ist eher eine Reportage«, sagt sie.

Jack legt interessiert den Kopf schief. »Das wäre *brillant*. Das hatten wir schon lange nicht mehr. Das ist beliebt bei den Lesern, und es macht sich gut in deinem Lebenslauf, falls die Aktionäre … Also auch ganz allgemein.«

Alice weiß, dass er es gut meint, aber eine Erinnerung daran, was sie vielleicht verlieren wird, ist nun wirklich das Letzte, was sie braucht.

»Danke. Ich muss jetzt los.« Alice fährt ihren Rechner runter und nimmt sich ihre Tasche, bevor Jack fragen kann, was das Thema ihrer Reportage sein wird. »Es gibt einen Hinweis, dem ich jetzt nachgehen muss.«

»Um diese Uhrzeit? Nun, dann will ich dich nicht aufhalten. Hört sich dringend an. Viel Glück! Auch mit dem Rest der Reportage.« Jack betont dieses gewichtige Wort ein wenig zu sehr.

Alice nimmt sich nicht die Zeit, ihre Wortwahl zu korrigieren, bevor sie davoneilt.

★

Es gibt, wie Alice inzwischen weiß, keine bequeme Position, um hinter einem Busch zu lauern. Sie hat ein deutliches Déjà-vu. Erst die Mülltonnen am Eldridge Health Center – und nun das hier. Sie kann sich nicht vorstellen, dass vernünftige Journalisten so ihre Zeit verbringen. Sollte dieser Artikel sie auf ihrer Karriereleiter nach oben katapultieren, wird sie gerne die untersten Sprossen vergessen, so viel ist sicher.

Der Ort, an dem sie hockt, wird von einer Straßenlampe beleuchtet, deswegen ist Alice froh, dass sie sich im Badezimmer von *The Bugle* genügend Zeit genommen hat, um sich so unauffällig wir möglich zu kleiden. Sie hat ihr Etuikleid mit Tropenmuster gegen schwarze Kleidung eingetauscht. Irgendwo ganz hinten in einer Schreibtischschublade hat sie ein Bandana gefunden, das ihren typischen, voluminösen Pony nach hinten schiebt, und sie hat sich ihren Bob zu zwei winzigen französischen Zöpfen geflochten. Sogar in ihren Sport-BH hat sie sich gezwängt, falls sie schnell würde davonlaufen müssen.

Was ist die Strafe für vorsätzliches Herumlungern? Hoffentlich kein Gefängnis. Die orangefarbene Kluft würde ihr gar nicht stehen. Vielleicht eine Geldstrafe? Es ist unwahrscheinlich, dass Alice mit ihrem jetzigen Gehalt sie bezahlen könnte. Dann Crowdfunding. *Konzentriere dich auf die Sache, Keaton,* erinnert sie sich, bevor sie zu jeder vorstellbaren Gottheit betet, dass sie nicht von der Polizei abtransportiert wird. Ihre Entdeckung vom Samstag und eine beunruhigende Vorahnung über den Ursprung der Anrufe führt sie hierher.

Einerseits möchte Alice in dieser Sache recht behalten; das würde ihre Intuition bestätigen und Marys Höllenqualen bei NightLine beenden. Aber andererseits hofft sie, dass sie sich irrt. Denn was hätte es für Konsequenzen, wenn sie richtigliegt? Alice schluckt. Es hätte eine Unterhaltung zur Folge, die niemand gerne führen würde. Mary wäre am Boden zerstört. Alice kann ihr Gesicht vor sich sehen – diese großen grünen Augen, die erst schockiert, dann erschrocken und dann verstehend schauen würden. Es wäre aber besser für Mary, es jetzt herauszufinden, denkt Alice, als erst nach noch weiteren Anrufen. Obwohl Alice ihren Plan am liebsten verwerfen und so schnell wegrennen würde, wie ihre Füße sie tragen, muss sie es durchziehen. Für Mary.

Sie hält Ausschau nach umherstreunenden Passanten und Menschen, die durch Vorhänge lugen. Die Luft ist rein, aber sie behält ihr Handy in der Hand, für den Fall, dass sie einen Anruf fingieren muss. Am Ende der Hecke findet sie einen Platz, wo sie freie Sicht auf das Wohnzimmer hat und dennoch vor dem Hausbewohner verborgen ist, sollte er aus dem Fenster blicken. Getreu seiner Ankündigung sind die Vorhänge weit geöffnet.

Der Sessel, der sich am nächsten beim Fenster befindet, steht mit dem Rücken zu Alice, doch sie erkennt das Hemd, das eng am Arm anliegt. Sie hätte allerdings nicht gedacht, dass er so einen Mist im Fernsehen anschaut, nämlich eine Sendung mit Clips von Menschen, die ihre misslungenen Streiche einreichen. Wenn sie die Augen zusammenkneift, erkennt Alice unten rechts auf dem Bildschirm ein kleines durchgestrichenes Megaphon; er sieht sich die Sendung also ohne Ton an. Das kann Alice ihm nicht verübeln.

Wie lange wird sie warten? Eine halbe Stunde? Eine Stunde? Noch länger? Irgendwann wird sie nach Hause gehen müssen. *Komm schon,* denkt sie, *lass mich nicht mit leeren Händen heimkehren.* Sie hat Glück, sie muss nur fünf Minuten auf ihre Antwort warten. Als Werbung kommt, greift er nach dem Festnetztelefon. Alice macht ein Bild. Man erkennt nicht viel – die Rückseite eines Glatzkopfes, das Telefon und die unscharfen Pixel auf dem Bildschirm hinter ihm. Aber das Bild hat einen Zeit- und Datumsstempel.

Eine Minute später macht sie noch ein Bild – zur Sicherheit.

Kaum hat sie das zweite Bild aufgenommen, lässt er den Kopf in seine Hände sinken. Das Telefon fällt zu Boden.

Alice hatte es in ihrem ganzen Leben noch nie so unerträglich gefunden, recht zu haben.

KAPITEL 23
2009

Mary wartete schon so lange vor der Haustür von Jims Praxis, dass in dieser Zeit zwei weitere Patienten hineingegangen waren. Als wieder jemand kam, eine Frau mit einer gesteppten Handtasche an einer Metallkette, hatte diese zumindest den Anstand, sich nicht einfach an Mary vorbeizudrängeln.

»Gehen Sie rein?«, fragte sie, während sie nach Papieren kramte, die aus der Tasche ihres Kamelhaarmantels ragten.

»Ja, ja, Entschuldigung, ich wollte nur nachsehen, ob ich hier richtig bin.«

Das sollte sie eigentlich wissen, da Jim doch seit über achtzehn Monaten hier arbeitete. Dennoch war Mary nur einmal zuvor hier gewesen. Das war kurz nachdem Jim in der Privatpraxis angefangen hatte, anlässlich einer kleinen After-Hour-Party, die die Kollegen veranstaltet hatten. Die darauf folgenden Monate hatten sich so unbeschwert angefühlt, als wären sie beide von der feierlichen Stimmung ergriffen worden. Jim war so glücklich über den neuen Job – der, wie er es ausdrückte, ihm die Gelegenheit gab, ohne den Druck und die unmöglichen Zielvorgaben seiner alten Stelle zu arbeiten.

Bei dem Gedanken an die Beschwerde, die Jim nach Dads Beerdigung vor drei Jahren erwähnt und die ihm den Boden unter den Füßen weggezogen hatte, zuckte Mary noch immer vor Schmerz zusammen. Es war kein Wunder, dass seine Arbeit ihn derart belastete. Es gab keinen Spielraum für Fehler, und es war auch nicht hilfreich, dass die Patienten zu den Ärzten aufschauten, als wären sie Halbgötter in Weiß – unfehlbar. Daneben wirkte es wie Zuckerschlecken, ihr eigenes Geschäft zu führen, auch wenn immer mehr Aufträge hereinkamen. Langsam fragte Mary sich, ob sie sich nicht überforderte, indem sie zu viele Aufträge annahm, als einzige Inhaberin und Angestellte in einer Person.

Sie trat einen Schritt zur Seite, um die Frau an die Klingel zu lassen. Die Tür sprang auf, und Mary ging hinter ihr hinein. Die Rezeption sah nun während der Öffnungszeiten anders aus. Es war ruhig, eine Frau blätterte in einem Hochglanzmagazin, während ihr gegenüber ein Mann mit einer schlecht kaschierten Tonsur mit seinem Stift gegen ein Klemmbrett klopfte und versuchte, die fehlenden Antworten seines Patientenfragebogens heraufzubeschwören.

Das gedämpfte Geräusch von Rollen eines Bürostuhls auf dem Teppich war zu hören, während eine junge Rezeptionistin mit einem langen kastanienbraunen Zopf hinter ihrem Computer auftauchte, um Mary zu begrüßen.

»Guten Morgen, haben Sie einen Termin?«

»Ich würde gern mit Dr. Whitnell sprechen«, stammelte Mary. Sein Bild hing gleich vor ihr, unter seinem Namen stand eine Abfolge von Buchstaben. Sie waren schon fast vier Jahre zusammen, und sein Anblick reichte immer noch, selbst auf einem Foto, um sie in ein stotterndes Wrack zu verwandeln.

Aber lag es wirklich daran, oder waren es ihre Nerven? Ihr dämmerte gerade, dass sie nicht den blassesten Schimmer hatte, wie Jim dazu stehen würde, dass sie unangekündigt hier in der

Praxis auftauchte. Die Idee zum Picknick war aus einer Laune heraus entstanden. Es war ja Jim, der Mary Spontanität beigebracht hatte, damals, als sie sich kennenlernten, doch im Laufe der Zeit war alles ruhiger geworden. Besser gesagt, *sie* waren ruhiger geworden – was gut gewesen wäre, wenn Mary sich nicht gestern Abend im Internet verfranzt hätte und auf einem Fragebogen in einem Online-Frauenmagazin gelandet wäre, mit dem Titel »Deine Beziehung – lang oder langweilig?«

Nachdem sie viel zu viele Fragen mit c) beantwortet hatte, redete Mary sich ein, dass ihre vierjährige Beziehung inzwischen auf Bequemlichkeit beruhte. Anfangs war ihr nicht klar, warum das ein Problem sein sollte. Seit der Trauerfeier hatte es keine nennenswerten Streitigkeiten gegeben, obwohl er nun dem Alkohol nicht mehr länger abgeschworen hatte. Das gelegentliche Glas Wein beim Abendessen hatte sich wieder in ihren Alltag eingeschlichen. Dennoch war es anders als früher. Sie hatten nie Alkohol im Haus, und Mary hatte ihn bei Jim auch nicht mehr gerochen.

Jim hatte dies als eine riesige Verbesserung im Vergleich zu früher erklärt, und das größte Problem, über das sie beide sich beklagen konnten, war, dass die Tage nur vierundzwanzig Stunden hatten. In den letzten Wochen hatte Jim allerdings ein wenig reizbar gewirkt. Die Schlaflosigkeit, die Mary zum ersten Mal in Portrush aufgefallen war, war wiedergekehrt, und sie wachte häufig auf, wenn Jim ins Wohnzimmer schlich, wo er in Ruhe auf seinem Laptop herumsurfen konnte. Morgens fühlte er sich dann völlig zerschlagen.

Mary hatte sich gefragt, ob es etwas mit ihr zu tun hatte. Sie war nie jemand gewesen, der den ersten Schritt machte, in romantischer Hinsicht, und das war auch nie notwendig gewesen. Doch irgendwann fragte sie sich, wann sie zum letzten Mal

Sex gehabt hatten, und sie musste auf den Kalender schauen und raten. Sie fühlte sich in ihrer Beziehung sicher genug, um nicht zu vermuten, dass Jim sie betrog, doch es würde nicht schaden, wenn sie ein wenig Einsatz zeigte, sich vielleicht im Bett mehr bemühte. Sie gefiel ihm doch noch, oder? Oder war er mit den Gedanken ganz woanders?

Vielleicht lag der Beziehungstest richtig. Falls dem so war, waren sie dem Untergang geweiht, sofern Mary das Feuer nicht wieder entfachen konnte. Leider bot der Artikel nicht viele familienfreundliche Vorschläge, wie sich die erotische Spannung zurückgewinnen ließe, und Marys eigene Kreativität reichte gerade eben für einen überraschenden Mittagssnack. Sie hatte gedacht, sie könnten damit den Frühlingsanfang feiern.

»Dürfte ich Sie nach Ihrem Namen fragen?«

»Ich heiße Mary O'Connor – ich bin seine Freundin. Seine Partnerin. Also, das ist kein normaler Termin …«

Die Frau sah kurz schockiert aus, dann fing sie sich und lächelte, fuhr sich mit der Hand über ihren glänzenden Zopf. Marys rechte Schulter wurde von den zwei Tupperdosen nach unten gedrückt. Sollte sie sich jetzt in den Park setzen und beide allein leer essen?

»Es tut mir leid, er ist heute nicht da. Er war die ganze Woche über nicht in der Praxis.« Sie sprach nun leiser, Mary wäre trotzdem am liebsten im Boden versunken und errötete. »Dr. Parry wird in fünf Minuten mit seinem Patienten fertig sein, möchten Sie mit ihm sprechen?«

»Nein, nein. Ähm … es ist schon in Ordnung. Jim hat gefragt, ob ich Post von ihm abholen könnte?« Mary sah, wie sich die Zahnräder im Hirn der Empfangsdame in Bewegung setzten. Ganz eindeutig gab es im Mitarbeiterhandbuch kein Kapitel über den Umgang mit unerwünschten Freundinnen. »Persönliche Post, meine ich. Er hat, glaube ich, eine Internetbestellung erwähnt?«

»Eine Sekunde, ich bin gleich wieder da.« Die Rezeptionistin ging ins Nebenzimmer. Mary glaubte, durch die Tür leise Stimmen zu hören. Sie spürte, wie Panik in ihr aufstieg, und dachte daran zu gehen, bevor die junge Frau wiederkam, aber das wäre nicht hilfreich für Jims berufliche Zukunft. »Glauben Sie, er meinte das hier?« Sie streckte den Kopf durch die Tür und schüttelte einen kleinen braunen Karton in Marys Richtung. Es klapperte laut.

Mary blickte auf ihr Telefon und tat so, als wolle sie nachsehen. Beim Anblick des Hintergrundfotos zog sich ihr Magen zusammen – Jim beim Italiener in Newtownards, mit Pizzasauce im Mundwinkel. Sie hatte es letztes Jahr geknipst, bei einem der wenigen Besuche bei Mam, zu dem sie ihn überreden konnte. Sie hatten einen wundervollen Abend in Belfast verbracht, auch wenn Mary das Gefühl gehabt hatte, dass der Rest der Reise anstrengend war. Seit Dads Beerdigung schien Mam vor Jim auf der Hut zu sein. Wenn er mitkam, stand nie Bier im Kühlschrank, und jedes Mal, wenn Jim auf der Toilette war, fragte Mam, ob mit Mary *wirklich* alles in Ordnung wäre – und ob sie es sagen würde, wenn dem nicht so wäre. Sicherlich würde der mütterliche Beschützerinstinkt nicht ewig anhalten. Marys einunddreißigster Geburtstag stand bevor.

»Ja, ja, das scheint es zu sein.« Sie schaltete den Bildschirm aus und steckte das Handy wieder in die Tasche.

Die Rezeptionistin reichte ihr das Paket und fragte nicht weiter nach. »Wir hoffen, dass James nächste Woche wieder da ist«, sagte sie wie zum Trost. »Richten Sie ihm schöne Grüße von uns aus.«

Mary stolperte nach draußen, alles drehte sich. Sie hatte Jim heute Morgen gesehen. Er hatte kaputt ausgesehen und gemurmelt, dass er nicht gut geschlafen hatte, und er hatte sie dann geküsst, wie immer, bevor er zur Arbeit ging. Wie sie zumindest angenommen hatte.

Er war die ganze Woche über nicht in der Praxis. Wie konnte das sein? An den vergangenen vier Abenden war Jim immer spätestens um sieben zu Hause gewesen. Mary hatte in den letzten Monaten so viele Aufträge, dass sie nicht genug Zeit hatte, Jim abends vom Bahnhof abzuholen. Sie vermisste diese Routine, sicher, aber sie verbrachten trotzdem Zeit miteinander, und das zählte doch, oder? Die ganze Woche über hatten sie gemeinsam zu Abend gegessen und sich dann auf dem Sofa zusammengekuschelt und Fernsehen geschaut. Mary hatte immer gefragt, wie sein Tag bei der Arbeit gewesen war. Immer. Es mag eine Routinefrage gewesen sein, aber sie hatte von Jim auch immer nur eine Routineantwort bekommen. *Gut* – sie war davon ausgegangen, dass er seine Tage in der Praxis verbracht und sich nicht irgendwo versteckt hatte.

In der U-Bahn-Station sprang sie in den ersten Zug, den sie sah, und ging jede mögliche Erklärung für die schier unerklärliche Situation durch: Er hatte ihr nicht sagen wollen, dass er krank war, seinen Eltern war etwas passiert, und er wollte nicht, dass sie sich Sorgen machte. Aber eine ganze Woche lang? Es sei denn, er hatte eine Affäre … Aber dafür war Jim nicht der Typ. Nicht der Jim, den sie kannte und liebte. Mary drückte den Kopf gegen den geriffelten Handlauf, als könnte sie eine überzeugende Lösung dort herausquetschen. Erst nach zehn Minuten bemerkte sie, dass sie in die falsche Richtung fuhr.

Halb hatte sie erwartet, dass Jim am Küchentisch sitzen würde, als sie nach Hause kam, dass seine Tasche auf dem Sofa läge und er ihr gerade die Situation erklären wollte, doch als sie die Wohnung betrat, wusste Mary, dass niemand da war. Die Überbleibsel von der Zubereitung des Picknicks lagen noch auf dem Schneidebrett, das Geschenk für eine Taufe, zu der sie morgen eingeladen waren, stand noch auf dem Flurtisch. Und wenn er bis dahin nicht wieder da wäre? Mary hatte das Gefühl, sie würde gleich umkippen.

Bevor sie völlig verzweifelte, schickte sie ihm eine Nachricht: *Ich hoffe, du hast einen guten Tag bei der Arbeit x* Bald tat ihr der Daumen weh vom ständigen Checken, ob er die Nachricht gelesen hatte.

Nichts.

Sollte sie überhaupt daheim sein? Falls etwas Schlimmes passiert war, müsste sie draußen nach ihm suchen. Aber was hätte ihm schon widerfahren sollen, fragte Mary sich, in den vier Tagen, das so schrecklich war und ihm dennoch ermöglichte, abends nach Hause zurückzukommen und Mary nicht zu sagen, dass etwas nicht in Ordnung war? Er schwänzte den ganzen Tag über die Arbeit und kehrte dann zum Abendessen zurück – warum? Eine Gewissenskrise? Eine schmerzhafte Sehnsucht nach seiner Freundin, mit der er seit vier Jahren zusammenlebte? Es ergab alles keinen Sinn.

Weil Mary nichts Besseres zu tun hatte, schaltete sie den Fernseher an, damit sie eine Geräuschkulisse hatte. Sie legte sich aufs Sofa. Zum ersten Mal bemerkte sie, wie viele Sendungen sich um Pärchen drehten – sie kauften Häuser im Ausland oder stritten sich in Talkshows oder richteten peinliche Abendessen für Fremde aus. Sie entschied sich fürs Pferderennen.

Ihre Augen brannten von den zurückgehaltenen Tränen. Wenn sie sie schloss, konnte sie Dad sehen, der Kniebeugen machte, wenn es ihm gut genug ging, und später in seinem Sessel saß, mit seiner Zeitung vor dem Bildschirm wedelte und das Pferd anfeuerte, auf das er heute gesetzt hatte. Hatte er Mam jemals angelogen?

Sie führten eine andere Beziehung. Nur weil Mary und Jim sich dazu entschieden hatten, nicht zu heiraten und sich nicht vier Kinder zuzumuten, bedeutete das nicht, dass sie weniger *glücklich* waren. Der Augenblick, als sie Jim kennengelernt hat, hatte Marys Verständnis vom Leben verändert. Leben war mehr, als sich nur keine Sorgen zu machen, mehr, als das Schlimmste zu erwarten. Leben bedeutete, sich beim Aufstehen auf den Tag und seine Möglichkeiten zu freuen. Mary ging zur Pinnwand in der Küche, wo jede Postkarte, die Jim ihr jemals geschickt hatte, hing, an manchen Stellen waren sie doppelt und dreifach übereinandergepinnt. Leben bedeutete, dass sie beide zusammen waren.

Was war diese Woche schiefgelaufen? War Jim nicht so glücklich in der Beziehung wie sie? Oder war er schlicht nicht glücklich – ganz unabhängig von der Beziehung? Mary dachte zurück an ihr drittes Date, als bei ihrem ersten Besuch in London die schottische Insel Skye erwähnt wurde. Sie hatte Jims Worte nie vergessen – dass er sich wünschte, es hätte ihn an Sams Stelle treffen mögen –, doch sie hatte gehofft, das wären die Grübeleien des jüngeren Jim in seiner Trauer gewesen. Wenn mehr dahintersteckte – eine langfristige psychische Erkrankung –, hätte er das nicht gesagt? Er war schließlich Arzt. Er war der Experte.

Mary blickte wieder auf ihr Handy. Es war nicht unüblich, dass er während eines Arbeitstages nicht auf Nachrichten antwortete, aber er war ja gar nicht bei der Arbeit – wie würde er das erklären, wenn er nach Hause kam?

Falls er nach Hause kam?

KAPITEL 24
2018

»Ich dachte, wir halten unsere Jahreshauptversammlung im Garten ab«, sagt Ted. »Genießen das Wetter. Die anderen sind schon draußen.«

Mary versucht, Ted in die Augen zu schauen, doch er starrt auf einen Fleck abblätternder Farbe am Türrahmen. Er scheint heute neben sich zu stehen. Er hat tiefe Ringe unter den Augen, und seine Urlaubsbräune ist fast weg, er sieht bleich und aufgedunsen aus. Sie hätte wissen müssen, dass etwas nicht stimmt, als er sie heute nicht um ihre Hilfe bei den Häppchen und Getränken gebeten hat, aber sie hatte so viele andere Dinge im Kopf.

Jim hat diese Woche noch einmal bei NightLine angerufen. Das glaubt Mary zumindest. Er hat noch unzusammenhängender gesprochen als die beiden Male zuvor und jedes Mal nach nicht einmal einer Minute aufgelegt. Die Verbindung war schlecht. Mary hörte nur Schluchzer, die von Entschuldigungen unterbrochen wurden. Es war eine Qual. Jim hatte seine negativen Gefühle nie großartig gezeigt, er fraß lieber alles in sich hinein, bis er irgendwann explodierte. Nach dem zweiten Anruf spielten sich vor Marys innerem Auge Hunderte Worst-Case-Szenarien ab. War er krank? In Schwierigkeiten? *Bitte, lieber Gott, sorge dafür, dass Jim an einem warmen Ort ist und ein Dach überm Kopf hat.*

Wie durch ein Wunder hielt Mary bis zum Ende dieser Schicht durch. Aber zwischen den Anrufen war sie mit ihren Gedanken ganz woanders. Sie befand sich in ihrer alten Wohnung und hatte den Kopf auf Jims Brust gelegt und die Arme um ihn geschlungen, am glücklichsten Ort der Welt. »Die Festung«, nannte Jim es, wenn Mary sich und ihm die Decke über den Kopf zog. Welche Probleme es auch in der Außenwelt, bei der Arbeit oder mit der Familie gegeben haben mochte, hier waren sie ausgesperrt. Mary würde alles geben – wirklich alles –, um wieder mit ihm in ihrer Festung zu sein. Sie könnte nach wie vor dafür sorgen, dass für ihn, dass für sie beide alles gut wird.

»Mary?«

Ted hustet erst leise und dann bellend. Sie sind schon seit Wochen sonntagnachmittags nicht mehr spazieren gegangen, und Mary fühlt sich plötzlich schrecklich, weil sie sich nicht nach ihm erkundigt hat. Ted macht immer so viel für andere Menschen und denkt nie an sich. Um Hilfe zu bitten, ist für niemanden einfach; Mary hatte jedoch die Erfahrung gemacht, dass Männer sich damit besonders schwertun.

»Alles in Ordnung mit dir?« Sie kramt in ihrer Tasche und zieht eine zerdellte Wasserflasche aus Aluminium heraus.

Ted winkt ab. »Hoffentlich ist es nicht die Sommergrippe. Sie soll mich ruhig erwischen, aber erst nach der Versammlung!« Er reckt eine Faust in die Höhe, was Mary als den Versuch einer Superheldengeste deutet. Er ist kein guter Schauspieler. Oder etwas stimmt nicht mit ihm. »Willst du durchrücken? Wir warten nur noch auf Alice.«

Mary setzt sich neben Olive auf einen der Wohnzimmerstühle mit der hohen Lehne, die Kit aus dem Haus getragen und auf den Rasen gestellt hat. Beide begrüßen sie, aber Mary tut sich schwer mit Smalltalk. Eine unwillkommene Erinnerung an die Tage vor Jim, als sie sich mehr als Beobachterin und nicht als Gestalterin ihres eigenen Lebens gesehen hat. Jims Anrufe haben alles aus dem Gleichgewicht gebracht.

»Hey!«

Alice ist gekommen, sie ist ein wenig außer Atem. Mary sieht, dass Alice kurz zögert, nicht weiß, ob sie mit Mary unter vier Augen sprechen soll.

Mary hat Alice seit über einer Woche nicht mehr gesehen, seitdem sie sich nach Jims zweitem Anruf selbst in Marys Wohnung eingeladen hatte. Alice hatte nicht auf dem Dienstplan gestanden, und Mary fragte sich, ob sie die freiwillige Arbeit aufgegeben hat. Sie konnte ihre Enttäuschung nicht abschütteln, auch wenn sie völlig irrational war. Alice ist der einzige Mensch, der von den Anrufen weiß, und Mary hat es gutgetan, darüber zu sprechen, als es ihr schlecht ging.

Obwohl Mary schon etliche Tiefpunkte erlebt hat, war dies womöglich eine der schlimmsten Wochen ihres Lebens. Die Schrecken der Anrufe, die immer wieder hereinkamen, und dazu noch dieses Video im Internet. Mary hat nichts von Mam gehört, was ein Segen ist, wie sie vermutet, und auch von niemandem sonst aus der Familie. Weihnachten hat sie den Eindruck gewonnen, dass die Kinder die ganze Aufmerksamkeit ihrer Brüder in Beschlag nehmen und sie zwischen Arbeit, Gutenachtgeschichten und Baden keine Zeit mehr haben, sich so wie früher viel Quatsch im Internet anzuschauen.

Nachdem Kit ihr das Video bei NightLine auf seinem Handy gezeigt hatte, hat Mary es sich nicht mehr angesehen. Sie fühlte sich nicht dazu in der Lage, weil sie von den anderen Dingen schon überfordert war. Sie kann nur beten, dass tatsächlich bereits die nächste Sau durchs Internetdorf getrieben wurde, wie Kit versprochen hatte. Am liebsten würde sie Alice fragen, ob sie ihr das bestätigen kann, doch das geht nicht, Alice bleibt ganz am Rande der Gruppe stehen.

»Soll ich noch etwas raustragen?«, fragt Alice.

»Nein, nein, setz dich, Liebes«, antwortet Ted.

Mary glaubt, dass Alice die Kiefer zusammenpresst. *Wirklich?* Schon sieht man nichts mehr von der Anspannung. Mary redet sich ein, sie sei überempfindlich.

»Sieht so aus, als wären alle da«, sagt Ted und kommt mit einem Saftkrug, einem Stapel Pappbecher und einer Handvoll Unterlagen heraus. Er stellt die Erfrischungen auf das Gras zwischen die Leute und reicht Olive die Unterlagen zum Austeilen. »Ein tolles Team haben wir hier, nicht wahr? Ich bin so froh, dass ihr alle heute gekommen seid. Hat jeder eine Kopie von der Tagesordnung? Ich dachte, wir könnten sie Punkt für Punkt durchgehen, es sei denn, jemand würde gerne noch etwas besprechen, bevor wir anfangen?«

»Ja, das möchte ich«, erklärt Alice.

»Dann schieß los.« Ted lächelt warm und einladend, Alice' eiskalter Blick steht im krassen Gegensatz dazu.

Mary rutscht auf ihrem Stuhl umher; sie weiß, dass Alice liebenswürdig ist, aber sie hat erlebt, dass sie auch energisch sein kann, als sie sich selbst in Marys Wohnung eingeladen hatte. Warum starrt sie Mary jetzt an? *O Gott, das macht sie nicht – oder?* Mary hatte Alice im Vertrauen von den Anrufen erzählt, und wenn Alice sie nun ›meldet‹, weil Mary Ted nicht auf ein potenzielles Sicherheitsrisiko aufmerksam gemacht hat, dann könnte sie bei NightLine rausgeworfen werden. Und falls das passiert und Jim wieder anruft …

»Ted ist es«, platzt Alice heraus. »*Er* ruft dich an. Die Anrufe bei NightLine, von denen du dachtest, sie wären von

Jim … Sie waren nicht von Jim, es tut mir leid. Sie waren von Ted.«

Mary wird ganz flau im Magen. Alle schweigen, in Marys Kopf erklingt jedoch eine Kakophonie. *Was hat sie gesagt? Ted war der Anrufer. Ted. Das kann nicht sein. Stimmt das? Woher weiß Alice das?* Mary zwingt sich, alle Freiwilligen nacheinander anzuschauen. Olive ist verblüfft, und Kit sieht aus wie ein geprügelter Hund. Alice ist so geradeheraus wie immer. Und Ted? Er blickt auf seine Füße.

Eine dicke, vollgefressene Wespe landet auf Marys Hand und kriecht ihren Ringfinger entlang. Sie schlägt sie nicht weg. Die Zeit, in der Ted die Vorwürfe abstreiten kann, läuft langsam ab.

»Stimmt das?«, fragt Mary schließlich. Ihre Stimme klingt ruhig, aber fest. Sie lebt schon so lange mit einer großen Ungewissheit. Noch eine erträgt sie nicht. Das würde sie einfach nicht mehr aushalten.

Ted presst seine Handballen aneinander. Neben ihm fummelt Alice an ihrem Telefon. Weiß Gott, was sie da hat. Noch mehr schreckliche Videos? Mary will es nicht wissen. Nicht jetzt, wo sie bereits vor Publikum gedemütigt wird, vor den Menschen, die sie am ehesten als Freunde bezeichnen würde.

»Ist es wahr oder nicht?«, hakt Mary nach. Die Wut lässt ihr Blut in den Ohren rauschen. Sie weiß nicht, wie lange sie noch Stärke vortäuschen kann.

»Ja«, sagt Ted.

Daraufhin weicht alle Kraft aus Marys Körper. Sie sackt auf dem Stuhl in sich zusammen. Die ganze Spannung weicht aus ihren Muskeln. *Das ergibt keinen Sinn. Nichts davon. Wie? Und warum?* Der Anrufer hat nie explizit gesagt, er sei Jim, aber sie war völlig überzeugt davon. *Er meinte, er würde sie vermissen. Er meinte, sie wäre sein sicherer Hafen …* Oder hatte sie sich das alles eingebildet? Sie ist wie im Wahn. Aber alles noch besser, denkt sie, als zuzugeben, dass sie den Klang von Jims Stimme vergessen hat. *Ihrem* Jim. Wie war das möglich?

»Mary, ich wollte nicht, dass es so herauskommt …«, setzt Ted an. »Ich wollte es dir erzählen. Ich wollte mich entschuldigen.« Seine Stimme klingt brüchig, seine Augen sind feucht. »Ich hätte nie gedacht, dass du denkst, Jim steckt dahinter. Ich wollte dich nicht auf eine falsche Fährte locken, das war nie meine Absicht. Bitte glaub mir. Ich weiß nicht, was in mich gefahren ist …«

Er streckt eine Hand in Marys Richtung. Sie bemerkt es gar nicht.

Sie hat nie genau auf die Klangfarbe von Teds Stimme oder deren Tiefe geachtet. Es ist nur … eine Stimme. Ohne besondere Merkmale. Er ist höchstens ein oder zwei Jahre älter als Jim heute wäre. Nur sie allein trägt die Schuld daran – sie, diese dumme, hoffnungsvolle und wahnhafte Idiotin. Sie hat sich selbst zum Deppen gemacht.

»Ich wollte dich nie verletzen«, Teds Kiefer zittert. »Ich wollte, dass du mich beachtest, Mary. Und das hast du nicht. Mein erster Anruf war ein Versehen; ich hatte etwas getrunken und war einsam und verzweifelt. Ich wollte, dass du zuhörst, auch wenn du nicht wusstest, dass ich es war. Danach habe ich angerufen, um mich zu entschuldigen. Es ist aus dem Ruder gelaufen. Ganz schrecklich. Ich kann dir nicht sagen, wie leid es mir tut …«

Auch ein Trinker. Mein Gott, warum hängen die alle an der Flasche? Mary hat sich schon so oft danach gesehnt, den Kopf freizubekommen, aber noch nie hat sie unter diesem Vorwand zur Flasche gegriffen. Denn das ist es für sie. Ein Vorwand.

Und davon hat sie genug. Vielleicht trifft Ted die Schuld, vielleicht sie, aber was gibt es sonst noch zu sagen?

Sie blickt kurz auf. Alle Freiwilligen starren sie an und fragen sich wohl, was sie als Nächstes machen wird.

Mary hat nicht die leiseste Ahnung. Sie weiß nur, dass sie hier rausmuss. Schnell.

Sie schnappt sich ihren Rucksack und rennt auf die Straße.

KAPITEL 25

2018

»Musste das wirklich sein?«, schnauft Ted.

Alice und Ted sind alleine im Garten. Auf dem kleinen Stück Wiese zwischen ihnen umkreisen zwei Fruchtfliegen die Blätter mit der Tagesordnung und den Saftkrug, der als Briefbeschwerer dient.

Alice hat keine schlagfertige Antwort parat. *Ja* – denn wie hätte sie Mary sonst klarmachen sollen, dass ihre größten Hoffnungen vergeblich waren? *Nein* – weil niemand gern zwei Menschen solche Schmerzen zufügt, deren Leben ohnehin kein Zuckerschlecken war.

Ted zittert, obwohl in der Nachmittagssonne knapp dreißig Grad herrschen.

Niemand wäre auf den Gedanken gekommen, dass es Ted sein könnte – der gütige, freundliche, aufrichtige Ted –, der Mary bei NightLine angerufen hat. Aber die Beweise sind erdrückend. Zunächst einmal der Zeitplan, den Alice in Teds Nachttisch gefunden hat, auf dem Marys Stunden markiert waren. Dann Alice' Beobachtung am Dienstagabend, als sie ihn bei sich zu Hause beim Telefonieren erwischt hatte. Alice hat Fotos, die sie hätte zeigen können, falls Ted die Anrufe abgestritten hätte. Sie hat nicht damit gerechnet, dass er es einfach unumwunden zugibt.

»Versuch nicht, mir die Schuld in die Schuhe zu schieben«, sagt Alice.

Sie hatte diese Worte vor dem Spiegel geübt, bevor sie sich heute auf den Weg gemacht hat, sie hatte sie wütend hervorgestoßen. Aber nun klangen sie brüchig und schwach. Ted als Anrufer zu entlarven, hat Alice die Hälfte ihrer ohnehin schon knappen Zeit bis zur Deadline gekostet. Es hat womöglich Marys fragiles Nervenkostüm angekratzt. Und jetzt, wo der gebrochene Mann direkt vor ihr sitzt, wird ihr plötzlich klar, dass es für sie keinen Grund gibt, wütend zu sein.

Weil Ted nie so getan hat, als wäre er Jim. Und mehr noch, als sie ihm zuhört und er versucht, sich zu erklären, versteht Alice, dass er ebenso einsam und verzweifelt ist wie Mary. Er hatte ungelenk versucht, eine Verbindung zu ihr herzustellen, das Ganze war ihm über den Kopf gewachsen, und er hatte alles noch schlimmer gemacht, als er zurückrudern wollte.

»Ich bin nicht …« Ted verstummt abrupt.

Seine Stimme bricht, und obwohl Alice ihn am liebsten fest umarmen würde, bevor die Schuldgefühle über ihn hereinbrechen, weiß sie auch, dass sie nicht die Richtige dafür ist. Mary muss ihm vergeben, sonst niemand.

Mary. Alice hofft, dass mit ihr alles in Ordnung ist. Eine Frau, die in diesem Zustand auf die Straße rennt … Diesen Gedanken hatte Alice schon einmal, nach dem Abend, an dem sie Mary kennengelernt hat. Sie hatte befürchtet, dass Mary etwas Dummes anstellen könnte. Doch so jemand ist Mary nicht, wie Alice inzwischen weiß. Mary ist viel stärker, als sie aussieht. Sie wird es verkraften, auch wenn die Enttäuschung sie zutiefst erschüttert.

Dennoch sollte Alice nach ihr schauen. Wissen Kit und Olive, wo sie wohnt? Je eher sie Mary findet, desto eher kann sie sie um Verzeihung bitten. Ted ist nicht der Einzige, der dringend sein Gewissen erleichtern muss.

»Ich sollte ihnen bei der Suche nach Mary helfen.«

Ted nickt. Er schaut Alice immer noch nicht an, sitzt mit hängenden Schultern da und hat den Blick auf das Stück Wiese vor sich gerichtet.

»Sag ihr, dass es mir leidtut. Sag ihr das bitte immer wieder.«

★

Als Alice das Grundstück verlassen hat, erleidet sie am Ende der Straße einen Schwächeanfall. Vielleicht ist es die Hitze, vielleicht die seelische Erschütterung, sie ist dermaßen desorientiert, dass sie nicht weiß, wie sie von hier zu Marys Wohnung kommt. Sie sinkt in die Hocke, mit dem Kopf zwischen den Knien, aber das verschlimmert nur noch das Schwindelgefühl. Was hat sie sich eigentlich dabei gedacht, Mary vor allen anderen mitzuteilen, was sie herausgefunden hat?

Die Wahrheit lautet, dass Alice im Augenblick der Verkündung einen Tunnelblick hatte, so dass die sanftere Strategie, die sie sich zurechtgelegt hatte, nicht mehr in Frage kam. Alice bedauert zwar nicht, Mary mitgeteilt zu haben, wer der Anrufer war, doch ihr ist klar, dass sie sich für die Art und Weise entschuldigen muss. Sie weiß aus Erfahrung, wie schmerzhaft eine unerwartete Konfrontation mit der Wahrheit sein kann.

Alice hatte zwar nicht vor versammelter Mannschaft erfahren, wohin ihr Dad verschwunden war, doch wenn sie jetzt daran zurückdenkt, über zehn Jahre später, wird ihr immer noch flau. Sie war sechzehn, und ihr Dad war schon seit vier Jahren verschwunden. Seit vier langen Jahren, in denen sie sich den Kopf darüber zermarterte, was ihm wohl widerfahren war – ob er tot in einem Graben lag oder in einer Stadt nur wenige Kilometer entfernt auf der Straße schlief. Vier Jahre, in denen sie sich von ihrer Mum entfernt und sich von Freunden abgekapselt hatte, deren größte Sorge der gefälschte Ausweis für den Freitagabend war.

Doch dann kam die Rettung. Sie lag in ihrem Briefkasten. Alice wird nie die warme Woge der Erwartung vergessen, als sie Dads Handschrift auf einer Karte erblickte, zwei Wochen nach ihrem Geburtstag. Seine Schrift war schnörkellos und gerade, sie hatte davon mindestens tausendmal geträumt. Mit zitternden Händen öffnete sie den Umschlag. Eine Zwanzig-Pfund-Note fiel heraus. *Happy Birthday, Alice!*, las sie. *Ich hoffe, du hast einen wunderbaren Tag.*

Der kurze Augenblick der Rührung war schnell vorbei, als sie weiterlas, dass sie nun zwei Halbgeschwister habe. Er hatte eine andere Frau kennengelernt und eine neue Familie gegründet. Alice hatte sich noch nie so verletzt und vorgeführt gefühlt mit ihrer Hoffnung auf seine Rückkehr. Sie steckte das Geld hinten in ihre Strumpfschublade. Dann schlich sie sich nach unten und kehrte mit einer Streichholzschachtel zurück in ihr Zimmer. Die Karte ging in Flammen auf, mit ihr verbrannte der Rest ihrer kindlichen Unschuld. Im Leben gab es nicht immer ein Happy End.

Und obwohl die Karte Alice wieder in Trauer versetzt hatte, half ihr die Klarheit zumindest dabei, einen neuen Weg einzuschlagen, sobald es ihr wieder etwas besser ging. Und genau das wünscht sie sich für Mary: eine Chance, darüber hinwegzukommen.

Alice' Schwindel hat sich gelegt, und sie richtet sich auf und greift nach ihrem Handy, um sich den Stadtplan anzusehen.

Kit ruft an.

Alice betet, dass er gute Nachrichten hat. »Hallo?«

»Ist alles in Ordnung mit dir?«

»Ja ...«, lügt Alice. Sie kann sich jetzt nicht in den aufgewühlten Erinnerungen verlieren. »Hast du Mary gefunden?«

»Olive hat gesehen, dass sie nach Hause gegangen ist, aber wir haben sie knapp verpasst. Wir haben versucht, sie anzurufen, aber sie ist nicht drangegangen. Sie hat die Vorhänge zugezogen. Ich glaube, wir lassen sie eine Weile in Ruhe und hoffen das Beste.«

Alice schluckt. »Okay ... Das mit Ted tut mir übrigens leid.«

»Was genau?«

»Dass ich dich nicht eingeweiht habe. Ich weiß, dass du Ted nahestehst. Und ich wusste nicht, wie du reagieren würdest.«

Am Telefon herrscht Schweigen. Kit hat ganz eindeutig Schwierigkeiten, die richtigen Worte für das Chaos bei NightLine zu finden, das Alice aufgedeckt hat.

»Ted ist ein lieber Kerl«, sagt Kit schließlich. »Ein lieber Kerl, der einen Fehler gemacht hat. Ich finde es schlimm, dass er Mary traurig gemacht hat, wirklich, aber ich finde es genauso schlimm, dass er zutiefst verzweifelt sein musste, um sie überhaupt anzurufen. Ich hasse mich selbst dafür, dass ich es nicht verhindert habe.«

»Wie bitte?«, Alice würgt. »Ich meine, wie hätte man das denn verhindern sollen?«

Kit zuckt die Schultern. »Ich weiß es nicht. Ich hätte etwas mehr mit Ted reden können, ihn vielleicht fragen können, ob er was mit mir trinken geht. Wir wussten alle, dass es ihm nicht gut geht. Nach Bevs Tod hat er sich eine kurze Auszeit von NightLine genommen, aber das waren nicht einmal vierzehn

Tage. Er musste sich um die Kinder kümmern und arbeiten. Er war immer schon ein Mann, der keine Schwäche gezeigt hat. Das kann ganz schön einsam machen.« In Kits Stimme liegt mehr Autorität als jemals zuvor. Sie möchte fragen, woran das liegt, aber Kit spricht weiter, bevor sie etwas entgegnen kann. »Seine Anrufe bei Mary bedeuten doch, dass er sonst bestimmt niemanden hat, an den er sich wenden konnte.«

Alice wusste, dass Kit schlau war, aber diese emotionale Intelligenz ist verblüffend. Sie könnte viel lernen. »Ich war ziemlich unsensibel bei unserer Versammlung heute, oder?«

»Ich kann mir vorstellen, dass die Entscheidung schwer war, wie man es am besten angehen soll. Außerdem bin ich mir sicher, dass Mary dir vergeben wird. Und wenn du es schaffst, ihre Fragen zu Jim zu beantworten …«

Und da hatte Alice gedacht, *sie* wäre die Hartnäckige von beiden. Sie haben zwar Hinweise zu Jim – den Skandal bei der Arbeit, seine von Gus angedeutete Unzufriedenheit –, aber welche Chance haben sie, ihn zu finden, wenn es keine Anrufe gibt, die zurückverfolgt werden können? Sie wirft nicht so schnell das Handtuch, aber sie wird einen oder zwei Tage brauchen, um sich zu fassen, bis sie mit ihrer Recherche weitermachen kann.

»Alice, bist du noch da? Alice?«

»Ja.«

»Gut, ich muss mit dir über den wahren Grund für meinen Anruf sprechen, bevor mein Handy den Geist aufgibt.«

Panik schnürt Alice die Kehle zu. Gibt es keine Obergrenze für schlechte Nachrichten pro Tag?

Kit fährt fort: »Ich habe etwas, das dich interessieren wird.«

»Was denn?«

»Kannst du jetzt vorbeikommen? Ich muss es dir persönlich

zeigen, um es zu erklären. Aber glaub mir, Alice, du wirst es sehen wollen. Die Anrufe haben uns vielleicht nicht zu Jim geführt, aber das hier … Nun, ich sage nur, dass ich ziemlich zuversichtlich bin, dass uns das hier zu ihm führen wird.«

KAPITEL 26

2018

Kits Wohnung ist nicht sauberer als bei Alice' letztem Besuch. Wenn überhaupt, eher noch schmuddeliger. Zwei Schüsseln mit verkrustetem Müsli stehen neben dem Sofa. Saubere Tassen oder Becher kann es in seinen Schränken nicht mehr geben. Alice versteht einfach nicht, warum er nicht aufräumt oder eine Putzhilfe engagiert, bei seinem Gehalt als Banker. Sie würde ihn fragen, wenn sie nicht seit seinem Anruf vor fünfzehn Minuten wüsste, dass es etwas viel Dringenderes zu besprechen gibt.

»Was ist denn dieses ›das hier‹, das du mir unbedingt zeigen willst?«, fragt Alice, noch bevor Kit die Tür ganz geöffnet hat.

Er führt sie zum Sofa. »Augenblick, ich hole gerade meine Notizen.«

»Notizen?«

»Ich hatte die beste Lehrmeisterin.«

»Charmeur.« Alice lächelt. Kit kommt mit zwei dünnen Stapeln DIN-A4-Blättern zurück, die jeweils mit ramponierten Heftklammern zusammengehalten werden. Wenn er sie hierherzitiert hat, um ihr ein Schülerreferat zu halten, wird sie schreien. Sieht sie so aus, als hätte sie für so etwas Zeit? Aber Alice' Ungeduld war ihr – und Mary – heute schon einmal nicht zuträglich gewesen. Sie lächelt also tapfer weiter. »Dann raus mit der Sprache.«

»Nun, das Foto hat geholfen.« Er hält inne, während Alice versucht herauszufinden, worüber Kit spricht. »Das, was du mir beim Kaffee nach dem Besuch in Gus' Büro geschickt hast, damit ich es im Forum hochlade. Von Mary und Jim am Giant's Causeway? Klingelt's?«

O Scheiße! Als wäre sie noch nicht in genug Fettnäpfchen getreten. Als Alice gesehen hatte, wie Kit das Vermisstenforum öffnete, hatte sie Panik bekommen und deswegen nicht mehr daran gedacht, dass sie ihm das geklaute Bild zum Hochladen gegeben hatte. Dieses Bild hätte sie niemals öffentlich machen sollen, aber andererseits wird Mary es nicht gesehen haben – oder? Und wenn es sich als so effektiv erweist, wie Kit denkt, dann wird sich Alice' List gelohnt haben.

»Darauf sind so viele Antworten eingegangen, Allie, du glaubst es nicht. Dabei sind auch richtig gute Antworten. Die Menschen in dem Vermisstenforum sind tatsächlich findig, weißt du.« *Nur zu gut*, denkt Alice. »Das sind keine Leute, die einfach sensationsgierig die Sozialen Medien nutzen. Sie informieren sich gegenseitig über ihre Beobachtungen. Richtige und belegbare Beobachtungen.«

Kit reckt den Zeigefinger in die Höhe, um Alice' drohende Unterbrechung abzuwenden.

»Ich weiß, das ist eine kleine Kursänderung. Aber ich war mir nie sicher, ob die Anrufe bei NightLine irgendwohin führen würden. Noch kurz vor unserer Zusammenkunft heute Nachmittag war ich damit beschäftigt, die anderen Informationen zu bewerten, die wir zusammengetragen haben. Und dann hatte ich einen Geistesblitz – mit Gus und dem Skandal bei Jims Arbeit haben wir einige Anhaltspunkte dafür, *warum* er verschwunden ist.« Alice nickt. Das stimmt schon. »Aber was ist mit dem *Wohin*? Falls Jim irgendwo dort draußen ist und wir ihn finden, dann können wir ihn selbst fragen, was passiert ist, und damit erledigen wir zwei Fliegen mit einer Klappe, stimmt's?«

»Okay …« Alice weiß nie, wohin Kits Gedanken als Nächstes springen, das wird ihr in diesem Augenblick wieder klar.

»Was die Leute im Forum machen können und auch gemacht haben, ist, Jims möglichen Aufenthaltsort auf der Karte festzulegen.«

»Aber er ist vor sieben Jahren verschwunden.«

»Lass es mich kurz erklären, bitte. Ich spreche von Beobachtungen in der letzten Zeit. Ich beschäftige mich mit den vergangenen zwölf Monaten. Es gibt fünf Hinweise, für alle gibt es mindestens zwei Zeugen. Für einige deutlich mehr. Hier.« Kit reicht mir eins seiner Hefte. »Ich habe hier unsere Route grafisch dargestellt und das als Anhang drangehängt. Wir müssen uns in Richtung Norden bewegen; wir müssen ziemlich viele Kilometer abreißen, und ich vermute, das wird mindestens eine Woche dauern …«

Alice öffnet Kits Akte und blättert durch zehn Seiten Text, in den hochauflösende Bilder eingefügt sind. Hinter dem Kartenanhang befindet sich noch einer, der eine Packliste enthält. Darauf steht: *Spaghetti*. Wenn man von der letzten Seite absieht, hat das nichts mit einem Schülerreferat gemein. Sie kann kaum ausdrücken, wie sehr sie ihn unterschätzt hat.

»Was denkst du?«

»Kit, das ist so viel Arbeit. Du musstest doch nicht …«

»Ich weiß. Aber ich wollte es. Das ist ein großer Unterschied.«

»Warum?«

»Warum was?«

»Warum wolltest du das alles machen? Das muss Stunden gedauert haben. Du hast doch bestimmt Besseres zu tun.«

»Schön wär's«, seufzt Kit. »Nein, aber ganz ehrlich, du hast es selbst gesagt. Ich wollte etwas Sinnvolles machen. Und das habe ich schon sehr lange nicht mehr getan. Genau das war mein Problem, vermute ich.« Er spricht in derselben Tonlage wie zuvor am Telefon, als er über Teds Unfähigkeit, Schwäche zu zeigen geredet hat. Er macht eine Pause, in die Alice zuvor hineingegrätscht wäre. Aber wenn NightLine ihr eins beigebracht hat, dann dass Menschen manchmal Raum zum Reden brauchen. »Ich kenne Mary jetzt seit Monaten, und ich habe nie daran gedacht, Jim für sie ausfindig zu machen. Vielleicht bin ich davon ausgegangen, ich hätte einfach nicht das nötige Geschick oder die Zeit, aber nun wird mir klar, dass das alles nur Ausreden sind. Ich habe dich gebraucht – du hast mir gezeigt, was Prioritäten sind.«

»Also dafür bin ich aber wirklich dankbar. Und beeindruckt und ...« *Hoffnungsvoll*, denkt Alice. Ihr Herz hatte beim Durchblättern von Kits Heft angefangen, wie wild zu schlagen und sich immer noch nicht beruhigt. Es wirkt alles sehr schlüssig. Er hat recht, es ist eine völlig andere Vorgehensweise, aber es hört sich vielversprechend an.

»Wir könnten am Montag losfahren und alle fünf Orte entlang der von mir vorgeschlagenen Route besuchen. Ich habe einen Kumpel mit einem Auto, der meinte, er würde es mir für eine Woche leihen. Aber nur für eine Woche – dann braucht er es wieder. Nach meinem Plan schaffen wir es, wenn ich meinen Fuß immer fest aufs Gaspedal drücke. Du müsstest mir nur etwas zum Benzin dazugeben.«

Eine Woche. Wenn sie Jim finden würden, hätte Alice immer

noch genug Zeit, ihre Geschichte zu schreiben und sie auf der versprochenen Titelseite zu veröffentlichen, bevor sie wegen Redundanz gefeuert wird … Aber was ist mit Mary? Alice hat sich noch nicht einmal bei ihr entschuldigt, ganz zu schweigen davon, sich ihren Segen für die Reise zu holen. Obwohl Mary sicherlich zustimmen würde, dass Kits Recherche eine brillante Grundlage darstellte, um Jim zu finden.

»Was meinst du?«

Alice zögert, redet sich ein, dass sie sich auf das große Ganze konzentrieren muss und sonst nichts.

»Ja«, antwortet sie. »Am Montag fahren wir los.« Manchmal muss man im Leben eine Entscheidung treffen. Alice hofft, dass sie es nicht bereuen wird. »Wir sollten es Mary erst einmal nicht erzählen, okay? Wenn ich einen passenden Zeitpunkt finde, würde ich es ihr persönlich mitteilen. Ich glaube, es wäre am besten, wenn sie es aus meinem Mund hört.«

»Das ergibt Sinn. Schön, dann sind wir uns ja einig! Möchtest du noch zu einem frühen Abendessen bleiben? Ich habe an …«

»Spaghetti gedacht? Sehr gern!«

Während Kit in der Küche werkelt, schreibt Alice eine neue E-Mail:

Hi Jack,
Habe einige vielversprechende Ansätze für meinen Artikel. Werde nächste Woche Urlaub nehmen, um ihnen nachzugehen. Bin den Montag darauf wieder da mit meinem Artikel für die Titelseite Ende August.
Ich enttäusche dich nicht.
Grüße
Alice

Sie klickt auf *Senden*, bevor sie der Mut verlässt. Nun kann sie keinen Rückzieher mehr machen und muss mit Kit losfahren.

»Kannst du kommen und mir beim Servieren helfen?«, ruft Kit. Alice lässt das Telefon in ihre Tasche fallen, eilt zur Küchenzeile und sammelt zwei herumstehende Schüsseln ein. Sie quetscht sich an Kit vorbei, um an die Spüle zu gelangen, und die Muskeln in ihrem Hintern spannen sich bei der Berührung an.

»Sorry.« Kit macht einen Satz nach hinten, aber nun drücken sich die beiden gegeneinander, wie stehende Löffel.

Es fühlt sich gut und falsch an – das ist Kit – und … *Nicht heute, Keaton.* Alice taumelt nach vorne und stürzt in Recycling-Müll von gefühlt zwei Monaten, der neben den Kühlschrank lagert. Pappstücke fallen auf den Boden. Es sieht aus wie auf einer Londoner Straße nach einer Demonstration.

Und dann fällt Alice ein, wie sie es bei Mary wiedergutmachen kann. Und gleichzeitig die Gelegenheit hätte, nach dem Einverständnis für die anstehende Exkursion zu fragen.

»Kit, hast du Farbe?«

KAPITEL 27

2018

Es ist Sonntagabend, und am Bahnhof ist weniger los als sonst. Sie entdeckt Mary sofort an ihrem Stammplatz. Mary sieht erschöpft aus, dennoch steht sie aufrecht und stolz da. Alice denkt darüber nach, dass Mary nicht einen Tag ihrer Wache hat ausfallen lassen, auch nicht, nachdem sich das Video im Internet verbreitet hatte. Das ist mehr als beeindruckend.

»Alice?« Mary schaut sie fragend an, ohne ihr Schild zu bewegen.

Alice antwortet nicht. Stattdessen stellt sie sich auf die Gehwegplatte neben Mary, öffnet den Reißverschluss ihrer Handtasche und nimmt ihre Bastelei heraus. Ihre Handschrift ist nicht so ordentlich wie Marys, und beim *J* war sie abgerutscht und hatte die Stelle übermalt, so dass der Haken dieses Buchstabens doppelt so dick ist wie der Rest. Aber man kann alles entziffern.

Mary liest: **KOMM NACH HAUSE, JIM**. Einen Moment lang sagt sie gar nichts, und Alice bekommt Angst. Wenn man einmal etwas vermasselt, kann es als Ungeschicklichkeit durchgehen; beim zweiten Mal wirkt es boshaft.

»Zumindest hast du alles richtig buchstabiert«, sagt Mary schließlich. Ihre Augen sind feucht, und ihre Stimme zittert ganz leicht, was sich schwer verbergen lässt.

Gestern Abend, während Kit die zusätzlichen Schilder beschriftete, hat Alice den anderen Freiwilligen bei NightLine geschrieben, um genaue Absprachen für den nächsten Tag zu treffen. Sie hat einen Schachzug geplant – halb Entschuldigung, halb Solidaritätsbekundung. Und bei Letzterem galt: je mehr mitmachten, desto besser. Dennoch bat sie nicht um feste Zusagen – sie wollte lieber nicht herausfinden, wie sehr Ted und Olive ihr nun grollten. Falls Alice es alleine durchziehen müsste, wäre es auch in Ordnung. Es kommt vor allem darauf an, Mary zu zeigen, wie wichtig sie ihr noch ist: sie und die Suche nach Jim. Alice postiert sich entschieden neben Mary.

Es dauert nicht lange, bis es einen Tumult an der Ampel vor ihr gibt. Kit springt über die Straße und scheint die hupenden Wagen nicht zu bemerken, zwischen denen er sich durchschlängelt, Olive folgt leise fluchend hinter ihm. Alice ist erleichtert, obwohl Olive sie noch nicht angeschaut hat. Es geht um Mary, ermahnt sie sich; es geht hier nicht um ihr eigenes Ego. Sie macht eine Kopfbewegung zu ihrer Tasche zwischen den Füßen, und Kit holt zwei weitere Schilder heraus.

So wie sie dastehen, denkt Alice, könnte man sie auch für einen kleinen Flashmob oder eine schlecht organisierte Casting-Band halten. Vorbeigehende Pendler gehen langsamer und gaffen wie die Ersten, die nach einem Autounfall vorbeifahren. Es ist harte Arbeit, Marys tadellose Haltung nachzuahmen. Besonders, wenn man derart unter Beobachtung steht. Alice' Sandalen fangen an zu scheuern, und sie beugt sich, um den Riemen von der wunden Stelle wegzuschieben. Als sie gerade aufstehen will, greift eine Hand nach ihrer Tasche. Auf den Fingern wachsen lange dunkle Haare. Die Nägel sind schmutzig, der Dreck sieht wie eingebrannt aus.

»Mit dir habe ich gar nicht gerechnet«, sagt Alice.

»Ich auch nicht.« Ted sieht nicht sonderlich gut aus. Seine Augen scheinen geschrumpft zu sein in den rund dreißig Stunden seit ihrer Versammlung. Sie fragt sich, ob sie ihn nach Hause schicken soll, entscheidet sich aber dagegen.

Alice schaut zu Mary, die geradeaus, an dem kleinen Park und den Ampeln vorbei, auf die Geschäfte mit ihren abblätternden Fassaden blickt. Sie reicht Ted ein Schild, und er stellt sich, Kit entgegengesetzt, ans andere Ende der Gruppe.

Es dauert nicht lange, bis ein Schaulustiger ein Bild von ihnen macht. Alice sieht in ihrem peripheren Sichtfeld, wie Mary erschaudert. Das hat gerade noch gefehlt, dass sie wieder an das Video erinnert wird oder erneut so viel Aufmerksamkeit im Netz auf sich zieht. Alice verflucht sich, weil sie nicht bedacht hat, wie sie auf andere wirken.

»Machen wir Feierabend?«, fragt Alice und dreht sich so, dass sie alle anblickt und Mary gleichzeitig abschirmt.

Vier Augenpaare richten sich auf Mary. Sie nickt verhalten.

Bevor jemand die Gelegenheit hat zu protestieren, meldet Ted sich zu Wort. »Mary, kann ich dich nach Hause bringen?« Seine Stimme klingt unsicher. »Ich muss dir ganz schön viel erklären.«

Busse schnaufen den Broadway entlang, aber sonst scheint niemand zu atmen.

»In Ordnung«, antwortet Mary. Es ist schwer zu erkennen, was sie von dem Angebot hält. Aber das ist ihre Sache, und Ted muss es herausfinden. Alice versucht, ihre Neugier in den Griff zu bekommen – das wird irgendwann einmal ihr Verderben sein. »Gib mir eine Minute. Ich würde gern kurz allein mit Alice sprechen.«

»Natürlich«, sagt Ted.

Er und Olive schlurfen ein Stück weiter die Straße entlang

bis zum Kaffeewagen. Kit ist schon fünfzig Meter in die andere Richtung gegangen und starrt auf sein Handy. Er sieht erschrocken aus, und Alice würde gern nach ihm sehen, aber das geht nicht, nicht jetzt.

Obwohl sie sich an einem öffentlichen Ort befinden, fühlt Alice sich plötzlich sehr allein. Gleich wird Mary ihr sagen, was für ein schrecklicher Mensch sie ist und dass sie sich wünscht, sie wäre ihr nie begegnet …

»Danke. Für alles.« Mary legt eine kühle Hand auf Alice' Unterarm.

»Oh.« Alice weiß nicht, was sie sagen soll. Das hatte sie nicht erwartet. »Ich meine, ich bin es doch, die sich entschuldigen sollte.«

»Das ist lieb von dir«, sagt Mary und steckt eine lose Strähne zurück in ihren Haarknoten. »Was du auf dich genommen hast, um den Anrufer ausfindig zu machen … Das hat mich in einem Gedanken bestärkt.«

»In welchem?«

»Dass es manchmal besser ist, etwas nicht zu wissen.«

»Wirklich?«

Mary nickt. »Nicht immer ist Unwissen das Schlimmste, was einem passieren kann. Nicht, wenn einen die Wahrheit zerstören würde.«

Alice traut ihren Ohren nicht. Das kann Mary doch nicht so meinen. Sie versteht nicht, was sie da sagt. Jene Karte zu ihrem sechzehnten Geburtstag war die vielleicht schlimmste Überraschung in Alice' Leben, aber zumindest wusste sie danach, was Sache ist. Und dieses Wissen hat ihre Ängste gemindert. Es hat sie dazu gebracht, die Dinge zu akzeptieren. Wenn Alice doch nur die richtigen Worte finden würde, um Mary das zu erklären.

»Deswegen möchte ich, dass du nun aufhörst, nach Jim zu suchen.«

»Moment mal … Wie meinst du das?«

Alice spürt Kits Heft durch den Stoff ihres Rucksacks hindurch. Sie hat die weiteren Recherchen noch nicht einmal erwähnt.

»Ich habe gesagt, was ich denke, Alice. Ihr müsst aufhören, nach ihm zu suchen.«

Und damit geht Mary schnellen Schrittes zu Ted, ehe Alice sie aufhalten kann. Kurz darauf wird sie von einem Schwall Menschen verschluckt, die aus einem Bus aussteigen.

»Mist!«, Alice tritt gegen einen Stapel Gratiszeitschriften an der Ecke des Bahnhofseingangs. Das war nicht das erhoffte Ergebnis. Die Entschuldigung war wichtig, aber Alice hat auch gehofft, dass Mary ihr wieder Vertrauen schenken und ihr ihren Segen für die Reise geben würde – die Grundlage für ihren Artikel. Sie hat jedoch klar und deutlich eine Botschaft gehört: Mary wollte nicht, dass sie weiterhin nach Jim suchte.

Aber warum nicht? Was meinte Mary mit ihrer Aussage, Unwissen sei nicht immer das Schlimmste, was einem passieren könne? Da sprach bestimmt die Angst aus ihr. Alice weiß, dass Verdrängung bequem sein kann, langfristig aber nicht hilft. Nicht, wenn die eigene geistige Gesundheit auf dem Spiel steht. Damit hat Alice mehr Erfahrung als Mary. Mary wird zur Besinnung kommen und verstehen, dass Alice recht hat, das weiß sie. Es ist unmöglich, klar zu sehen, wenn man von Verwirrung geblendet wird.

Alice blickt auf das Schild in ihren Händen. **KOMM NACH HAUSE, JIM** – das sagt alles. Und nun steht sie hier und ist kurz davor, sich auf eine Reise zu begeben, die genau das bewirken könnte. Und Alice' Entschluss ist gefallen: Sie wird ohne Marys Erlaubnis fahren. Wenn sie Mary die Auflösung präsentiert, von der sie weiß, dass sie sie braucht, wird sie ihr vergeben. Außerdem kann sie jetzt keinen Rückzieher mehr machen; sie hat Jack erklärt, dass sie eine Woche Urlaub nimmt und dann mit dem Artikel zurückkommt. Kit hat alles für den Trip vorbereitet.

Wo sie gerade an Kit denkt: Wo ist er überhaupt? Alice muss herausfinden, wann sie morgen losfahren. Sie sucht die Straße mit den Augen ab und entdeckt, dass er weitergegangen ist, sein Blick klebt immer noch auf dem Handy. Sie hat keine Ahnung, was mit ihm los ist.

»Alles okay?« Alice hat ihr Schild inzwischen in den Rucksack gesteckt.

»Gute Arbeit, echt«, antwortet Kit, und es ist klar, dass er nicht zuhört.

Danach habe ich nicht gefragt, denkt Alice, *aber gut.* Wenn Kit nicht mit ihr reden will, fragt sie ihn nur nach den unbedingt nötigen Koordinaten, geht nach Hause und packt stattdessen. »Um wie viel Uhr morgen?«

Kit zuckt die Schultern. »Um acht? Je eher wir losfahren, desto besser.« Er schließt eine Seite auf seinem Handy und reibt sich die Augen. Anschließend sieht er weniger aufgewühlt aus, als hätte sich eine Wolke sanft über sein Gesicht geschoben und seine wahren Gefühle verschattet. »Ich habe gesehen, wie du mit Mary gesprochen hast – ich denke mal, sie hat dir verziehen? Was hat sie gesagt?«

Alice weicht seinem Blick aus. In einem Sekundenbruchteil entscheidet sie, dass sie Kit nicht sagen wird – nicht sagen *kann* –, dass Mary sie gebeten hat, nicht mehr nach Jim zu suchen. Kits Moralempfinden ist viel stärker ausgeprägt als ihr eigenes, und er würde ihr nicht mehr helfen, wenn er von

Marys Wunsch wüsste – das steht außer Frage. Er versteht Mary nicht so wie sie. Er weiß nicht, dass Mary zwar große Angst vor der Wahrheit hat, die langfristige Erleichterung diese Angst aber wert sein wird.

»Oh, ähm … nicht viel. Gut, dann sehen wir uns morgen früh und legen mit den Ermittlungen los.«

»*Ermittlungen?* So nennen wir das nun?«

»Darum geht es doch, Kit.«

»Nun gut.«

»Ich gebe nicht auf«, fährt Alice fort. Sie versucht, nicht mehr an Marys Worte vor wenigen Minuten zu denken. »Es ist das Beste für Mary.«

»Du bist wie ein Terrier, weißt du das?« Kit ringt sich ein Lächeln ab. »Hat dir schon einmal jemand gesagt, dass du im digitalen Vertrieb eine Fehlbesetzung bist? Du solltest als Journalistin arbeiten.«

Nun ist Alice an der Reihe, einen fröhlichen Gesichtsausdruck aufzusetzen. *Wie sehr kann sie ihr Gewissen noch belasten?* Kit darf nichts über ihren Beruf herausfinden. Nicht, bevor sie Jim gefunden haben. Und dann? Sie hofft, er kann ihr großherzig vergeben.

»Ich behalte das im Kopf.«

KAPITEL 28
2018

Schweigend schlagen Mary und Ted den Weg zum Park ein. Unausgesprochen gehen beide davon aus, dass Erklärungen warten müssen, bis sie den Lärm der Straßenmusiker und das Sonntagabend-Tohuwabohu der aus den Pubs strömenden Biertrinker hinter sich gelassen haben. Im Park angekommen, sucht Mary eine Bank, möglichst weit vom Eingangstor entfernt, abgeschieden genug, damit sie hoffentlich nicht unterbrochen werden. Hier stehen auch besonders viele Bäume – vielleicht helfen sie dabei, die dicke Luft zu reinigen.

Alice' Enthüllung gestern hatte Mary den Boden unter den Füßen weggerissen, so dass sie kopfüber in Selbstbeschuldigungen eintauchte. Hätte sie damit rechnen müssen? Welche Hinweise hat sie verpasst? Wenn sie ihre Gedanken schweifen lässt, spürt Mary immer noch die Blicke der vier Augenpaare auf sich – Ted, Alice, Olive, Kit –, die sie mitleidvoll anstarrten. Niemand ist gern der Letzte, der etwas erfährt. Dabei fühlt man sich wie eine Idiotin.

Eine Idiotin oder eine Verrückte?, fragt Mary sich. Waren das nicht ohnehin zwei Seiten derselben Medaille? Sie hätte wissen müssen, dass Jims Anrufe Wunschdenken waren. Aber sieben Jahre auf etwas zu warten verändert einen Menschen.

Sieben Jahre sind vierundachtzig Monate, in denen man hofft, es handele sich um einen schlechten Traum, zweitausendfünfhundertfünfundfünfzig Tage, an denen sie jeden Abend gehofft hat, er würde nach Hause kommen – Gott allein weiß, wie viele Stunden nicht erhörter Gebete. Für Mary gab es keine andere mögliche Erklärung für die Anrufe.

Rückblickend half es nicht, dass Teds Stimme so ähnlich klang wie Jims. Als sie anfing, darüber nachzudenken, wurde Mary klar, dass zwischen beiden Männern nur ein Jahr Altersunterschied lag und ihre Stimmen kaum zu unterscheiden waren. Zumal bei der schlechten Telefonverbindung. Und dann seine Worte. Dass er verloren wäre, dass Mary für ihn ein sicherer Hafen sei. Sogar der Alkohol als Entschuldigung schrie nahezu »Jim«. Vielleicht war Mary gar nicht wahnhaft, sondern einfach von Männern umgeben, die sich schwertaten, sich Hilfe zu suchen.

»Ich habe dir übrigens etwas mitgebracht.« Ted steckt die Hand tief in die Tasche seiner Cargo-Shorts und holt ein Twix hervor.

»Danke«, antwortet Mary.

Eine Minute oder zwei teilen sie sich schweigend den Schokoriegel. Mary versucht, sich zu beruhigen, indem sie sich auf kleine Details in der Außenwelt fokussiert: die Holzsplitter auf dem handbreiten Stück Bank zwischen ihnen, das Knistern einer Eisverpackung unter ihren ruhelosen Füßen, den Schmutz unter Teds Fingernägeln. Das sind dieselben groben Hände, die Alice' selbst gebasteltes Schild vor einer halben Stunde hochgehalten haben, wenn auch so hoch, dass nur ein Riese es erkennen konnte.

Trotz allem lächelt Mary. Die Tatsache, dass Ted aufgetaucht ist – natürlich völlig verlegen –, bedeutet ihr viel. Mary weiß trotz allem, dass er ein riesiges Herz hat. Sie will nur seine wahren Beweggründe wissen.

Sie blickt zu Ted, der an seinen Daumen herumfummelt. Er wirkt wie ein verwundeter Hund: demütig, bittend und bedrückt. Sie sollte ihn von seinem Elend erlösen. Die wichtigste Frage zuerst.

»Warum?«

»Warum … warum ich dich angerufen habe?«

Mary wappnet sich und nickt knapp.

»Das erste Mal war ein Fehler. Ganz ehrlich.« Ted dreht sich zu Mary, aber sie starrt weiter geradeaus. »Ich war gerade von meinen Eltern zurückgekommen, und bei mir zu Hause war es so still wie nie. Die Stille war … schmerzhaft. So schmerzhaft.« Er massiert sich seinen Nacken. »Ich dachte, ein Drink könnte helfen, aber dann dachte ich nur daran, dass ich dich vermisst habe. Und die Idee kam ganz spontan. Ohne weiter darüber nachzudenken, habe ich dich angerufen, und plötzlich haben wir geredet.

Seit Bevs Tod ist alles für mich sehr schwer. Es hat mich völlig fertiggemacht, sie so jung zu verlieren, und obwohl ich an meiner Trauer gearbeitet habe, nahmen die Probleme nicht ab. Den ganzen Tag über habe ich gearbeitet und war allein, und abends bin ich in ein leeres Haus zurückgekehrt. Es hat mir gefehlt … Ich weiß nicht – dass man mir zuhört, glaube ich.«

»Aber warum«, fragt Mary diesmal mit festerer Stimme, »warum hast du *mich* angerufen?«

»Ist das denn nicht klar?«

Mary starrt Ted an. Er sieht sorgenvoll verwirrt aus.

»Ich mag dich, Mary.«

Sie merkt, wie ihr die Röte ins Gesicht steigt. Ihr Zorn verraucht und wird von bodenloser Verwirrung abgelöst. »Du meinst …?«, hakt sie nach.

Ted nickt. »Das geht schon eine ganze Weile so, Mary. Ich habe versucht, dir näherzukommen …«

Sie denkt an alle vorherigen Treffen mit Ted zurück und konzentriert sich auf das letzte Jahr, als sie dachte, er wäre wieder der Alte und die Trauer spielte nicht länger die alles beherrschende Rolle in seinem Leben. Er hatte immer mit ihr plaudern wollen, bevor die Schicht bei NightLine anfing, aber Mary hatte das darauf geschoben, dass sie immer als Erste bei der Hotline auftauchte. Es wäre unhöflich gewesen, nicht ein wenig Smalltalk zu machen …

»Wir sind sonntagnachmittags spazieren gegangen – das waren die Höhepunkte meines Monats! Dann hast du mich zu meinem fünfzigsten Geburtstag zu einem Ausflug nach Kew eingeladen, und ich habe langsam geglaubt, dieses Gefühl würde auf Gegenseitigkeit beruhen. Du hast immer nach mir gesehen, wenn es mir richtig schlecht ging. Aber ich war mir nicht sicher. War es nur Freundschaft, oder steckte mehr dahinter?«

Mary blickt zu ihm und hofft, dass er keine Antwort auf diese Frage erwartet. Aber Ted spricht weiter. »Ich weiß, dass du selbst anders darüber denkst, Mary, aber du bist ein ganz besonderer Mensch. Du bist so liebenswürdig und interessant und hast immer dafür gesorgt, dass ich mich in deiner Anwesenheit sicher fühle. Wenn wir zusammen sind, denke ich nicht an meine Probleme. Und es ist wirklich nicht leicht, mein Gedankenkarussell zu stoppen.

Du wolltest nie über Jim sprechen, und das habe ich respektiert. Er ist ein Teil von dir, und du liebst ihn. Ich wollte dir nie das Gefühl vermitteln, dass du dich ändern musst. Es hat mich aber auch nicht davon abgehalten, dir näherkommen zu wollen. Ich wollte nur die Art und Weise verändern, wie du mich wahrnimmst. Und ich weiß, dass es möglich ist: einen Menschen zu lieben, der nicht mehr da ist, und dennoch Gefühle für jemand anderen zu entwickeln. Mein erster Anruf war eine verrückte Idee, im Suff, aber im Grunde habe ich wohl gehofft, dass du meine Stimme hörst und mir eine Chance gibst. Ich dachte, ich hätte alle anderen Möglichkeiten ausgeschöpft ...«

»Warum hast du mir nicht gesagt, dass du mich magst?« Marys Frust ist verflogen, und sie redet nun beruhigend auf ihn ein.

»Ich wollte dich nicht abschrecken. Nein, das stimmt nicht ganz. Ich hatte Angst. Ich hatte zu viel Angst, von meinen Gefühlen zu sprechen. Niemand holt sich gern eine richtige Abfuhr ab.«

Mary hat einen Kloß im Hals. Sie ist also nicht die Einzige, die lieber in unangenehmer Ungewissheit lebt, als sich mit schmerzhaften Wahrheiten auseinanderzusetzen.

»Aber das macht es nicht besser, das weiß ich inzwischen. Ganz ehrlich, das wusste ich schon nach meinem ersten Anruf. Deswegen habe ich mich das nächste Mal dafür entschuldigen wollen. Aber das kam nicht richtig rüber. Auf einmal befand ich mich auf dem fahrenden Zug und konnte ihn nicht mehr aufhalten.«

»Dabei hat dir Alice dann geholfen, was?« Mary blickt Ted in die Augen.

Sie lächeln.

»Sie ist eine wirklich bemerkenswerte Person, so viel steht fest.« Alice' aufrichtiger Zorn, der sich in Teds Garten bei Saft aus Pappbechern über ihn entladen hatte, wirkt immer noch nach. »Ich bin überhaupt nicht auf den Gedanken gekommen, dass du mich für Jim hättest halten können«, fügt Ted hinzu. »Ich wollte dich auch nicht auf eine falsche Fährte locken. Ich hatte überhaupt nicht darüber nachgedacht, was wirklich dumm und egoistisch von mir war.«

Mary legt eine Hand auf seine geballten Fäuste. »Ich habe mich selbst auf die falsche Fährte geführt. Den Schuh musst du dir nicht anziehen«, sagt sie.

Ein Obdachloser kommt mit wackeligen Schritten auf sie zu, in der Hand hält er einen Pappbecher. Ted kramt in seiner Tasche und gibt ihm ein paar Pfund. »Pass gut auf dich auf, mein Freund«, sagt er mit der gewohnten Wärme in der Stimme. Als der Mann weg ist, schweigen sie wieder.

»Ich muss an mir arbeiten«, sagt Ted schließlich. »Ich bin nicht gut beieinander. Ich dachte, ich würde schon zurechtkommen, aber das alles hat mir gezeigt, dass ich professionelle Hilfe brauche.« Ärgerlich fügt er hinzu: »Ich leite ein Zentrum für Telefonseelsorge – man sollte meinen, ich könnte besser mit solchen Situationen umgehen, oder nicht?«

»Nicht zwangsläufig«, antwortet Mary. Nur weil sich die Freiwilligen bei NightLine um andere Menschen in Not kümmern, bedeutet das nicht, dass sie selbst nicht in Not geraten können.

»Und ich will, dass du weißt: Ich erwarte jetzt gar nichts von dir. Also nicht *so etwas*.« Ted hört sich gefasst an. »Glaub mir, ich habe meine Chance verspielt. Ich erwarte nicht, dass du mir vergibst. Das muss ich mir verdienen. Aber das würde ich gern tun, falls du mich lässt. Wann immer du dich bereit dazu fühlst.«

Mary antwortet, aber ihre Worte werden durch den Anpfiff eines Football-Spiels am anderen Ende des Parks übertönt.

»Ich habe gesagt, ich verzeihe dir«, wiederholt Mary. Sie hat keine Ahnung, wie sie sich wegen Teds Offenheit fühlt, besonders in Bezug auf seine amourösen Absichten. Sie weiß jedoch, dass sie folgenden Satz zutiefst ehrlich meint: »Ich glaube, es wäre für uns beide gut, diese Sache hinter uns zu lassen.«

Wenn es nur bei allen Dingen so einfach wäre, sie hinter sich zu lassen.

KAPITEL 29

2009

Es war schon sieben Uhr, als Jim endlich heimkam.

»Mary?«

Sie lag auf der Seite auf dem Sofa und hatte die Hände unter den Kopf geschoben. Wenn sie eingeschlafen war, dann hatte sie es nicht bemerkt, weil sich ihre Albträume kaum von ihrer neuerdings erschreckenden Realität unterschieden. Sie öffnete die Augen, und ihr Blick fiel direkt auf die zwei Käsesandwiches, die in der Frischhaltefolie schwitzen. *Das Picknick. Jim. Seine unerklärliche Abwesenheit von der Arbeit. Er war die ganze Woche über nicht in der Praxis gewesen.*

»Was ist los?«, fügte er hinzu.

Langsam setzte sie sich auf. Der Raum drehte sich, und ihr Kopf war schwer wie Blei.

»Bist du krank?«

Jim hatte sich neben sie gesetzt und ihr den Handrücken auf die Stirn gelegt. Mary fragte sich, ob die Grübeleien über seinen Aufenthaltsort ihre Temperatur hochgetrieben hatten. Seltsam, wenn dem nicht so wäre. Sie atmete tief ein und roch die rauchige Whiskynote, die sie erwartet hatte. Wieso hatte sie das nicht früher bemerkt?

»Bist *du* krank?«, fragte sie. Mit einem Fuß trat sie das Paket aus der Arztpraxis unter dem Stuhl hervor.

»Was ist das?«

»Das möchte ich von dir wissen. Deine Empfangsdame hat es mir gegeben. Ich habe in der Praxis vorbeigeschaut, um dir ein Lunchpaket zu bringen.«

»Was haben sie in der Praxis gesagt?«, fragte er schließlich, als die Stille so erdrückend geworden war, dass Mary mit Müh und Not ein Schreien unterdrücken konnte.

»Dass du die ganze Woche nicht da warst.«

Jim bewegte seine Hand in Richtung Marys Wange, um sie zu streicheln, doch sie machte einen Satz nach hinten. In seiner Stimme lag ein Schmerz, auf den sie sich nicht einlassen wollte. Er hatte gelogen, er war nicht zur Arbeit gegangen. *Gelogen.* Selbst die Berührung des Mannes, der ihr Herz in den Händen hielt, konnte das nicht ungeschehen machen.

»Das stimmt«, sagte er.

»Warum nicht?«

»Was, warum nicht?«

»Warum hast du es mir nicht gesagt? Und warum zum Teufel warst du nicht bei der Arbeit? Warum zum Teufel hast du gelogen und damit dafür gesorgt, dass ich mich dort zum Affen mache?« Mary bemerkte, wie sie eine Oktave höher sprach, sich so schrill anhörte, dass es ihr selbst in den Ohren schmerzte. Sie stand auf und ging zum Fenster, weil sie ihre Aufregung in den Griff bekommen wollte. Sie stand mit dem Rücken zu Jim, sah jedoch sein Spiegelbild in der Scheibe: ein gebrochener Mann, der mit gesenktem Kopf auf seinen Henker wartete. Sie fand es unerträglich, dass sie dieser Henker sein musste. »Hm?« Sie war ungeduldig. Wenn er sie ins Verderben stürzen wollte, könnte er zumindest den Anstand haben und sich beeilen.

»Mir geht es nicht gut.«

»Wieso? Warum? Womit?« Sie drehte sich um und blickte ihn an.

»Ich weiß es nicht«, stotterte Jim.

Innerhalb eines Sekundenbruchteils wurde Mary vier Jahre zurückkatapultiert, zu dem Moment, als Jim ihr zum ersten Mal von Sam erzählt hatte. Damals hatte er am offensten über seine mentale Gesundheit gesprochen. Seitdem hatte Jim nie wieder etwas über seine Stimmung, seine Psyche gesagt, weil – so dachte Mary – sie für ihn eine neue Ära eingeläutet hatte, die heller und hoffnungsvoller war. Wie hatte sie nur so naiv sein können?

Sie hatte gelernt, dass man sich Jims Vertrauen ganz behutsam erarbeiten musste. Das glaubte sie immer noch. So wollte sie immer noch vorgehen. Aber wie? Sie fühlte sich sauer, betrogen, enttäuscht. Zudem hatte er ihr weh getan. Sie öffnete den Mund, aber es kam kein Ton heraus.

»Ich weiß nicht, Mary«, fuhr Jim fort, als klar war, dass sie ihm nicht mit Worten zu Hilfe kommen würde. »Ich habe mich in letzter Zeit … verloren gefühlt. Ich dachte, ich wäre darüber hinweg. Aber das bin ich nicht. Ich werde einfach das Gefühl nicht los, dass ich nicht hier sein sollte.«

Jim entschied, dass es am besten wäre, wenn er diese Nacht auf dem Sofa schlief. Es war das erste Mal, dass sie zwar unter einem Dach, nicht aber in einem Bett schliefen. Sie hatten keinen Gebrauch von dieser Möglichkeit gemacht, als Mary letzten Winter von der Grippe niedergestreckt wurde und die ganze Nacht über so stark rotzte und hustete, dass sie Jim anflehte, im Wohnzimmer zu schlafen. Oder als er im Jahr zuvor das Norovirus hatte. Damals dachte Mary noch, dass sie alles zusammen durchstehen würden. Nun war sie sich nicht mehr so sicher.

An Schlaf war nicht zu denken, wissend, dass Jim nur wenige

Meter entfernt war. Emotional war er jedoch nie weiter weg gewesen von Mary. Sie verstand einfach nicht, wie ihr sein bodenloser Schmerz entgangen sein konnte. Welche Zeichen hatte sie nicht bemerkt? Und schlimmer noch: Sie konnte den Gedanken einfach nicht aushalten, dass Jim sich ihr bewusst nicht anvertraut hatte. Sie war nicht wertend, das dachte sie zumindest. Es war ihr größter Wunsch, dass Jim sein Leben als ebenso erfüllt empfand wie sie mit seiner Hilfe ihres. *Verloren.* Das Wort sprang wie wild in ihrem Kopf hin und her, wie ein Flipperball im Automaten. Wie war das möglich? Sie sollte doch sein Anker sein.

In den frühen Morgenstunden musste Mary eingeschlafen sein, weil sie nicht hörte, wie Jim aufstand. Eine Weile überlegte sie, ob sie bleiben sollte, wo sie war. Jim würde irgendwann zu ihr kommen, das stand außer Frage. Er würde sich noch einmal entschuldigen, ihr erneut versprechen, sie nie wieder anzulügen. Zehn oder vielleicht fünfzehn Minuten wartete Mary vergebens, dann hörte sie, wie Stuhlbeine über Bodenfliesen gezogen wurden. Sie spitzte die Ohren, ob sie seine Füße die kleine Treppe zu ihrem Schlafzimmer hochtapsen hörte. Nichts. Sie nahm ihr Wasserglas und stellte es so fest auf den Nachttisch, dass er es hören musste.

Immer noch – nichts.

In der Küche saß Jim auf dem Stuhl, der am weitesten von der Tür entfernt stand, hielt eine Tasse in einer Hand und scrollte mit der anderen auf seinem Laptop.

Eine Minute oder zwei beobachtete Mary ihn von der Tür aus. Er wirkte wie ein Fremder, der in ihrer beider Küche saß. Sie sah den Wirbel unter seinem rechten Ohr, wo die Haare in alle Richtungen zu Berge standen. Sie musste ihn dort zehntausend Mal geküsst haben.

»Morgen«, sagte er, als er schließlich Marys Anwesenheit bemerkte. Er griff nach der freien Tasse rechts neben sich und hob sie fragend in die Luft. Sie nickte und blieb am Rand des Frühstückstresens stehen. »Hast du einigermaßen geschlafen?«, fragte Jim.

»Ja, ganz okay. Und du?«

Ihr war es unbegreiflich, wie Jim in dieser Situation Smalltalk machen konnte. Es lag Mary zwar fern, ihn leiden sehen zu wollen, aber irgendein Anzeichen dafür, dass er den Ernst dessen erkannte, was gestern Abend geschehen war, wäre schön gewesen. Und auch nötig, wenn es noch Hoffnung auf eine Rückkehr zur Normalität geben sollte.

»Ja. So gut wie immer.« Jim stand auf und ging zum Toaster. Auf seinem Weg dahin sagte er, mit dem Rücken zu ihr, in die drückende Stille: »Ich kann dir nicht das geben, was du brauchst.«

Mary blieb das Herz stehen. Sie musste sich verhört haben. Oder richtig gehört, aber den Satz falsch verstanden haben. Das meinte er nicht so. Jim war halb von der Trennwand verdeckt.

»Was … was hast du gesagt?« Es folgte ein dumpfer Schlag, als das versenkbare Brotschneidebrett unter der Arbeitsplatte verschwand. Eine Sekunde später tauchte Jim wieder auf. Er blickte auf die Bodenfliesen.

»Ich kann dir nicht das geben, was du brauchst. Ich kann nicht so für dich da sein, wie ich sollte. Nicht in dem Zustand, in dem ich mich gerade befinde.«

»Moment, warte. Was meinst du damit? Ich habe nie gesagt …«

»Ich weiß.« Jim hob beschwichtigend eine Hand. »Aber ich will ganz ehrlich sein. Ich versuche es zumindest. Ich kann dir nicht sagen, wie leid mir das alles tut. Dass ich gelogen habe und nicht bei der Arbeit war, obwohl du das dachtest, war nicht richtig, und das weiß ich auch. Es ist schlimm genug, dass ich nicht klarkomme, ich muss dich nicht mit mir in den Abgrund reißen. Das hast du nicht verdient.«

»Wo warst du?«

»Was?«

»Wo warst du«, wiederholte Mary, »als du eigentlich bei der Arbeit sein solltest?«

Sie bemerkte, dass sie danach noch gar nicht gefragt hatte, weil sie der letzte Abend so verwirrt hatte.

»Unterwegs.«

»Hast du getrunken?«

»Ein wenig«, gab Jim zu. »Ich brauchte ein wenig Raum für mich. Bei der Arbeit glauben sie, ich hätte Magen-Darm. Ich konnte in diesem Zustand keine Patienten behandeln. Ich dachte, wenn ich mich eine Woche krankmelde, hätte ich genug Zeit zum Nachdenken.«

Mary war aufgefallen, wie schnell er über ihre Frage nach dem Trinken hinweggegangen war. Und auch, wenn sie eigentlich weiter nachbohren wollte, wusste sie, dass sie damit nur von etwas ablenken würde. Eine tiefer gehende Wahrheit verdrängen wollte. Jim war nicht richtig im Kopf. Ganz und gar nicht. Mary hatte einen Fehler gemacht und das Symptom in Angriff genommen, nicht die Ursache. Jim hatte kein Problem mit Alkohol, er brauchte Hilfe bei dem, was in seinem schönen und rätselhaften Kopf vor sich ging.

»Und ich habe nachgedacht«, sprach er weiter. »Die ganze Woche lang. Hauptsächlich über dich. Ich kann dich nicht mit mir ins Verderben ziehen. Ich liebe dich zu sehr. Deswegen will ich dir sagen«, er atmete mit zitternder Stimme ein, »dass ich dich freilassen möchte, damit du jemanden finden kannst, der dir all das gibt, was du verdienst. Jemand, der besser für dich sein wird.«

Mary wollte ihn berühren, doch er wich ihr langsam aus. »Ich will aber niemand Besseren …« Mary verachtete sich. Dieses Betteln – das passte nicht zu ihr. Sie spürte, dass die Verzweiflung sie dazu trieb und alles ins Wanken brachte, was sie über sich selbst zu wissen glaubte. Ihr würde es nicht gut gehen, wenn Jim sie verließ. Weil sie nun wusste, wie es sich anfühlte, von ihm geliebt zu werden. »Ich will dir helfen! Ich will, dass es dir besser geht. Lass mich das bitte machen!«

Jim schaute mit feuchten Augen auf. Mary erblickte ihr Spiegelbild in seiner Iris. Ihr gesamtes Leben, so wie es jetzt war, hatte sie ihm zu verdanken.

»Ich kann dir alles geben, was du brauchst – du musst es nur sagen.« Mary merkte, wie Jim ihr entglitt. »Ich bin flexibel. Wir könnten die Probleme in Angriff nehmen. Wir könnten mit jemandem sprechen – eine Weile wegfahren …« Sie würde ihn auf gar keinen Fall loslassen, auch nicht, wenn sie beim Versuch, ihn zu halten, verletzt werden würde. »Bitte.«

Gerade, als Jim etwas sagen wollte, klingelte es an der Tür, anschließend folgten rhythmisches Klopfen, eine Hupe und Gus' unverwechselbares Gebrüll auf der Straße.

Jim sah verwirrt aus. Er rieb sich mit den Fäusten die Augen. Dann zögerte er, als würde er darüber nachdenken, ob er seinen ältesten Freund komplett ignorieren sollte. Aber er würde von der Straße aus die Lichter in der Wohnung sehen. Gus war außerdem hartnäckig. Jim ging zum Fenster und öffnete es.

»Verdammt, James, alter Junge. Ich weiß, dass ›lässig-elegant‹ auf der Einladung stand, aber glaubst du nicht, dass du es mit *lässig* ein wenig übertrieben hast?« Jim stand in seinem nur locker geschlossenen Bademantel in der Tür, und man konnte den Bund seiner Boxershorts unter dem Gürtel sehen. »Wir taufen ein Kind, und du solltest den kleinen, äh … wie hieß er noch gleich … nicht erschrecken.«

Die Taufe.

Mary hatte vergessen, dass sie heute eine Einladung hatten. Ein Freund von Jim hatte vor kurzem einen Sohn bekommen. Olly hieß er doch, oder? Oder vielleicht war das der Name seines Erstgeborenen? Sie hatte vor Wochen ein Geschenk gekauft – einen ganz weichen Plüschhasen, der gut angekommen war, als sie ihn im Januar auch für Moiras Baby gekauft hatte. Das war vor drei Monaten gewesen. Mary hatte seitdem nicht mehr mit Moira gesprochen. Wie hatte sie es zulassen können, dass sie sich aus den Augen verloren? Sie brauchte die Stärke ihrer besten Freundin jetzt mehr als jemals zuvor.

»Ähm, gibt uns zehn Minuten.« Jim schlug das Fenster zu. Er wandte sich an Mary und hatte die Lippen zu einem Lächeln zusammengepresst. »Schau mal, können wir später weiterreden? Ich glaube nicht, dass wir irgendwie aus der Nummer mit der Taufe herauskommen. Ich weiß nicht, wie wir es Gus beibringen könnten.«

Mary nickte.

»Lass uns erst den heutigen Tag überstehen«, fügte Jim ruhiger hinzu.

Sie war sich nicht sicher, ob er mit ihr oder mit sich selbst sprach. Jim ging zur Dusche, bevor sie nachhaken konnte.

Wenn es mein Herz so lange aushält, dachte sie.

KAPITEL 30

2009

Anderthalb Stunden Autofahrt mit Gus und seiner ebenso anstrengenden Frau Jillian schenkten Mary ein kleines Zeitfenster, um zumindest zu versuchen, ihre Panik in den Griff zu bekommen. Sie saß eingezwängt auf der Rückbank neben Jim, Handtaschen und Taufgeschenke errichteten eine Art Barrikade zwischen ihnen. Wie war es so weit gekommen? So schlimm es auch klingen mochte, sie wollte, dass er angekrochen kam, zugab, dass sein Wegbleiben von der Arbeit – seine Lüge diesbezüglich – der benötigte Schubs war, um zur Besinnung zu kommen, um das Trinken wieder bleiben zu lassen und das Problem – was immer es auch sein mochte – anzugehen, das den Rückfall verursacht hatte.

Doch dann war die Lage so schnell eskaliert, dass es gar nicht mehr um den Alkohol ging. Eigentlich nicht. Mary beschäftigte sich mit einer Tatsache, die sie seit der Aussprache bei ihrer ersten Reise nach London vor vier Jahren als erledigt betrachtet hatte: Jim war depressiv. Das ließ sich nicht leugnen. Er hatte Alkohol dazu benutzt, sich zu betäuben, für eine Gott weiß wie lange Zeit. Dann hatte er darauf verzichtet, war eine Weile im Gleichgewicht und hatte dann einen Rückfall erlitten. Was war der Auslöser dafür? Mary hatte nichts bemerkt, zumindest nichts Offensichtliches. Doch dann wiederum dachte sie, wenn die psychische Gesundheit eines Menschen auf das einfache Prinzip von Ursache und Wirkung zurückzuführen wäre, würde es keine vom Glück begünstigten, Reichen und Arrivierten treffen. Es würde nicht solche Menschen wie Jim treffen.

Dieser ganze Unsinn, er wolle sie freilassen … Seine Liebe war das Fundament, auf dem sie ihr Leben aufgebaut hatte. Sie konnte nicht wieder diese leere Hülle werden, die sie vor Jim gewesen war. Das konnte sie einfach nicht. Mary stellte sich vor, dass Jim, wenn sie später nach Hause kämen, gleich nach oben laufen und seine Taschen packen würde. Oder ihre, je nachdem. Schließlich war es seine Wohnung – ihre war es, wenn überhaupt, nur vom Gefühl her. Würde sie es schaffen, ihn an der Tür aufzuhalten? Sie stellte sich vor, wie sie sich ihm zu Füßen warf, sich an seine Beine klammerte und Jim ihre Arme abschüttelte …

Aus diesem Grund wollte sie gern so lange wie möglich wegbleiben, obwohl sie Feste mit Jims arroganten Freunden hasste. Unter anderen Umständen hätte sie viel dafür gegeben, gar nicht mitfahren zu müssen. Baby Oscar schrie am laufenden Band, wahrscheinlich wegen des Taufkleids, in das sie ihn gesteckt hatten – eine cremefarbene Scheußlichkeit, die doppelt so lang war wie das arme Baby. Der Kleine sah eher aus wie eine Figur für die Weihnachtsbaumspitze als wie ein Kind. Und obendrein war es in der Kirche eiskalt, und Mary saß gleich neben der Tür. Zumindest konnte sie so sicherstellen, dass Jim sich nicht aus dem Staub machte. Die Tatsache, dass er bereits an der Schwelle geschwankt hatte, war schon schlimm genug.

Die Feier wurde in der Dorfhalle ausgerichtet, irgendwo im tiefsten Cambridgeshire, wo man schlechten Empfang hatte – und ganz sicher nicht genug, um die Fußballergebnisse nachzuschauen. Der Saal war zu groß für die Anzahl der Gäste, und so drängten sie sich alle in den vier Ecken des Raums, in der Mitte wuselte eine Schar Kleinkinder und unbeaufsichtigter Babys herum. Weil Mary sich nicht an Jim klammern wollte, versuchte sie, sich unters Volk zu mischen. Dennoch fiel es ihr schwer, ihn nicht die ganze Zeit im Blick zu behalten.

Sie hörte zu, wie Jillian sich mit einigen anderen Ehefrauen unterhielt. Es war genauso furchtbar, wie sie vermutet hatte. Diese Frauen trafen sich alle immer am Wochenende – so viel war klar, weil sie ihre besten Feindinnen vom Pilates nur mit den Initialen erwähnten –, und Mary versuchte, an den richtigen Stellen mitzulachen. Alles, um sich nicht wie das fünfte Rad am Wagen zu fühlen.

Ganz offensichtlich machte sie ihre Sache nicht gut genug und flog auf.

»Wir sehen dich so selten, Mary«, sagte Jillian lächelnd und legte ihr eine Hand auf die Schulter, um sie näher in den Kreis zu ziehen. »Langweilt ihr euch nicht, wenn ihr immer zu zweit seid?«

Die Frauen ihr gegenüber – die elfenhafte Bella und ihr Sidekick Maudie, eine PR-Beraterin, wenn Mary sich richtig erinnerte, obwohl sie keine Ahnung hatte, was das genau bedeutete – kicherten, und Mary merkte, wie sie errötete.

Jillian versuchte sich in Schadensbegrenzung: »Ich wollte damit sagen, dass ich noch nie ein Paar erlebt habe, bei dem die erste Verliebtheit so lange anhält.«

»Ach, wenn es mal so wäre …« Mary blickte zu Boden. Die Ironie hatte sie gekränkt. Sie betete, dass man es ihr nicht ansah.

»Wie lange seid ihr inzwischen zusammen – drei Jahre?«, fragte Maudie. Mary hätte schwören können, dass sie sie erst einmal getroffen hatte, höchstens zweimal; dennoch erlaubte sich diese Frau ein Urteil über sie beide.

»Bald vier.«

»Wow!« Maudie riss die Augen auf. »Für James ist das eine wirklich lange Zeit. Mädels, kann sich eine von euch noch an Evie erinnern?«

Es ertönten *Ähms* und *Ahs*, schließlich war man sich einig: nein.

»Sie war James' erste ernsthafte Beziehung«, fuhr Maudie, an Mary gewandt, fort, die Einzige, die nichts zu diesem Thema gesagt hatte. »Sie haben sich an der Uni kennengelernt, sich aber einige Jahre nach ihrem Abschluss wieder getrennt. Sie war total süß. Sie haben beide Medizin studiert, deswegen hätte man gedacht, dass sie seinen Lebenswandel versteht, ihr wisst schon, wie ich das meine …«

»Was ist denn passiert?«, fragte Bella. Mary hätte ihr am liebsten eine reingehauen. *Sie hatten gegensätzliche Vorstellungen vom Leben.* Das hatte Jim ihr erzählt, als sie kurz nach ihrem Kennenlernen das Thema Ex-Freundinnen angeschnitten hatten. Und mehr hatte Mary nicht wissen wollen. Vergangenes war schließlich aus gutem Grund Vergangenes, und deswegen sollte man es ruhen lassen.

»Ich sage nur, dass James sich so verhalten hat, dass sie nicht bleiben konnte. ›Launisch‹, hat sie damals gesagt, aber unter uns, Ladies«, Maudie beugte sich verschwörerisch vor, »sie hatte es auf einen Ring abgesehen, und er hat ganz deutlich gemacht, dass er nicht an ›bis in alle Ewigkeit‹ glaubte.«

»Möchte noch jemand einen Drink?«, quäkte Jillian. Die Stimme klang fürchterlich, aber alles war besser, als weiter

Maudie beim Geschichtenerzählen zuzuhören – Mary rauchte schon der Kopf davon.

»Nein, danke …« Mary stellte ihr Glas auf einen Beistelltisch. »Ich muss mal zur Toilette.«

Sie sperrte sich in der Kabine ein und stemmte die Füße gegen die Tür, damit niemand sah, dass sie sich dort versteckte. Dem ekelhaften Cocktail aus Parfum und Lästereien entkommen, rieb sie sich fest die Augen. Musste diese Unterhaltung ausgerechnet heute stattfinden? Das Letzte, was sie brauchte, waren neue Informationen, die sie verdauen musste – und das auch noch von einer Gruppe Frauen, die sie in der Vergangenheit immer nur widerwillig akzeptiert hatten, so wie sie andere unerfreuliche Dinge im Leben auch akzeptierten, zum Beispiel ihre hohen Steuernachzahlungen oder grüne Smoothies.

Aber hatte Mary irgendetwas Neues herausgefunden? Jim soll *launisch* gewesen sein. Wenn ein Mann Mitte zwanzig nicht launisch war, hielt Mary das für ein Wunder. Aber im Kontext der letzten Tage wirkte das Wort so wenig aussagekräftig, so unpassend und so … herzlos. Hier ging es nicht um Launen. Dieser Mann fragte sich, ob er noch weiterleben wollte – mit Mary oder ohne sie. Sie hatte sich noch nie zuvor so hilflos gefühlt.

Sie versuchte, sich zu erinnern, welche sonstigen persönlichen Informationen Maudie so freigiebig mitgeteilt hatte: *Jim wollte Evie nicht heiraten*. Nun, er war damals noch jung. Mary wollte selbst jetzt nicht heiraten, mit einunddreißig, obwohl Verwandte, Zeitschriften und die Werbung pausenlos über ihre tickende biologische Uhr sprachen, als hätte man ihr ohne ihr Wissen eine Bombe in den Uterus implantiert.

Aber wenn Jim nicht an Beziehungen für die Ewigkeit glaubte, was bedeutete das für die Worte, die er in Portrush zu

Mary gesagt hatte: dass er bis ans Ende der Welt und für immer für sie da wäre? Sie hatte das nie in Frage gestellt, hatte nie einen Grund dafür gehabt. Nun fragte sie sich, ob einige Versprechen zu groß waren …

Sie zog den Riegel zurück und wusch sich die Hände, versuchte, das Gesicht im Spiegel nicht anzublicken. Die schlaflose Nacht sah man ihr an, und die Spannung hatte sich wie eine Schraubzwinge um ihren Hals gelegt.

»Da bist du ja.« Jim stand vor der Toilettentür und hielt zwei Champagnergläser in der Hand. Eins reichte er Mary. Sie hatte nicht die Kraft, es ihm auszureden. Er sah kleinlaut aus, ansonsten aber wieder mehr wie er selbst als heute früh. »Die Spielerfrauen haben dich hier vermutet.«

»Hm.«

»Können wir reden? Unter vier Augen?«

Mary wurde ganz flau. Er würde sie nicht hier verlassen, oder? Der Jim, den sie kannte, würde ihr das niemals antun.

Er blickte über die Schulter zu den anzüglich grinsenden Ehefrauen, dann führte er Mary weg von der Toilette durch die Eingangshalle auf eine Bank im Vordergarten. Als er das Gefühl hatte, sie seien außer Hörweite, sprach er weiter: »Ich wollte mich entschuldigen. Für heute früh. Ich hätte dich nicht so angehen sollen.«

»Wie meinst du das?« Es war windig, und Mary fröstelte. Jim zog seine Jacke aus und legte sie ihr um die Schultern. Das erinnerte sie an ihr zweites Date in Belfast, als sie zur Waterfront Hall gegangen waren. Wenn sie an die besten Tage ihres Lebens zurückdachte, war Jim immer – wirklich *immer* – dabei. Wann waren sie auf Abwege gekommen? Tränen stiegen ihr in die Augen.

»Ich meine damit, dass es mir leidtut. In letzter Zeit fühle ich mich, als wäre ich in einem Tunnel gefangen, und irgendwie habe ich das Gefühl … als würde das Licht am Ende des Tunnels immer dunkler und dunkler.«

Ihr Herz machte einen Satz. Sie konnte das Gefühl nicht abschütteln, dass sie dafür zu sorgen hatte, dass das Licht der Fackel für Jim nicht erlosch.

Als hätte er ihre Gedanken gelesen, fügte er hinzu: »Ich weiß, dass du mir helfen willst, aber ich muss mich sortieren. Deswegen habe ich dich … von mir weggestoßen, glaube ich. Ich wollte dich davor beschützen.« Jim zeigte auf sich, auf diesen Körper, den Mary inzwischen vielleicht besser kannte als ihren eigenen. »Aber darum muss ich mich allein kümmern. Wenn du mir die Zeit gibst, mir über einige Dinge klarzuwerden, wird alles gut mit uns.«

Mary nickte. Sie hätte so gerne gefragt, wie viel Zeit – einen Monat, ein Jahr? Und wenn der angegebene Zeitrahmen vorbei war, könnte er ihr dann zusichern, dass es nicht noch einmal passieren würde? Keine betrunkenen Filmrisse mehr, keine unerklärten Abwesenheiten.

»Ich liebe dich, Mary. Du bist zu gut für mich. Ich habe nie aufgehört, das zu denken. Aber ich fühle mich so schuldig, dass ich dich mit ins Verderben gezogen habe. Du musst wissen, dass ich es dir nicht übel nehmen würde, wenn du mich verlässt. Und das nur zu sagen, reicht nicht aus. Ich will dir die Gelegenheit dazu geben, jetzt.«

Welche Gelegenheit? Die Weisheit, die Mam Mary mit auf den Weg gegeben hatte, bevor sie zu Jim gezogen war, schwirrte ihr durch den Kopf. *Wenn man den richtigen Menschen trifft, muss man einfach mit ihm zusammenbleiben, egal was passiert. Durch dick und dünn. Ich bin mir sicher, dass du auch für Jim da sein wirst.* Mary konnte sich um nichts in der Welt vorstellen, den Mann zu verlassen, der sie wieder lebendig gemacht hatte, der ihr jeden Tag gezeigt hatte, dass sie nur das Beste vom Leben zu erwarten hatte. Sein Benehmen gestern passte nicht dazu, das stimmte, aber es war nur dieser eine Tag. Dieser eine Tag, den sie hinter sich lassen und vergessen konnten. Sie würde Jim niemals abschreiben.

Sie sah Jim an. »Ich will mit dir zusammen sein. Immer. In guten wie in schlechten Tagen. Du wirst immer genug für mich sein.« Und nach einer Pause fügte sie hinzu: »Es wird alles wieder gut mit uns, oder?« Mary war nicht in der Stimmung für Liebesbekundungen. Sie musste nur wissen, dass alles gut werden würde. Dass Jim das auch glaubte.

»Ja«, antwortete er, »das wird es.«

KAPITEL 31

2018

»Was ist es?«, fragt Alice.

Es ist Montagfrüh. Sie haben sich getroffen, um sich gemeinsam auf den Weg zu machen zu all den Personen, die Kit auf dem Vermisstenforum im Internet entdeckt hat, doch das geliehene Auto sieht wenig vertrauenswürdig aus. Die erste der fünf Zielpersonen lebt in der Nähe von Manchester. Es wird an ein Wunder grenzen, wenn sie es in dieser Rostlaube auch nur aus London heraus schaffen. Kit steckt den Schlüssel ins Türschloss, gleichzeitig legt er die andere Hand auf das Metall und ruckelt daran, damit das Schloss nachgibt. Das ist kein Auto aus zweiter Hand. Eher aus dritter oder vierter, oder höchstwahrscheinlich aus fünfter Hand.

»Es hatte schon einige Vorbesitzer«, erklärt Kit. »Das weiß ich von Freddie. Aber den Spirit fand ich immer gut.«

Alice weiß nicht, von welchem *Spirit* man bei einem Nissan Micra mit drei Türen sprechen kann. Sie beobachtet, wie Kit einige zerdrückte Dosen im Fußraum aufsammelt. Dann schüttelt er seine vollen Hände Alice entgegen. Aus einer der Dosen tropft bernsteinfarbene Flüssigkeit und landet beinah auf ihrem Fuß.

»Ich hätte eine Lebensversicherung abschließen sollen«, murmelt sie.

»Was meinst du?«

»Nichts! Alles gut.«

Sie klappt die Rückenlehne vom Beifahrersitz hoch und wühlt sich durch etliche Plastiktüten. Kit hat Wort gehalten und nicht eins, sondern gleich fünf Pakete mit günstigen Spaghetti gekauft. Der Gedanke, womöglich in nur wenigen Tagen – oder auch nur Stunden – Jim zu finden, erfüllt Alice mit so großer Beklommenheit, dass sie vielleicht ohnehin nur Nudeln bei sich behalten kann.

»Ich freue mich darauf«, sagt Kit. Als er sich auf den Fahrersitz setzt, gerät das ganze Auto in Schieflage, und es scheppert besorgniserregend unter der Motorhaube. »Oh, übrigens, ich habe gestern Abend noch bei NightLine angerufen, nachdem wir vom Bahnhof zurückgekommen sind.«

»Du hast aber nicht mit Mary gesprochen, oder?« Alice' Puls wird schneller. »Ich dachte, wir hätten uns darauf geeinigt, ihr nicht zu erzählen, was wir vorhaben …«

»Nein!«, winkt Kit ab und stößt mit der Hand dabei an den Rückspiegel. »Autsch! Also, ich habe mit Olive gesprochen. Ich musste ihr Bescheid geben, dass wir uns diese Woche freinehmen. Sie war zwar nicht begeistert, aber du weißt ja, wie sie ist.«

»Was genau hast du ihr denn erzählt?«

Alice kann sich nicht vorstellen, wie Kit, der mit Subtilität nicht viel am Hut hat, es geschafft hat, sie zu entschuldigen, ohne Verdacht zu erregen. Falls Mary Lunte riecht, dann weiß Gott allein, was sie denken wird. Alice fände es schrecklich, ihr noch einmal weh zu tun – nicht schon wieder. Dies sollte doch ihre Chance auf Wiedergutmachung sein. Sie will für Mary die Antworten finden, die Mary selbst nicht mehr zu finden glaubt.

»Ich habe gesagt, dass wir gemeinsam in Urlaub fahren.

Nach Málaga. Ich habe ein bisschen dick aufgetragen und ihr erzählt, dass ich mir extra eine neue Badehose gekauft habe. Olive meinte, mit dir hätte sie ohnehin nicht mehr gerechnet. Anscheinend bist du letzte Woche auch nicht zu deiner Schicht erschienen.«

»Mist!«

In ihrer Verzweiflung hatte Alice vergessen, dass sie bei NightLine zugesagt hatte, allerdings nur, um Zugang zu Mary und den kryptischen Anrufen zu bekommen.

»Nicht schlimm. Ich habe ihr gesagt, du seist krank und hättest vergessen abzusagen. Arschgeige!« Um ein Haar wäre ihnen ein Lastwagen reingefahren – mit dem Blinken nimmt Kit es nicht so genau. Sie sind noch nicht einmal aus seiner Straße raus, und Alice ist das Herz schon in die Hose gerutscht. »Olive wird dir vergeben. Ich habe versucht, ihr klarzumachen, dass wir kein Paar sind und es keinen Grund für irgendwelche schmutzigen Gedanken gibt.« Alice verdreht die Augen. »Und dann habe ich noch gesagt: ›Und mit Hygiene und Körperpflege nehme ich es schließlich ganz genau, Olive!‹ Verstehst du? Hygiene, Sauberkeit. Als Kommentar zu schmutzigen Gedanken.«

»Könnten wir den ersten Teil der Strecke bitte schweigend zurücklegen?«, unterbricht Alice ihn. »Ich bekomme gerade ganz schlimme Kopfschmerzen.«

Wie durch ein Wunder fügt Kit sich, und während sie über das Autobahnnetzwerk gen Manchester rollen, lässt Alice den Gedanken freien Lauf, die sie immer verdrängt hatte, bevor sie Mary kennenlernte. Jetzt kann sie nicht umhin, sich vorzustellen, wie es wäre, hier auf der Suche zu sein mit einer anderen Zielperson im Kopf. Nur, dass das unmöglich wäre. Auf der Geburtstagskarte ihres Dads hatte keine Absenderadresse gestanden. Ohne es ausdrücklich zu formulieren, hatte er recht eindeutig klargemacht, dass es keinen weiteren Kontakt geben würde.

Das war für sie am schwersten zu verstehen: Wie konnte man sich von seiner eigenen Familie lossagen? Gab es in dem neuen Leben ihres Vaters keinen Platz mehr für noch einen Menschen? Vier Jahre nach seinem Verschwinden musste er noch an sie gedacht haben, weil er sich bei ihr gemeldet hatte. Aber ganz offensichtlich war sie ihm nicht wichtig genug, um weiterhin eine Rolle in ihrem Leben spielen zu wollen. Als sie ihrer Mum erzählte, was passiert war – dabei hatte sie immer noch Staub von der verbrannten Karte auf der Jeans –, hatte diese starr in ihrem eigenen Schmerz dagesessen wie immer. Alles, wozu sie sich durchringen konnte, war zu sagen, dass es eine ›Schande‹ sei.

Nun, das könnte sie jetzt noch einmal sagen. Eine *Schande*, weil Alice den Kampf gegen zwei Halbgeschwister verloren hatte, von deren Existenz sie überhaupt nichts gewusst hatte. Eine *Schande*, weil sie sämtliche Meilensteine ihres Lebens – den ersten Job, den ersten Freund, das erste Baby, das Eigenheim – ohne ihren Dad erleben würde. Eine *Schande*, denn wofür könnte man sich mehr schämen als für die Tatsache, dass der eigene Vater nichts mehr mit einem zu tun haben will?

Diese Enttäuschung war zwar nie verflogen, sie war aber schließlich weniger drängend geworden. Dadurch war es Alice möglich geworden, sich ein Leben aufzubauen, das ohne ihren Vater als Zeugen auskam. Denkt Mary, dass Jim sie sieht, wie sie Tag für Tag mit ihrem Schild dasteht? Wenn nicht physisch, dann wenigstens in Gedanken? Sie muss es glauben. Es sind extreme Schritte, die Kit und Alice nun unternehmen, sie durchqueren das Land in der bloßen Hoffnung, einen Mann zu finden, der seit sieben langen Jahren vermisst wird. Alice würde da nicht mitmachen, gäbe es nicht die kleine Chance, dass ihre Bemühungen Mary helfen könnten, ihr Leben gleichermaßen wieder selbst in die Hand zu nehmen.

»Ich brauche gleich deine Hilfe, Alice.«

Kit tritt auf die Bremse, um einen Kleinbus vom Standstreifen auf die Fahrbahn zu lassen. Alice' Telefon fliegt ihr aus der Tasche und landet auf ihrem Schoß. Sie ist sich unsicher, ob sie ihre E-Mails von der Arbeit checken soll.

»Alice?«

»Sorry.« Sie steckt das Telefon wieder in die Tasche. »Die Arbeit – du kennst das.«

»Du hast doch Urlaub, oder nicht? Schau nicht rein!«

Alice muss vorsichtiger sein; unter keinen Umständen darf Kit herausfinden, dass sie Journalistin ist. Es würde ihm eine falsche Vorstellung davon vermitteln, warum sie hier ist – warum sie sich angefreundet haben.

»Also bekommst du im Urlaub keine E-Mails von der Arbeit?«, fragt Alice, weil sie das Thema wechseln will.

»Bei meinem Job ist das unüblich.« Bevor sie fragen kann, was das genau bedeutet – sie leben schließlich im einundzwanzigsten Jahrhundert, und die E-Mail ist für niemanden mehr wegzudenken, der in einem Büro arbeitet –, schaut Kit panisch auf die Straßenschilder, die die kommenden Anschlussstellen ankündigen. »Ich brauche bald Hilfe beim Navigieren, ich glaube, wir sind in der Nähe.«

»Von der Werkstatt? Schon?«

Die dreistündige Fahrt ist wie im Flug vergangen. Kit blickt zu ihr und nickt genau in dem Moment, als er auf die mittlere Spur zieht und ganz knapp vor einem Lkw einschert. Das Auto schlingert nach rechts. Alice greift nach dem Türgriff.

»Verdammt, Kit!«

»Ich überprüfe nur, ob du wach bist.« Er grinst.

Die erste von fünf Zielpersonen soll sich in Levenshulme befinden; Kits Informant aus dem Forum hat sie in ein Industriegebiet an der Autobahn geschickt, wo kaum jemand unterwegs ist. Metallrohre ragen aus einem Bauelement neben einer Parkbucht, eine einzelne Badewanne steht davor. Man hört Bohrgeräusche und sonst nicht viel. Die Umgebung ist trostlos, doch schließlich, vermutet Alice, würde wohl niemand, der halbwegs klug ist, einen allseits beliebten Ort wählen, um vom Erdboden zu verschwinden.

»Ich denke, da vorne ist es, oder?« Kit zeigt auf die Tür der Werkstatt. Auf einem Schild steht *Robin's Motors* – oder es stände zumindest da, wenn das *o* nicht geklaut worden wäre.

Laut Kits Dossier gab es sechs unterschiedliche Posts, in denen behauptet wurde, dass ein Mann, dessen Beschreibung zu dem von Kit hochgeladenen Bild im Forum passte, hier kürzlich gesehen worden war. Alice sagt sich, dass es etwas zu bedeuten hat, so seltsam es auch klingen mag. Jim befindet sich womöglich gerade in dem Gebäude. Vor Aufregung werden ihre Hände feucht.

Es dauert eine Weile, bis jemand in der Werkstatt auftaucht. In der Mitte der Halle steht ein Auto auf einer Hebebühne, die Motorhaube ist weit geöffnet, und die vier Türen sind ausgebaut.

»Kann ich Ihnen helfen?«, fragt eine Stimme hinten aus dem Raum. Ein Mann, er ist mindestens sechzig, vielleicht noch älter, kommt langsam auf sie zu und wischt sich die Hände an einem Tuch ab, das ihm aus der Gesäßtasche hängt. »Reifenwechsel, hm?«

»Eigentlich sind wir auf der Suche nach jemandem.« Als

Alice Kits Stimme in dieser Umgebung – einer berauschenden Mischung aus Testosteron und Benzin – hört, ist sie überrascht, wie souverän er klingt. Das entgeht einem leicht, weil Kit so gar nicht prätentiös ist. Noch leichter entgeht es einem, wenn man sein Zuhause gesehen hat. Es gibt aber keinen Hinweis darauf, dass Kit sich seiner Art zu reden bewusst ist. »Er heißt James Whitnell.«

»Er könnte auch einen anderen Namen benutzen«, fügt Alice hinzu.

»Könnte er das?« Der Mann mustert beide. Alice wird sich plötzlich bewusst, wie sie aussehen: sie in ihrer hellblauen Strickjacke mit großen Perlmuttknöpfen und Kit mit seinem weit aufgeknöpften Holzfällerhemd, das den Blick auf ein fragwürdiges Schlangen-Tattoo auf seinem rechten Schlüsselbein erlaubt. »Sind wir von der Polizei?«

»Nein!«, antwortet Kit. Alice versteht nicht, wieso er in seinen achtundzwanzig Jahren auf Erden nicht gelernt hat, Ironie zu erkennen. »James ist der Freund einer Freundin. Wir versuchen, ihn zu finden.« Kit zeigt ihm einen Ausdruck des Fotos aus Marys Wohnzimmer.

»Ben?« Das Geräusch von Rädern auf Beton ertönt, und ein Rollbrett kommt unter einem Auto hervor. Der darauf liegende Körper steht nun langsam auf. Er gehört zu einem Teenager, der erst noch in seinen Overall hineinwachsen muss. »Hol mal bitte Mike aus dem Lager.«

Alice' Herz hämmert wie wild in ihrer Brust. Sie blickt zu Kit, wie auf der Suche nach Bestätigung für ihre hörbare Angst. Sie hatten noch keine Gelegenheit, darüber nachzudenken, was sie tun, wenn sie Jim finden – was sie sagen würden. Wenn sie bei diesem ersten Versuch Glück haben würden, wäre Alice Kit ganz schön viel schuldig.

»Was ist los, Robin?«

Alice unterdrückt das Verlangen, sich auf die Zehenspitzen zu stellen und diese elende Erwartung zu beenden. Im Affekt – das wird sie später leugnen – streckt sie die Hand aus und stupst Kit an, damit er seine aus der Tasche holt.

Der Mensch, der auftaucht, ist groß. Er hat dunkles Haar und warme haselnussbraune Augen, eine Narbe zerteilt seine linke Braue. Der Overall steht ihm. Er ist so gut aussehend, dass Alice vermutet, ihm würde auch ein Müllbeutel stehen.

»Diese beiden glauben, dass sie dich kennen.« Der ältere Mann zeigt auf sie, lehnt sich zurück und schaut sich das Geschehen an.

»Ich sie aber nicht.« In Mikes Stimme deutet nichts darauf hin, dass er nicht Jim ist; auch nicht in seinen Gesichtszügen. Doch er scheint genauso überrascht zu sein wie sein Chef, dass ihn jemand ausfindig machen will.

»Wir suchen nach diesem Typen«, sagt Kit und zieht seine Hand widerwillig aus Alice' Griff, um Mike das Bild zu reichen.

»Ich bin aber nicht dieser *Typ*«, antwortet er und macht Kits feinen Akzent gekonnt nach.

»Sind Sie sicher? Er heißt James Whitnell«, insistiert Kit.

»Ich bin mir ziemlich sicher, danke der Nachfrage.«

»Und haben Sie irgendetwas, um das zu beweisen?«, hakt Kit nach. Alice merkt, wie sie vor lauter Fremdscham in sich zusammensackt. Kit blickt sie auf der Suche nach Unterstützung an, doch damit kann sie nicht dienen.

»Es beweisen? Verdammt – ich beweise es, wenn ihr dann Leine zieht. Was wollt ihr? Einen Bluttest? Einen Besuch von meiner Mutter?«

Endlich bemerkt Kit, dass die Stimmung in der Garage gekippt ist: Er steckt das Bild weg und kneift sich in den Nacken, dabei blickt er sich sehr interessiert auf den eigenen Ellbogen.

Mike greift sich in die Tasche, und eine Sekunde lang denkt Alice, die Hand würde zur Faust geballt wieder hervorschnellen. Sie macht einen kleinen Schritt zurück, in Richtung Eingang. Erleichterung macht sich breit, als Mike stattdessen eine Geldbörse herauszieht. Kit reißt die Augen auf, während er seine Karten durchsieht und dann eine in die Hand nimmt.

»Gut, bitte schön.« Er nimmt seinen Führerschein und hält ihn Kit derart nah vor die Augen, dass er so überhaupt nichts lesen kann.

Michael Weston. Geboren 1983. Wenn Mary um die vierzig ist und Jim einige Jahre älter … Alice versucht, im Kopf nachzurechnen, gelangt aber nur zur Erkenntnis, dass Mike etwa zehn Jahre zu jung ist, um Jim sein zu können. Es gab in diesem Forum sechs verschiedene Posts, die diesen Ort mit einem Mann in Verbindung bringen, der Jim von dem Foto ähnlich sieht – wie kann es sein, dass alle danebenliegen?

»Kann ich jetzt weiterarbeiten?«

»Es tut mir leid«, sagt Alice, bevor Mike wieder im Lager verschwindet. Sie denkt kurz daran, ihm die Angelegenheit zu erklären, merkt aber, dass sie wohl auf taube Ohren stoßen würde. Und so niedergeschmettert, wie sie ist, würde sie auch nur schwerlich die Energie dafür aufbringen. Mike scheint sowieso gar nicht zuzuhören. Alice wendet sich an Robin, dem anscheinend zumindest die Vorstellung gefallen hat. »Sorry.«

Er lächelt. »Unser Mike kann ganz schön launisch sein. Er arbeitet schon seit fast zwanzig Jahren bei mir, stellt euch das mal vor. Mit sechzehn wurde er von der Schule geworfen und musste hier seine Sozialstunden ableisten. Seitdem bin ich ihn nicht mehr losgeworden. Er ist ein guter Junge, wirklich.«

»Bestimmt. Ich … Wir wollten nicht …«

»Ich weiß.« Robin steht auf, verschränkt die Finger und drückt sie durch, damit die Gelenke knacken.

»Er meint es nicht böse. Und viel Glück bei der Suche nach eurem Mann. Sieht so aus, als könntet ihr es gebrauchen.«

Als sie wieder im Auto sind, knallt Alice die Tür so fest zu, dass der Außenspiegel wackelt.

»Vorsicht, Al, ich will da nicht wieder rein und Mike bitten, ihn zu reparieren.«

Wenn Blicke töten könnten, hätte Kits letztes Stündchen geschlagen.

»Immerhin können wir diesen Ort abhaken, oder?«, fragt er beschwichtigend. Er will ihr Knie berühren, doch sie rutscht näher ans Fenster. Seine Hand fällt auf den Schaltsack. »Allie?«

Sie blickt Kit nicht in die Augen. Wie konnte sie nur so naiv sein und glauben, dass sie gleich beim ersten Versuch Glück haben würden? Dennoch, es gibt im Leben wenig Schlimmeres als Hoffnung, die erweckt und dann zunichte gemacht wird. Alice dämmert, wie schrecklich Mary sich bei der Mitgliederversammlung gefühlt haben muss.

»Wir haben noch vier Zielpersonen, die wir abarbeiten müssen«, fährt Kit fort. »Kopf hoch.«

KAPITEL 32

2010

»Ich dachte, wir könnten am Birling Gap wandern«, sagte Jim und hielt sich am Treppengeländer fest, während er seinen zweiten Turnschuh anzog. »Es ist zwar ein wenig hügelig, aber es sind nur drei Meilen. Ich habe uns Proviant eingepackt.«

Es war ein Märztag, der letzte Tag eines langen Wochenendes bei Jims Eltern in Sussex. Mary saß auf der untersten Treppenstufe und blickte zu Jim hoch. Frische Luft und Sonne hatten Wunder bei ihm bewirkt, er sah gesund aus. Sie waren schon seit fünf Jahren zusammen, doch Mary konnte von seinem Anblick immer noch nicht genug bekommen.

Ausnahmsweise war sie es heute gewesen, die versucht hatte, ihn so lange wie möglich im Bett zu halten, indem sie ein Bein über ihn gelegt hatte. Aber Jim wollte aufstehen, er wollte raus, und Mary wusste, dass sie seiner grenzenlosen Energie nicht im Weg sein sollte.

»Yessir«, salutierte sie zum Spaß. Dann schnappte sie sich ihren Anorak und band ihn sich um die Taille. Jim nahm ihre Hand. »Nach dir.«

Ein Jahr war vergangen seit seiner unerklärten Abwesenheit von der Arbeit, in deren Folge sie sich fast getrennt hätten. Bei dem Tauffest damals hatte Mary gesagt, dass sie in guten wie in schlechten Tagen für Jim da sein wollte. Die letzten paar Tage waren einige der besten gewesen. Solche Augenblicke hatten ihr in den vergangenen Monaten über schwere Zeiten hinweggeholfen. Sie blickte zu Jim, ein zufriedenes Lächeln umspielte seine Lippen, und sie versuchte, das Bild in ihrem Gedächtnis abzuspeichern.

Inzwischen hatte Mary verstanden, dass Jim nicht von ihr gerettet werden musste, dass sie vielmehr lernen musste, mit seinen Stimmungsschwankungen umzugehen. Was ging in ihm wohl gerade vor sich? Ihr größter Wunsch war, dass er mit sich selbst ins Reine käme. Sie hatte ihren Frieden damit gemacht, dass sich Dinge in seinem Kopf abspielten, die sie niemals verstehen würde, doch das bedeutete nicht, dass sie sich nicht weiterhin nach seinem Vertrauen sehnte oder hoffte, dass er sich ihr eines Tages rückhaltlos anvertrauen würde.

Mary wusste nicht mehr, wie viele Stunden sie seit jener Tauffeier damit verbracht hatte, ›Depressionen‹ zu googeln und zu recherchieren, welche Art von Hilfe Jim brauchte. Es gab unzählige Therapien, Medikamente und ganzheitliche Ansätze. Etwa zwei Wochen später, als die Situation zwischen ihnen wieder entspannt war, legte sie Jim einen Stapel mit Ausdrucken vor, auf denen sie entsprechende Angebote in der Nähe markiert hatte. Er hatte die Unterlagen nicht einmal aus Höflichkeit durchgeblättert. Stattdessen hatte er sie, zusammen mit den schmutzigen Tellern vom Abendessen, weggeschoben, gelächelt und mit beiden Händen nach ihrer Hand gegriffen. *Darum kümmere ich mich selbst. Das ist meine Aufgabe.*

Und auch, wenn Jim vielleicht selber dazu in der Lage gewesen wäre, hatte er – soweit Mary wusste – nie mit einem Arzt über seine Probleme gesprochen. Es hatte nie eine formale Diagnose gegeben. Sie hatte ihre eigenen Schlussfolgerungen gezogen, was mit ihm nicht stimmte – chronische Depression –, doch sie war Künstlerin, verdammt, keine medizinische Fachkraft. Dennoch kannte sie ihn gut genug, um zu verstehen, warum er sich so gegen Hilfe sträubte: Es würde seine Privatsphäre verletzen. Diese Dinge waren mit Scham behaftet, die Krankheit war ein Stigma. Jim klammerte sich an die Vorstellung eines normalen, erfolgreichen Lebens, obwohl er kurz davorstand, es für immer zu verlieren. Seit seiner Magen-Darm-Lüge vor einem Jahr hatte er nie wieder bei der Arbeit gefehlt.

»Darf ich?« Sie hatten einen Zauntritt erreicht, und Jim reichte ihr eine Hand, um ihr beim Hinübersteigen zu helfen, dabei verbeugte er sich wie ein Höfling.

Das war der alte Jim. Niemand sonst konnte sie so zum Lachen bringen wie er. Vorgestern hatte er vergessen, dass er ein Huhn in den Ofen gestellt hatte, und nach vier Stunden hatte er nur noch ein schwarzes Gerippe vorgefunden. Von ihrem hysterischen Lachanfall schmerzten Mary die Bauchmuskeln. Sie hatten sich geschüttelt vor Lachen und gehofft, dass dieser Moment niemals enden würde.

»Sehr gerne.«

Sie sprang auf die andere Seite, Jim war gleich hinter ihr. Er drückte ihr einen Kuss auf das Stück Haut zwischen Pullover und Zopf. Dort kribbelte es.

Sie fielen wieder in angenehmes Schweigen zurück. Vor ihnen flatterten vier Vögel durch die Luft. Sie hatten alle einen schwarzen Kopf und eine dunkelorangefarbene Brust. *Rotschwänzchen?*, fragte Mary sich. Dad hätte es gewusst – er war ein grandioser Vogelbeobachter gewesen. Bei dem Gedanken an Dad fiel ihr ein, dass sie Mam anrufen musste. Mam hatte zwar viel zu tun, weil Gavin vor einigen Monaten sein erstes

Kind bekommen hatte, aber Mary wusste, dass sie sich dennoch ständig um ihre einzige Tochter sorgte, die auf der anderen Seite der Irischen See lebte.

Natürlich hatte Mary Mam gegenüber in letzter Zeit Jims Probleme mit keinem Wort erwähnt. Sie konnte sich nicht dazu durchringen, davon zu erzählen, wo er selbst so sehr bemüht war, alles mit sich alleine auszumachen und nichts nach außen dringen zu lassen. Aber das war nicht der einzige Grund. Mary wollte glauben, dass nur sie Jim helfen konnte, seine depressiven Episoden zu überstehen. Ein falscher Kommentar von Mam, und Mary würde wieder denken, wenn sie sich nur mehr bemühte, würde es Jim besser gehen. Wenn sie bloß gut genug wäre, hätte er ohnehin nie einen Grund gehabt, sich so zu fühlen.

Zumindest lenkte ihre Arbeit sie von der zunehmenden Isolierung ab, die daraus erwuchs, dass sie Jim zu seinen Bedingungen unterstützte. Im Januar war es fünf Jahre her gewesen, seit sie sich mit ihren Stoffkarten selbständig gemacht hatte, und obwohl ihr Geschäft nicht mehr wuchs, war ihr Umsatz Jahr für Jahr stabil. Das war auf jeden Fall ein Erfolg, und weil sie sich das alles selbst erarbeitet hatte, konnte Mary stolz darauf sein, sosehr sie auch Selbstbeweihräucherung verabscheute.

»Hast du Hunger?« Jim hatte in der Ferne eine Bank erblickt. Dort hatten sie immer schon gern gesessen, weil man eine wundervolle Sicht auf die Kreideklippen hatte. Meistens war diese Sitzgelegenheit schon von einem anderen Paar besetzt, aber heute nicht.

»Immer.«

Sie schmiegten sich aneinander, und Jim holte zwei Äpfel, eine Packung Kekse und eine Thermoskanne mit Tee aus dem

Rucksack. Er hatte seit drei Monaten keinen Tropfen Alkohol mehr angerührt. Wenn er etwas versprach, tat er alles dafür, es zu halten. Trinken würde immer ein Problem für ihn sein, aber solange er sein Wort hielt und für Mary da war, bis ans Ende der Welt oder bis nach Ealing, würde sie ihm beim Rest behilflich sein.

Jim schenkte ihr eine Tasse ein, reichte sie ihr und legte ihr dann den Arm um die Schultern. Mary verschmolz mit ihm, wie immer. Sie verlor ihr Zeitgefühl, wenn sie sein Profil betrachtete, das zugleich edel und verspielt aussah. Sie fuhr ihm mit den Fingern über das Schlüsselbein, stellte sich vor, wie sie zu Hause ins Bett fielen und sie den Kopf dorthin legte, wo er hingehörte: auf sein Herz.

»Es ist nett von deinen Eltern, dass sie uns hier wohnen lassen«, sinnierte Mary.

Sie sollten häufiger hierherkommen. Wenn sie nur zu zweit waren – und die Arbeit in der Enge und dem Smog der Stadt hinter sich ließen –, schien alles viel leichter. Mary wurde wieder bewusst, dass eine solche Liebe nicht alltäglich war. Genau genommen war es so, dass die meisten Menschen so etwas nie erlebten. Sie hatte unermessliches Glück.

»Sie sind ohnehin fast nie hier.«

In Jims Stimme lag keine Feindseligkeit, eher eine seltsame Neutralität. Mary wusste, dass er nie so ein enges Verhältnis zu seinen Eltern gehabt hatte wie sie, dass er unter dem Druck gelitten hatte, den er immer von ihnen gespürt hatte. Vielleicht hatte Jim ihnen deswegen, oder auch wegen allem, was ihn sonst noch belastete, nie erzählt, wie sehr er mit seiner Psyche zu kämpfen hatte. Mary konnte sich nicht ausmalen, was sie sagen würden, falls er sich ihnen öffnete. Die Eltern waren reserviert, alles andere als herzlich. Wenn dem nicht so wäre, hätte Richard sicherlich Hilfe für Juliette gesucht, die immer nur halb anwesend zu sein schien im Hier und Jetzt – die andere Hälfte war stets bei Sam.

»Ich für meinen Teil bin sehr froh, hier zu sein.« Mary küsste Jim auf die Wange. Er hatte keinen Rasierer mitgenommen, und langsam wuchs ihm ein Bart.

»Ich auch. Ich habe neulich über uns nachgedacht …«

Seit jenem schrecklichen Gespräch im vergangenen Jahr bekam Mary jedes Mal Herzrasen, wenn Jim ihre Beziehung erwähnte.

»Und mir wurde klar, wie viel ich dir schuldig bin.«

Sie runzelte die Stirn.

»Ich weiß, dass es nicht immer leicht gewesen ist«, fuhr Jim fort. »Oder dass es mit *mir* nicht immer leicht gewesen ist. Ich weiß, dass ich nicht mehr darüber gesprochen habe, was in meinem Kopf vor sich geht, weil ich dich nicht verunsichern oder verletzen will und weil ich meine Gefühle manchmal nicht in Worte fassen kann.« Mary drückte seine Hand ein wenig fester. »Letztes Jahr war ich völlig am Boden. Es war schlimmer als damals, bevor wir uns kennenlernten. Ich weiß nicht, woran es lag oder woher es kam, aber ich war an meinem Tiefpunkt angekommen. Ich wollte vor meinem eigenen Kopf wegrennen – den schrecklichen Gedanken darin.«

Mary fragte sich, ob Jim dieses unendliche Verlangen wegzulaufen jemals loswerden würde. Er hatte es zum ersten Mal erwähnt, kurz nachdem sie sich kennengelernt hatten, als er ihr von Sam erzählt hatte. Diese Rastlosigkeit war ein Teil von Jim, der sie immer schon beunruhigt hatte. Aber hatten sie sich nicht genau hier versprochen, gemeinsam an ihren Problemen zu arbeiten?

»Und du bist bei mir geblieben und hast darauf gewartet,

dass es mir besser geht. Ich danke dir so sehr, dass du mich nicht verlassen hast.«

»Du musst mir nicht dank…«

»Doch«, unterbrach Jim sie. »Muss ich sehr wohl. Weil du zu gut und zu geduldig bist, um zu verstehen, was mir das bedeutet. Erst als ich meinen Tiefpunkt erreicht hatte, wusste ich, dass ich dich als sicheren Hafen brauche, zu dem ich heimkehren kann.«

»Ich liebe dich.«

»Ich liebe dich auch. Du wirst nie erfahren, wie sehr, Mary. Aber glaub mir, ohne dich wäre ich verloren.«

Ihr wurde plötzlich klar, dass sie die Liebe bisher verkehrt herum betrachtet hatte. Sie hatte sich dem Thema von der falschen Seite genähert, sie hatte die Höhenflüge im Blick gehabt und war dabei nicht annähernd dazu gekommen, die Liebe in ihrer Gesamtheit zu verstehen. Bei Liebe ging es nicht um die Augenblicke, in denen man gemeinsam tanzte, es ging darum, dem anderen aufzuhelfen, wenn er am Boden lag.

Vor Jim hatte ihr Leben stagniert, sie hatte zu Hause und in einem Job, der sie nicht erfüllte, festgesteckt. Jim gab ihr das nötige Selbstvertrauen, um loszulegen. Er rettete sie, indem er ihr zeigte, dass ›okay‹ nicht gut genug war für sie, er führte sie aus dem Tief heraus, obwohl sie ihr Schicksal akzeptiert hatte. Nun lag es an Mary, dasselbe für ihn zu tun, allerdings unter völlig anderen Umständen, mit einem viel höheren Einsatz. Jim zu verlieren, war undenkbar – er war alles für sie.

Als sie wieder sprach, schien es, dass ihre Stimme laut genug war, fest genug, um bis aufs Meer hinauszutragen.

»Ich werde immer dein sicherer Hafen sein, zu dem du heimkehren kannst.«

KAPITEL 33

2018

In den letzten beiden Tagen haben Alice und Kit drei der noch übrigen vier Zielpersonen aufgesucht; die Reise hat sie im Zickzack durch Nordengland geführt. Sie haben den Leiter eines Postdepots in Liverpool angesprochen und einen weiteren halben Tag damit verbracht, sich zu überzeugen, dass Stephen, der Wirtschaftsprüfer, der ein Team elf gewiefter Spürhunde in York leitet, mit Sicherheit nicht ihr Mann ist.

Gestern konnten sie dank Kits Hartnäckigkeit in einem Pflegeheim in der Nähe von Newcastle zwei Minuten mit Owen sprechen, der seit vier Jahrzehnten als Hausmeister und Gärtner bei ›Tyneside Betreutes Wohnen‹ arbeitete. Er hätte als einer der Achtzigjährigen in seiner Obhut durchgehen können; als er Stein und Bein schwor, dass während seiner Amtszeit auf dem Gelände niemand gearbeitet habe, der Jims Bild entsprach, vertrauten sie seiner überlegenen Weisheit in dieser Hinsicht.

Nun ist nur noch ein Ziel auf ihrer Liste übrig – eine Farm in der Nähe von Alnwick in Northumberland. Laut der Informationen aus dem Vermisstenforum haben drei Angestellte dort vor sechs Monaten einen Mann gesehen, der aussah wie Jim auf dem Foto. Er war mit einem anderen, wahrscheinlich älteren, Mann unterwegs. Obwohl sich das plausibel anhört, verliert Alice alle Hoffnung. Das ist ihre letzte Spur. Wenn man an die ersten vier Fehlschläge denkt, kann man sich schwer vorstellen, warum diese Begegnung anders verlaufen sollte.

Kit besteht auf einer Übernachtung vor diesem letzten Versuch. Alice kann es ihm nicht verübeln, er ist die ganzen Strecken allein gefahren. Außerdem ist es schon nach zehn, als sie an einem Hostel ankommen, und Kit schläft oben im Hochbett ein, bevor Alice sich noch die Schuhe ausgezogen hat. Sie ist gereizt und weiß selbst, wie irrational das ist. Aber ohne Kit als Gesprächspartner wird sie ihre quälenden Gedanken nicht los.

Was ist, wenn sich die letzte Zielperson wieder als Niete herausstellt? Was dann? Soll sie dann nach Hause fahren und Mary gegenüber so tun, als hätte dieser verrückte Ausflug nie stattgefunden? Soll sie Mary dazu überreden, sich der Gegenwart wieder zuzuwenden ohne eine Antwort auf die Fragen, die sie seit sieben Jahren an die Vergangenheit fesseln? Nein, eher wird man Schweine über Heathrow fliegen sehen, bevor Alice mit leeren Händen nach Ealing zurückkehrt.

Sie dreht sich auf die Seite und versucht, Kits Schnarchen auf einem Ohr abzublocken. Nachdem sie so lange Schulter an Schulter im Auto saßen, fühlt es sich seltsam an, in der Nähe und doch nicht neben ihm zu schlafen. Alice will die Bilder aus ihrem Kopf vertreiben und greift nach ihrem Handy. Jetzt oder nie.

Seit einem Jahrzehnt, seit sie herausgefunden hat, dass ihr Dad eine andere Familie ihr und ihrer Mum vorgezogen hat, hat sie das Vermisstenforum gemieden. Es hatte ihre Albträume beherrscht. Doch wenn sie seinen Verlust aus ihrem Leben tatsächlich verarbeitet hat – sollte sie sich dann nicht auch diesem letzten Dämon stellen können? Wenn nicht für sich selbst, dann für Mary.

Mit zitternden Fingern tippt Alice die Internetadresse des Forums in ihren Internetbrowser. Sie loggt sich mit ihrem Usernamen ein, den sie immer noch in- und auswendig kennt. *AliceAlone92*. Doch dieses Mal interessiert sie sich nicht für die Seite ihres Vaters. Sie tippt »James Whitnell« in die Suchleiste, und die Seite lädt.

Sie überliest die vielen Posts, die ihnen Mut machen und Hoffnung geben sollen, denn sie weiß, dass Kit sich das alles gut durchgelesen hat. Stattdessen tippt sie eine kurze Nachricht, in der sie noch einmal um Hinweise bittet, und drückt auf *posten*. Nun hat sie alles getan, was in ihrer Macht steht. Bevor Alice ihr Telefon ausschaltet, verändert sie die Einstellungen im Forum, damit ihr bei jeder Antwort eine Nachricht aufs Handy geschickt wird.

Nach einer unruhigen Nacht fahren Kit und Alice, so schnell es mit dem Micra geht, zu der Farm an der schottischen Grenze, wo man, laut einer von Kits Fußnoten, nebenbei Herdenschutzhunde ausbildet. Nach vierzig Minuten Fahrt zeigt ihr Navi keinerlei menschliche Behausung mehr an; Kit glaubt aber, dass hier ihr letztes Ziel liegt.

»Schaffen wir es noch bis dorthin?« Die Stoßdämpfer des Micra sind kaputt, und Alice spürt bei jeder Unebenheit auf der Schlammpiste, dass ihr das Morgenmüsli wieder hochzukommen droht.

»*Absolutamente!*« Kit versucht, im Takt eines flotten Popsongs aus dem Radio in die Schlaglöcher zu fahren, doch der Tanz des Wagens erinnert mehr an einen betrunkenen Onkel auf einer Hochzeit als an eine Animierdame auf Ibiza.

Trotz ihrer Übelkeit lacht Alice. Vielleicht sind sie hier die einzigen Menschen in einem Radius von zwanzig Meilen – eine Hügellandschaft erhebt sich vor ihnen, keine Menschenseele ist zu sehen. Vor zwei Wochen, als Alice Mary kennenlernte und dann kurz darauf gezwungen war, sich mit ihrer unsicheren beruflichen Zukunft auseinanderzusetzen, hätte sie sich nicht träumen lassen, dass sie hier landen würde. Und dann auch noch ausgerechnet mit Kit. Zum ersten Mal dämmert Alice, wie viel Glück sie mit ihm als Mitstreiter hat.

»Das muss es sein.« Kit zeigt auf eine Scheune vor ihnen.

Er hält an, und sie steigen aus. Sie hören Hundegebell, und Alice verspürt Angst. Seitdem sie als Kleinkind von einem übermütigen Dobermann im Park umgeworfen wurde, hat sie eine – wie sie sich selbst eingesteht – irrationale Angst vor Hunden.

»Abholen oder abgeben?« Ein Mann mit einer leuchtend roten Kappe taucht auf. Hinter ihm sieht Alice drei junge Männer in Westen, die ausmisten und Futtertröge füllen.

»Ähm … weder noch.«

Nach vier seltsamen Begegnungen hätte Alice gedacht, dass Kit sich inzwischen eine geschmeidigere Begrüßung zurechtgelegt hat. Vielleicht ist seine Müdigkeit daran schuld, andererseits findet Alice seine Unbeholfenheit liebenswert.

»Wir sind auf der Suche nach einem Vermissten«, erklärt Kit. »Und wir haben eine Nachricht bekommen, dass er vor sechs Monaten hier gesehen wurde, mit einem älteren Mann. Vielleicht waren die beiden hier, um mit einem Ihrer Männer über einen Hund zu sprechen?«

Der Mann streckt die Zungenspitze aus einem Mundwinkel und versucht, ein Lachen zu unterdrücken.

»Im Ernst?«

Alice zieht das ausgedruckte Bild von Jim aus der Tasche. Es wurde die ganze Woche lang so viel herumgereicht, dass auf seinem Gesicht tiefe, helle Falten entstanden sind. »Das ist der junge Mann – Jim oder James. Wir haben keine Ahnung, mit wem er zusammen unterwegs war.«

»Einen Moment.« Er nimmt das Bild und geht damit zur Scheune.

Alice blickt zu Kit. Sie wünscht sich, dass er einen seiner schlaksigen Arme um sie legt. Tanzen scheint nicht so ihre Stärke zu sein, aber vielleicht das Trösten. Nach vier Fehlschlägen und unzähligen falschen Fährten fühlt Alice einen leichten Schwindel. Es steht so viel auf dem Spiel, dass sie – wenn sie nichts erreicht, wenn sie Mary *im Stich lässt* – nicht weiß, ob sie es schafft, sich selbst nach diesen missglückten Ermittlungen wieder aufzurappeln.

»Ja, die Jungs glauben, dass sie ihn gesehen haben. Aber Sie haben recht, sie glauben, dass das schon länger her ist. Wenn Sie möchten, kann ich einmal in unsere Aufzeichnungen schauen.«

Alice ist zu baff, um etwas zu erwidern. Hat sie richtig gehört?

»Sehr gern. Danke Ihnen. Wir danken Ihnen beide. Danke.« Kit sieht so aus, als würde er sich gleich verbeugen, und Alice rammt ihm einen Ellbogen in die Seite. Sie will diese vielversprechende Spur nicht wegen seines Geschwafels verlieren.

Der Mann führt Alice und Kit in einen Wohnwagen hinter dem Bauernhof. Dort ist es heiß wie in einem Backofen. »Mein Büro«, erklärt er. Und Alice dachte, bei *The Bugle* wäre es chaotisch. An allen Wänden stapeln sich leere Käfige, Hundefutter liegt auf dem Teppich. Und der Müll der menschlichen Besucher quillt aus dem Mülleimer. Wie es aussieht, isst man hier gern Schokoriegel.

Kit bietet ihr den Stuhl an, stellt sich hinter sie und legt seine Hände auf die abgewetzte Rückenlehne.

»Ich heiße übrigens Alan. Ich bin der Besitzer der *Verrückten Hundehütte*.«

»Alice. Und Kit.« Sie zeigt hinter sich.

»Ist dieser James ein Freund von euch?« Alan wühlt sich durch einen Stapel Kladden auf seinem Schreibtisch und wirft dabei den Großteil hinter sich auf den Boden.

»Ein Freund von einer Freundin.« Alice lächelt. »Das ist eine lange Geschichte, aber er ist verschwunden und sie … ist nie darüber hinweggekommen. Und in letzter Zeit hat der Fall ein wenig Aufsehen erregt, deswegen wollten wir versuchen, ihn zu finden. Damit sie mit der Sache abschließen kann.«

Alan seufzt. »Unser Nick hat euch übrigens geschrieben.« Er macht eine Kopfbewegung dorthin, wo die Männer Hunde anleinen. »Mein mittlerer Sohn. Sein bester Freund wird nach einer gemeinsamen Partynacht in Sunderland vermisst. Nick war an dem Abend der Fahrer, und er hat sich auf den Weg gemacht, als Joe nicht aufgetaucht ist. Er dachte, er hätte sich ein Mädel aufgerissen. Niemand hat seitdem von ihm gehört. Die Polizei glaubt, dass Joe tot ist. Vielleicht in einen Fluss gefallen. Nick hat sich selbst nie vergeben.«

»Das ist furchtbar«, antwortet Alice.

»Das stimmt. Nick ist ein guter Junge. Aber er hat das Gefühl, er hätte seinen Kumpel Joe im Stich gelassen. Er verzeiht sich das nicht, da können wir sagen, was wir wollen. Er hat mir erklärt, dass er deswegen versucht, anderen Menschen in diesen Vermisstenforen zu helfen.«

»Dafür sind wir sehr dankbar.« Kits Fingerspitzen streifen die Rückseite von Alice' T-Shirt.

»Vielleicht habe ich auch nichts für euch. Vor sechs Monaten war Februar, da ist hier nicht viel los … Nick glaubt wohl, dass es sich um einen Verkauf gehandelt hat. Stimmt, in diesem

Monat waren es fünf.« Er dreht die Kladde um und schiebt sie zu Kit und Alice. *Matthew Merton, Paul Purdy, Grant McInerny, Anthony Sifford, Scott McNaughton*. Kein James oder Jim dabei.

»Darf ich?« Kit zeigt auf sein eigenes Telefon. Alice ist überrascht, als sie sieht, dass fast alle Balken beim Empfang angezeigt werden.

»In Ordnung. Aber bitte nicht weitersagen, woher du die Namen hast.«

»Natürlich nicht«, antwortet Kit. »Meine Lippen sind fest verklebt – sagt man das nicht so?«

Versiegelt, denkt Alice, aber warum sollte sie ihn korrigieren, wenn sie vierzehn Tage damit verbracht hat, nach einem Mann zu suchen und nun plötzlich fünf weitere aufgetaucht sind, die sie aufspüren müssen, obwohl ihr nur noch drei Tage bleiben, bis sie bei Jack den Artikel einreichen muss? Sie weiß nicht, ob sie weinen oder schreien will – aber in ihrer Brust braut sich etwas zusammen. Wahrscheinlich will sie beides.

»Tut mir leid, dass ich euch nicht richtig helfen konnte.« Alan richtet seine Entschuldigung an Alice.

»Danke, alles gut«, antwortet Kit. »Wir stören auch nicht länger.«

Im Auto sackt Alice in sich zusammen und stößt mit dem Kopf ans Handschuhfach. Schon wieder Zeit verschwendet. Das war es dann – sie können unmöglich fünf neuen Spuren nachgehen, wenn Kit den Wagen Sonntagabend zurückgeben muss. Und selbst wenn es möglich wäre, was würde es bringen? Sie sind – im wörtlichen und im übertragenen Sinne – am Ende der Straße angelangt.

Alice spürt den leichten Druck von Kits Handflächen zwischen ihren Schulterblättern. »Hey. Wir haben es versucht.«

»Das reicht nicht«, murmelt sie. Sie sagt ihm nicht, dass sie gerade eben den Artikel verloren hat, der ihr den Job hätte retten können. Der einzige wichtige Grund rutscht ihr stattdessen heraus: »Mary.«

»Was sie nicht weiß, wird ihr nicht weh tun. Zumindest in diesem Fall. Sie weiß nicht, dass wir hier sind.«

Alice blickt auf. Kit lehnt sich zu ihr, ist so nah bei ihr, dass sie genau sehen kann, wo sich seine langen, giraffenähnlichen Wimpern überkreuzen. Ihre Lippen zittern. Ihr Herz pocht wie verrückt.

Und dann surrt ihr Telefon. Eine Textnachricht. *Unbekannte Nummer*.

Alice klickt darauf und bemerkt, dass es sich um eine neue Benachrichtigung direkt aus dem Vermisstenforum handelt – sie hatte gestern Abend die Einstellungen geändert. In dieser Nachricht ist nur die erste Zeile zu sehen: *James Whitnell: Ort.*

Sie klickt auf den eingebetteten Link zum Forum und betet, dass sie genug Empfang hat, damit die Webseite lädt.

»*Que pasa?*«

Alice findet den obersten Post. Er besteht nur aus drei Wörtern und einer Nummer mit einer Vorwahl, die sie absolut nicht einordnen kann: *Ruf mich an.*

KAPITEL 34

2018

Nur das leise Schnaufen überzeugt Alice davon, dass am anderen Ende der Leitung jemand ist.

»Hallo? Hier spricht Alice Keaton. Ich habe im Vermisstenforum etwas über James Whitnell gepostet. Wir sind gerade auf der Suche nach ihm. Bisher erfolglos …«

»Weil du am falschen Ort suchst.« Als die Stimme endlich ertönt, klingt sie heiser, der düstere Bariton eines Mannes, der vom Leben erschöpft scheint.

»Jim, bist du das?«

Alice hört ein Schnauben, das Belustigung oder Irritation bedeuten könnte.

»Das muss ich ja wohl fragen.« Alice blickt zu Kit, der komische Handbewegungen macht und das Wort »Lautsprecher« so wenig erfolgreich ›flüstert‹, dass sie das Mikrophon mit einer Hand abdecken muss, um sicherzustellen, dass man es am anderen Ende nicht hören kann.

»Nein. Und da bin ich froh drüber, bei dem ganzen Chaos, das er veranstaltet hat.«

»Also kennst du ihn?« Gleich stellt Alice die alles entscheidende Frage. Sie atmet tief ein: »Lebt er noch?«

Der Mann hustet so laut, dass es sich anhört, als hätte er sich eine Rippe gebrochen.

»Yo«, sagt er schließlich.

Alice lässt den Kopf erleichtert in den Nacken fallen. »Gott sei Dank, also …«

»Ich kann jetzt nicht reden. Ihr müsst zu mir kommen.«

»Oh, okay, dann brauchen wir die Adresse…«

Sie sucht auf dem Armaturenbrett nach einem Stück Papier und macht verzweifele Kritzelbewegungen in Kits Richtung. Er zieht einen ramponierten Kuli aus seiner Gesäßtasche.

»Du gibst nicht auf, oder?«, fragt der Mann.

Alice spielt mit dem Gedanken zuzugeben, dass sie kurz davor waren, umzukehren und sich geschlagen zu geben. Streng genommen müsste sie das erst noch mit Kit besprechen, aber sie wussten beide, worauf ein solches Gespräch hinauslaufen würde.

»Nein«, antwortet sie. »Nicht, bevor ich Jim gefunden habe.« Alice weiß nicht, woher sie diese neue Energie nimmt. »Für Mary, für ihren Seelenfrieden.«

»Ich dachte, Mary würde aufgeben«, sagt er. »Das ist nicht richtig, da kann er sagen, was er will.«

»Wir brauchen Antworten.« Das klingt viel unverblümter, als Alice gehofft hatte, wie ein ungehaltenes Kind. Sie wünschte, sie könnte ihre Worte zurücknehmen, aber es ist zu spät. »Ich meine, wir sind es Mary schuldig. Wir sind ihre Freunde.«

»Das habe ich schon mitbekommen. Hör mal, etwas solltest du wissen …« Am anderen Ende der Leitung ertönt ein Klopfen. Alice hört Schritte und eine weitere männliche Stimme. Sie hat Angst, dass aufgelegt wird und damit ihre einzige Chance, Jim zu finden, vertan ist. »Ich muss jetzt Schluss machen, ich schreib dir.«

»Moment, die Adresse …?«

Er legt auf, bevor sie ihre Frage ganz ausgesprochen hat.

»Was ist los? Wer war das?« Kits Enthusiasmus sorgt nur dafür, dass Alice ihr Versagen umso deutlicher verspürt. Sie wirft den Stift weg. Mit einem lauten Klacken fliegt die Mine gegen die Windschutzscheibe.

»Ich habe die Adresse nicht bekommen.«

»Hat er sich denn glaubwürdig angehört? Als würde er Jim kennen?«

»Ich weiß nicht.« Sie sieht sich kurz im Rückspiegel. Ihre Wangenknochen sind ausgeprägter als jemals zuvor – sie hat abgenommen, seitdem sie Mary kennengelernt hat, und zu wenig geschlafen. Sie weiß nicht mehr, wo oben und unten ist; wegen all der Falschmeldungen, Sackgassen und Reinfälle gibt es kaum noch Gewissheiten in Alice' Leben. Aber sie steht hinter dem, was sie am Telefon gesagt hat: Sie wird keine Ruhe geben, bis sie für Mary die Antworten hat, die sie verdient.

Gerade als Kit überlegt, was er am besten sagen könnte, summt Alice' Telefon. Er löst seinen Gurt so abrupt, dass der gegen sein Kinn schlägt. Er presst seine Hand auf die schmerzende Stelle, während sie die Nachricht öffnet.

Kein Absender, nur eine Adresse. Kit gibt sie in die Karten-App ein, und der Bildschirm zoomt von ihrem aktuellen Standort aus zum nördlichsten Flecken Schottlands und weiter bis an die Küste.

Alice stöhnt auf. Sie haben noch drei Tage; zwei, wenn man bedenkt, dass sie Kits Freund den Wagen rechtzeitig zurückgeben müssen. Sie hatte gehofft, der Ort würde näher an Ealing liegen, damit im schlimmsten Fall, wenn sie keinen Erfolg haben …

»Arriba!«, Kit zeigt mit dem Finger auf Alice' Telefon.

»Heureka, heureka, heureka«, murmelt sie. Archimedes war gar kein Spanier.

»Egal, Allie, du wirst es nicht glauben.« Kit zoomt rein, damit der Username so groß wie möglich angezeigt wird: tonysiff307@hotmail.com.

»Ein Hotmail-Account – bahnbrechend!«

Einer von Alans vierbeinigen Schützlingen steht auf den Hinterbeinen und schaut Alice durch das Beifahrerfenster an. Sie rückt von der Tür weg.

»Warte. Tony Siff. *Anthony Sifford*, Al.« Kit hat ein Foto auf seinem eigenen Telefon aufgerufen. »Von der Liste des Herdenschutzhundetrainers Alan?« Er hält ihr das Bild unter die Nase. »Er hat hier im Februar eine deiner geliebten Fellnasen gekauft.«

»O Gott«, Alice glaubt es einfach nicht. Gesegnet seien das Internet, die Hunde und Kit – drei Dinge, die sie bis zu diesem Augenblick niemals für eine heilige Dreifaltigkeit gehalten hätte.

»Gib Gas!«

Vielleicht liegt es an den kurvenreichen schottischen Straßen, vielleicht ist es die aufregende Vorfreude; Alice ist übel. Sie fährt nicht gern Auto, das war schon immer so. Als Kind hat sie sich beim Autofahren nur dann nicht übergeben, wenn sie bei siebzig Meilen pro Stunde mit dem Kopf auf dem Schoß ihres Vaters lag. Alice fragt sich, wie sein Leben heute wohl aussehen mag. Kümmert er sich nun ebenso liebevoll um ihre Halbgeschwister? Sie versucht, sich vorzustellen, wie ihr Dad einem Baby die Haare aus der verschwitzten Stirn streicht. Aber sie schafft es nicht.

Seltsam. Gleich nach seinem Verschwinden hatte Alice keine Schwierigkeiten gehabt, sich das neue Leben ihres Vaters vorzustellen. Die quälenden Bilder, wie er auf der Straße oder unter einer Brücke schlief, konnte sie erst abschütteln, als sie erfuhr, wohin es ihn verschlagen hatte. Als sie sich dann mit der Wahrheit auseinandersetzen musste, waren ihre Vorstellungen auf eine andere Art ebenso schrecklich; sie sah, wie er einem anderen Kind auf einer Schulbühne applaudierte und für eine Schar kleinerer, niedlicherer Kinder seine besonderen Grimassen schnitt.

Und jetzt sieht sie kein einziges Bild vor sich? Wie ist das möglich? Alice presst die Augen ein klein wenig fester zusammen und versucht, sich auf ein Detail zu fokussieren – die Stelle mit dem Ekzem an der Innenseite des Handgelenks ihres Dads, der Hubbel in seinem Kiefer, der damals, in seinen Zwanzigern, nicht richtig gerichtet worden war. Nein. Nichts. Bedeutet das, sie hat ihn ebenso vergessen wie er sie? Lange genug ist es her. Oder ist es vielleicht das erste Zeichen, dass ihre eigenen Probleme nicht mehr im Vordergrund stehen? Dafür müsste sie Mary dankbar sein …

»Hey, Allie.« Kit legt ihr eine Hand auf die Schulter, als würde er ausprobieren müssen, wie viel Druck er ausüben dürfe.

»Wo sind wir?« Alice braucht eine Weile, um zu sich zu kommen. Sie erblickt eine Betonwand und darauf aufgesprüht einige Kraftausdrücke unterschiedlicher Couleur. Das Wort ›PIMMEL‹ dominiert.

»Wir müssen irgendwo übernachten. Auf dem Weg nach Inverness war wahnsinnig viel Verkehr.«

»Oh.« Alice hat fast den ganzen Nachmittag verschlafen bis in den Abend hinein. Sie fröstelt. Wo ist die sommerliche Wärme geblieben? »Es tut mir leid, dass du die ganze Strecke alleine fahren musstest.«

Kit steigt aus und drückt die Hände aufs Autodach, um seine Waden zu dehnen. Sein T-Shirt rutscht nach oben und entblößt eine feine Linie aus goldenem Haar zwischen seinem Nabel und seinen Boxershorts. Alice lässt den Blick sinken.

»Ich glaube, das ist unsere größte Chance. Dort drüben ist ein B&B«, sagt er und zeigt auf ein Gebäude auf der anderen Seite des Parkplatzes. Die Lichter flackern wie billige Weihnachtsbeleuchtung und sind öfter aus als an. Durch die grauen Schiebegardinen kann man kaum hineinsehen.

Die Tür ist geöffnet, obwohl auf dem Schild steht, dass man nach 22 Uhr klingeln muss. Ein schnalzendes Geräusch ist zu hören, als würde Klebeband von einer Wand gezogen; die Frau an der Rezeption, eine Frau Mitte zwanzig mit hochgestecktem Haar, schmatzt auf ihrem Kaugummi und klebt ihn dann hinter die Backenzähne.

»Haben Sie heute Abend noch etwas frei?«, fragt Alice. Sie wartet eine gefühlte Ewigkeit darauf, dass Kelly (das steht auf dem Namensschild) sie begrüßt. Kelly muss erst noch etliche interessante Nachrichten auf ihrem Handy lesen. Endlich schafft sie es, sich loszueisen, und blickt auf den Computerbildschirm.

»Wir haben ein Doppelzimmer. Kein eigenes Bad, aber man teilt es sich nur mit zwei Zi...«

»Nein«, sagen Kit und Alice wie aus einem Mund.

»Wir brauchen zwei einzelne Betten«, sagt Kit. »Wir sind, ähm ...«

»Nicht zusammen – also nicht *so* zusammen«, fügt Alice hinzu.

Das Mädchen klickt einige Male mit der Maus. »Es tut mir leid, wir haben nur dieses Zimmer.«

»Wirklich?« Alice ist zu müde, um ihre Skepsis irgendwie überzeugend zu verstecken.

»Wir sind begehrt«, antwortet sie und schiebt ihr ein DIN-A4-Blatt in einem billigen Holzrahmen hin: *South Inverness Best Stays, 2006*. Es ist in einer dieser seltsamen Handschrift-Fonts verfasst, die es nicht sonderlich seriös wirken lassen.

»Das kann ich gut verstehen«, mischt Kit sich ein und fährt sich mit einer Hand durchs Haar. Er blinzelt und öffnet die Augen ein wenig mehr für sein Publikum. Sie funkeln. Alice sieht, wie die Rezeptionistin auftaut, es wirkt, als hätte sie einen Kick in den Unterleib bekommen. Als Kelly sich so dreht, dass sie Alice von dem Gespräch ausschließt, kann Alice sich mit Müh und Not zurückhalten, um nicht zu schreien. »Und es gibt wirklich kein anderes Zimmer?«

»Tut mir leid«, sagt sie ganz süß und unbekümmert. Sie presst die Lippen aufeinander, schiebt die Unterlippe nach links, als würde sie sagen wollen, dass sie es nicht in der Hand habe.

»Wir nehmen es«, sagt Kit. »Vielen Dank für Ihre Hilfe.« Er schiebt seine Karte über den Tresen. Alice weiß nicht, was sie schockierender findet – den unterschwelligen Charme, den Kit für Kelly hat spielen lassen, oder die Tatsache, dass er ihr eine goldene Amex-Kreditkarte überreicht.

Er gibt seine PIN ein, und dann händigt Kelly ihm den Schlüssel aus, an dem ein ramponierter Holzklotz hängt.

»Ich wünsche Ihnen einen angenehmen Aufenthalt, Sir.«

Alice lächelt weiterhin wie versteinert, und Kit muss sie am Mantelärmel ziehen, damit sie sich bewegt. Er schiebt sie in eine Ecke des Foyers, wo sich der Lift und daneben das Treppenhaus befindet, das wesentlich sicherer aussieht.

»Ich kann gern im Auto schlafen«, sagt Kit und reicht ihr den Schlüssel. Im ersten Moment spürt Alice den Impuls, ihn gewähren zu lassen. Vielleicht würde Kelly ja gern dazustoßen.

Dann schluckt sie ihren Stolz hinunter; sie weiß ja, dass sie es bedauern würde.

»Das muss nicht sein.« Sie richtet ihren Frust stattdessen gegen den Aufzugknopf. Sie drückt derart fest auf den nach oben zeigenden Pfeil, dass die Spitze ihres Zeigefingers pulsiert. »Wirklich nicht.«

»Dann lege ich mich auf den Boden«, schlägt Kit als Kompromiss vor. In dem schummrigen Licht der Lobby wirken seine Gesichtszüge irgendwie feiner. Alice redet sich ein, dass die Müdigkeit ihren Augen einen Streich spielt.

Zu Kits Ehre muss man sagen, dass er das Angebot nicht direkt zurückzieht, nachdem Alice die Tür zu dem Zimmer aufgeschlossen hat. Der Teppich ist grün, aber nicht dunkel genug, um Flecken zu verbergen, bei denen es sich vermutlich um einen Schimmelpilz handelt, der sich von den Fußleisten her ausbreitet.

»Schlaf nicht auf dem Boden«, sagt Alice, als sie nebeneinanderstehen und die Flecken betrachten. »Wir kriegen das schon hin.«

Sie geht als Erste ins Bad, anschließend Kit, und als er wieder herauskommt, hat sie die Ersatzkissen aus dem Schrank geholt und damit in der Mitte der Matratze eine Art Wall gebaut.

»Gute Arbeit«, sagt Kit.

Sie dreht sich um und sieht, dass Kit sich auf die Zunge beißt. Kit trägt kein T-Shirt. Er hat einen Arm gegen den Türrahmen gedrückt, mit dem anderen zieht er den Bund seiner Boxershorts ein wenig höher, so dass er seine Hüftknochen bedeckt. Alice hat in der Realität noch nie so einen Muskeltonus gesehen. Kann man sich Bauchmuskeln mit Airbrush aufmalen? *Reiß dich mal zusammen, Keaton, lass dich nicht so gehen.*

»Ha – danke«, murmelt sie und bedauert ihre meisterliche Konstruktion.

»Nacht, Alice.« Kit legt sich auf seine Seite. Er schaltet das Licht aus, und die Matratze ist weich genug, so dass Alice jede Bewegung seines Körpers spürt, während er sich hinlegt, mit dem Rücken zu ihr.

Sie hat die Vorhänge nicht ganz zugezogen, und die Leuchtreklame eines Fast-Food-Ladens hinter dem Parkplatz scheint ins Zimmer. Er hat einen schönen Rücken, das muss sie sagen. Sie sieht eine Ansammlung Sommersprossen auf seinen Schulterblättern, die sanfte Einkerbung seiner Wirbelsäule, seinen unteren Rücken, der genau die richtige Größe für eine Hand hätte, die dort entlangfahren könnte. *Ihre Hand*? Es wäre doch in Ordnung, oder nicht, wenn sie ihn nur kurz berührt …

»Du beobachtest mich beim Schlafen, oder?«, sagt Kit.

Alice erschreckt sich, ihr Knie schnellt zur Seite und das Kissen fällt, die Mauer ist zerstört. Kit nimmt das Kissen neben seinem Kopf weg. Seine Hand berührt die von Alice, die sie instinktiv ergreift.

Bevor sie es sich anders überlegen kann, lässt sie wieder los, wandert mit den Fingern über seine Brust und lässt sie einige Zentimeter über dem Bund seiner Boxershorts in der Luft schweben. Sie rückt langsam zu ihm, ihre Oberschenkel drücken sich an die Rückseiten seiner Beine.

Sie dreht Kit um: »Ist das in Ordnung?«

Alice versteht einfach nicht, wie sie so lange gebraucht hat, um herauszufinden, dass er komplett, absolut und atemberaubend grandios ist. Die Stille muss geholfen haben. Oh, verdammt, warum hat er immer noch nichts gesagt, hat sie den Bogen überspannt?

»Sehr«, antwortet Kit.

Dann legen sich seine Lippen auf ihre, und ihr ist, als würde jeder Nerv lichterloh brennen. Er zieht Alice das T-Shirt über den Kopf und küsst ihren Hals, ihre Brust, ihren Bauch und den oberen Rand ihrer Oberschenkel.

»Sehr, *sehr* okay«, haucht er.

KAPITEL 35

2018

Als Mary bei NightLine ankommt, findet sie Ted von Papier umgeben, zu seinen Füßen liegen lauter kleine laminierte Rechtecke. Auf dem Boden rechts neben ihm steht ein ramponierter Karton, aus dem der Überschuss herausquillt.

»Was ist denn hier los?« Sie bückt sich und hebt einen Schnipsel auf.

»Visitenkarten«, antwortet Ted. »Sieht ein bisschen chaotisch aus. Es sind Visitenkarten für NightLine. Ich dachte, es wäre gut, die Information zu verbreiten, dass es uns gibt. Wir alle könnten welche am Arbeitsplatz verteilen, in Geschäften darum bitten, sie dort auszulegen, und vielleicht einige hier in der Nähe in Briefkästen werfen … Man weiß nie, wem es gerade schlecht geht.«

Mary blickt auf die Bewegung seines Adamsapfels, als er, ein wenig unsicher, schluckt. »Wie geht es dir?«

Ihr Gespräch im Park ist jetzt vier Tage her, und in der Zwischenzeit hat Mary verstanden, was los ist. Ted hatte seine Einsamkeit so glaubhaft überspielt, dass sie von Alice' Enthüllungen bei der Jahreshauptversammlung völlig überrascht wurde. Teds Anrufe bei ihr waren zwar unangebracht, aber ohne böse Absicht. Mary weiß, dass sich überbordende Gefühle, für die es kein Ventil gibt, die ungewöhnlichsten Wege bahnen können. Ihr ist ja nicht fremd, wie es ist, sich große Mühe zu geben und von anderen deswegen als seltsam abgestempelt zu werden.

»Ach, du weißt ja – die Arbeit hat wieder angefangen, ich habe einige große Projekte, das ist gut. Tim kommt am Wochenende nach Hause, mit seiner neusten Flamme im Schlepptau …«

»Nein, ich möchte wissen, wie es dir *wirklich* geht?«

Ted hält inne. Mary fragt sich, wann ihm diese Frage wohl das letzte Mal von jemandem gestellt wurde, der eine ehrliche Antwort hören wollte, und nicht nur ein dahingesagtes ›Gut‹, so wie man Floskeln austauscht.

»Ich habe einen Anruf getätigt«, sagt Ted. »Nein, keine Sorge. Ähm … Ich habe mir professionelle Hilfe gesucht, wie man so schön sagt, bei einer Therapeutin.«

»Das ist super, Ted.« Mary lächelt.

Dabei will sie es belassen. Mary hat gelernt, dass man es am besten langsam angehen lässt, dass man niemanden drängen darf, wenn man über Gefühle spricht, über sogenannte ›Schwierigkeiten‹ – oder wie man psychische Probleme sonst euphemistisch bezeichnen mag. Sie schließt die Augen und versucht, die Erinnerung wegzublinzeln. Warum sind Männer in solchen Dingen derart … zurückhaltend? Das tut ihnen nicht gut.

Obwohl Mary weiß, dass sie selbst wenig von sich preisgibt, würde sie Ted gern sagen, dass er seine Probleme nicht allein schultern muss. Er sucht sich jetzt Hilfe, das ist mehr, als Mary jemals für sich selbst in Anspruch genommen hat. Wenn sie ihm doch bloß begreiflich machen könnte, dass es in ihren Augen keine Schwäche ist, sich Hilfe zu suchen, dass sie ihn bewundert. Sie würde sich wünschen, selbst solchen Mut aufzubringen.

Sie dreht die Spitze ihres Pumps in den Teppich. »Sollen wir das alles mal zurück in den Karton packen?«

Ted und Mary sammeln die Visitenkarten vom Boden auf und räumen sie weg. Den letzten Stapel quetscht Ted in eine Lücke im Karton, die Mary ihm offen hält. Ihre Hände berühren sich. Mary fühlt sich, als hätte sie einen Stromschlag bekommen – sofern das eine schöne und nur ganz leicht schmerzhafte Erfahrung wäre.

Vor einigen Tagen, als Ted ihr zum ersten Mal gestanden hat, dass er romantische Gefühle für sie hegt, war sie viel zu überrascht gewesen, um sich zu fragen, was sie für ihn empfindet. Sie hat ihn immer nur als Freund gesehen. In Wahrheit hat sie seit Jim bei niemandem mehr romantische Gefühle zugelassen. Aber in den darauf folgenden Nächten hat sie angefangen, sich ausnahmsweise auf die Frage einzulassen, was passieren würde, wenn sie nicht solche Scheuklappen hätte? Wenn sie die Enttäuschung aus der Vergangenheit hinter sich lassen könnte?

Nun hält sie ihre Hände ganz still, sie verlagert ihr Gewicht und lehnt sich zwei, drei Zentimeter in Teds Richtung. Es fühlt sich zwar noch nicht selbstverständlich, aber gut an. Dann blickt sie auf und schaut ihm in die Augen.

»Störe ich?«, ruft Olive aus dem Türrahmen. Sie hat immer ein lautes Organ. »Ich würde sonst später wiederkommen, aber wir haben ja gerade nicht genug Freiwillige.«

Ted springt auf, und Mary spürt einen Anflug von Enttäuschung.

»Ich freue mich, diese Woche wieder am Telefon zu sitzen«, sagt er.

Am Dienstag hat Mary die seltsame Nachricht vom gemeinsamen Urlaub von Kit und Alice erfahren. Es war gegen 22:55 Uhr, und nur sie, Olive und Ted waren hier. Als Mary fragte, wo die beiden seien, wurde sie von Olive mit steinerner Miene angeschaut. »Málaga«, antwortete sie als Erklärung und presste dabei die Lippen so fest aufeinander, dass Mary sich fragte, ob dort je wieder Blut hineinfließen würde.

Ted erzählte, dass beide ihn gebeten hätten, für sie einzuspringen, dann versuchte er, die Stimmung mit einem Witz über junge Liebe aufzuheitern. Aber Mary hatte Panik und hörte nicht mehr zu. Sie witterte eine Ausrede. Sie konnte das Gefühl nicht abschütteln, dass der Ausflug der beiden etwas mit Jim zu tun hatte. Und mit ihrem Bauchgefühl hatte sie noch nie danebengelegen.

Einerseits war sie wütend; sie hatte Alice klar und deutlich gesagt, sie möge mit der Suche nach Jim aufhören. Wie arrogant von ihr! Wie kam Alice darauf, sie könnte mehr Glück beim Auffinden von Jim haben als sie, die Frau, die seit fast sieben Jahren allein vor dem Bahnhof Ealing Broadway auf ihn wartet? Mary hatte Alice ihr Vertrauen geschenkt, und *so* bedankt sie sich – erst stellt Alice sie bei der Mitgliederversammlung bloß, und dann missachtet sie ganz offenkundig ihre Wünsche.

Doch andererseits bewundert Mary Alice' Hartnäckigkeit. Und fleißig ist die junge Frau, mit ihrem ominösen Beruf in der Digitalbranche – sie würde sich das alles ja nicht antun, wenn Mary ihr nicht wirklich am Herzen läge. Und höchst wahrscheinlich werden Alice und Kit Jim doch überhaupt nicht finden. Er könnte mal hier, mal dort sein, oder im Ausland oder … *Nein*, den Gedanken erlaubt Mary sich nicht. Sie würde es wissen, wenn er tot wäre, sie hätte es gespürt, vielleicht hätten ihr auch Richard und Juliette Bescheid gesagt.

Aber was würde in dem unwahrscheinlichen Fall passieren, dass sie Jim doch finden? Mary versucht, sich vorzustellen, was er Kit und Alice erzählen, wie er über Mary und ihre Beziehung sprechen würde. Würde er davon erzählen, wie schön es gewesen war und dass ihre Liebe sie beide zu besseren Menschen gemacht hatte? Oder würde er sich auf das schreckliche, verfahrene Ende konzentrieren? Mary betet, dass es nicht so sein möge. Sie hat nie aufgehört, an ihre letzten gemeinsamen Augenblicke zu denken, die ihrem kostbaren, so perfekt-unperfekten Leben in keiner Weise gerecht wurden. Wenn Jim sich daran nur erinnern könnte, dann würde er doch sicher nach Hause kommen. Das ist es, worum es Mary vor allem geht – er soll wiederkommen, weil er wiederkommen *will*.

»Also, sollen wir loslegen?« Olive sitzt schon an ihrem Schreibtisch und hat die Schuhe ausgezogen.

Ted sieht ein wenig schüchtern zu Mary hinüber. Er verschließt den Karton mit den Visitenkarten mit Klebeband. »Vielleicht sollten wir nach Schichtende besprechen, wo wir sie am besten auslegen?«

»Das wäre schön«, antwortet Mary und öffnet die Folie des Twix-Riegels, den Ted ihr auf den Schreibtisch gelegt hat.

Sie kaut, aber sie kann die süße Masse nicht schlucken. Mary stellt sich Alice am Strand vor, auf dem Seitenstreifen irgendeiner Autobahn, auf einem Berg, wo sie Kit anherrscht, er möge diesen oder jenen Ort überprüfen. Sie hat Alice' Nummer, sie könnte ihr eine Nachricht schreiben …

Gerade, als Mary nach ihrem Handy in der Vordertasche des Rucksacks kramt, klingelt das Festnetztelefon auf ihrem Schreibtisch.

»Das ist dein erster Anruf heute Abend«, brüllt Olive hinter Teds breiten Schultern. »Bist du bereit?«

»Klar«, lügt Mary. Sie nimmt den Hörer auf. »Guten Abend, Sie haben die Rufnummer von NightLine gewählt. Bevor wir anfangen können, muss ich Ihnen einige Fragen stellen …«

Während die Frau am anderen Ende der Leitung antwortet, immer wieder von Schluchzern unterbrochen, entscheidet Mary, dass es sinnlos wäre, Alice jetzt sofort zu kontaktieren. Sie wird auf ihre Rückkehr warten, und in der Zwischenzeit hat sie hier in Ealing genug zu tun. Sie bleibt mit ihrer Aufmerksamkeit bei der Anruferin. Jedes Mal, wenn sie am Telefon ist, weiß Mary, dass sie die richtigen Worte finden muss. Tröstende Worte, helfende Worte.

Weil sie Jim im Stich gelassen hat und sie es sich nicht leisten kann, noch jemanden im Stich zu lassen.

KAPITEL 36
2011

Wie meinst du das, du kannst nicht?« Kurze Stille, dann fügte Mary hinzu: »Meine Mam feiert ihren sechzigsten Geburtstag.« Als würde das etwas ändern.

»Es tut mir leid. Ich bin keine gute Begleitung für diesen Anlass. Ohne mich wirst du dich besser amüsieren.«

Mary hatte vor Wochen die Vorspeise, die Hauptspeise und den Nachtisch für Jim ausgesucht. Es gab eine Sitzordnung. Nun würde der Platz rechts neben ihr leer sein, und sie musste sich für die dreiundzwanzig anderen Gäste eine Ausrede einfallen lassen. Wie könnte sie erzählen, was wirklich passiert war? Sie bekam die Worte kaum in ihrem eigenen Kopf vernünftig sortiert. *James ist zu depressiv für die Reise hierher.* Gott allein weiß, was sie daraus machen würden.

Es klopfte wieder an der Tür, auf Marys Handy leuchtete erneut die Nummer des Taxiunternehmens auf.

Keiner von ihnen bewegte sich. Zwischen ihnen funkelte träge der Staub in der schwülen Augustsonne.

»Du solltest gehen.« Jim machte eine Kopfbewegung zur Tür. Sie hörte das Geräusch seiner Strümpfe auf den Dielen, als er näher schlurfte. Seine Schuhe hatte er schon ausgezogen.

»Wie bitte?«

»Ich habe gesagt, dass es mir leidtut.«

»Und du denkst, das reicht?« Mary merkte, wie sie ungewollt lauter wurde. Ihr fehlte jetzt jedes Verständnis für den Menschen vor sich, den einzigen Mann, den sie jemals geliebt hatte – ganz zu schweigen von der Rücksicht auf die Nachbarn. »Du glaubst wirklich, dass das reicht? Was denkst du dir eigentlich dabei, mich in letzter Minute zu versetzen, so dass ich meiner eigenen Mutter ins Gesicht lügen muss? Wie kannst du nur so egoistisch sein?«

»Du musst sie nicht anlügen. Sag ihr einfach, dass ich krank bin. Sie wird es verst…«

Aber Mary wollte es nicht hören. Vielleicht zum ersten Mal in ihrem Leben war ihre typische Selbstbeherrschung weg. Sie hatte keine Ahnung, was als Nächstes aus ihrem Mund kommen würde.

»Du glaubst also, dass ich das will, ja? Mir würde es ohne diesen ganzen … Scheiß besser gehen. Findest du nicht, dass ich eine bessere Behandlung verdient hätte?«

Es herrschte Stille, nach einigen Sekunden flüsterte Jim leise: »Doch, das hast du. Das habe ich immer gesagt.«

»Und das ist alles, was du dazu zu sagen hast? Wirklich? Das reicht mir nicht! Das reicht einfach nicht.«

Und dann war das Feuer in Marys Stimme erloschen. Mit einer Hand stützte sie sich an der Wand ab, mit der anderen umklammerte sie ihre Tasche. Wie lange ging das nun schon so? Drei Monate? Diese langen, dunklen Tage voller Anstrengung – die hatten den Funken erschaffen, seine ausgezogenen Schuhe hatten ihn entzündet, und nun war die Glut ihrer Wut erloschen, und sie bedauerte ihren Ausbruch bereits.

Mary hasste sich selbst. Sie war doch geduldig, sie war liebevoll, sie war gütig. Nur die Enttäuschung hatte ihr wahres Ich verdrängt. Es war nur ein kurzes Aufflackern gewesen. Das hatte doch jeder einmal.

Sie blickte zum Fenster, wo ihre schönsten Bilder auf dem Sims standen. In der Mitte ein Foto, auf dem sie beide im letzten Frühling am Birling Gap zu sehen waren, auf einer Bank mit Blick aufs Meer. Es war einfach ein perfektes Wochenende gewesen, vor etwas über einem Jahr. Die Glückseligkeit hatte bis nach Weihnachten, über Silvester und bis Ostern angehalten, dann hatte die Depression ihre Fühler wieder ausgestreckt, scheinbar aus dem Nichts.

Wenn Mary an die letzten Wochen zurückdachte, hatte Jims Gefühlsmorast jeglichen Raum für ihre Gefühle erstickt. Doch nun hatte sie sie ausgesprochen, jetzt würden sie wieder Gehör finden. Liebe ist vor allem geduldig. Und gütig. Sie würde ihn auf keinen Fall fallen lassen. Es war eindeutig: Sie musste ihn besser unterstützen. Sie würde die Partnerin sein, die er brauchte.

Bevor Mary sich entschuldigen konnte, spürte sie Jims Lippen an ihrer Stirn. In diesem Augenblick fühlte sie sich zurückkatapultiert zu ihrer ersten gemeinsamen Nacht in dem Hotel; und zu dem Pub in Portrush, als sie einwilligte, nach Ealing zu ziehen. Sie versuchte, sich an jedes weitere Mal zu erinnern, als er sie auf diese Weise geküsst hatte, aber vor ihrem inneren Auge verschwamm alles. Eine verworrene, glückliche Unschärfe.

Wenigstens erinnerte es Mary daran, dass es zwischen ihnen immer genug geben würde, wofür es sich zu kämpfen lohnte. Sie würden immer wieder auf den steinigen Pfad zum Glück zurückfinden, gemeinsam. Gleich nach ihrer Rückkehr aus Belfast würde sie daran arbeiten.

»Es tut mir so leid«, murmelte Jim in ihr Haar. Er öffnete

die Tür und legte Mary die Hand auf den Rücken, um sie hinauszuführen. »Es tut mir wirklich sehr leid.«

Sie rannte, um das Taxi noch zu erwischen, bevor auch sie sich entschuldigen konnte.

KAPITEL 37

2018

»*Buenos dias*«, sagt Kit. Er steht, nur mit Boxershorts bekleidet, am Fußende des Bettes und versucht, die Verpackung eines Teebeutels aufzureißen. Der winzige Wasserkocher neben ihm vibriert, als der Inhalt kocht.

Alice, die ohnehin nur selten, und schon gar nicht morgens, fröhliche Gelassenheit aufbringt, ringt sich ein Lächeln ab. Kurz überlegt sie, ins Badezimmer zu huschen, um sich zurechtzumachen. Aber ihr Kulturbeutel mit dem Make-up befindet sich ganz unten in ihrem Rucksack, und sie will nicht, dass Kit denkt, sie sei anstrengend.

Um sich vom Zustand ihres Gesichts abzulenken, beobachtet sie, wie er Wasser in die Tassen mit den unmöglich kleinen Griffen schüttet. Er hält den Wasserkocher auf Hüfthöhe. Ein Bild aus der vergangenen Nacht kommt ihr in den Sinn – sie sitzt rittlings auf ihm und fährt ihm mit den Fingernägeln über die Brust. *Das war eine einmalige Sache, Keaton,* ruft sie sich zur Räson, *das bedeutet, dass es nicht wiederholt wird.* Sie wendet ihren Blick zu dem unverfänglichen Fernseher auf dem Kleiderschrank hinter seinem Kopf.

»Was ist los?«

»Nichts«, antwortet Alice viel zu schnell.

»Wohin guckst du?«

»Ach, bloß auf den Fernseher.«

Kit blickt hoch und versichert sich, dass der Fernseher noch aus ist. »Gut.« Er hat genug Taktgefühl, um das Ganze nicht noch schlimmer zu machen. Vielleicht lernt er das gerade.

Er klettert langsam und behutsam mit den Teetassen ins Bett, um die Flüssigkeit nicht auf den Laken zu verschütten. Als er ihr die Untertasse reicht, sieht sie, dass er zwei Shortbreads für sie daraufgelegt hat. Für sich selbst hat Kit die kleinen Vollkornkekse genommen, die kaum für einen hohlen Zahn reichen. Unergründliche Ritterlichkeit.

Alice stellt den Tee auf das kleine Regal links neben sich und knabbert an ihrem Buttergebäck. Sie kann sich nicht dazu durchringen, Kit in die Augen zu schauen, aber in ihrem peripheren Sichtfeld registriert sie alles, was sie in der Nacht zuvor nur im Dämmerlicht gesehen hat. Die Frauen in London müssen ihm zu Füßen liegen, vermutet Alice. Zumindest alle, die er noch nicht zugelabert hat.

Kit rutscht ein wenig näher zu ihr. Die Matratze gibt nach, als er sich zu ihr dreht, um sie zu küssen, und Alice spürt, dass ihr ganzer Körper plötzlich wie elektrisiert ist.

»Also …«, setzt er an. Sein Atem riecht ein wenig muffig. »Es war schön heute Nacht.«

Alice hätte wissen müssen, dass das passiert. Kit ist durch und durch Idealist. Wenn sie irgendwie bei Verstand gewesen wäre, hätte sie von Anfang an die wichtigsten Regeln festgelegt: keine Gefühle, keine Bindung, keine Wiederholung. Aber dann war sie ganz und gar im Augenblick gefangen gewesen, sein Mund war auf ihrem, und es hatte sich so *gut* angefühlt …

Doch das spielt jetzt keine Rolle. Nun ist wichtig, deutlich zu machen, dass das, was auch immer letzte Nacht begonnen hatte, jetzt endet. Alice wird nicht wie auf heißen Kohlen auf seinen unvermeidlichen Abgang aus ihrem Leben in zwei oder drei Monaten warten.

»Ja, aber ich glaube, wir belassen es dabei.« Alice rückt zur Seite, damit sie Kit anblicken kann. Sie hätte sich niemals dazu hinreißen lassen sollen, denn nun weiß sie, so schwer es ihr auch fällt, das zuzugeben, dass zwischen ihnen viel mehr möglich wäre.

Kit schüttelt den Kopf. Alice wird klar, dass er sie nicht so leicht davonkommen lassen wird.

»Was meinst du damit?«, fragt er.

»Ich kann mich nicht auf etwas Ernstes einlassen. Nicht jetzt.«

»Meinst du mit *nicht jetzt*: nicht jetzt in diesem B&B?« Kit blickt zur Uhr über der Tür, als würde er abschätzen, wie viel sie vor dem Check-out noch anstellen könnten.

»Ich meine es im Allgemeinen. Ich bin nicht für etwas Ernstes zu haben.«

»Bist du vergeben?«

»Ist das so schwer zu glauben?«

»Nein.« Kit hebt verteidigend die Hände. »Aber du hast nie jemanden erwähnt. Das wäre nett von dir gewesen.« Mit seinem zerzausten Haar sieht er mehr als jemals zuvor wie ein Bohemien aus. Alice wehrt sich dagegen, dass sie ihm am liebsten eine widerspenstige Strähne über dem linken Ohr glätten würde. »Vorher …« Seine Stimme klingt seltsam neutral. Das verunsichert sie. Sie fände es besser, wenn er wütend wäre, dann wüsste sie vielleicht, woran sie ist.

»Nun, es gibt niemanden. Das alles ist schon kompliziert genug: Ich glaube nicht, dass wir es damit noch schlimmer machen sollten.«

»Wie du meinst.«

»Sorry«, sagt Alice.

Es tut ihr wirklich leid, aber sie weiß nicht, ob sie ihm um 8:42 Uhr morgens die genauen Gründe für ihre Entscheidung darlegen kann. Es ist eine sehr lange Geschichte – die gleiche Geschichte von Verlassenheit und Vertrauensproblemen, die sie überhaupt erst auf diesen Roadtrip gebracht hat. Wenn es ihr schon nicht gelungen ist, bei Mary zu Hause die richtigen Worte zu finden, um ihre persönlichen Umstände zu erklären, wie soll sie es dann bei Kit in einem dubiosen Gästehaus schaffen, wo sie dringendere Probleme haben? In nur wenigen Stunden haben sie womöglich Jim gefunden.

Bevor sie noch etwas sagen oder sich entschuldigen kann, schnappt Kit sich ein Handtuch aus dem Schrank und geht duschen.

★

Als Alice aus dem Bad kommt, ist Kit nirgendwo zu sehen. Auf ihrer Handtasche liegt ein Zettel mit der Nachricht: *Warte im Auto. Gib die Schlüssel an der Rezeption ab, bitte.*

Sie gibt die Schlüssel ab – um die Rechnung muss sie sich ja nicht mehr kümmern – und geht zum Auto. Kit sitzt auf dem Fahrersitz und trommelt aufs Lenkrad. Also ist sie nicht die Einzige, die nervös ist.

»Das könnte ein Treffer sein«, sagt er, als sie ihre Tasche auf die Rückbank geworfen und die Beifahrertür geschlossen hat.

Wenn Alice meinte, seinem Zettel passive Aggression entnehmen zu können, bemerkt sie jetzt davon rein gar nichts. Sie versucht, die unvernünftige Enttäuschung zu verdrängen, die ihr zuflüstert: *Er ist echt schnell über dich hinweggekommen.* Sie sollte seine Resilienz als gute Eigenschaft betrachten; ohne sie hätten sie es auf der Suche nach Jim nicht so weit gebracht.

Dennoch ... Ist sie mit ihrer Ablehnung heute Morgen ein bisschen voreilig gewesen?

»Stell dir mal vor, wir finden Jim heute. Das wäre super!«

Ist diese Aussicht wirklich *super*? In mancherlei Hinsicht schon. Aber für Alice ist sie auch zutiefst furchteinflößend. Es ist ihr schwer genug gefallen, eins der Shortbreads hinunterzubekommen, weil ihr schon beim bloßen Gedanken daran, was der Tag bringen würde, schlecht war. Sie wissen nun, dass Jim lebt. Oder zumindest denken sie, dass sie das wissen, wenn man diesem Typen Tony trauen kann. Sonst wissen sie aber gar nichts. Wie wird Jim auf ihr Kommen reagieren? Und was zum Teufel wird er zu sagen haben?

Dies ist nun Alice' Gelegenheit, das Geheimnis um Jims Verschwinden zu lösen, Mary zu helfen, damit abzuschließen, und vielleicht dabei auch ihren Job zu retten. Es sollte sich gut anfühlen, so wie sich Leistung für Alice sonst immer gut anfühlt. Aber ihr ist nur schwindelig von der Anspannung und dem Druck. Um bis zu diesem Punkt zu gelangen, ist sie sich selbst auf so vielen Ebenen untreu geworden: im Job – ihr Ruf steht auf dem Spiel; moralisch – sie hat Kit angelogen, was ihren Beruf, und Mary, was die nicht eingestellten Recherchen betrifft; und emotional hat sie alles gegeben. Wenn das nicht funktioniert, dann weiß Alice nicht, wie sie weitermachen soll.

»Das wird aufregend!« Zumindest Kit ist so aufgedreht wie immer. »Wir brauchen etwa vier Stunden bis zum Ziel. Fünf, wenn viel Verkehr ist. Kaum zu glauben, dass wir fast da sind. Das ist Teamwork!«

Als sie die Stadt hinter sich lassen, denkt Alice darüber nach, wie viel sie Kit schuldig ist. Er hat sich mit seiner typischen Chuzpe auf die Aufgabe gestürzt. Aber davon abgesehen war er auch tatsächlich nützlich. Kit hatte Gus gefunden und Alice dabei geholfen, sich eine Vorstellung von Jims Leben zu machen, und das war komplexer und problematischer als das Bild, das Mary mit ihrer rosaroten Brille gezeichnet hatte. Es war Kit, der auch diesen Richtungswechsel vorgeschlagen hatte – von *Warum* hin zu *Wo*. Wenn sie herausfinden, wo Jim heute ist, hofft Alice, dass auch die Frage nach dem Grund seines Verschwindens beantwortet wird.

Und es lässt sich nicht leugnen, dass Kit ein guter Kerl ist. Während sie durch die weiten, wilden Highlands rasen, ertappt sich Alice dabei, dass sie sich lieber weniger auf Kits Schwächen und mehr auf die Geduld, Freundlichkeit und Loyalität konzentriert hätte, die seine Persönlichkeit ausmachen. Sie würde ihm so gerne eine Chance geben. Ihm vertrauen.

Aber es ist entschieden der falsche Zeitpunkt, sich zu verlieben. Wenn diese Reise Alice eins gelehrt hat, dann dass in der Liebe Unsicherheit die einzige Konstante ist. Ihre Chancen würden immer schlecht stehen.

»Wie hieß der Ort noch gleich?« Kits Stimme durchbricht Alice' Gedanken.

»Seacrest Cottage.«

»Hm …« Kit hat in den ersten Gang geschaltet, der Motor stottert auf der leeren einspurigen Straße. Er runzelt die Stirn, als er auf den Bildschirm tippt. »Kein Empfang – wie schön!«

»Sind wir da?« Alice schaut auf die Uhr; sie fahren seit vier Stunden, und Kits Navi scheint keine weiteren Routenvorschläge mehr zu haben. Es gibt keine Straßenschilder, kein Mensch ist zu sehen. Eine Handvoll weißer Häuschen, einzeln in der Landschaft verstreut, nirgendwo eine Ansammlung von Gebäuden. Alice blickt auch aus Kits Fenster. »Was ist das da?«

»Was meinst du?«

»Dieses *Loch* mit der Verbindung zum Meer.«

Kit blickt in die Richtung von Alice' ausgestrecktem Zeigefinger. »Diesen Meeresarm da, meinst du?«

»Entschuldigung, ich wusste nicht, dass ich hier mit einem lokalen Experten unterwegs bin.«

Kit lässt das unkommentiert. »Und du denkst, dass Jim sich in eine Kreatur aus der Tiefe verwandelt hat?«

»Nein, aber vielleicht zieht er so ein Wesen in dem Pub da am Ufer auf.« Alice klopft mit dem Finger, rechts neben einem Schmutzflecken, gegen das Fensterglas. Ein kleines Gebäude, das in seiner grünen Verkleidung fast mit der Landschaft verschmilzt, wird nur sichtbar, weil oberhalb ein Schild im Wind schaukelt. Den Namen darauf kann selbst Alice mit ihren Adleraugen nicht lesen.

»Na gut«, lenkt Kit ein. »Aber du gibst einen aus.«

Alice spürt nur kurz den Impuls zu widersprechen. Niemand weiß, wie sie dort empfangen werden. Sie erreichen die Gaststätte, parken und nehmen den Weg zum Eingang, der sich zwischen Picknickbänken entlangschlängelt, von denen man eine erstklassige Aussicht auf das Loch hat. Die Woche über war es heiß, hier jedoch ist es im Vergleich eisig. Alice fragt sich, ob die nördlichsten Highlands ihr eigenes Mikroklima haben. Wie auch immer, niemand ist so abgehärtet oder verwegen, hier draußen zu sitzen, wenn es stürmt.

Innen ist nicht viel mehr los. Ein Mann in einer Regenjacke studiert eine Zeitung an der Bar, er sitzt mit dem Rücken zur Tür, während an einem Seitentisch zwei Männer – die nicht offensichtlich zusammen-, aber auch nicht offensichtlich nicht zusammengehören – auf dem Boden ihres Malt-Glases etwas zu suchen scheinen. Der Barmann, ein kleiner, glatzköpfiger Mann in einem dicken dunkelblauen Wollpullover, sieht überrascht auf, als die Tür quietscht und Alice als Erste hereinkommt.

»Tag«, sagt er. Die beiden Männer am Tisch schauen herüber. »Macht es euch gemütlich.«

Kit, der die ganze Zeit gut zwei Meter hinter Alice geblieben ist wie ein Wachmann, hat nun zu ihr aufgeschlossen. Ihn scheint die Kälte nicht zu stören, er trägt ein rotes T-Shirt, auf dem mit gelber Farbe Hammer und Sichel aufgedruckt sind, an beiden Ärmeln ist die Naht aufgeribbelt. Alice sieht, dass der Barmann ihn spürbar belustigt anschaut.

»Ich würde gern wissen, ob Sie uns helfen können?« Sie versucht, ihre Unsicherheit zu unterdrücken und aktiviert ihre letzten Charmereserven. Die scheinen heute sehr tief vergraben.

»Hm.«

»Wir suchen nach dem Seacrest Cottage. Ist das hier in der Nähe?«

Der Barmann runzelt die Stirn. Es ist nicht seine Stimme, die antwortet. Es ist die Stimme des Mannes an der Bar in dem khakifarbenen Anorak. Er dreht sich nicht um. Zu seinen Füßen hört man, wie die Rute eines Hütehundes dumpf auf den Boden schlägt.

»Kommt drauf an, wer das wissen will.«

KAPITEL 38

2018

Weder Alice noch Kit fällt eine angemessene Antwort ein. Sie schauen sich gegenseitig an, dann auf den Rücken des Mannes im khakifarbenen Anorak. Er muss die Spannung, die sich in der Bar aufgebaut hat, bemerken. Dennoch hat er es nicht eilig, sie aufzulösen. Sogar die Männer, die gerade ihren letzten Schluck genießen, haben aufgeschaut, um zu sehen, wie sie reagieren werden.

Nein, Alice kennt Jim gar nicht. Es ist nicht sicher, ob sie ihm *jemals* begegnen wird. Es könnte sich bei dieser letzten Nachricht aus dem Forum wieder um eine Niete handeln. Sie weiß das, dennoch will sie alles dransetzen, hinter die Gründe für sein Verschwinden zu kommen, Mary zuliebe. Die Suche hat ihre eigene Vergangenheit wieder hervorgeholt, die sie aus gutem Grund vergraben hatte. Sie hat ihren Job und ihren Verstand aufs Spiel gesetzt. Jetzt fällt ihr nichts mehr ein, was sie ihm sagen könnte.

Es gibt ein lautes Scharren, als er schließlich aufsteht und seinen Barhocker zurückschiebt. Er trinkt den Rest von seinem Bier aus und leckt sich die Lippen.

»Ich vermute mal, du bist Alice.«

Der Mann hat dasselbe dunkle Haar wie Jim, mit grauen Strähnen; er hat auch dieselbe Größe und denselben schlanken

Körperbau. Erst, als er sich umdreht, bemerkt Alice, dass er mindestens zwanzig Jahre zu alt ist, um Jim sein zu können.

»Du kannst deine Freude, mich zu sehen, ja kaum im Zaum halten«, sagt er grinsend. »Ich bin Tony – wir haben telefoniert.«

Während Alice versucht, ihre Enttäuschung so diskret wie möglich zu verbergen, macht Kit mit ausgestreckter Hand einen Schritt nach vorne. Tony blickt darauf, als überlegte er, was er mit der Hand anstellen soll. Als er sie ergreift, schüttelt er sie so fest, dass die Luft zwischen den beiden Handflächen quietschend entweicht.

»Kit – Ich bin … ein Freund. Wir haben uns zusammen auf die Reise gemacht.«

Alice hat noch nie zuvor gehört, dass das Wort ›Freund‹ dermaßen spitz ausgesprochen wurde. Doch Tony scheint es nicht zu bemerken.

»Ich erlöse euch: Er ist bei der Arbeit. Das Boot kommt erst heute Abend zurück. Wenn ich ihr wäre, würde ich es mir gemütlich machen.«

»Ähm …?« Kits Gedanken sind auf charmante Weise offensichtlich; Alice sieht förmlich, wie sein Räderwerk schwirrt, und sie macht sich Sorgen, was er als Nächstes sagen wird.

Tony kommt näher und spricht nun leiser. Die restlichen Gäste haben anscheinend aufgehört zu lauschen, aber es gibt kaum Hintergrundgeräusche, abgesehen von dem gelegentlichen Plätschern der Wellen am Ufer. »Ich weiß nicht, ob ich das Richtige getan habe. Meine Frau hat ihre Finger mit im Spiel. Sie verbringt ihre ganze Zeit auf Facebook und hat das Video vom Bahnhof gesehen. Sie fühlt mit Mary. Deswegen hat sie die Diskussion im Forum verfolgt – und mich bearbeitet, damit ich mich melde. Wir dachten, Mary …

Egal, das werdet ihr schon früh genug herauskriegen. Meine Frau ist hartnäckig und hat mich überzeugt. Der Mann soll euch das selbst erzählen. Er hat sich mir anvertraut, und ich habe schon viel zu viel ausgeplaudert. Ich weiß nicht, ob er mir das jemals vergeben wird.« Tony tritt einen Bierdeckel, der auf den Boden gefallen ist, über die klebrigen Dielen, vermutlich, damit er niemandem in die Augen blicken muss. »Aber manchmal braucht man ein reines Gewissen.«

★

Draußen peitschen Böen über das Loch. Alice bedauert, nichts Wärmeres als eine Lederjacke mit einem kaputten Reißverschluss mitgenommen zu haben. Sie wickelt ihren Schal enger um den Körper und stopft sich die Enden in ihren Pullover, so dass er sie ein klein wenig wärmer hält.

Als sie aufblickt, stellt sie fest, dass Kit zum Auto zurückgelaufen ist, die Hände in die Hosentaschen gepresst. Sie dachte, zwischen ihnen sei nun alles wieder gut nach der misslichen Liaison der letzten Nacht. Er hat keinen Grund zu schmollen. Und dann auch noch mit Verspätung! Männer, man glaubt es kaum. Nach allem, was gerade im Gasthaus passiert ist, hat Alice keine Energie für noch mehr emotionalen Stress.

»Wo willst du hin?« Kit dreht sich nicht um, und Alice weiß nicht, ob er sie nicht hören kann oder sie nicht hören will.

Sie weigert sich, ihm zu folgen, sie setzt sich stattdessen auf einen der Holzstühle mit Blick auf den weißen Sandstrand und vergräbt ihr Kinn noch tiefer im Schal. Vor ihr erstreckt sich das kristallklare Wasser bis zur zitternden Horizontlinie, wo das Blau des Meeres mit dem Blau des Himmels verschmilzt. Wenn es überhaupt einen Ort gibt, um zu verschwinden, dann hier. Niemals wäre Mary auf die Idee gekommen, hier nach Jim zu suchen.

Durch den Geruch nach nassem Segeltuch und Lagerfeuer wird Alice aus ihren Gedanken gerissen. Eine Sekunde später landet eine Wachsjacke auf dem Tisch.

»Du siehst aus, als würdest du frieren«, sagt Kit erklärend.

»Danke.« Alice streift sie über ihre eigene Jacke. Es hat etwas ungemein Tröstliches, in Kleidung zu schlüpfen, die eine oder zwei Nummern zu groß ist, als würde man von seinen Eltern in die Arme geschlossen. Oder von einem Freund. Nicht, dass sie in dieser Hinsicht Erfahrung hätte oder es gar Kit wissen lassen würde. Sie verdrängt den Gedanken, bevor er sie erröten lässt. »Das war doch was, oder?«

Kit antwortet nicht. Er sieht nicht eingeschnappt aus, eher besorgt. Sie erkennt, dass er durch sein Telefon scrollt, und denkt zurück an den Abend, als sie Mary beim Wachestehen unterstützt hatten – wie Kit von etwas auf seinem Bildschirm dermaßen gefesselt war, dass er ganz verstört aussah. Damals hatte sie ihn gefragt, wie es ihm gehe, was los sei, aber keine Antwort erhalten …

»Du hast es selbst gesagt – hier gibt es keinen Empfang. An deiner Stelle würde ich aufgeben.«

Immer noch keine Antwort. Alice klingt angespannt beim Versuch, die Stimmung ein wenig aufzuheitern. Und plötzlich ist es, als wäre ein Schalter umgelegt worden: Besorgnis wird abgelöst von Entrüstung. So ist das also? Sie ist in ihren sechsundzwanzig Jahren *mehr* als genug ignoriert worden. Bei der Arbeit, von ihrem Dad. Der letzte Mensch, von dem sie es erwartet hat, ist Kit. Ist es so schlimm, dass sie einmal – nur einmal – wahrgenommen werden möchte?

»Scheiße, Mann, Kit, ignorierst du mich jetzt einfach?«

»Wow!« Er lässt das Handy auf den Tisch fallen und dreht sich zu ihr. Er ist so nah bei ihr, dass Alice das Menthol seines Kaugummis riechen kann. »Es dreht sich nicht immer alles um dich, Alice. Verstehst du das?«

Ihr Herz schlägt so schnell, dass es sich wie ein einziger harter Schlag anfühlt. »Wenn es wegen gestern Nacht ist …«

»Ich komm darüber hinweg, dass du kein Interesse an mir hast, Alice. Ich wünschte, du hättest welches, wirklich, aber wenn dem nicht so ist, ist das in Ordnung. Darum geht es aber nicht.« Kit reibt sich über seine Unterarme mit der Gänsehaut. »Ich möchte, dass wir Freunde sein können. Aber jedes Mal, wenn ich versuche, mich dir zu nähern, machst du einfach dicht. Warum? Hm? Warum machst du das, Alice?«

Ihr bleibt der Mund offen stehen. Sie fühlt sich, als hätte er sie geschlagen, aber ohne den Zorn, der es erträglicher machen könnte. Vielleicht will sie gar nicht wahrgenommen werden – nicht, wenn es so sehr schmerzt.

Kit blickt sie immer noch erwartungsvoll an. *Weil du mich erst lieben und dann verlassen wirst,* denkt Alice. *Weil es nichts gibt, das mich mehr verletzen würde.*

»Es wäre schön, wenn sich diese Freundschaft nicht wie eine Einbahnstraße anfühlte«, murmelt Kit, nimmt sein Telefon und scrollt weiter.

»Ich dachte, du hättest nicht *so einen Job?*«, Alice weiß, dass sie kindisch ist, aber es ist immer schwer, dem infantilen Verhalten Einhalt zu gebieten, wenn ihre Gefühle überhandnehmen. »Jetzt ruft dich doch die Arbeit, oder?«

»Nein. Nein, die Arbeit ruft nicht.« Kit hört auf und hält Alice den Bildschirm hin. Zu sehen ist eine Wetter-App. »Und weißt du auch, warum nicht? Weil ich gefeuert wurde.«

Falls Alice versucht, nicht verblüfft auszusehen, gelingt ihr das nur schlecht.

»Ja, richtig verstanden – gefeuert.« Kit regt sich immer mehr auf, er schüttelt den Kopf, die Sehnenstränge seiner angespannten Halsmuskulatur zeichnen sich ab. Alice weicht zurück. »Keine Sorge, es ist nicht ansteckend.«

»Du hast gesagt, du wärst im Urlaub. Was … was ist passiert?«

»Ich hatte einen Job bei einer Investment-Bank, den ich gehasst habe. Aber er wurde gut bezahlt und machte Mum und Dad stolz, also habe ich weitergemacht. Bis ich nicht mehr konnte. Ich konnte morgens nicht aufstehen; ich konnte nicht mehr durch die verdammten Drehtüren gehen. Ich fühlte mich so mies, dass ich bei NightLine angerufen habe. Olive war am Apparat, wusstest du das? Sie hat nie herausbekommen, dass ich es war.«

Alice versucht, sich den Anruf vorzustellen. Der Gedanke, dass Kit – der unbekümmerte, selbstbewusste Kit – am Ende ist, bricht ihr das Herz. Sie will nach seiner Hand greifen, doch die hat er zur Faust geballt in die Hosentasche geschoben.

»Es war die schlimmste Nacht meines Lebens. Aber es hat etwas bewirkt. Ich habe mich entschieden, bei NightLine mitzumachen, ich dachte, ich könnte vielleicht Menschen helfen, die ebenso verzweifelt sind wie ich. Außerdem hatte ich dort etwas zu tun, nachdem das Personalmanagement mir mitgeteilt hatte, dass meine beeindruckenden Fehlzeiten ein Kündigungsgrund seien. Das war vor sechs Monaten. Mein Mietvertrag ist ausgelaufen, also bin ich in die billigste Wohnung gezogen, die ich finden konnte, aber ich werde trotzdem nächsten Monat die Miete nicht zahlen können. Jedes Mal, wenn ich auf meinen Kontoauszug schaue, wird mir schlecht. Meine Kreditkarte muss bis zum Anschlag überzogen sein. Und ich kann auch nicht zurück nach Hause, weißt du, warum nicht?«

Alice hat keine Ahnung. Ihr wird klar, dass das Bild, das sie von Kit im Kopf hat, auf fehlerhaften Annahmen beruht. Und das lässt auch sie dumm dastehen.

»Nein?«, sagt Alice vorsichtig.

»Sie wissen nicht, dass ich gefeuert wurde. Es würde ihnen den Boden unter den Füßen wegreißen. Oder sie zumindest bodenlos enttäuschen.«

»Was wirst du tun?«

Kit öffnet den Mund, doch bevor er etwas sagen kann, ertönt ein Nebelhorn. Beide blicken hinaus aufs Wasser. Ein Boot nähert sich mit hoher Geschwindigkeit. Drei Männer stützen sich mit den Armen an der Reling des kurzen Vorderdecks ab. Sie erinnern Alice an eine Kinderzeichnung. Auf jeden Fall sind sie zu klein, um sie erkennen zu können.

»Ich dachte, sie sollten erst heute Abend zurückkommen«, sagt Alice. Es war gerade einmal zwei Uhr. Die Türen zum Gasthaus hinter ihnen öffnen sich, und Schritte erklingen.

»Sieht so aus, als hätte ich mich geirrt«, sagt Tony.

KAPITEL 39
2011

Als das Taxi ausgerechnet beim Kreisverkehr ins Schlingern geriet, dachte Mary, sie müsse sich übergeben. Im Auto wurde ihr eigentlich nie schlecht, es lag wohl an ihrer Angst. Sie öffnete ihre Handtasche ein wenig, nur für den Fall der Fälle. Die Tasche war aus billigem Kunstleder, das sich an den Riemen schon ablöste. Wenn es ganz schlimm kam, könnte sie sich dort hinein übergeben und sie anschließend wegwerfen.

Der Schlüsselanhänger in Form eines irischen Kleeblattes, den sie aus einer Laune heraus im Duty-Free-Laden gekauft hatte, schimmerte im Scheinwerferlicht eines entgegenkommenden Wagens. Mary nahm ihn in die Hand und ballte die Faust so fest zusammen, dass sie spürte, wie die Metallenden sich in ihre Handflächen bohrten. Noch nie zuvor hatte sie so viel Glück benötigt wie jetzt. Was machte Jim wohl gerade? Bestimmt lag er schon im Bett. Sie fragte sich, ob er wohl etwas gegessen hatte. Mary besorgte für solche Zeiten immer Fertiggerichte, weil sie wusste, dass Kochen ihm dann zu viel war. Der Gefrierschrank war bis zum Bersten voll damit.

Sie sollte wütend sein. Ausgerechnet fünf Minuten bevor sie sich im Taxi auf den Weg zum Flughafen machen mussten, für den Flug zu Mams großer Geburtstagsfeier, hatte Jim sie im Stich gelassen. Doch ihre Wut war bereits verflogen. Mary drückte die Augen fest zu, um die Erinnerung auszublenden, wie sie mit ihm gesprochen hatte. *Mir würde es ohne diesen ganzen … Scheiß besser gehen. Findest du nicht, dass ich eine bessere Behandlung verdient hätte?* Ihre eigene Boshaftigkeit hatte sie aus der Bahn geworfen.

Jim hingegen schien ihren Ausbruch kaum bemerkt zu haben. Sein Gesicht war wie versteinert gewesen. Starr. Das war vielleicht das Schlimmste, dachte Mary: Er wirkte nicht halb so schockiert wie sie selbst. Und auch nachdem sie Jim ihren ganzen Frust entgegengeschmettert hatte, war er zu ihr gekommen und hatte sie auf die Stirn geküsst. Sie war eine schreckliche Person. Solche Dinge zu Jim zu sagen, wo es doch sonnenklar war, dass er so litt. Sie war eine schreckliche Person. Daran gab es keinen Zweifel.

Je eher sie wieder nach Hause kam, desto eher konnte sie es wiedergutmachen. Sie hatte am Wochenende auf ihrem Handy mindestens zwanzigmal eine Entschuldigung getippt – im Bad, während Mam mit der Teekanne hantierte, während Mary so tat, als würde sie nach dem Kuchen sehen – und sie jedes Mal wieder gelöscht. Dieser Ausbruch mit allem, was sie ihm an den Kopf geworfen hatte, erforderte eine Entschuldigung von Angesicht zu Angesicht, und Mary wusste das.

»Chartes Road hatten Sie gesagt? Ich könnte eine Abkürzung nehmen, dann wären wir etwas schneller dort …«

»Ja – Nummer sechsundvierzig. Danke«, murmelte Mary.

Auch sie hatte sich den unpassenden Moment für ihren Ausbruch ausgesucht. Zwei Wochen zuvor hatte Jim ein noch nie da gewesenes Tief erreicht. Es war sein zweiundvierzigster Geburtstag. Er hatte keine Feier gewollt – Mary hatte seinen Wunsch respektiert, seine Eltern nicht. Sie hatten Essen bei einem Caterer zu ihrer Wohnung in Notting Hill bestellt, für ein Abendessen zu viert. Jim hatte den größten Teil seines Entenbrust-Orangen-Salats auf dem Teller herumgeschoben, und Mary musste sich zusammenreißen, als sie sah, wie das nette junge Mädchen, das beim Essen servierte, die Reste in den Mülleimer warf.

»Ich dachte, wir würden inzwischen Enkelkinder haben«, hatte Juliette gesagt, als sie den Rest aus der letzten (der dritten) Weinflasche einschenkte.

Jim hatte versucht, dieses Gespräch zu beenden – »Mum, bitte« –, aber er hatte wenig überzeugend geklungen. Mary fragte sich, ob er nur aus Gewohnheit den Mund aufgemacht hatte. Sie hatten beide die jahrelangen Vorhaltungen anderer, wohin ihre Beziehung führen sollte, satt. Gerade im Moment war es ohnehin schwer genug, sich nur über Wasser zu halten, ohne von anderen immer wieder auf Perspektiven hingewiesen zu werden, die sie gemeinsam für sich ausgeschlossen hatten.

Es lag Mary auf der Zunge, Juliette zu fragen, ob sie sich nicht vorstellen konnte, unter welchen Druck sie Jim damit setzte. Alle Erwartungen an ihre Jungs – an Sam und James – lasteten nun nur noch auf seinen Schultern. Dabei spielte es keine Rolle, dass Jim ohnehin nichts davon gewollt hätte. Nicht zum ersten Mal bemerkte Mary, dass ein Mensch nur begrenzt für einen anderen leben konnte.

Am Ende hatten sie zwei Stücke Kuchen in einer wie neu aussehenden Tupperdose mitgenommen – Jim hatte Kopfschmerzen vorgetäuscht, um den Nachtisch ausfallen zu lassen.

Während der ganzen Bahnfahrt nach Hause umfasste Mary mit beiden Händen fest seine Hand und versuchte, ihn zu beruhigen. Doch er ging gleich nach der Rückkehr ins Bett, sein Schweigen war viel lauter, als sein Protest gegen den Ablauf dieses Abends hätte sein können.

Am nächsten Morgen servierte Mary den Kuchen zum Frühstück im Bett. Jim freute sich bei dem Anblick. Doch er machte recht deutlich, dass er nicht über die Worte seiner Eltern reden wollte. Er küsste sie, und auf einmal war der Kaffee kalt, und sie lagen wieder unter der Decke und fanden durch Berührungen und Küsse zueinander zurück. Nur nicht reden.

Sie hätte wissen müssen, dass Jims Anwesenheit bei Mams Geburtstag alles andere als selbstverständlich war.

Mit einem Ruck wurde Mary zurück in die Gegenwart katapultiert. Mit quietschenden Reifen bog das Taxi links ab, und sie schnappte sich den Griff ihrer Tasche, damit sie ihr nicht vom Schoß flog.

»Gut, das macht dann neunundzwanzig Pfund sechzig.«

Ohne dass sie es gemerkt hatte, hatte das Taxi inzwischen Ealing erreicht und vor ihrer Wohnung gehalten. Mary führte den Schlüsselanhänger an die Lippen und küsste ihn einmal, das sollte Glück bringen, bevor sie ihn wieder in ihre Tasche steckte. Sie bezahlte den Fahrer, stieg aus und blieb auf dem Bürgersteig stehen.

Die Jalousien waren ganz hochgezogen, und die Spätsommersonne tanzte durch die Küche. Sie konnte nur die Frühstückstheke erkennen, aber es war klar, dass Jim nicht dort saß und arbeitete, wie er es so oft tat. Vielleicht hatte er in den sechsunddreißig Stunden ihrer Abwesenheit das Bett gar nicht verlassen? Mary wusste nicht, ob sie es schaffen würde, Jim um kurz nach neun an einem Sonntagabend zu wecken. Aber alles in ihr sehnte sich nach ihm.

Sie schloss die Tür auf und ließ ihren Koffer im Flur stehen.

»Hallo?« Sie fragte sich, warum sie flüsterte. Falls Jim schlief, wäre er von ihrem Krach schon aufgewacht. »Hallo!« Mary schaltete das Licht im Flur ein. An dessen Ende sah sie die offene Schlafzimmertür und das leere, akkurat gemachte Bett.

Rückblickend würde sie sich fragen, ob sie genau in diesem Augenblick realisiert hatte, was geschehen war. Jim hatte selten das Bett gemacht, und ganz sicher nicht in einem seiner Tiefs, wenn er sich nur Minuten später wieder unter die Decke gelegt hätte.

Mary versuchte, trotz allem ruhig zu bleiben. Es würde eine vernünftige Erklärung dafür geben, wo Jim abgeblieben war. Sie öffnete die oberste Schublade seines Nachttischs. Der Platz, an dem er normalerweise Telefon und Portemonnaie über Nacht verstaute, war leer.

Sie versuchte sich einzureden, er könne im Pub oder bei Gus sein, obwohl sie sich nicht mehr erinnern konnte, wann er zum letzten Mal aus eigenem Antrieb einen seiner Freunde besucht hatte.

Das schrille Summen in Marys Ohren nahm an Lautstärke zu. Es übertönte sogar das schwere Pochen ihres eigenes Pulses. War das eine ähnliche Situation wie in der Arztpraxis vor zwei Jahren? Oder war es etwas Schlimmeres? Sie öffnete die Tür von Jims Kleiderschrank.

Er war zwar nicht leer geräumt, aber leerer als am Tag ihrer Abreise. Zwei dicke Wollpullover fehlten, ebenso der Wanderrucksack mit den langen Riemen, über den Mary sich stets beschwerte, wenn er unordentlich auf dem Teppich herumlag.

Das bedeutete aber doch nicht, dass sie ihn sich wegwünschte. Nicht wenn Jim zugleich mit ihm verschwand.

Als sie den Schrank im Flur öffnete, fügte sich das letzte Teil in dieses albtraumhafte Puzzle ein. Mary legte sich eine Hand auf den Nacken, als würde ihr das dabei helfen, der Last ihrer Welt standzuhalten, die gerade über ihr zusammenbrach.

Zehn, fünfzehn Minuten vergingen, in denen sie wie gelähmt war. Sie hätte nie nach Belfast fahren dürfen, doch es war der Geburtstag ihrer Mutter … Verpflichtungen waren eine Sache, aber wenn Jim sie mehr gebraucht hatte als ihr eigenes Fleisch und Blut? Dann hätte sie auf Nummer sicher gehen und in Ealing bleiben sollen. Es gab keine Entschuldigung für ihr Verhalten. Überhaupt keine.

Als sie schließlich die Nummer von Jims Eltern wählte, versuchte Mary, sich an das letzte Mal zu erinnern, dass sie einen der beiden angerufen hatte. Vergeblich. Zumindest erinnerte sie sich an keinen Anruf, der über das übliche ›Hallo‹ hinausging, wenn Jim ihr das Telefon hinhielt. Sie fragte sich, ob es im Wesen einer *Notfallnummer* lag, dass man stets dachte, man würde sie nicht brauchen. Das Telefon klingelte fünfmal, bevor jemand dranging.

»Juliette Whitnell.«

»Hier ist Mary.«

»Was ist los?« Ihre Stimme klang schneidend, doch es lag auch ein Zittern in ihrer Frage, und Mary dachte daran, dass sie auch eine Mutter war. Eine Mutter, die bereits einen Sohn verloren hatte.

»Ich weiß nicht, wo er ist.« Sie würgte die Worte heraus. Irgendwie klang alles viel zu real, wenn man es aussprach. »Er war nicht hier, als ich zurückgekommen bin.«

»Von wo zurückgekommen?«

»Aus Belfast. Meine Mutter hatte Geburtstag. Ihren Sechzigsten. Jim war natürlich auch eingeladen, aber dann war er … krank. Er konnte nicht mitkommen, deswegen bin ich allein geflogen. Ich war nur eine Nacht weg, und jetzt komme ich wieder, und er ist nicht mehr da …«

»Beruhig dich. Ich kann dich nicht richtig verstehen. Bist du denn sicher, dass er nicht einfach rausgegangen ist? Zu Freunden oder etwas in der Art?«

Mary presste sich eine Hand auf den Mund, die Finger der anderen tasteten das kleine Rechteck ab, in dem gerade eben ihre Hoffnungen gestorben waren. Das war anders als letztes Mal, bei dem missglückten Picknick. Ganz schrecklich anders.

»Sein Pass ist weg«, sagte sie, und ihre trockene Zunge blieb ihr am Gaumen kleben. Seit der Reise in die Provence letzten Sommer hatte der Pass immer dort gelegen. »Er hat mir nicht erzählt, dass er irgendwo hinfahren wollte.«

KAPITEL 40

2011

Juliette kam allein.

»Richard ist zum Golfspielen weggefahren«, erklärte sie, als Mary die Tür öffnete. »Er wollte eigentlich bis morgen Abend bleiben, aber er ist jetzt auf dem Rückweg nach London.«

Mary hatte weder Kraft noch Lust zum Aufräumen gehabt, und sie sah, wie Juliette die Küche musterte. Selbst wenn Jim das Bett gemacht hätte, lagen auf der Arbeitsplatte immer noch Kaffeekrümel, und aus dem Mülleimer ragte die Plastikverpackung eines Fertigessens. Mary hätte sich gewünscht, aus dem Chaos irgendwelche Rückschlüsse auf seinen psychischen Zustand ziehen zu können, außer seiner unerschütterlichen Vorliebe für Chicken Tikka Masala.

»Ich bin so schnell gekommen, wie ich konnte.«

Mary sah Juliette zum ersten Mal ohne Make-up und nicht zurechtgemacht. Ihre Seidenbluse war zerknittert und sah aus, als hätte sie sie als Ersatz für ihr Pyjamaoberteil ganz hinten aus der nächstbesten Schublade hervorgezerrt. Irgendwie deprimierte dieser Anblick Mary noch mehr.

»Hast du bei der Polizei angerufen?«

»Noch nicht«, sagte Mary.

Sie stand neben dem Fenster und blickte auf die Telefonhalterung, als könnte sie ein Klingeln herbeisehnen. Nichts ergab Sinn. Sie sprachen hier über Jim, den Mann, der versprochen hatte, er wäre für sie da bis zum Ende der Welt. Wenn er das auch so gemeint hatte, dann musste sein Verschwinden ein Hirngespinst, eine Warnvorstellung sein. Verdammt, warum erlöste sie nicht jemand aus dieser Lage? Sie wandte sich an Juliette, doch deren Gesicht war wie versteinert.

»Soll ich anrufen?«

Mary nickte.

»Ich brauche Details. Kannst du mir die Zeiten aufschreiben: Wann du James das letzte Mal gesehen hast, eventuelle Pläne, die er erwähnt hat, Gegenstände, die nicht mehr hier sind. Sie werden auch mit dir sprechen wollen, da bin ich mir sicher.« Sie war auf unheimliche Weise ruhig. Mary hätte sich gefragt, wie um alles in der Welt sie das schaffte, wenn in ihrem Gehirn noch Platz für etwas anderes außer Entsetzen frei gewesen wäre.

Unter Juliettes Anleitung spürte Mary, wie sie in die Kinderrolle zurückfiel, wenn auch ohne tröstliche elterliche Berührungen. Sie blendete Juliettes Stimme aus, unabsichtlich, sie reagierte darauf wie auf den dröhnenden Fernseher der Nachbarn oder auf das Schreien des Neugeborenen in der Wohnung über ihnen.

Mary sehnte sich nach Belfast, nach ihrer Mutter, die ihr versicherte, alles würde gut werden, sie würde alles dafür tun. Doch was würde sie zu alldem sagen? Mam hatte sie in das Geheimnis einer funktionierenden Beziehung eingeweiht – durch dick und dünn zusammenhalten. Mary konnte nicht behaupten, dass sie das bei ihrer letzten Auseinandersetzung mit Jim beherzigt hatte, als sie wortlos zum Taxi gestürmt war.

»Mary?«

»Sorry. Sorry.« Sie drehte sich wieder zu Juliette um. Sie wollte den Hörer übernehmen, um die Fragen der Polizei zu beantworten, die sie ihr bestimmt immer wieder stellen würden, bis Mary jede einzelne Silbe in Frage stellte.

Das Telefon baumelte an Juliettes Hand.

»Sie haben gesagt, dass sie noch nichts unternehmen können.«

»Was?«

»Bei ihm geht man anscheinend von einem nur geringen Risiko aus. Die Beamten meinten, wir müssten zweiundsiebzig Stunden warten. Wenn wir wollen, sollen wir es bei den Krankenhäusern probieren …« Juliette verlor die Fassung, ihr Oberkörper kippte nach vorn, und sie presste die Kiefer aufeinander, als versuchte sie, ein Wimmern zu unterdrücken, das aus ihrem tiefsten Inneren emporstieg. Mary führte sie zum Sofa und legte einen Arm um die unfassbar schmale Taille.

Schweigend saßen sie nebeneinander, die Intimität des Augenblicks war ihnen nicht geheuer, doch es fehlte ihnen an Kraft, sich daraus zu lösen. Als die Uhr auf dem Herd mit einem ungeduldigen Ticken elf anzeigte, stand Juliette abrupt auf und steckte sich eine Haarsträhne zurück in die Spange.

»Sie haben mich gefragt, ob es Probleme zu Hause gebe.« Ihre Stimme klang kalt und sachlich.

»Was hast du gesagt?« Mary verstand nicht, warum sich die Polizei bei seinen Eltern danach erkundigte. Jim war ein erwachsener Mann. Vielleicht hatte Juliette nicht deutlich gesagt, wie alt er war …

»Ich habe gesagt, ich würde dich fragen.« Die Tränen in Juliettes Augen waren getrocknet. Mary erinnerte sich, wie sie Juliette kennenglernt hatte, an die seltsame Kälte in ihrem Blick, der jeden außerhalb der Kernfamilie auf nicht verhandelbare Distanz hielt. »Sie meinten, dass er vielleicht vor etwas geflüchtet sei. Vor einer Situation. Oder vor jemandem?«

»Nein, ähm … nein. Ganz und gar nicht.«

»Schau mal, ich muss dir sagen, dass es für mich keinen Sinn ergibt.« Juliette hatte sich nun ans andere Ende des Sofas gesetzt und sah Mary an. Plötzlich wirkte ein Polizeiverhör wie die angenehmere Alternative. »Er sollte mit dir nach Belfast zu einer Familienfeier und hat dann … abgesagt. Warum? Warum hat er das getan?«

Weil er krank ist, dachte Mary. *Depressiv. Weil es ihm so schlecht geht, dass er kaum den Kopf vom Kissen heben konnte.* Verstand Juliette überhaupt, was das bedeutete? Dass man psychische Probleme nicht einfach mit einem Haufen Geld lösen konnte? Mary bezweifelte es, andernfalls hätte Jim seinen Eltern doch erzählt, dass es ihm nicht gut ging, oder? Sie wollten, dass ihr übrig gebliebener Sohn fit, gesund und munter war. Sie wollten nicht, dass die Freundin sich um ihn kümmerte, die in ihren Augen nie gut genug für ihn war. Mary war sich sicher, dass sie die Schuld für seine Probleme bei ihr suchten.

»Er war gestresst und, ich weiß es nicht … Ich wollte ihn nicht drängen. Ich dachte, es wäre besser, wenn er das Wochenende hier allein verbringen würde, um sich zu erholen. Ich wäre nicht gefahren, wenn Mam nicht ihren Sechzigsten gefeiert hätte.«

Marys Argumente waren Juliette selbstverständlich gleichgültig. Sie kreiste mit den Fingern um einen verspannten Punkt auf ihrer Stirn. »Du willst mir also erklären, dass Jim das alles völlig grundlos hinter sich gelassen hätte?«

Mary sah, dass Juliettes Hände auf die Polstermöbel und auf den Ausblick auf die ruhige Straße zeigten. *Das alles* schloss Mary kategorisch aus.

»Es gab also gar keinen Auslöser?«, wollte Juliette ihr auf die Sprünge helfen.

Mary zwang sich, Juliettes Blick standzuhalten. Sie fühlte sich schuldig, wollte aber auf keinen Fall, dass Juliette es ihr ansah. Beim geringsten Verdacht, dass Mary etwas mit Jims Verschwinden zu tun haben könnte, hätte Juliette ihre Schwiegertochter in spe zweifelsohne vor das Polizeipräsidium geschleppt und ihr Handschellen anlegen lassen. Mary hätte das zwar verdient, aber im Augenblick musste sie hier sein. Sie musste zu Hause sein und auf Jims Rückkehr warten.

Juliette beeilte sich nicht, das Schweigen zwischen ihnen zu durchbrechen. Mary war erleichtert, dass Juliette die Gedanken nicht hören konnte, die außer Kontrolle durch ihren Kopf wirbelten. *Diesen ganzen … Scheiß besser gehen … bessere Behandlung von dir verdient …?* Hatte sie das alles wirklich erst gestern von sich gegeben? Sie würde alles dafür tun, wenn sie diese Worte zurücknehmen könnte.

»Nein«, antwortete Mary. »Nichts.«

»Nun gut.« Juliette stand auf und strich sich die Jeans glatt. »Ich muss wieder zurück.«

Zu wem? Ein Sohn ist tot, der andere verschwunden, und der Ehemann sitzt noch im Auto auf dem Rückweg von St. Andrews. Jeder andere Mensch würde bleiben. Jede andere Fast-Schwiegermutter. Mary und Juliette hingegen würden ihre Schlaflosigkeit getrennt ertragen müssen. Sie würden getrennt voneinander leiden.

»Ich habe der Polizei unsere Kontaktdaten gegeben«, fügte sie hinzu. Dann präzisierte sie es: »Meine und Richards. Als nächste Angehörige. Wenn es neue Entwicklungen gibt, werden wir dich informieren. Lass dein Handy an.«

Juliette ging allein zur Tür.

KAPITEL 41

2018

»Bist du sicher, dass es richtig ist, was wir tun?« Alice rückt ihren Stuhl ein wenig näher an Kits, sie möchte ihn gerne umarmen, nach allem, was er ihr gerade über seine Arbeit und seinen psychischen Zustand offenbart hat, doch er sitzt starr da.

»Es ist ein wenig spät für solche Überlegungen – dort drüben ist der Mann.« Kit zeigt zum Boot, und Alice greift nach seiner Hand, bevor irgendjemand am Anlegesteg sie erblickt. Sie sind zu weit entfernt von der Stelle, wo das Boot festgemacht hat, um zu erkennen, ob einer der Männer, die die Netze abladen, eine Ähnlichkeit mit Jim aufweist. Sie tragen alle dieselbe Uniform, Wollmütze, Watthosen und Gummistiefel. »Alles okay, echt.« Kit befreit seinen Arm und zieht ihn weg. »Entspann dich, ja?«

Für Alice gibt es wenig Nervigeres, als wenn ihr jemand sagt, sie solle sich entspannen. Sie hat erst kürzlich festgestellt, dass sie dazu körperlich gar nicht in der Lage ist. Sie ist einfach übernervös. Es hat ihr überhaupt nicht gepasst, dass Tony ihnen erklärt hat, sie würden drei Stunden warten müssen, bevor Jim zurückkäme.

»Sag trotzdem mal, glaubst du es?«

»Was soll ich denn glauben?«, fragt Kit.

»Glaubst du, dass wir das Richtige tun? Ich denke die ganze Zeit, Mary sollte hier sein.« Alice macht eine unbestimmte Handbewegung in Kits Richtung.

»Alles ist gut.«

»Du weißt schon, was ich meine. Es ist schließlich *ihr* Jim.«

»Menschen sind keine Besitztümer«, antwortet Kit.

»Aber sie haben Verpflichtungen.«

Er seufzt mit geschlossenem Mund, und seine Nasenlöcher blähen sich auf. Alice versteht einfach nicht, wie man jemanden zugleich völlig nervtötend und absolut attraktiv finden kann. Und seit wann ist Kit von *ihr* genervt? So rum ist es völlig verkehrt.

»Du hast gesagt, es wäre besser, wenn Mary nichts von unseren Recherchen, also diesem Trip, wüsste. Wir wollten beide vermeiden, dass sie sich umsonst Hoffnung macht«, sagt Kit.

Alice nickt. Das kann sie unmöglich leugnen, obwohl Kit nichts von dem Gespräch weiß, das sie und Mary bei ihrem letzten Treffen geführt haben, vor dem Bahnhof, als der Rest der Truppe von NightLine gerade die Schilder eingepackt hatte. Die letzten Worte, die Mary zu Alice gesagt hat, gehen ihr nicht aus dem Kopf: *Deswegen möchte ich, dass du nun aufhörst, nach Jim zu suchen.*

»Was sollen wir überhaupt sagen?«, fährt Kit fort. »Ich meine, was sagt man zu einem Mann, der sich dazu entscheidet, ohne ein Sterbenswörtchen zu verschwinden?«

Alice könnte ihm zahllose Vorschläge machen. Denn auch wenn sie weiß, dass ihr Dad irgendwo eine Familie hat, dass er in Sicherheit und wahrscheinlich glücklicher ist, als er es jemals zuvor mit ihr und Mum war – und obwohl sie sich damit abgefunden hat, wird sie immer eine Frage haben, auf die sie niemals eine befriedigende Antwort bekommen wird.

»Vielleicht einfach ›Warum?‹«, murmelt Alice.

»Ja, das ist gut. Kurz. Prägnant. Bisschen wie du, hm?« Kit lächelt, aber etwas verhaltener als vorhin. Er tut Alice leid, und sie versteht seine Sorge, die Eltern zu enttäuschen. »Du machst das alles sehr gut, Alice. Jeder würde denken, du hättest es schon einmal gemacht.«

Er wendet ihr sein von Wind und Meeresluft gerötetes Gesicht zu und blickt sie offen an. Er sieht ganz und gar nicht wertend aus. Er versteht, wie sich Verletzlichkeit anfühlt. Wie sich Tiefschläge anfühlen. Also könnte Alice ihm nun erzählen, warum sie hier ist. Sie könnte Kit erklären, dass dieselben Gründe, warum sie ihn – oder auch jeden anderen – nicht an sich heranlassen kann, dafür verantwortlich sind, dass sie keine Ruhe geben wird, bis sie Jim gefunden hat. Sie könnte sich dazu durchringen, dass Kit der Erste wäre, der es erführe. Der sie wirklich kennenlernte.

Sie öffnet den Mund.

»Ich hole uns Chips, ja? Ich weiß ja nicht, wie es dir geht, aber ich habe einen Mordshunger.« Kit trottet von dannen, bevor Alice die richtigen Worte finden kann.

★

Es ist schon nach sechs, als Tony bereit ist, sie zu Jim zu begleiten. Wie es aussieht, hat er den ganzen Nachmittag getrunken, doch er führt sie erstaunlich behände den Berg hinter dem Pub hinauf. Es gibt keine Straßenlaternen, und Alice muss es sich mit aller Macht verkneifen, den Weg mit der Taschenlampe ihres Smartphones auszuleuchten – je weniger sie durchblicken lassen, dass sie nicht hierhergehören, desto besser.

»Woher kennen Sie Jim überhaupt?«, fragt Kit. Sie gehen

im Gänsemarsch einen schmalen Feldweg entlang. Benji, der Hütehund, rennt voran, gefolgt von Tony, Alice und Kit.

Peinliche Stille. Sie wissen nicht, ob Tony Kit gehört hat oder nicht.

»Jim?«

Alice blickt über die Schulter zu Kit und fällt dabei fast über einen Stein. Kit greift nach ihrer Hand und lässt sie erst los, als Alice wieder sicher steht.

»So nennen wir ihn hier nicht.«

»Oh.« Alice fragt sich, ob ihr die Kälte zu Kopf gestiegen ist. Sie ist eigentlich nicht auf den Mund gefallen, doch im Augenblick ist ihr Gehirn randvoll mit Kits Offenbarungen, der potenziellen Nähe zu Jim und Kindheitserinnerungen, die sie gern für immer verbannt hätte.

»Wie nennen Sie ihn denn hier?« Kits Gehirn scheint glücklicherweise nicht eingefroren zu sein, obwohl er nur ein T-Shirt trägt. Er hat seine Jacke nicht zurückverlangt, aber die Hände nun unter die Achseln geklemmt.

»Ich glaube, das fragt ihr ihn am besten selbst.«

»Kennen Sie ihn schon lange?« Kit übergeht Tonys Wink mit dem Zaunpfahl. Oder er ist einfach verdammt hartnäckig. Alice denkt, er würde vermutlich einen grandiosen Journalisten abgeben, wenn er dem Bankwesen wirklich abgeschworen hat.

»Ziemlich lang. Er ist schon paar Jahre hier.«

»Ist er im Fischfang tätig?«

… *im Fischfang tätig?* Einiges von dem, was Kit sagt, verdutzt Alice. Er drückt sich aus wie ein Mann aus dem neunzehnten Jahrhundert, der aber gern Google-Translate verwendet. Sie würde gern wissen, wie – oder besser gesagt, ob – er als Kind sozialisiert wurde.

Tony grunzt zustimmend. »*Im Fischfang,* ja.«

»Und Sie kennen sich gut?«

Alice kann es sich gerade so verkneifen, Kit gegen das Schienbein zu treten. Sie können es sich nicht leisten, Tony mit diesem Kreuzverhör zu verärgern. Sie sind so kurz davor, Jim zu finden. Jim ist in Reichweite; jetzt ohne eine Antwort zu Mary zurückzukehren wäre undenkbar. Alice würde nie darüber hinwegkommen.

Tony bleibt abrupt stehen, und Alice bemerkt erst nach einigen Sekunden, dass sie das Tor zu einem Cottage erreicht haben. Sie stehen vor einem kleinen Stück Wiese, wenn man das Stück Graswildwuchs als Wiese bezeichnen kann, dahinter liegt, sehr unauffällig, ein einstöckiges Haus. Alice glaubt nicht, dass sie es ohne Tonys Hilfe wiederfinden würde.

»Sind wir da?«, fragt Kit.

Alice könnte sich kaum unbehaglicher fühlen. Ihr Herz hämmert, und ihr wird flau im Magen. Sie braucht eine Toilette. Oder Betablocker. Idealerweise beides. Kurz wünscht sie sich, sie hätte sich nie auf diese schreckliche Suche eingelassen. »Kommst du mit rein?«, fragt sie Tony und berührt ihn an der Schulter. Sie widersteht dem Drang, sich an ihm festzuklammern.

»Ich habe heute nicht den Nerv für einen Kampf. Aber irgendwann muss ich dafür büßen, das steht fest. Ich bringe euch zur Tür, das war's.«

An der Tür hängt ein alter gusseiserner Türklopfer, und als Tony ihn betätigt, ist der Schlag so laut, dass man ihn innen nicht überhören kann. Alice hat dieses unangenehme Gefühl, sich selbst aus der Ferne zu betrachten, das sie immer schon in den wichtigsten Augenblicken ihres Lebens hatte – den guten wie den schlechten.

Alles, worauf sie in den letzten Wochen hingearbeitet hat,

alles, worauf sie so große Hoffnungen setzt, hängt von den folgenden Sekunden ab.

»Tony.«

Benji springt an dem Mann im Türrahmen hoch. Er hat einen langen dunklen Bart, durch den sich erste graue Strähnen ziehen, und das Haar reicht ihm bis zur Schulter, er hat es sich hinter die Ohren gesteckt. Er ist älter und wettergegerbt. Aber die anderen Zielpersonen sahen ihm nicht annähernd so ähnlich. Das ist er. Das ist zweifellos der Mann von dem Bild, das Alice geklaut hatte. Er hat diesen Schmiss in der Augenbraue, es wachsen immer noch keine Haare auf dem Narbengewebe.

»Wer sind …?« Sie beobachten, wie Jim langsam dämmert, wer vor ihm steht. Er reißt die Augen auf und will die Tür zuschlagen. Er atmet durch die zusammengepressten Zähne aus, ein Geräusch wie ein Zug, der am Gleis einfährt, als er bemerkt, dass Tonys Fuß im Weg steht.

»Lass sie rein, Sam. Sie bleiben nicht lang.«

Selbst Kit steht stocksteif da und kann nicht einmal seinen Kopf zum Nicken bewegen.

»Was zum Teufel? Ich dachte, ihr würdet aufpassen, dass mich niemand findet.«

»Habe ich. Und tue ich noch«, antwortet Tony unsicher. Es fühlt sich fast schon indiskret an, bei so einem persönlichen Moment dabei zu sein, und Alice blickt auf ihre Schuhe. Sie bemerkt einen kleinen Riss, etwa so groß wie ein Fünf-Pence-Stück in dem Leinen ihres Turnschuhs.

»Du hast gelogen.«

»Du etwa nicht? Du hast mir gesagt, zu Hause wissen alle, dass du hier bist. Du hast mir gesagt, dass deine Frau es auch weiß.«

»Tut sie auch«, sagt Jim.

KAPITEL 42
2011

Juliettes letzte Frage hing noch lange nach ihrem Weggang in der Luft. *Es gab also gar keinen Auslöser, nicht wahr?* Diese implizite Anschuldigung erfüllte die gesamte Wohnung mit einer Beklemmung bis in jeden Winkel, als würden diese Worte die Luft zum Atmen aufsaugen, bis Mary vor lauter Panik fast erstickte. Sie hatte nicht damit gerechnet, dass Juliette ihr unter diesen Umständen ihre zuvor nie gezeigte Zuneigung gestand, aber sie hatte auch nicht erwartet, dass sie ihr die Schuld für das Geschehene in die Schuhe schob.

Mary würde auf keinen Fall schlafen können. In ihrem Kopf wirbelten Hunderte von Möglichkeiten durcheinander, die alle zu schrecklich waren, um darüber nachzudenken: Jim hatte einen Unfall gehabt, war einem Verbrechen zum Opfer gefallen. Sie stellte sich vor, wie seine Leiche an einem Straßenrand oder in einer Gasse lag, in einem Fluss aufgetrieben und von einem ahnungslosen Ruderer gefunden wurde. Wenn einmal der Gedanke auftauchte, dass Jim freiwillig verschwunden war, dass er aus eigenem Antrieb gegangen sein könnte – wurde er sogleich verdrängt. Sie kannte Jim. Er würde nie gehen, ohne sich zu verabschieden.

Es war klar, dass Juliette anders dachte. Sie hatte Mary von Anfang an abgelehnt und ihre Vorbehalte gepflegt. Mary versuchte, sich an die letzte Begegnung mit Jim zu erinnern. Er hatte die Socken mit den Regenbogenstreifen getragen, ein Weihnachtsgeschenk von ihr. Jedes Mal, wenn er sie trug, musste sie lächeln. Nun aber war ihr das Lachen vergangen, er war nicht nur aus den Socken, sondern auch aus ihrem Leben geschlüpft. Er ließ sie im Stich, als sie ihn am dringendsten brauchte. Wenn er das nur erkannt hätte, hätte sie ihm niemals so furchtbare Dinge gesagt. Sie hätte niemals so ausgeteilt.

Als sich die Dämmerung über die Stadt legte, wusste Mary, dass sie etwas tun musste, um ihre Schuldgefühle im Zaum zu halten. Aber was? Sie konnte ja nicht bei den Ermittlungen behilflich sein. Juliette hatte das sehr deutlich gemacht. »Die nächsten Angehörigen«, hatte sie verkniffen gesagt, es war deutlich, dass sie Mary aus dem Familienleben der Whitnells raushalten wollte. Nur weil Mary nicht an erster Stelle der biologischen oder rechtlichen Hackordnung stand, bedeutete das, dass ihr Kummer weniger wert war? Dass sie Schmerzen auf sich nahm, die ihr nicht zustanden?

Sie fragte sich, ob Richard oder Juliette jemals etwas zu Jim gesagt hatten, weil sie nicht verheiratet waren, etwas, das er furchtbar gefunden hatte? Das konnte sie sich gut vorstellen. *Sei vorsichtig, Sohn. Da bindet man sich fürs ganze Leben, weißt du.* Aber vielleicht meldete sich da auch bloß Marys Paranoia. Sie waren beide wirklich alt genug, um selbst zu entscheiden, was für sie richtig war. Mary konnte sich mit Müh und Not davon abhalten, Juliette anzurufen und »SECHS JAHRE« in den Hörer zu brüllen. Das bedeutete doch etwas, mit oder ohne rechtliche Formalitäten.

Weil sie Angst hatte, dass sie es tatsächlich tun könnte, beschäftigte Mary sich damit, die Papierstapel in der Küche, auf dem Sofatisch und unter allen Kabelhaufen in seinen Schubladen durchzusehen in der Hoffnung, eine Nachricht zu finden. Nichts. Sie wusste nicht, ob das ein gutes Zeichen war oder nicht. Vielleicht bedeutete es, dass er nichts Dummes vorhatte; dass er einfach dringend wegmusste und nicht daran gedacht hatte, sie zu informieren? Es gäbe Schlimmeres, redete sie sich ein. Er würde irgendwann reumütig nach Hause kommen. Wichtig war nur, dass er in Sicherheit war.

Als es dunkel wurde, war Mary schwindelig. Alle Wut und alle Hoffnung waren aufgebraucht. Sie hatte den ganzen Tag nichts gegessen und nur wenig getrunken. Sie konnte sich einfach nicht entspannen – ihr ganzer Körper war angespannt, und ihr Kopf war so voll, dass sie einen Gedanken noch nicht zu Ende gedacht hatte, als schon der nächste auftauchte. Als wäre sie in einer Zeitschleife gefangen oder in einer schrecklichen Alternativwelt, wo sie zutiefst beunruhigt war und niemand sonst die Notwendigkeit sah, etwas zu tun.

Aus einem Tag wurden zwei und aus zwei wurden drei. Mary musste irgendwann geschlafen haben, doch sie war immer nur so kurz eingenickt, dass sie nicht mehr zwischen ihren Albträumen und den ebenso grauenvollen Wachperioden unterscheiden konnte. Juliette hatte ihr in einer Nachricht mitgeteilt, dass sie zur Polizei gegangen waren. Der Fall wurde aufgenommen, und Mary würde bald mit einem Besuch der Beamten rechnen können. Seltsamerweise erfüllten sie diese Details nicht mit demselben Grauen, wie es das völlig fehlende Interesse von Juliette an ihrem Zustand tat. Konnte sie nicht einmal fragen, wie es Mary ging?

Als die Polizeibeamten kamen, nahm sie kaum Notiz von ihnen. Ein Officer setzte sich ins Wohnzimmer, um Mary die gleichen Fragen zu stellen, die Juliette bereits gestellt hatte.

Wann hatte sie James Whitnell zum letzten Mal gesehen? Und wie hatte er da gewirkt? Hatte es irgendwelche Probleme gegeben, von denen sie wusste, bei der Arbeit oder zwischen ihnen beiden? Und Mary beantwortete zwar jede einzelne Frage, sie hätte aber ebenso gut bei einem Kassettenrekorder auf *Play* drücken und zuvor aufgenommene Sätze abspielen können. Sie war mit den Gedanken ganz weit weg. Weit weg von der Wohnung, weit entfernt von den Polizisten, die mit behandschuhten Händen über die Oberflächen ihrer Schlafzimmermöbel fuhren und scheinbar wahllos Objekte in Beweisbeutel schoben. Sie war mit den Gedanken weit weg von Ealing – bei Jim, wo immer er auch sein mochte.

Als die Beamten gingen, nickten sie ihr entschuldigend zu. Mary fragte sich, ob sie damit ihre Niederlage einräumten. Sie wusste, dass die Chancen, einen Vermissten lebend zu finden, mit jeder Stunde geringer wurden – bald schon würde er eine ganze Woche lang weg sein. Was würde danach passieren? Ging die Polizei davon aus, dass Jim ein neues Leben führen wollte und es nicht übers Herz brachte, die Menschen aus dem vorherigen darüber zu informieren? Mary schrieb Juliette, dass die Polizei da gewesen war. Zwei Haken zeigten ihr, dass die Nachricht gelesen worden war, eine Antwort kam nicht.

Sie hatte sich noch nie so allein gefühlt. Nach fünf Jahren in London versteckte Mary sich immer noch hinter der Behauptung, sie habe keine Zeit gehabt, um sich Freunde zu suchen. Sie hatte ihre Arbeit, sie hatte Jim, und sehr sporadisch trafen sie seine Freunde von der Uni. Aber weil Jim seine psychischen Probleme verschwieg und dadurch sie beide isolierte, war es schwer für Mary, sich ein unterstützendes Netzwerk aufzubauen. Mit niemandem, den sie kannte, konnte sie über Jims Depressionen sprechen, und sie konnte sich kaum freitagabends bei einem Drink mit einsamen Selbstständigen in London einem Fremden anvertrauen.

Außerdem hatte sie sich nie abgekapselt gefühlt, oder so, als müsse sie etwas an ihrer Einsamkeit ändern. Das war heute anders. Mary dachte darüber nach, Mam anzurufen – aber was sollte sie sagen? *Ich bin zu deinem sechzigsten Geburtstag gekommen, und Jim ist verschwunden, nachdem ich die Tür hinter mir ins Schloss gezogen habe.* Mam kannte sie zu gut. Sie würde die richtigen Fragen stellen und wäre nicht – wie die Polizeibeamten – auf Zeitrahmen und Bewegungsmuster fixiert. Sie würde fragen, was passiert war. *Sind böse Worte gefallen, Liebes?* Das würde sie sagen, und Mary würde es nicht übers Herz bringen, sie zu enttäuschen mit der Wahrheit über ihr Verhalten.

Nach den Polizeibeamten kam niemand mehr zu ihr in die Wohnung, und als es drei Wochen und fünf Tage später an der Tür klopfte, war Mary so überrascht von dem Geräusch, dass sie fast nicht geöffnet hätte. Dann klopfte es wieder und wieder. Bestimmt die Gerichtsvollzieher – oder die Praxis, die wissen wollte, wie lange sie Jims Vertrag noch laufen lassen müssten. Das ertrug sie nicht. Um nichts auf der Welt wollte sie den Schmerz in ihrer Kehle spüren, durch den ihr Körper ihr mitteilte, dass sie unmöglich gleichzeitig weinen und reden konnte.

»Mary«, rief eine Stimme von außen. Mary presste ein Auge gegen den Türspion. »Ich bin's, Richard. Richard Whitnell. James' Vater.«

Mary öffnete die Tür, und Richard schaute sie an und senkte seinen Blick dann zu ihrer Hand.

Sie umklammerte die Gasrechnung, oder besser gesagt, die Mahnung. Das Geld war immer bei Jim abgebucht worden. Sie hatten nie ein gemeinsames Konto gehabt, deswegen konnte sie unmöglich sagen, wie viel Guthaben er noch hatte. War das Konto jetzt überzogen? Oder war es schon seit Wochen leer? Bei dem Gedanken, dass Jim schon über Monate geplant haben könnte, ihr das Herz zu brechen, verspürte sie einen sengenden Schmerz in der Brust.

»Kann ich reinkommen?«, fragte Richard.

Sie nickte und trat zur Seite. Er ging ins Wohnzimmer, wo Mary den Fernseher als Geräuschkulisse angestellt hatte, es lief irgendeine Sendung, in der C-Promis über Schlagzeilen diskutierten. Mary stand im Türrahmen und beobachtete mit glasigen Augen, wie sie auf Titelseiten zeigten – auf keiner einzigen war Jim zu sehen. Wenn er ein Kind oder eine Frau wäre, würden Hubschrauber, Suchtrupps und Spürhunde nach ihm suchen. Die Menschen würden sich umsehen, wenn sie nachts von der Bushaltestelle nach Hause gingen. Wenn aber ein erwachsener Mann verschwindet, denken alle, dass er ausgerastet ist – und dafür sehr wahrscheinlich die Frau in seinem Leben verantwortlich ist.

»Weißt du, wo die … ähm, die Fernbedienung ist?« Richard riss Mary aus ihren Träumereien. Sie hatte nicht genug Energie, um ihm zu helfen. »Ach, ich habe sie schon.« Richard hatte sie zwischen zwei Sofapolstern entdeckt. Erst wollte er das Gerät ausschalten, dann aber stellte er es bloß auf stumm.

»Wie geht es dir?«, fragte er und ließ sich auf den Sessel fallen.

Mary zuckte die Schultern. »Furchtbar.«

»Ich weiß.« Er sah ebenfalls schrecklich aus. Er trug eine Trainingshose, und sein Gesicht war fahl, als wäre er in den letzten Wochen ebenso wenig in die Sonne gekommen wie Mary. »Es tut mir leid, dass wir nicht häufiger Kontakt hatten. Das liegt an Juliette, sie ist …«

Wütend, dachte Mary. *Rachsüchtig. Wünscht sich, ich wäre nie geboren worden. Da wären wir schon zu zweit.*

Richard entschied sich für: »Abgekämpft. Sam, dann … das hier. Es ist unmöglich. Mary, kannst du dich mal zu mir setzen?«

Die Stimmung im Raum änderte sich auf unbestimmte Weise. Sie schüttelte den Kopf, ein bockiges Kleinkind und ein Vater, der womöglich alles verlieren würde. Richards dröhnendes Gelächter war Geschichte, ebenso die unpassenden Kommentare über ihre Herkunft. Was auch immer er mitzuteilen hatte, musste so erschütternd sein, dass es sie nun einander näherbrachte.

»Es tut mir leid, ich habe schlechte Nachrichten.« Richard lehnte sich nach vorne und stützte die Ellbogen auf den Knien ab. Mary spürte, dass sie außer Richards Stimme und seinen Händen nichts mehr wahrnehmen konnte. Jemand, der so zögerlich agierte, hatte nie gute Neuigkeiten.

»Ist er tot?«

Richard schluckte, sein Adamsapfel hüpfte unter der schlaffen Haut am Hals auf und ab.

»Ist er?«

Er öffnete den Mund, dann leckte er sich über die verkrusteten Mundwinkel.

»Ist er? Mein Gott, nun sag es mir endlich!«

»Er ist nicht tot«, sagte Richard schließlich. »Es ist komplizierter. Die Polizei hat Jim gefunden, aber er wird leider nicht nach Hause kommen.« In den folgenden sieben Jahren würde Mary jeden Tag an diese Worte zurückdenken. Sie würde sie bis an ihr Lebensende nicht vergessen. »Es tut mir leid, Mary«, sagte Richard und stand auf. Er wollte sie umarmen, doch sie schob seine Arme weg.

»Du lügst mich an«, zischte sie.

»Ich lüge nicht, ich schwöre es.« Richard trat mit erhobenen Händen zwei Schritte zurück, als würde er vor einem wilden Hund zurückweichen. »Die Polizei wird dir das alles viel besser erklären als ich. Sie warten dort auf dich. Bitte Mary, ruf dort an.« Er kramte in seiner Tasche nach einer Visitenkarte und legte sie auf den Couchtisch. »Du hast die direkte Durchwahl und kannst jederzeit anrufen.« Dann sagte er erneut, als würde das irgendwie helfen: »Es tut mir so leid.«

KAPITEL 43

2018

Keiner weiß, was er sagen soll. Keiner bewegt sich. Schließlich räuspert Tony sich. »Schau mal, es ist alles kompliziert. So viel ist sicher. Aber diese beiden haben eine lange Reise auf sich genommen, und ich finde, du könntest ihnen zumindest eine Tasse Tee anbieten, bevor du sie wieder wegschickst.« Nichts an Jims abweisender Haltung scheint sich zu verändern. »Vielleicht ist es die Gelegenheit, endlich reinen Tisch zu machen?«, fügt Tony hinzu.

Jim schüttelt den Kopf. Er sieht wütend aus, als wäre er kurz davor, sie zu packen und gegen die Wand zu drücken. »Eine halbe Stunde, mehr nicht, ja?«, sagt er und starrt Kit an.

»Ja. Danke schön, wir wissen das zu schätzen. Und wir respektieren es auch.« Alice versetzt Kit einen leichten Tritt, damit er nicht weiterschwafelt.

»Im Gasthaus gibt es ein Zimmer für euch, wenn ihr fertig seid. Es ist zu spät, um sich noch auf den Rückweg zu machen«, sagt Tony.

»Danke«, antwortet Alice und widersteht dem Drang, ihn zu umarmen. Seine Großzügigkeit ist beachtlich – angesichts der Lage, in die er sich ihretwegen manövriert hat.

Tony wartet, bis sie eingetreten sind, bevor er die Hand zum Abschied hebt. »Ich wünsche euch eine gute Rückfahrt.«

»Willst du dir das Spektakel nicht mit ansehen?«

»Verbitterung passt nicht zu dir, Sam. Das weißt du.« Tony geht auf die Provokation nicht ein. Die Tür schwingt hinter ihm zu, und Alice hofft, dass Tonys Beziehung zu Jim – wie auch immer sie sein mag – nun nicht ihretwegen ruiniert ist. Sie verdanken ihm eine Menge.

Im Inneren des Häuschens ist es dunkel. Alice folgt Kit durch einen kurzen Flur: Rechts sieht sie ein kleines Zimmer mit einem Fernseher auf einem Baumstumpf, zwei Sesseln und einem runden Tisch mit zwei Holzstühlen. Links eine Küche, wo der Teekessel gerade auf dem Herd pfeift. Auf der Arbeitsplatte steht ein angeschlagener Becher, auf den in Kobaltblau ein Abzeichen der Küstenwache gemalt ist.

»Ich habe mehr Tassen, wenn Sie eine möchten.« Er hat Alice' Blick bemerkt.

»Das wäre toll, danke schön.«

»Sie können sich dort drüben setzen.« Es klingt weniger wie eine Einladung, eher wie ein Befehl, und Alice setzt sich neben Kit in einen der Sessel. Kit starrt sie an, offenbar ist er ratlos, wie es weitergehen soll. Und dabei hatte Alice gehofft, er würde die Sache in die Hand nehmen.

Jim kehrt mit zwei Teetassen zurück und reicht sie ihnen. Er nimmt sich einen Holzstuhl vom Esstisch und stellt ihn so hin, dass sie eine Art Dreieck bilden. Er setzt sich vorgebeugt, mit weit gespreizten Beinen, und stützt sich mit den Ellbogen auf den Knien ab.

»Und?«

Alice beobachtet, dass Kit wie das Kaninchen vor der Schlange dasitzt. Sieht so aus, als müsse sie aktiv werden.

»Wir sind Freunde von Mary. Ich weiß nicht, ob Sie es im Internet mitbekommen haben, aber Mary steht Wache für Sie.

Sie steht jeden Abend mit einem Schild vor der Station Ealing Broadway.« Als Jim den Namen dieses Bahnhofs hört, schließt er fest die Augen. Die Erinnerung, die ihn überfällt, ist ganz zweifelsohne schmerzhaft. »Auf dem Schild steht Ihr Name. Sie macht das schon seit sieben Jahren.«

Alice ist selbst überrascht, wie nachdrücklich ihre Worte klingen. *Sieben Jahre.* Sie blickt Jim an, auf der Suche nach einer Reaktion, doch seine Augen sind geschlossen.

»Aber vor einigen Wochen ist dann alles eskaliert. Jemand hat ein Video gemacht, als Mary verärgert – oder besser gesagt wütend – war, und es auf Social Media hochgeladen. Es wurde oft geteilt …« Ob Jim es wohl gesehen hat? Hier oben konnte es gut sein, dass man von den Trends im Internet überhaupt nichts mitbekam. Wie vom gesamten Rest der Welt.

Bevor Alice fragen kann, unterbricht Jim sie. »Ich weiß. Ich habe das Video gesehen. Nachdem Tony mir davon erzählt hat. Es war das erste Mal, dass ich irgendetwas von Mary gehört habe. Seitdem ich weg bin, meine ich.« Er blickt immer noch nicht auf.

»Ach.« Das hat Alice nicht erwartet. Wenn er das Video gesehen hat, wenn auch erst kürzlich, warum zum Teufel hat er Mary nicht kontaktiert? Gerade, als sie ihn das fragen will, unterbricht er sie.

»Und Sie sind die glücklichen Reporter, die mich aufgestöbert haben.«

»Nein!« Alice unterbricht seine Schlussfolgerung so abrupt, dass sie unabsichtlich laut wird. Sie ist keine Sensationsjournalistin. Sie hat ihr Leben auf den Kopf gestellt, um diesen Mann zu finden. Sie würde ihre Stelle zwar gerne behalten, hätte aber all diese Anstrengungen doch nicht unternommen, wenn ihre

Motivation nicht weit über das Berufliche hinausginge. »Wie gesagt, wir sind Freunde von Mary. Wir wollten ihr helfen und dachten, dass wir das am besten könnten, wenn wir Sie finden. Wir hatten noch Urlaub übrig. Wir wollten den Hinweisen nachgehen, die auf dieses Video eingegangen sind.«

»Glückwunsch. Dann haben Sie mich jetzt gefunden.« Jim hört sich ausdruckslos an, seine Stimme klingt so trocken, dass die Luft im Raum still zu stehen scheint.

»Tony hat Sie ›Sam‹ genannt«, sagt Kit in die Stille hinein.

»Manchmal braucht es einen klaren Schnitt.« Jim schaut an ihnen vorbei zu dem kleinen Fenster. Kit blickt sich um, er will wissen, was er anstarrt, aber es gibt nur die undurchdringliche nächtliche Dunkelheit über dem Land. »Eine neue Identität. Einen Neuanfang.«

Seine Feindseligkeit scheint einem unbestimmten Gefühl von Verstörung gewichen. Weder Kit noch Alice wissen, was sie darauf sagen sollen. Sie haben so viele Fragen – vielleicht zu viele –, aber keine würde jetzt passen. Jims Blick kehrt zu ihnen zurück, er blickt Alice an.

»Wenn Sie Marys *Freunde* sind, warum wissen Sie dann nicht, was passiert ist?«

»Mary spricht nicht darüber. Und wir wollten sie auch nicht bedrängen ...«

»Also sind Sie hierhergekommen? Warum? Um mich zurückzuholen? Wie eine Trophäe?«

»Nein. So ist es nicht.« Kit hebt beschwichtigend die Hände. »Wir suchen nur nach Antworten. Für Mary.«

»Die hat sie bereits.«

Kit blickt Alice an, die genauso verwirrt aussieht, wie er sich fühlt.

»Ich vermute, Sie möchten es auch noch einmal hören?«

Alice nickt. Ihre Hände, mit denen sie die Tasse umklammert, zittern.

Jim atmet tief ein und starrt auf den Boden. »Ich konnte nicht mehr so weiterleben. Ich hatte Probleme im Job – ich war kurz davor rauszufliegen. Ich habe zu viel getrunken und bin noch mit Restalkohol im Blut zur Arbeit gegangen … Mary muss es bemerkt haben; vielleicht nichts von meinen Problemen im Job, aber dass ich wieder getrunken habe. Daran war sie nicht schuld. Wirklich nicht. Es war einzig und allein meine Schuld.«

Er beißt sich so fest auf die Unterlippe, dass Alice fürchtet, es werde bluten. »Aber es war nicht fair, dass jemand anderes unter meinem Fehlverhalten weiter leiden musste. Es war unmöglich für mich, mich in London, in dieser Umgebung, wieder zu fangen. Es gab für mich nur eine Möglichkeit: Ich musste alle Verbindungen zu meinem alten Leben kappen, um zu überleben. Ich konnte nicht länger ein Leben führen, das nicht meins war.«

»Warum haben Sie sich dann nicht von ihr getrennt?«, fragt Kit.

Endlich mal eine sinnvolle Frage, denkt Alice erleichtert.

»Ich habe es versucht. Einige Male. Ich habe mich schuldig gefühlt, weil ich sie mit meinen Problemen belastet habe. Aber sie wollte nicht auf mich hören. Sie kennen sie ja, sie ist leidenschaftlich und hartnäckig. Verdammt, man hätte sie ja da gar nicht gefilmt, wenn dem nicht so wäre. Das habe ich an ihr geliebt, aber das machte es mir auch unmöglich, ihr zu sagen, dass ich gehen musste. Es war, als würde sie mir einfach kein Gehör schenken. Da erschien es mir einfacher, alles beim Alten zu belassen und zu bleiben, zumindest noch für eine Weile. Aber dass ich ihr zuliebe geblieben bin, hat letztendlich alles zerstört, was von unserer Beziehung noch übrig war, und ich musste verschwinden …« Alice verzieht keine Miene, sie ist nicht überzeugt. »Das ist keine Rechtfertigung«, fügt Jim hinzu. »Ich beantworte die Frage.«

»Und dann sind Sie einfach abgehauen? Und Mary darf sich seit *sieben Jahren* den Kopf darüber zerbrechen, was aus Ihnen geworden ist?« Endlich versprüht Alice ihr aufgestautes Gift. Es gibt nichts Schlimmeres, als im Ungewissen gelassen zu werden.

»Sie weiß es.«

»Was?«

»Die Polizei hat mich einen Monat nach meinem Verschwinden ausfindig gemacht. Ich wusste, dass das irgendwann passieren würde. Die Beamten sagten, meine Eltern hätten mich vermisst gemeldet, und ihr Verbindungsbeamter würde ihnen mitteilen, dass es mir gut ging. Aber nicht meinen Aufenthaltsort; man hat mir versprochen, den nicht zu verraten. Sie meinten jedoch, sie würden die Nachricht überbringen, dass ich nicht gefunden werden wollte. Meines Wissens wurden diese Informationen durch meine Eltern an Mary weitergeleitet. Also weiß sie es. Sie muss es wissen.«

In Alice' Kopf dreht sich alles. Hatten Jims Eltern die Nachricht übermittelt? Mary hat sie zwar als kühl beschrieben, aber niemand war herzlos genug, eine solch wichtige Nachricht nicht weiterzugeben. Wenn sie es Mary gesagt haben und sie trotzdem mit ihrer Wache weitermachte, dann hat sie großes Vertrauen in die Beziehung – in die Fähigkeit eines Mannes, seine Meinung zu ändern.

Einige Menschen sehen nur das, was sie sehen wollen.

Diese Worte, die Gus zu ihnen in seinem opulenten Banker-Büro gesagt hat, kommen Alice wieder in den Sinn, und es läuft ihr kalt den Rücken runter. Hat auch er Jims Geheimnis für sich behalten? Und dennoch fühlt Alice sich Mary verbunden; Mary, auf deren Ehrlichkeit sie gezählt hat. Sie verspürt, durchaus egoistisch, einen Anflug von Groll; sie hat gedacht, sie teilten ein gemeinsames Schicksal – beide haben sie die schreckliche Ungewissheit nach dem Verschwinden eines geliebten Menschen erlebt –, und nun erklärt Jim, dass Mary vielleicht gar nicht so unwissend war, wie es schien.

»Wow!«, sagt Kit. »Ich meine, das wussten wir nicht, sonst …«

»… wären Sie nicht hier. Richtig.«

»Also lieben Sie sie nicht mehr?« Alice fühlt sich, als zerbräche hier ihr eigenes Herz. Sie spürt Druck auf der Brust und hat das Gefühl, gleich in Tränen auszubrechen.

»Nein«, sagt Jim sanft. »Ich habe sie geliebt. Sehr sogar. Es gab eine Zeit, in der ich dachte, wir würden für immer zusammenbleiben. Ich habe daran geglaubt. Aber ich hätte es besser wissen und so etwas nicht aussprechen sollen. Ich habe auf die harte Tour gelernt, dass nichts für die Ewigkeit ist. Nicht einmal die Liebe. Menschen entlieben sich.«

Alice schluckt. Sie wird sich nicht aufregen. Lieber will sie toben – zornig, gereizt, unendlich enttäuscht. Wie konnte er es wagen, einfach weiterzumachen mit seinem Leben, während Mary sich Abend für Abend aufreibt, um auf ihn zu warten?

»Vermissen Sie sie?«

»An manchen Tagen, ja, natürlich. Sie hat mich glücklicher gemacht als jemals ein Mensch zuvor. Eine Zeitlang fühlte ich mich angekommen. Aber dann ist mir mein Kopf in die Quere gekommen, wie immer; und als das passiert war, konnte sie mich nicht mehr retten. Und auch kein anderer kann das. Und schließlich musste ich tun, was ich getan habe. Ich werde nicht zurückkehren.« Er hält kurz inne und sagt dann: »Das ist nicht das, was Sie hören wollten, oder?«

Kit versucht zu protestieren, doch ihm und Alice steht die Wahrheit ins Gesicht geschrieben. Alice hatte nicht gewusst, wohin und warum Jim verschwunden war, aber in ihren Tagträumen hatte es eine Konstante gegeben, die Vorstellung von einem Wiedersehen: Tränen würden fließen, Freude würde in der Luft liegen, und – was am wichtigsten war – Jim würde da sein und Mary endlich wieder in die Arme schließen. Alice, die Frau, die immer stolz auf ihren Pragmatismus war – eine erklärte Anti-Romantikerin –, war in eine Liebesgeschichte katapultiert worden, die sie nicht mehr loslässt, nicht einmal, als sie nun vor ihren Augen in sich zusammenfällt.

Jim starrt wieder aus dem Fenster, sein Gesicht ist ausdruckslos. Alice spürt, wie sie zittert, vor Wut und Frust. Sie versteht nicht, wie Menschen sich das Recht herausnehmen, spurlos aus dem Leben anderer zu verschwinden. Das ist grausam und herzlos, charakterloser geht es kaum. Sie muss sich zusammenreißen und sich auf die Zunge beißen, um nicht auf ihn einzuschlagen und ihn zu beschimpfen, weil er Mary gebrochen und er nur an sich selbst gedacht hat. Kit spürt es und legt ihr eine Hand auf die Schulter, als er aufsteht und Alice mit hochzieht.

»Ich glaube, wir sollten jetzt gehen«, sagt er. Jim schaut nicht auf. »Gibt es etwas, das wir Mary mitteilen sollen?«

Einen Moment lang herrscht Schweigen. Alice ist außer sich. Jim hat nichts zu sagen, das überrascht sie nicht. Ein Feigling durch und durch.

»Sagen Sie ihr, dass es nichts mit ihr zu tun hatte oder mit dem, was sie bei unserer letzten Auseinandersetzung gesagt hat. Ich will nicht, dass sie sich deswegen quält. Das war nicht schlimm; meine Entscheidung war schon viel früher gefallen.«

»Was …?«

Jim scheint Alice nicht gehört zu haben. Oder er will keine Fragen mehr beantworten. »Sagen Sie ihr, dass es mir leidtut. Sagen Sie ihr, sie soll mit ihrem Leben weitermachen.« Als er es schafft, seinen Blick vom Fenster loszureißen und Alice anzusehen, sind seine Augen leer. »Sie hat jemand Besseren verdient als mich.«

KAPITEL 44

2018

Das Bett im Gasthaus könnte unbequemer nicht sein. Die Sprungfedern bohren sich zwischen Alice' Rippen, und das Laken ist fadenscheinig. Aber das ist nicht der Grund, warum sie nicht schlafen kann. Ihr Kopf fühlt sich an, als würde er gleich explodieren – was ist da eben in dem Cottage passiert, mit Jim?

Sie hat noch gar nicht richtig begriffen, dass sie ihn wirklich aufgespürt haben – ganz zu schweigen von der Enthüllung, dass Mary wusste, er will nicht gefunden werden. Und warum sollte Jim lügen? Alles, was er sagte, passte zu dem, was sie bereits zusammengetragen hatten: die Tatsache, dass er seinen Job gekündigt hatte, um einen Rausschmiss zu vermeiden; wie Gus richtig gesagt hatte, konnte von ›glücklicher Familie‹ keine Rede sein, wenn Jim solch gravierende Probleme gehabt hatte. Sogar die Erwähnung des Alkohols war schlüssig. Hat Ted nicht gesagt, er habe Mary bei NightLine angerufen, nachdem er getrunken hatte? Das würde erklären, warum sie die beiden Stimmen verwechselt hat und – wie Alice jetzt bestätigen kann, hören sie sich ziemlich ähnlich an …

Aber nein, Alice sollte – und kann – den Worten eines Mannes, mit dem sie weniger als eine halbe Stunde lang gesprochen hat, nicht mehr Glauben schenken als Mary. Sie muss Marys

Version der Geschichte hören. Aber dann wird sie Mary erzählen müssen, dass sie sich über ihren Wunsch hinweggesetzt und Jim aufgespürt hat. Was wird Mary dazu sagen?

Alice hört in Endlosschleife Fetzen aus der Unterhaltung mit Jim, sie kann nichts dagegen tun. *Sagen Sie ihr, dass es nichts mit ihr zu tun hatte oder mit dem, was sie bei unserer letzten Auseinandersetzung gesagt hat.* Was meinte Jim damit? Alice will Mary unbedingt danach fragen – um das letzte Puzzleteil im Rätsel um Jims Verschwinden endlich zu finden, aber im Grunde weiß sie, dass sie bereits Grenzen der Privatsphäre überschritten hat, was im besten Fall moralisch verwerflich, im schlimmsten Fall schlicht falsch war.

Was Alice im Hinblick auf ihren Artikel für *The Bugle* in zwiespältige Gefühle stürzt, um es milde auszudrücken. Mit den Informationen, die sie heute zusammengetragen hat, könnte sie eine Reportage schreiben. Jack wäre sehr angetan, keine Frage. Vielleicht würde es ausreichen, um ihre Kündigung abzuwenden. Warum verspürt sie dennoch überhaupt kein Verlangen, den Text zu schreiben? Es scheint paradox: Je weiter Alice sich Jim angenähert hat, desto weniger hatte ihre Recherche etwas mit seiner Person zu tun …

Aber dann ist mir mein Kopf in die Quere gekommen, wie immer; es war Jim, der diese Worte gesagt hat, aber sie hätten auch von Kit oder Ted sein können. Eigentlich von allen Männern, die Alice in den letzten Monaten kennengelernt hatte; niemand von ihnen scheint offen über seine Gefühle sprechen zu können und sich in schwierigen Situationen helfen und von schrecklichen Entscheidungen abbringen zu lassen. Und dann ist da ihr Dad. Alice war zu jung, als er verschwand, um zu verstehen, was sein psychisches Befinden mit seinem Weggang zu tun hatte. Aber wenn er ohne eine Nachricht aus ihrem

Leben verschwinden konnte, dann stand es vermutlich nicht gut um ihn.

Das entschuldigt sein Verhalten nicht, entschuldigt nicht, dass er seine Familie verlassen hat, aber es bringt ein wenig Licht ins Dunkel. Alice hatte nie verstanden, warum sie so voller Wut über sein Verschwinden war, wohingegen ihre Mutter keinen Zorn zu verspüren schien, sondern bloß lähmende Trauer. Nun fragt sie sich, ob ihre Mum besser verstanden hatte, was in seinem Kopf los war, und sich deswegen anders verhielt. Aber um diese Theorie zu bestätigen, müssen Alice und ihre Mum miteinander reden, das ist längst überfällig.

Zumindest macht ihre Schlaflosigkeit sie entscheidungsfreudig. Alice schreibt ihrer Mutter eine Nachricht – *Würde gern übernächstes Wochenende zu Besuch kommen, ist das in Ordnung?* – und schickt sie los, bevor sie wieder in ihre Vermeidungshaltung verfällt. Eine Antwort kommt fast umgehend: Ihre Mum würde sich sehr freuen. Ein kleiner Schritt, jedoch ein Schritt in die richtige Richtung. Alice ist so sehr damit beschäftigt gewesen, sich selbst einzureden, sie sei ganz über ihren Dad hinweg, dass sie sich nie gefragt hat, ob sie nicht vor der letzten Hürde stehen geblieben ist. Alice musste Mary kennenlernen, um zu verstehen, dass Akzeptanz kein Wettbewerb ist. Vielleicht eher ein nicht sonderlich spaßiges Rennen? Ihre Ziellinie scheint in Sichtweite zu sein. Aber jeder überquert sie in seinem eigenen Tempo.

Beim Frühstück am nächsten Morgen ist auch Kits Stimmung gedämpft. Es ist klar, dass weder er noch Alice wissen, wie sie mit Jims Eingeständnis nun umgehen sollen. Nur eins ist sicher: Jim wird nicht nach Ealing zurückkehren. Mary wird sich selbst darum kümmern müssen, wie es mit ihrem Leben weitergehen soll, und zwar allein.

Während Kit die Taschen ins Auto räumt, geht Alice zum Bezahlen an die Bar.

»Das geht aufs Haus«, sagt Tony. Er ist also der Besitzer des Gasthauses und war gestern nicht einfach einer der Gäste.

»Wirklich?«

Er nickt. Alice kann ihr Konto vor Erleichterung fast jauchzen hören. »Danke. Das ist sehr großzügig. Danke, danke für alles, was du für uns getan hast.« Es ist sinnlos, *bis bald* zu sagen, weil Alice weiß, dass sie nie zurückkommen wird. »Pass gut auf dich auf.«

»Augenblick – hier ist noch etwas.« Tony holt einen Umschlag unter der Bar hervor und schiebt ihn rüber. »Also eigentlich nicht für dich, aber du solltest es mitnehmen.« In einer Handschrift, die sie nicht erkennt, steht nur ein Wort auf dem Umschlag – *Mary*. »Von Sam. Jim. James. Du weißt schon, wen ich meine. Das lag auf der Fußmatte, als ich heute früh aufgewacht bin. Er hat mir noch eine Notiz dazugelegt, in der stand, du möchtest den Brief bitte direkt nach deiner Rückkehr übergeben.«

»Ich werde dafür sorgen, dass Mary ihn bekommt«, sagt Alice und steckt den Brief in ihre Handtasche.

★

Es ist acht Uhr früh, als sie losfahren. Das Navi sagt ihnen eine zwölfstündige Heimfahrt voraus, und Kit ist zuversichtlich, dass sie es ohne Übernachtung schaffen. Er hat Alice gesagt, dass sein Kumpel das Auto morgen zurückhaben muss, aber insgeheim fragt sie sich, ob der Reiz, sich mit ihr ein Zimmer zu teilen, nun verflogen ist, nachdem sie ihm eine Abfuhr erteilt hat. Sie hat nicht mehr genug Kraft zu ergründen, wie sie sich deswegen fühlt. Ist sie verletzt? Vielleicht. Frustriert? Absolut.

Kit hingegen scheint den Korb bereits verkraftet zu haben, und wenn nicht, versteckt er das außerordentlich gut. Als sie wieder auf der Autobahn sind, dröhnt Magic FM aus den Boxen, und Kit singt mit. Niemals zuvor wurden derart viele Pop-Hits derart kunstvoll verschandelt. Irgendwann ist er so in sein eigenes Karaoke vertieft, dass er eine Abfahrt erst in allerletzter Minute nimmt und Alice' Handtasche durch den Fußraum fliegt. Jims Brief an Mary fällt heraus.

Sie dreht ihn um und prüft, wie fest er zugeklebt ist. Was er ihr wohl geschrieben hat? Wenn es auch nur ein Bruchteil von dem ist, was Jim in seinem Cottage zugegeben hat – dass er Mary nicht mehr liebt –, wird sie am Boden zerstört sein. Sollten sich all die Jahre der Hoffnung in dem kurzen Moment des Lesens auflösen? Alice versucht, ein Schluchzen zu unterdrücken. Eine unerträgliche, unmögliche Traurigkeit überfällt sie. Niemand verdient so etwas – wirklich niemand. Vor allem Mary nicht.

Wegen Marys drohendem Kummer hat Alice ihren Frust darüber, dass sie sich womöglich völlig umsonst auf die Suche gemacht haben, fast vergessen. Falls Mary mehr wusste, als sie sich anmerken ließ ... Doch diese Gedanken waren nun müßig. Und wer trug eigentlich Schuld? Mary hatte Alice gebeten, nicht nach Jim zu suchen. Nur Kit könnte sich darüber beschweren, vergeblich losgezogen zu sein, doch er meinte, so solle man es nicht sehen. Sie haben einen Brief für Mary. Und – wie Kit sagt – einen Brief, der Mary bei ihrer Heilung helfen könnte, obwohl die ersten Schritte gewiss sehr schmerzhaft sein werden.

Und Alice hat diese einwöchige Reise gezeigt, dass sie unglaublich viel von ihrem Begleiter – der so anders ist als sie selbst – lernen kann: seine Geduld, seine Aufrichtigkeit, seine übermenschliche Fähigkeit zum Verzeihen. Nur im Singen ist er eher unterirdisch. Sie nickt zu Kits Gejaule von *Bohemian Rhapsody* ein.

Als sie die Vororte von Ealing erreichen, weiß Alice, dass sie das Unumgängliche nicht mehr lange aufschieben kann. Sie hat Jack am Montag einen Artikel versprochen, und er braucht einen Text von ihr, um zu versuchen, ihre Stelle zu retten.

Sie öffnet ihre E-Mail-Adresse von der Arbeit auf ihrem Handy und klickt auf das Icon ›Neue Nachricht‹.

Hi Jack,
können wir uns am Montag um zehn Uhr zusammensetzen? Ich schicke dir meinen Artikel bis Sonntagabend, spätestens.
Grüße,
Alice

Sie fügt ihre Signatur hinzu (es ist an der Zeit, dass Jack sie ernst nimmt) und will gerade auf *Senden* klicken, als Kit sie bittet zu schauen, ob ein Auto kommt, während er in der Nähe des Bahnhofs in eine Parkbucht abbiegt. Es ist Samstagabend, die meisten Parkplätze sind besetzt, aber Kit hat den letzten freien wie ein Spürhund gewittert. Um ein Haar hätte er nicht nur einen, sondern zwei Seitenspiegel abgefahren.

»Wir sind da.« Er stellt den Motor aus, und zum ersten Mal, seitdem sie losgefahren sind, herrscht Stille im Auto. Das Radio ist gewiss heiß gelaufen.

»Vielen Dank, dass du mitgekommen bist«, sagt Alice. Ihre rechte Hand würde zu gern nach seiner linken greifen, sie fest drücken. Sie hat aufgehört, Kits zahlreiche Macken zu zählen, die sie verrückt machen: das Pidgin-Spanisch, die Fettnäpfchen, in die er mit Anlauf springt, das völlige Fehlen von Ironie; dennoch kann sie sich schwer vorstellen, wie sie ohne ihn auskommen wird, wenn sich ihre Wege heute Abend trennen. Sie reißt sich zusammen. Sie setzt sich auf ihre Hand, so kann sie seine einfach nicht ergreifen. »Ohne dich hätte ich das nicht geschafft.«

»Ach was«, winkt Kit ab. »Das hättest du problemlos. Du bist zielstrebig – das gefällt mir an dir.« Die Temperatur im Auto scheint sich plötzlich verdoppelt zu haben. Alice würde das gern auf das abendliche Sonnenlicht schieben, das durch die Windschutzscheibe fällt, aber das ist Wunschdenken. »Soll ich deine Tasche holen?«

»Danke – das mache ich selber.« Alice lässt ihr Telefon auf das Armaturenbrett fallen und steigt aus dem Auto. Sie zieht ihren Sitz nach vorne, um ihren Rucksack herauszuholen, aber ein Riemen hat sich verheddert, und sie braucht ein wenig Zeit, bis sie ihn befreit hat. »Endlich! So, ich mache mich besser mal auf den Weg. Ich sage dir Bescheid, wie es bei Mary war.«

Aber Kit antwortet nicht. Sein Gesicht ist wie versteinert, er schaut sie nicht an. Alice versucht zu erkennen, worauf er starrt – das schreckliche personalisierte Nummernschild vor ihm? Das würde ihn normalerweise zum Lachen bringen, aber stattdessen wirkt es, als wäre seine notorisch gute Laune verschwunden und hätte einen teilnahmslosen Zombie zurückgelassen. Alice schaut auf das Armaturenbrett. Ihr Telefon ist einen Meter nach rechts gerutscht. Der Bildschirm leuchtet immer noch.

»*Ein Artikel*, also?«, sagt Kit.

Alice schießt die Hitze ins Gesicht, und plötzlich fällt ihr das Atmen sehr schwer.

»Warum hast du das Handy …«

»Ich wollte es dir geben. Damit du es nicht vergisst.«

»Schau mal Kit, ich kann dir erklären …«

Der Motor braust auf. »Ich will das nicht hören. Ich kann zwei und zwei zusammenzählen – ich bin nicht dumm. Ich hätte dir so etwas nicht zugetraut, Alice. Aber vielleicht bin ich *doch* dumm, weil ich es einfach nicht von dir gedacht hätte. Kein bisschen. Ich dachte, du wolltest Mary wirklich helfen. Etwas ›Sinnvolles‹ machen? Aber nein, du hast das alles für einen Zeitungsartikel getan. Ich fass es einfach nicht, dass du durch die Gegend gelaufen bist und dich als Marys *Freundin* ausgegeben hast.«

»Bitte, Kit«, Alice lässt ihre Tasche fallen und läuft vor das Auto. Sie möchte ihm in die Augen schauen, er soll sehen, dass sie immer noch dieselbe Alice ist. Diejenige, die in den vergangenen Tagen ohne Unterbrechung mit ihm zusammen war. Diejenige, die er während ihrer unvergesslichen Nacht in Inverness die ganze Zeit über in den Armen gehalten hat. Diejenige, die immer noch ein guter Mensch ist, auch wenn diese E-Mail etwas anderes nahelegt.

Kit lehnt sich nach links, um die Beifahrertür zu schließen. Bevor er das macht, fügt er hinzu: »Du hast mich da bewusst mit reingezogen. Das habe ich nicht verdient, Alice, das habe ich einfach nicht verdient.«

»So war das alles nicht – bitte lass es mich erklären. Ich wollte Jim nicht deswegen suchen. Die Arbeit war nicht der eigentliche Grund …«

Sie will ihm erklären, dass sie ihren E-Mail-Account von *The Bugle* auf der ganzen Fahrt kein einziges Mal aufgerufen hat, doch da setzt der Micra schon zurück und wendet.

Sie kann dem Wagen nur mit Tränen in den Augen nachschauen, während er auf die Hauptstraße einbiegt.

KAPITEL 45

2011

»Nun, Mary, warum möchten Sie bei uns im SuperShop anfangen?«

Seit dem Umzug nach London hatte Mary ihr Kostüm nicht mehr getragen. Sie hatte sich keine Arbeit suchen müssen, die solche Kleidung verlangte, deswegen verstaubte es seit sechs Jahren ganz hinten im Schrank. Wenn Jims Verschwinden sie nicht in einen permanenten Schockzustand versetzt hätte – den Kühlschrank konnte sie kaum anschauen, vom Essen gar nicht zu reden –, hätte sie vermutlich nicht mehr hineingepasst.

In den drei Monaten seither hatte sie ihre Nähmaschine nicht einmal angerührt, die Vorbestellungen blieben liegen. Drei Kunden verlangten ihre Anzahlung zurück wegen der nicht angekündigten Verzögerung, und Mary hatte auf keine weitere Anfrage geantwortet. Letzte Woche hatte der Betreiber ihrer Internetseite eine Rechnung für die Erneuerung ihres Domainnamens und der dazugehörigen Software gemailt. Mary würde sie ablaufen lassen. Sie würde ihre Stoffbilder immer mit Jim in Verbindung bringen – mit seinem Versprechen, für sie bis ans Ende der Welt zu gehen. Es wäre zu schmerzhaft, ihre Arbeit ohne ihn weiterzuführen.

»Meine Lebensumstände haben sich kürzlich verändert.«

Janet, die mit ihr das Vorstellungsgespräch führte, lächelte sie an, ließ die Mine ihres Kugelschreibers einfahren und legte ihr Klemmbrett wieder auf den Tisch. »Das Leben ist manchmal komisch, nicht wahr?« Sie war vermutlich nicht viel älter als Mary.

Als Janet Mary morgens am Infoschalter begrüßt hatte, waren an ihrem Handgelenk drei tätowierte Namen in einer dicken Schrift mit spitzen Serifen zu sehen gewesen; diese Schrift hatte Mary an die mittelalterlichen Buchmalereien erinnert, die man im Stadtmuseum daheim in Belfast bewundern konnte. Die Namen ihrer Kinder, vermutete Mary. Es war komisch, wie schnell und wie weit die Lebenswege von Erwachsenen auseinanderklaffen konnten, sobald man aus den Startlöchern der Kindheit heraus war.

»Nun, Mary. Es war mir ein Vergnügen, Sie kennenzulernen, und ich würde Sie gern bei uns mit an Bord haben. Sie meinten, Sie könnten gleich anfangen? Wir brauchen jede Hand für das turbulente Weihnachtsgeschäft.«

Mary zwang sich zu einem Nicken. »Das freut mich sehr.«

Sie war aber alles andere als glücklich, als sich die Automatiktüren hinter ihr schlossen und sie die Steigung zur Hauptstraße hinaufging. Auf dem Zebrastreifen versperrte ihr ein Mann in einer orangefarbenen Arbeitsjacke, der Müllcontainer wieder auf ihren Platz schob, den Weg. Vielleicht hätte sie den Job toll gefunden, wenn sie sich dieses Leben ausgesucht hätte, wenn etwas mit dem alten nicht gestimmt hätte. Aber so war es nicht. Es gab nur einen einzigen Makel – eine Abwesenheit, die so groß war, dass sie keinen Weg sah, wie ihr Leben um sie herum weitergehen sollte.

Sie hatte den Dreh bei ihrer neuen Wohnungstür noch nicht raus und brauchte einige Versuche, um den Schlüssel ins Schloss zu bekommen. Einmal drin, warf sie die Tasche auf das Sofa und sich selbst dazu. Wenig ließ darauf schließen, dass sie schon seit sechs Wochen hier wohnte. Sie hatte während ihrer Zeit in London so wenige Besitztümer angehäuft – so wenige, von denen sie eindeutig sagen konnte, es wären ihre eigenen und nicht die von *Jim und ihr* –, dass sie mit ihren Habseligkeiten in einem kleinen Taxi umgezogen war. Vier Kisten standen noch in einer Ecke neben dem Mülleimer. Ihre Nähmaschine hatte sie in der alten Wohnung hinten in einem Schrank stehen lassen. Vielleicht könnten die neuen Besitzer damit etwas anfangen, ihre Freude daran war erloschen.

Als immer mehr Rechnungen im Briefkasten gelegen hatten, wusste Mary, dass ihre Tage in der ehemals gemeinsamen Wohnung gezählt waren. Einerseits wäre sie gern geblieben, damit sie morgens oder in den unerträglichen Stunden zwischen Mitternacht und Morgen als erstes Jims Duft einatmen konnte, der immer noch in seinen Kissen hing. Andererseits quälte es sie, jeden Tag an einem Ort zu erwachen, der von ihnen beiden geprägt worden war. An der Badezimmertür hingen noch immer zwei Handtücher, in den Schubladen lag ihre Kleidung neben seiner.

Am Ende wurde ihr die Entscheidung abgenommen. Weniger als zwei Wochen nach seinem Besuch rief Richard an und erklärte ihr, sie würden die Wohnung verkaufen. So lauteten Jims Anweisungen, und es täte ihm leid, aber er würde ihr so früh wie möglich Bescheid sagen, wann sie ausziehen müsse. Mary wollte gerade auflegen, als Richard noch hinzufügte, Juliette hätte sich dazu entschieden, auch das Haus in Notting Hill zu verkaufen. *Sie hat Italien immer schon geliebt. Wir werden uns ein Haus in der Toskana kaufen.* Mary versuchte, sich vorzustellen, wie die beiden, inmitten anderer pensionierter Auswanderer, in einem Dorf auf einem Berg in dem einzigen

Restaurant zu Mittag aßen. Aber alles, was sie vor sich sah, war die schwarze Wolke, die über ihnen schweben würde.

Zwei Tage danach verließ Mary die Wohnung und nahm sich die billigste Bude, die sie im Internet gefunden hatte. Die Kaution würde sie in den Ruin stürzen, aber die Vermieterin war so gnädig gewesen, einen nachdatierten Scheck zu akzeptieren. Mary kam also noch irgendwie über die Runden, bis sie sich einen richtigen Job mit einem festen Gehalt suchen konnte.

Sie hatte darüber nachgedacht, wieder in einem Hotel anzuheuern; soweit sie wusste, wurde man dort immer noch besser bezahlt als an einer Supermarktkasse. Sie hatte schon recherchiert, welche Häuser bei ihr in der Nähe lagen, als sie bemerkte, dass sich das Sternehotel in Fußnähe auf seiner Homepage als Veranstaltungsort für »Konferenzen und Hochzeiten« präsentierte. Sie konnte unmöglich an solch einem Ort arbeiten, ohne Jim vor sich zu sehen am Tag, an dem sie sich kennengelernt hatten – so verwegen in diesem lächerlichen kragenlosen Hemd. Der Gedanke, wieder bei einer Hochzeitsfeier zu arbeiten, hatte ihr die Tränen in die Augen getrieben.

Die Arbeit im SuperShop war ganz in Ordnung. Die anderen Mitarbeiter waren nett, und eine bessere Chefin als Janet konnte man sich nicht wünschen. Sie nahm Mary unter ihre Fittiche und teilte ihr die ruhigeren Kassen ganz am Ende des Ladens zu und ließ sie nie an der Information arbeiten, wo von den Mitarbeitern schlüssige Erklärungen für die Erhöhung des Risottopreises oder die Formen einer verwachsenen Gurke verlangt wurden. Janet lud Mary nach einigen Wochen nach einer Mittwochsschicht sogar zum Abendessen zu sich nach Hause ein. Mary lehnte ab, wenn auch mit einem leisen Bedauern. Janet war jemand, der gewiss ein schönes Zuhause hatte, wo man sich wohlfühlte.

Das Schlimmste an Marys neuem Leben war der Heimweg von der Arbeit, der sie an der alten Wohnung vorbeiführte. Es war eine Sache, den Füßen beizubringen, nicht automatisch zu dieser Haustür zu gehen; eine völlig andere war es, in der Wohnung ein unbekanntes Paar zu sehen, das eng umschlungen abends in der hell erleuchteten Küche kochte.

Eines Abends, als Mary zu ihnen hinschaute, schaltete die Frau das Radio ein. Es wurde wohl gerade ein Lied mit einer besonderen Bedeutung für sie gespielt, weil beide lächelten und hinterm Frühstückstresen miteinander tanzten. Für Mary war es wie das Bild einer Zukunft, die ihr genommen worden war, und sie konnte einfach nicht loslassen. Als das Lied zu Ende war, öffnete die Frau außer Atem und ausgelassen das Fenster. Mary eilte weiter, bevor sie entdeckt werden konnte.

Für ihren Seelenfrieden – oder das, was davon noch übrig war –, empfahl es sich, die alte nicht mit der neuen Wohnung zu vergleichen. Sie besaß nur wenige Möbel für den Raum, der als Kombination von Küche-Esszimmer-Wohnzimmer diente – einen braunen Kunstledersessel und ein Sofa aus karminrotem, abgewetztem Cord. Unter der Couch ragte ein altes Telefon hervor, das noch mit einem Spiralkabel an eine Steckdose angeschlossen war, die irgendwo außer Sichtweite lag.

An jenem Abend nahm Mary es zur Hand und rief, ohne nachzudenken, zu Hause an. Sie hatte weder damit gerechnet, dass der Apparat funktionierte, noch damit, dass jemand abhob.

»Mary, bist du das?«, hatte Mum gefragt, als klar war, dass der Anrufer nichts zur Begrüßung sagen würde. »Ich habe mir solche Sorgen um dich gemacht, Süße. Ich habe kaum etwas von dir gehört, seitdem du mir mitgeteilt hast, dass du gut in London gelandet bist.«

Mary schluchzte leise auf, dann gab es kein Halten mehr. Die Schleusen hatten sich geöffnet, und ihre Tränen flossen so schnell und heftig, dass sie kaum mehr Luft holen konnte.

Mam sagte nichts, sie versuchte nur, mit gutem Zureden ihrer Tochter die Tränen zu trocknen – *Liebes, mach dir keine Sorgen, ich bin für dich da* –, die Refrains eines irischen Stoizismus, den Mary in ihrem Leid weit hinter sich gelassen hatte. Sie weinte, bis sie würgen musste. Sie rollte sich auf die Seite, dünne Spuckefäden tropften ihr auf die Hand.

»Pscht, ich bin doch da. Alles ist gut. Ich bin hier. Du erzählst mir jetzt alles von Anfang an, Mary. Lass nichts aus.«

Irgendwie fand sie die richtigen Worte. Für fast alles, zumindest. Auf keinen Fall konnte sie Mam erzählen, was sich zwischen ihr und Jim abgespielt hatte, bevor sie an ihrem Geburtstag in das Flugzeug eingestiegen war.

»Ich wusste, dass etwas nicht stimmte, als du alleine kamst.«

»Ich hätte ihn niemals zurücklassen sollen.«

»Mary Kathleen, so etwas möchte ich nicht von dir hören. Du musst dich wegen nichts schuldig fühlen, hörst du? Wegen nichts und wieder nichts.«

»Aber Mam, er ...«

»Ich meine es ernst. Hör auf, Mary. Wir müssen dich wieder auf die Beine bringen. Kommst du nach Hause?«

»Das kann ich nicht.« Ihre Stimme bebte zwar, doch es lag auch etwas Festes unter all dem Schmerz. Sie hatte Mam noch nichts von der Unterzeichnung des neuen Mietvertrags erzählt – das Einzige, was sie sicher wusste, war, dass sie hierbleiben musste, in Ealing. »Ich kann hier nicht weg. Er muss wissen, dass ich hier sein werde.«

Denn das hier konnte doch noch nicht das Ende sein. Es war nur eine Phase. Eine weitere schlimme Phase, bevor Jim wieder zu Sinnen kommen würde. Das hatte er doch gesagt, oder? Er brauchte Mary als sicheren Hafen, zu dem er heimkehren konnte.

»Süße, komm zurück nach Belfast. Was kannst du denn in London noch ausrichten? Die Polizei hat dir doch bestimmt gesagt, dass du nichts mehr machen kannst, oder?«

Mary schluckte einen Klumpen Schleim runter. Wie konnte sie ihrer Mutter erklären, dass sie den Polizeibeamten nie angerufen hatte, um sich Richards Behauptung bestätigen zu lassen? Die Visitenkarte, die er ihr mitgebracht hatte, verrottete bereits auf einer Mülldeponie. Besser die Karte als ihre letzten Hoffnungen.

»Bist du noch dran?«

Mam rief die ganze Nacht immer wieder zurück. Aber Mary war nicht mehr da und hörte die Anrufe nicht, die so schnell nacheinander kamen, dass die Frittenbudenbesitzerin im Parterre vermutete, jemand hätte eine zerkratzte CD angelassen.

Nein, Mary hatte etwas Wichtigeres zu tun – ihr Platz war vor dem Bahnhof, mit einem Schild in der Hand. Bis sie Jim wieder in die ausgestreckten Arme schließen würde. Sein erster Blick würde auf sie fallen, wenn er aus der Bahn stieg. Wie früher, sagte Mary sich. Wie in den glücklichen Tagen, wenn Jim nach der Arbeit durch die Ticketsperren auf sie zueilte und die Außenwelt um sie versank.

Er würde sehen, dass es ihr leidtat.

Er würde einsehen, dass Mary – ganz im Gegensatz zu dem, was sie gesagt hatte – niemals ohne ihn besser dran wäre.

KAPITEL 46

2018

Samstagabends am Bahnhof zu stehen ist nie leicht. Pendler sind allein unterwegs, aber Wochenendausflügler reisen in Scharen, und nichts betont Einsamkeit so sehr, wie allein in einer Menge zu stehen. Am schlimmsten sind die Pärchen, die ihre ineinander verschränkten Hände nicht einmal vor dem Fahrscheinautomaten voneinander lösen mögen. Wann hatte jemand Marys Hand zum letzten Mal so gehalten?

Sie denkt zurück an den Donnerstagabend, bei NightLine. Teds Berührung war dem sehr nahe gekommen. Sie wusste, dass er ihre Hand gerne halten würde. Und obwohl Mary nichts getan hatte, um ihn zu ermutigen, hoffte sie doch, dass er den Mut aufbringen würde, an dem es ihr fehlte, seitdem Jim sich von ihr abgewandt hatte. Aber wie kann sie so etwas denken? Sie hält hier das Schild für ihre erste Liebe in die Höhe, da kann sie doch nicht an einen anderen denken.

Dieses kleine Stück Pappe ist ihre letzte Verbindung zu Jim und den besten Tagen ihres Lebens. Als sie zum ersten Mal mit dem Schild in der Hand zum Bahnhof gekommen war, hatte Mary das Gefühl gebraucht, irgendetwas – egal was – tun zu können, damit Jim seine Meinung ändert. Sieben Jahre später weiß Mary immer noch nicht, wie eine Aktion, die ihr helfen sollte, irgendwie zu überleben, zum Fundament ihrer Identität geworden ist. Bis sie das herausgefunden hat, werden ihre Füße sie immer wieder zu diesem Ort tragen, unabhängig davon, was sie sonst noch vorhat.

Einige betrunkene Feiernde stürmen um die Ecke und rennen fast in Mary hinein.

»'tschuldigung«, lallt einer. »Meine Schuld.«

Als sie kreischend zu den Fahrstühlen weiterziehen, dreht Mary sich um und schaut auf die Straße vor sich. Dort herrscht das übliche Gewusel, doch an der Ampel steht eine ihr sehr wohlbekannte Reisende.

Alice lächelt, als Mary sie erblickt.

»Lust auf einen Drink?«, fragt Alice, als sie bei Mary ankommt. Sie trägt eine abgewetzte Wachsjacke, hat einen großen Campingrucksack dabei, und ihr Augen-Make-up ist verschmiert.

Marys Handflächen sind schwitzig und rutschen gegen die abgegriffenen Ecken des Schildes. In ihren Ohren rauscht es so laut, dass das Hintergrundsummen und Dröhnen des Bahnhofs fast verstummt. Sie weiß: Da muss sie jetzt durch.

Jahrelang hat sie die Augen vor der Wahrheit verschlossen, und nun könnte es sein, dass sie ihr von einer jungen Frau, die vor einigen Wochen noch eine Fremde war, vor die Füße gelegt wird. Und Mary weiß, sollte das der Fall sein, dann ist ihr bisheriges Leben Geschichte. Sie tröstet sich mit der Tatsache, dass Alice immer noch mit ihr sprechen möchte. Wenn sie etwas herausgefunden hat, kann es so schlimm wohl nicht sein – oder?

»Sicher«, antwortet Mary. Sie hofft, dass Alice das Zittern in ihrer Stimme nicht bemerkt.

Sie sucht draußen vor dem Pub einen Tisch, während Alice die Getränke bestellt. Als Alice mit zwei großen Gin Tonics zurückkommt, trinkt Mary ein Drittel von ihrem in einem Zug aus – und es ist ein Doppelter.

»Wie war deine Reise nach Málaga?«, fragt sie.

Alice Augen wandern unruhig hin und her. »Ja, also … um ehrlich zu sein, wir waren gar nicht in Málaga.«

Mary hatte es gewusst. Ihr Magen rumort. Bauchgefühl, im wahrsten Sinne des Wortes. Sie atmet tief ein. »Ihr habt nach Jim gesucht, nicht wahr?«

»Es tut mir leid.«

Es herrscht eine Pause, in der niemand weiß, was er sagen soll. Denn wenn Mary nicht weiß, was Alice herausgefunden hat, wie soll sie dann wissen, ob sie ihr verzeihen kann?

»Wir haben ihn gefunden«, sagt Alice schließlich.

Mary sieht überrascht aus. So sehr, dass Alice sich kurz fragt, ob Jim die Wahrheit gesagt hat.

»Er meinte, die Polizei habe ihn vor sieben Jahren gefunden. Er meinte, er habe darum gebeten, die Nachricht weiterzuleiten, dass es ihm gut gehe. Dass er nicht gefunden werden wollte.«

Mary möchte sich am liebsten die Ohren zuhalten und Alice' Worte einfach an sich abprallen lassen. Doch wann wird das alles enden, wenn sie diesem Drang jetzt nachgibt?

»Die Polizei hat seine Eltern informiert«, korrigiert Mary. »Sie waren die nächsten Verwandten.«

»Und haben seine Eltern diese Nachricht weitergeleitet?«

Mary schafft es gerade so zu nicken. »Aber ich habe ihnen nicht geglaubt«, sagt sie. »Sie sagten, ich solle selbst bei der Polizei nachfragen, aber …« Sie krallt sich die Nägel in die Handfläche, bis sie den Schmerz nicht mehr aushält. »Ich konnte es nicht. Ich habe mich nie bei der Polizei gemeldet, meine ich. Ich wollte lieber mit der Hoffnung weiterleben, dass seine Eltern unrecht hatten, als mit der Gewissheit, dass sie recht hatten.«

Alice schließt die Augen, die immer noch geschwollen sind von den kürzlich vergossenen Tränen. Das meinte Mary also damit, als sie sagte, das Unbekannte sei nicht das Schlimmste auf der Welt. Alles ergibt plötzlich Sinn.

»Es tut mir leid.« Alice schiebt das Glas zu einer Seite und legt ihre Hand auf Marys. »Du hättest es uns sagen sollen, dann wären wir den Hinweisen niemals nachgegangen …«

»Ich habe euch gebeten, das zu lassen.«

»Ich weiß, und es tut mir leid. Ich dachte, wenn wir dir Antworten liefern, würde diese schreckliche Ungewissheit aufhören. Mir war nicht klar, dass du die Antworten bereits hattest, oder dass du es nicht …«

»Mir war es auch nicht klar«, sagt Mary ganz ruhig. »Ich hatte nicht genug Kraft, um zu ertragen, was mir die Polizei sagen würde. Wenn die Beamten erklärt hätten, dass Jim nicht zurückkommen würde – das wäre das Ende gewesen –, ich wäre gestorben. Deswegen habe ich dort nie angerufen. Ich habe stattdessen zugelassen, dass ich innerlich absterbe.« Ihre leise Stimme ist voller Schmerz. »Du bist nicht böse, oder? Dass ich es dir nicht erzählt habe? Und dass du dich deshalb auf die Suche nach ihm gemacht hast?«

Alice schüttelt den Kopf. »Dazu habe ich kein Recht. Ich habe mich über deine Wünsche hinweggesetzt. Und ich wusste, dass es falsch war, aber ich dachte, es wäre für dich am besten – damit du damit abschließen kannst. Man braucht Klarheit, um weiterleben zu können. In meinem Leben – mit meinen eigenen Erfahrungen …« Sie stockt. Das Letzte, was sie will, ist, Marys Leid durch einen Vergleich mit ihrem eigenen zu schmälern; oder ist das nur eine weitere Ausrede für Alice, sich nicht um ihre eigenen Angelegenheiten zu kümmern? Sie ringt noch mit sich selbst, als Mary sie unterbricht.

»Wie geht es ihm?«

»Gut. Er sah gesund aus. Darüber musst du dir keine Sorgen machen.«

»Was hat er gesagt?« Mary lechzt nach Informationen. Nach siebenjähriger Dürre reicht ihr ein kleiner, süßer Tropfen.

»Er hat gesagt, er will, dass du dein Leben weiterlebst«, sagt Alice. Mary blickt abrupt zu Boden, Tränen laufen ihr über die Nase. »Es tut mir so leid, Mary.«

»Nein.« Mary entzieht Alice ihre Hand und wischt sich über die Augen. »Nein, ich bin selbst schuld.« Sie versucht, tief zu atmen, aber es fällt ihr schwer. Mit ihrem letzten Rest Energie presst sie ihre Worte hervor: »Ich … ich konnte es einfach nicht akzeptieren. Das war nicht das, was wir uns versprochen hatten, Jim und ich. Wir hatten uns versprochen, füreinander da zu sein, bis zum Ende der Welt, aber er … Er hat einfach seine Meinung geändert.«

Dicke Tränen kullern ihr übers Gesicht, und Alice verlässt ihren Platz auf der Bierbank gegenüber, um sich neben Mary zu quetschen, und legt ihr einen Arm um die Schultern. Sie findet glücklicherweise ein unbenutztes Taschentuch und reicht es ihr.

»Ich verstehe das.«

»Das kannst du gar nicht.« Marys Stimme ist ganz heiser vom Weinen, die letzte Silbe ist nur noch ein Krächzen.

»Doch, ich verstehe es wirklich.« Mary wendet sich Alice zu und runzelt die Stirn. »Mein Dad ist auch verschwunden.«

Alice bemerkt, dass sie diese Worte noch nie zuvor ausgesprochen hat. Nicht laut. Nie zu jemandem außer ihrer Mum, und bei ihr hatte sie sich gefragt, ob sie die Botschaft überhaupt erreichte, weil sie sie manchmal mit einem derart ausdruckslosen Gesicht quittierte. Bis heute weigert sich ihre Mutter, die

Situation zu akzeptieren. Verleugnung ist viel verbreiteter, als man vermuten würde.

»Er ist verschwunden, als ich zwölf war. Wir haben vier Jahre lang keinen Mucks mehr von ihm gehört, meine Mum und ich. Wir hatten keinen blassen Schimmer, wo er war, ob mit ihm alles in Ordnung war. Dann, an meinem sechzehnten Geburtstag, habe ich eine Karte von ihm bekommen. In der stand, dass ich zwei Halbgeschwister hätte. Er war abgehauen und hatte einfach eine neue Familie gegründet. Und die alte nie wieder besucht. Und auf dem Brief stand kein Absender.

Und ich hab mein Leben weitergelebt. Das dachte ich zumindest, bis ich versucht habe, Jim zu finden. Diese Reise hat mir gezeigt, dass ich noch nicht am Ziel bin. Ich kann die Erinnerungen nicht verdrängen und darauf hoffen, dass sie einfach verschwinden. Du verleihst deiner Trauer zumindest Ausdruck. Ich kann dir kaum sagen, wie sehr ich dich dafür bewundere. Aber auch du brauchst Antworten. Deswegen habe ich weiter nach Jim gesucht. Ich weiß, wie schlimm die Ungewissheit ist. Ich wollte, dass auch du diese Ungewissheit nicht weiter ertragen musst.«

Mary bricht zusammen und klammert sich an Alice, ihre Stirnen berühren sich leicht. Alice spürt die Kälte von Marys Tränen auf ihrer Wange und versucht, sie wegzuwischen – aber es sind ihre eigenen Tränen.

»Weißt du, was noch schlimmer ist?«, fährt Alice fort. »Ich habe mir eingeredet, es wäre mein Fehler. Wenn ich nur mehr gemacht hätte, damit er zu Hause bleibt – bei mir und meiner Mum –, wäre er nicht abgehauen. Ich habe mir immer eingeredet, dass ich ihn vertrieben hätte.«

Mary streicht Alice über den Rücken. »Du warst doch nur ein Kind, du konntest nichts dafür. Es ist nicht deine Schuld.«

»Genau das musst du auch einsehen.« Mary blinzelt heftig, und Alice weiß, dass sie zu mehr Zustimmung im Augenblick nicht fähig ist. Sie denkt an Jim, den Selbsthass in seinen Erklärungen. Er hat es ausdrücklich gesagt: Seine seelische Qualen waren nie Marys Schuld, sie landeten aber trotzdem vor ihren Füßen.

Dann denkt sie an Kit und Ted und an ihren Dad – niemand hat alle Antworten für das, was sie gerade durchmachten. Doch hier ging es nicht um Lösungen – oder? Hier ging es um Unterstützung. Und darin war niemand besser als Mary. »Egal, was du auch gesagt oder getan hast, du hättest nichts ändern können. Du konntest Jims Probleme nicht für ihn lösen. Irgendwann musst du dir verzeihen. Du musst loslassen.«

»Und dann?«

»Wie meinst du das?«, fragt Alice.

»Was mache ich, wenn ich loslasse? Wer bin ich denn dann?« Mary kaut an ihrem Daumennagel. »Ich habe mit dem Wachestehen am Bahnhof angefangen, weil ich Jim wissen lassen wollte, dass ich nicht aufgeben würde. Nicht damals, als wir uns das letzte Mal sahen, und auch nicht danach. Jeder andere könnte ihn im Stich lassen: die Polizei, seine Freunde, seine Eltern. Aber ich habe ihn geliebt. Ich dachte, das würde etwas bedeuten. Und selbst als ich merkte, dass das nicht der Fall war – dass es nie reichen würde, wenn ich dastand und mich zum Narren machte –, hatte ich Angst aufzuhören, weil ich nicht wusste, was dann passieren würde. Ich wusste nicht, wer ich dann sein würde. Ohne ihn.«

Alice wartet, bis sie sich sicher ist, dass Mary ihrem Blick nicht ausweichen wird.

»Du bist so viel mehr. Hörst du? Du bist so viel mehr als die Frau mit dem Schild.«

KAPITEL 47

2018

Alice beobachtet, wie der Minutenzeiger der Wanduhr auf eine Minute nach zehn springt. 10:01 Uhr. Jack war noch nie sonderlich pünktlich gewesen, aber Alice hat gehofft, dass er sich heute etwas bemühen würde, weil er wichtige Leute in seinem Büro erwartet. Die Gesellschafter.

Sie widersteht der Versuchung, ihre Mailbox auf einen Hinweis zu überprüfen, dass ihm ihr Artikel gefallen hat. Sicher ist das nicht. Denn was sie Jack gestern Abend zur Vorbereitung auf das heutige Meeting geschickt hat, war keine Reportage. Zumindest nicht im klassischen Sinn.

Nachdem sie sich von Mary verabschiedet hatte, ist sie nach Hause gegangen und hat fünf Stunden geschlafen. Am Sonntag ist sie dann im Morgengrauen aufgestanden, hat den Laptop auf den Knien balanciert, um sie herum auf dem Boden allerlei Notizen, die jede Phase der Recherche dokumentierten. In einem Notizbuch hatte sie die Besonderheiten der Anrufe notiert, die sich als Schwindel oder Falschmeldungen herausstellten, sowie die Methoden, mit denen sich ein anonymer Anruf zurückverfolgen ließ. Es gab Ausdrucke von Ergebnissen aus Suchmaschinen, relevante Tweets (Gus' Tweet hatte sie markiert), Karten mit roten Punkten für die Zielpersonen und Kits eigenes Dossier. *Kit*. Allein beim Gedanken an ihn durchfuhr sie ein Gefühl heißer Scham, zusammen mit dem Anflug einer anderen Regung, die zu ergründen Alice bislang die Zeit fehlte.

All das hatte viel zu viel Arbeit gemacht, um es einfach in den Müll zu werfen. Doch als sie dann anfing zu schreiben, da stand plötzlich die eigentliche Geschichte vor ihr. Jahrelang hatte sie sich darauf konzentriert zu schreiben, wozu man sie beauftragte. Mit Mary hatte Alice endlich eine Geschichte gefunden, die sie persönlich interessierte. Aber die Mühen, die sie auf sich genommen hat, um diesen Artikel zu Papier bringen zu können, haben sie die vielleicht wichtigste Lektion von allen gelehrt: Es geht beim Erzählen einer Geschichte nicht ums Wollen, sondern ums Müssen. Ihre Aufgabe als Journalistin ist es, die Geschichte zu erzählen, die erzählt werden muss, und nicht die, die sie selbst gern steuern würde. Alice hatte zwar herausgefunden, wohin Jim gegangen war und warum, aber sie musste eine völlig andere Geschichte schreiben. Die authentischer ist. Und genauer.

Im Handumdrehen hatte sie fünftausend Wörter getippt, den restlichen Tag über verbesserte und glättete sie den Text. Um neun Uhr abends war sie zufrieden mit dem Artikel und mailte ihn an Jack. Gleich im Anschluss loggte sie sich in ihrer privaten Mailbox ein und schickte ihn auch an Kit und Mary. Seitdem hatte sie aus Furcht vor ihren Reaktionen nicht mehr in ihre Mails geschaut.

»Alice.« Jack hält drei großen Männern im Anzug die Tür auf. »Ich würde dich gerne Nigel, James und Keith vorstellen, den Vertretern der Bridge Media Group, die heute bei all unseren Mitarbeitergesprächen dabei sein werden.« Er ordnet einen Stapel Unterlagen vor sich; ganz oben liegt ein Ausdruck von Alice' Artikel.

Kalter Schweiß rinnt ihr den Nacken hinab. Jacks heruntergebetete Formalitäten bringen sie auf die Palme – und zwar noch bevor sie darüber nachdenken kann, was zum Teufel ein Mitarbeitergespräch unter diesen Voraussetzungen sein soll.

»Vielen Dank, dass du mir gestern Abend deinen Artikel zugeschickt hast«, fährt Jack fort. »Ich habe ihn dem Team zur Verfügung gestellt, und wir sind uns alle einig, dass er ganz wunderbar und wichtig ist.« Alice fragt sich, ob sie sich bei ihm bedanken und ihn unterbrechen soll, doch dann fällt ihr auf, dass Jack ihrem Blick ausweicht. Nigel und seine Kumpane sehen auch nicht viel interessierter aus. »Ich habe das gesamte Team nachdrücklich darauf hingewiesen, dass du ein ernst zu nehmendes Nachwuchstalent bist, und ich zweifele nicht daran, dass du es weit bringen wirst. Aber leider nicht mehr bei *The Bugle*.«

»Was soll das heißen?«

Schließlich blickt Jack auf, in seinem Gesicht spiegelt sich eine Mischung aus Scham und Ärger. »Wir lassen dich gehen, Alice. Die Personalabteilung wird mit dir über eine Abfindung sprech…«

»Aber was ist mit dem Artikel? Du hast gesagt, er gefällt dir!«

Alice greift über den Schreibtisch nach dem Ausdruck, der vor Jack liegt. Sie überfliegt den Anfang noch einmal. Nein, das hat sie sich nicht eingebildet. Es ist eine gute Arbeit. Eine verdammt gute Arbeit:

KOMM NACH HAUSE, JIM

Psychische Gesundheit bei Männern – in Ealing breitet sich eine lautlose Epidemie aus

Von Alice Keaton

Wer auf Social Media unterwegs ist, wird es gesehen haben: Erst kürzlich ist Mary O'Connor aus Ealing viral gegangen, nachdem ein Video von ihr – aufgenommen ohne ihre Erlaubnis – im Internet hochgeladen wurde. Darauf ist ein Zwischenfall am Bahnhof Ealing Broadway zu sehen, vor dem Mary mit einem Schild, auf dem steht: ›Komm nach Hause, Jim‹, seit sieben Jahren regelmäßig Wache hält. Bald schon kursierte im Internet die Frage: Wo ist dieser geheimnisvolle Mann?

Aber viel bezeichnender war, was nicht gefragt wurde: Was brachte einen erfolgreichen Arzt, der allem Anschein nach ein gutes Leben führte, dazu, alles hinter sich zu lassen?

Schauen wir uns jetzt einmal einen fünfzig Jahre alten, alleinerziehenden Vater, einen erfolgreichen Hochschulabsolventen Mitte zwanzig und einen medizinischen Experten an, der gerade seinen zweiundvierzigsten Geburtstag gefeiert hat. Von außen betrachtet findet man womöglich kaum Gemeinsamkeiten, wenn man ihnen jedoch zuhörte, würde man schnell bemerken, dass sie alle sich schwer damit tun, das Stigma um das Thema psychische Gesundheit bei Männern zu durchbrechen. Hilfsangebote wie NightLine, eine örtliche Telefonseelsorge, tun ihr Bestes, um gegen diese Epidemie anzukämpfen, aber ohne finanzielle Unterstützung steht ihre Zukunft in den Sternen …

Alice liest nicht weiter. Sie hat nicht genügend Zeit, nicht jetzt, wo sie vier Augenpaare anstarren und darauf warten, was sie als Nächstes tun wird.

»Gut, das nehme ich dann wohl mit.« Alice steht auf. Ihr Stuhlbein kratzt über den Boden. »Denn, wie du gesagt hast, ist der Artikel wichtig, und ich bin mir sicher, dass er bei einer anderen Zeitung eine größere Leserschaft finden wird. Vielen Dank für deine Zeit.« Sie blickt Jack an. Sie ist zwar frustriert und enttäuscht, aber sie ist ihm auch zu Dank verpflichtet, weil er an sie geglaubt hat. Alice weiß, dass er alles dafür getan hat, damit sie bleiben kann. »Und für die Möglichkeiten, die du mir während meiner Zeit hier eröffnet hast. Dafür bin ich dir sehr dankbar, Jack.«

Damit dreht sie sich um und geht. Ihr Herz wummert, ihre Beine zittern, und sie weiß kaum noch, wo oben und unten ist. Sie weiß, dass sie niedergeschmettert sein sollte, aber irgendwie hat sie sich noch nie so befreit gefühlt. Auch wenn das Gefühl flüchtig ist, will sie die Energie so lange wie möglich auskosten. Sie geht nicht in die Personalabteilung, sammelt nicht ihre Sachen ein und verabschiedet sich auch nicht. Das alles kann warten.

Draußen an der frischen Luft hat Alice das Gefühl, als könne sie zum ersten Mal seit Wochen frei atmen. Sie hat es zu Mary gesagt, und es ist so: Einige Probleme kann man nicht allein lösen. Es ist nicht ihre Aufgabe, *The Bugle* davon zu überzeugen, dass sie einen Fehler machen, weil sie ihren Artikel nicht drucken. Sie wird es ihnen zeigen, indem sie den Text bei einer besseren, größeren Zeitung veröffentlicht.

Jetzt hat sie noch zwei Aufgaben vor sich, denen sie aber gewachsen ist. Mit neu geschöpftem Selbstbewusstsein streckt sie die Schultern zurück und macht sich auf den Weg zum SuperShop.

Alice rennt fast in Mary hinein. Mary packt gerade eine Kiste Satsumas aus, sie steht mit dem Rücken zu den Automatiktüren, aber Alice würde diesen ordentlich hochgesteckten Haarknoten überall erkennen. Beim Näherkommen erkennt sie ein Paar sandfarbene Stiefel neben Marys Pumps. Und zwar in Männergröße. Alice schlendert in den Gang daneben und betrachtet interessiert einige Bananen. Als sie sich unbeobachtet fühlt, blickt sie hoch. Der Mann ist Ted, der in ein Gespräch mit Mary vertieft ist, die beiden sind außer Hörweite von Alice. Dann eben ein anderes Mal.

Bei den Trockenprodukten nimmt sie aus den Regalen, was sie braucht, und geht zur Kasse. Am Ausgang blickt sie sich noch einmal zu Mary um, die gerade Zitronen ordnet, während Ted mit ausladenden Gesten wie ein Pantomime anscheinend eine Anekdote zum Besten gibt. Zum ersten Mal, seit Alice Mary kennengelernt hat, lacht sie. Richtig. Mit offenem Mund. Die Wahrheit hat sie nicht zu Boden gerungen. Vielleicht hat sie sie ja wirklich befreit.

Auf zum nächsten Punkt auf ihrer Liste. Alice joggt vom SuperShop zu ihrem zweiten Ziel, zwei Straßen weiter. Die sechs Stockwerke sind noch genauso anstrengend wie beim ersten Mal. Bevor sie klopft, wickelt sie eine Schleife um ihr Geschenk und stopft die Plastikverpackung in ihre Handtasche. Jetzt oder nie.

Kit mag zwar erst vor kurzem in ihr Leben katapultiert worden sein, aber die Aussicht, dass er es ebenso abrupt wieder verlässt, gefällt Alice gar nicht.

Sie klopft an der ramponierten Tür und wartet.

»Was machst du denn hier?« Kit sieht weder froh noch genervt aus, weil Alice vor der Tür steht. Das ist doch gut, oder? Mit Verwunderung kann sie leben.

Statt einer Antwort streckt sie ihm ihren Strauß entgegen: fünf Packungen Spaghetti, zusammengebunden mit einer Schleife, berühren Kits nackten Oberkörper. Sie wollte, er hätte ein T-Shirt an. Oder auch nicht. Wie dem auch sei, ihre Nerven werden von dem Anblick nicht gerade beruhigt.

»Was soll das denn sein?«

»Eine Entschuldigung«, sagt Alice. »Hast du meine E-Mail bekommen?«

Kit nickt. »Ein guter Text.«

»Vielen Dank.« Alice errötet. »Sie werden ihn aber nicht drucken. Ich bin heute gefeuert worden. Gerade eben, um genau zu sein, ich muss also schauen, ob ich den Artikel irgendwo anders unterbringen kann … Aber deswegen bin ich nicht hier. Du hattest recht. Du hast es nicht verdient, im Unklaren über den ursprünglichen Grund für meine Suche nach Jim gelassen zu werden. Nach all dem, was du für mich getan hast.«

»Was war denn der *wahre* Grund?«

Alice starrt Kit ausdruckslos an. Erst sechsunddreißig Stunden sind vergangen, und sie hat schon vergessen, wie schlau er ist.

»Du hast von einem *ursprünglichen* Grund gesprochen. Was waren denn die nachfolgenden und – wie ich schlussfolgere – *wahren* Gründe, weshalb du Jim finden wolltest?«

Würde sich eine Beziehung mit Kit so anfühlen, als wäre man permanent bei *Wer wird Millionär* zu Gast? Vielleicht würde seine Intelligenz auf sie abfärben, und sie würde Krebs heilen oder geopolitische Lösungen für den Weltfrieden finden … *Nun mal langsam, Keaton*. Er hat sie nicht einmal in die Wohnung gebeten.

»Darf ich reinkommen?«

Kit hebt eine Augenbraue, die so buschig-wild aussieht wie immer, macht einen Schritt zur Seite und lässt Alice in den Flur.

Hier, zwischen den herumliegenden Schuhen und den schimmligen Wänden, schwindet Alice' Mut. Soll sie Kit wirklich von ihrem Vater erzählen? Zu Mary hat sie es gesagt: Über ihre Vergangenheit zu sprechen ist die letzte Hürde, die sie nehmen muss, wenn sie mit dem Verschwinden ihres Vaters abschließen will. Außerdem kann sie nicht lügen. Nicht schon wieder. Kit verdient die Wahrheit. Vor allem, nachdem er so offen über seine eigenen Probleme gesprochen hat. Und sie vertraut ihm. Vielleicht mehr als irgendwem sonst, seit sie erwachsen ist. Dank dieser letzten Erkenntnis steht ihr Entschluss nun fest. Eine gemeinsame Zukunft ist ausgeschlossen, wenn sie sich ihm nicht öffnen kann.

Alice legt ihr weizenbasiertes Friedensangebot auf den Couchtisch. Sie setzt sich ganz nach vorne aufs Sofa und wendet sich ihm zu. Jegliche Spur von Feindseligkeit ist aus Kits Gesicht gewichen. Er lächelt sie ermutigend an.

»Es gibt einen Grund dafür, warum ich niemanden an mich heranlasse«, setzt sie an. »Aus demselben Grund war ich so fixiert darauf, Jim zu finden.« Sie inhaliert so tief, wie es mit dem Pochen in ihrer Brust möglich ist. »Mein Dad ist verschwunden, als ich noch ein Kind war. Sehr lange hat es sich so angefühlt, als wäre ich daran schuld …«

Zehn Minuten später fühlt sich Alice so entblößt wie nie zuvor in ihrem Leben. Selbst splitterfasernackt in dem Hotelzimmer in Inverness war sie nicht so verletzlich gewesen. Nicht einmal, als sie vor zwei Tagen auf dem öffentlichen Parkplatz in Ealing zusammengebrochen war. Kit hat immer noch kein Wort gesagt. Alice versucht, ruhiger zu atmen. Vielleicht sollte sie jetzt gehen? Aber als sie sich gerade erheben will, ächzt das Sofa. Kit rutscht nach vorn, bis sich ihre Knie berühren.

»Danke«, sagt er. »Danke, dass du es mir erzählt hast.«

Langsam und ein wenig unsicher legt er Alice eine Hand auf den Nacken. Sie spürt die Kühle unter ihrem Bob und eine unendliche Erleichterung; aller Druck des Geheimnisses, das sie so verletzlich machte, ist von ihr abgefallen.

»Nur fürs Protokoll: Ich habe nicht vor abzuhauen«, fügt Kit hinzu und fährt mit dem Daumen über die gespannten Sehnen. »Also nicht, wenn du es nicht willst. Was meinst du?«

Alice schaut auf. Vielleicht gibt es doch noch Verlässlichkeit und Kontinuität. Für jeden Menschen, der verschwindet, muss doch bestimmt ein anderer dableiben, oder?

Es gibt nur eine Möglichkeit, das herauszufinden.

»Ja«, flüstert Alice, als Kits Lippen ihre berühren. »Du darfst bleiben.«

Sechs Monate später

Mary steht vor dem Bahnhof Ealing Broadway, links vor der Vorhalle, wo sie nicht von den Pendlern überrannt wird. Es ist Anfang März, und um sechs Uhr abends ist die Sonne noch erfreulich stark zu spüren. Zufrieden mit ihrem Standort, betrachtet Mary ihre Umgebung, die sie so gut kennt wie ihr eigenes Spiegelbild.

Wenn sie in die Sonne blinzelt, erkennt sie den Pub, wo Alice sie vor sechs Monaten mit der Wahrheit konfrontiert hat: dass sie dem Leben mit einer Vermeidungshaltung begegnete. Dieser Augenblick hatte sie zutiefst erschüttert; Mary verstand nicht, dass ihr Herz noch weiterschlagen konnte, ihre Lungen sich weiterhin mit Luft füllten. Und doch wusste sie, bei allem Verlustschmerz, Scham und Kummer, dass es das sein musste. *Das Ende.* Ihr Wendepunkt, sieben Jahre später als erwartet.

Während sie nun mit leeren Händen vor dem Bahnhof steht und wartet, denkt Mary darüber nach, wie eigenartig es ist, dass das Leben immer in ein *Vorher* und ein *Nachher* zerfällt – selbst wenn wir uns dagegen wehren. Sie hat dies vielleicht am deutlichsten gespürt, *bevor* sie Jim kennengelernt hat und *nachdem* er verschwunden ist. Und nun hat Alice für die wichtigste Zäsur gesorgt: zwischen der Zeit *vor* und *nach* ihrer Enthüllung, was mit Jim geschehen ist.

Davor hatten Richards Worte keinen Sinn ergeben, keiner seiner Sätze hatte zu Marys Bild von dem Menschen gepasst, der ihr Fels in der Brandung gewesen war, ihr ein und alles, ihr Zuhause. Wie um alles in der Welt hätte Jim sich dazu *entscheiden* können, nicht zu ihr zurückzukommen? Egal, was die Polizisten gesagt hätten, es war die Entscheidung eines Mannes gewesen, der nicht bei Sinnen war. Eines verzweifelten Mannes und ganz bestimmt nicht des Mannes, der in einem Pub in Portrush gestanden und Mary erklärt hatte, er würde für sie da sein, immer, bis ans Ende der Welt oder bis nach Ealing.

Nach Alice' Enthüllungen war Mary gezwungen, ihre Vergangenheit völlig neu zu überdenken. Sie fing damit an, indem sie Jims Postkarten durchschaute. Zuvor hatte sie darin nach Gold geschürft – den Glitzerpartikeln ihres gemeinsamen Glücks –, nun zwingt sie sich selbst, auch den Schotter zu sehen. Hatte er auf einer seiner Geschäftsreisen getrunken? Stand zwischen den Zeilen eine Entschuldigung für den Verlust, der – wie er wusste – bevorstand? Obwohl diese Übung ihr erneut das Herz brach, wusste Mary, dass es notwendig war, ein vollständigeres Bild ihres gemeinsamen Lebens zu akzeptieren. Und sie lernte auch, die goldenen Tage noch mehr zu schätzen, denn was wären die Höhenflüge ohne die niederschmetternden Tiefs?

Sie versuchte, sich jedes von Jims Komplimenten einzuprägen. Dann konzentrierte sie sich darauf, ebenso viele Beispiele für ihre eigene Zuneigung, ihr Mitgefühl, ihre Widerstandsfähigkeit zu finden. Ein Grund dafür, dass sie nie die Kraft aufbrachte, sich Richards Aussage bei der Polizei bestätigen zu lassen, war die Angst davor, die Wahrheit könnte ihr Selbstwertgefühl zerstören. Aber inzwischen ist sie eine andere. Sie ist nun stärker. Sie ist jeden Abend am Bahnhof durch die Flammen des Schmerzes gegangen, und das hat sie gestärkt.

Schließlich ist sie stark genug, um die Stimme, die ihr sagt, Jim wäre noch hier, wenn sie nur gut genug wäre, zum Schweigen zu bringen; weil sie im tiefsten Inneren weiß, so einfach ist es nie. Mary hätte noch so viele gute Eigenschaften haben können, gegen Jims chronische Depressionen hätte es nie gereicht. Wir erwarten so viel von der Liebe. Doch sie kann, wie jeder von uns, ins Straucheln geraten und scheitern. Mary hat auf die harte Tour gelernt, dass Liebe einen nicht immer retten kann. Aber sie kann uns vielleicht zeigen, wie wir uns selbst retten können.

Das muss Mary allein in Angriff nehmen, obwohl sie Alice und Kit sehr dankbar ist für das, was sie ihr zuliebe auf sich genommen haben. Zwei Tage nach ihrer Rückkehr und nachdem Mary achtundvierzig Stunden lang mit dem Rest ihres aufgeschobenen Kummers gerungen hatte, traf sie die Entscheidung, die Wohnung in Ealing zu kündigen. Damit einher ging ein seltsames Gefühl der Erleichterung, weil sie nun neue Sorgen hatte. Würde sie eine Arbeit finden? Wie würden sie bei Night-Line ohne sie zurechtkommen? Was war mit den Freunden, die sie dort kennengelernt hatte? Sie sagte sich, sie würde es schon hinkriegen, egal was.

Die neue Wohnung liegt nicht einmal eine Stunde mit dem Zug von London entfernt und doch wie in einer anderen Welt. Sie bekommt für das gleiche Geld eine größere Wohnung, die auch noch im Erdgeschoss liegt, so dass sie einen Garten hat. Weil sie nun nach ihrem Schichtende beim örtlichen Supermarkt nirgendwohin muss, freundet sie sich mit dem Konzept ›Freizeit‹ an. Sie kocht aufwendige Abendessen aus Rezeptbüchern, die sie in Secondhandläden aufspürt, oder indem sie einen Nachmittag lang im Buchladen um die Ecke in Kochbüchern blättert. Dann geht sie auf die Terrasse und betrachtet den Sonnenuntergang, ganz für und bei sich, anstatt über das Leben eines anderen zu sinnieren. Wie sich herausstellt, braucht das Herz ebenso Platz zum Schlagen, wie es Zeit zum Heilen braucht.

Marys erste richtige Besucherin auf dem Land war Mam. Obwohl sie in den letzten sieben Jahren immer mal wieder nach Belfast geflogen war und ab und zu angerufen hatte, hatte Mary Mam nie erzählt, was sie an ihrem letzten gemeinsamen Morgen zu Jim gesagt hatte. Sie konnte Mam nicht erzählen, was Jims Eltern ihr berichtet hatten oder dass sie nicht den Mut gehabt hatte, zur Polizei zu gehen und sich die Geschichte dort bestätigen zu lassen. Mary hatte Mam wegen Jims Verschwinden im Unklaren gelassen, ebenso wie ihre Kollegen und das Team bei NightLine.

Aber es ist anstrengend, immer die Tapfere zu spielen, und erst als Mary, mit einer Teetasse in den zitternden Händen, Mam alles erzählte, bemerkte sie, wie sehr ihr die Entscheidung, diese ganze Angelegenheit allein zu schultern, zugesetzt hatte. Mit jedem Satz spürte Mary, wie Last von ihr abfiel. Mam hörte die ganze Zeit über schweigend zu. Und als Mary fertig erzählt hatte, außer Atem, als wäre sie gerade einen Berg hinaufgerannt, sagte Mam: »Ich bin stolz auf dich, Liebes.«

Mary wusste nicht, welche Antwort sie erwartet hatte, aber ganz sicher nicht diese.

»Wie meinst du das?«

»Was du getan hast, erfordert besondere Stärke. Dich wieder aufzurappeln. Die Vergangenheit ist vorbei, und du bist ganz und gar nicht für sie verantwortlich. Ich bin stolz. Mehr werde ich dazu nicht sagen.«

Damit war dieses Gespräch beendet, und es war überraschend, wie einfach sie wieder in ihre alte Beziehung zurückfanden. Sie redeten darüber, was daheim los war – über die Enkel und Mams hektisches Programm, sie alle unter einen Hut zu bringen. Sie tranken warmen Weißwein auf einer Picknickdecke, und dann versuchten sie sich am Jäten. Ted hatte ihr zahllose Hinweise für ihre Blumenbeete gegeben, aber Mary hatte die meisten Tipps schon wieder vergessen. Das war ihr eine willkommene Ausrede, um ihm von Zeit zu Zeit zu schreiben.

Nach einer Weile mussten Mam und Mary so sehr lachen, dass sie ihre halbherzigen Gärtnerversuche ganz aufgaben. Sie machten Pläne, dass Mary häufiger nach Belfast kommen sollte – auch, um ihre Freundschaft mit Moira wieder aufleben zu lassen –, und dann, kurz bevor Mam wieder nach Hause flog, überreichte sie Mary einen Umschlag. Ein kleines Dankeschön, sagte sie. Mary stellte ihn auf das Kaminsims, um den Brief nach ihrer Rückkehr zu lesen, nachdem sie Mam am Flughafen abgesetzt hatte.

Als Mary den Brief abends öffnete, fiel ein Scheck über eintausend Pfund aus der Klappkarte auf den Teppich. *Euer Dad hatte ein wenig Geld für alle Kinder beiseitegelegt,* las sie. *Damit ihr euch etwas kaufen könnt. Das hätte er gewollt.* Erst war Mary so berührt und so dankbar, dass sie gar nicht wusste, wofür sie das Geld ausgeben sollte. Schicke Sachen hatten sie nie interessiert; Besitztümer noch weniger. Und dann fiel es ihr ein – das Objekt, mit dem sie sich am engsten verbunden fühlte, das Objekt, mit dem sie neue Welten erschaffen konnte.

Mit ihrer Nähmaschine hat Mary wieder eine Stoffkarte angefangen – zum ersten Mal seit Jims Verschwinden. Sie hatte sich so sehr davor gefürchtet, was das Nähen an Erinnerungen auslösen würde, dass sich die Wirklichkeit nur besser anfühlen konnte. Als Bildzentrum hat sie den Bahnhof Ealing Broadway gewählt. Von hier aus gehen die wichtigsten Wege in Marys

Leben der letzten Jahre ab: zum SuperShop; zum Park, wo Ted ihr seine Gefühle gestanden hat, zum NightLine-Büro. Sie waren alle durch den Bahnhof miteinander verbunden, die Wege, die Mary unzählige Male gegangen war, sich bei jedem Schritt fragend, wann die Enttäuschung ein Ende findet und endlich etwas Neues beginnen könne.

Die Antwort darauf liegt in der Ausführung: dem Kettenstich. Von weitem sehen die sich überlappenden Fäden genau wie verschränkte Hände aus. Mary hat sie mit der Hand gestickt. Sie ist Alice etwas schuldig. Sie ist allen etwas schuldig. Nach so vielen Jahren, in denen sie dachte, sie müsse ihre Last allein tragen, musste Mary sich selbst ein wenig an die Hand nehmen, um in eine andere, hellere Zukunft zu blicken. Heute Abend werden die Früchte ihrer Arbeit ein neues Zuhause finden, aber im Augenblick sind sie noch in der Innentasche ihres Rucksacks verstaut, das Kattun im Rucksack fühlt sich an ihren Schultern so viel weicher an als das Pappschild all die Jahre zuvor.

Das Schild wird sich inzwischen in einer Recyclinganlage befinden, vielleicht wurde es schon zu einer Müslischachtel oder der Papprolle für Küchenpapier weiterverarbeitet. Die Entsorgung war ihr ganz und gar nicht leichtgefallen, jedoch auch das gehörte zu den Dingen, die man sich schlimmer vorstellte, als sie es letztendlich waren. Nun fühlt es sich für Mary vor allem seltsam an, dass sie hier steht und nicht am Bahnhof Wache hält. Aber alles kommt einmal an sein natürliches Ende. So ähnlich wie die Liebe, denkt Mary. Es gibt keine Garantie dafür, dass eine Beziehung ewig währt. Die Tatsache, dass die Menschen der Liebe dennoch eine Chance geben, obwohl sie über dieses Risiko Bescheid wissen, ist vielleicht das Schönste von allem.

»Mary!« Ted rennt auf sie zu und winkt mit einer Hand zum Gruß. »Ich habe dich fast nicht erkannt – die Haare!«

»Oh.« Sie fährt sich über den Hinterkopf, wo die abrasierten Strähnen auf die Haut am Nacken treffen. Mary hat einen Pixie-Cut, das Bild hatte sie beim Warten im Friseursalon in einer Zeitschrift gefunden und es in einem Anfall von Wahnsinn dem Friseur hingehalten: »Was meinen Sie?«

»Du bist großartig«, hustet Ted. »Ich meine, du siehst großartig aus. Es steht dir, wirklich.«

Mary blickt auf ihre Füße in der Hoffnung, die Röte würde schnell aus ihrem Gesicht weichen. Als sie aufblickt, ist sie erleichtert, dass Ted sich wegen seiner Wortwahl ebenso unbehaglich fühlt wie sie.

»Es ist schön, dich wiederzusehen«, sagt er, während sie sich ihren Weg bahnen durch die Pulks von hemdsärmeligen Feierabendtrinkern mit Bierdosen in der Hand. »Es tut mir leid, dass ich es letztes Wochenende nicht mit den Pflanzen zu dir geschafft habe. Tim ist zurückgekommen, und er musste hier- und dorthin gefahren werden, und … Wie dem auch sei, ich hab dich vermisst. Also den Ausflug, den hab ich vermisst, wollte ich sagen.«

»Ich auch.« Sie blickt zu Ted und ist überrascht, als sie sieht, dass er ein richtiges Hemd trägt – kein Polohemd. Er hat die Ärmel hochgerollt, und seine Unterarme sehen sehr wohlgeformt aus.

»Glaubst du, wir sind hier richtig?« Ted blickt wieder auf sein Telefon und dann auf das Haus vor ihnen. Es ist ein frei stehendes Haus auf einem großen Grundstück, wo er sehr wahrscheinlich schon einmal gearbeitet hat, einen Steinwurf von der Hauptstraße entfernt. »Das kann nicht stimmen …«

Bevor sie noch weiter darüber nachdenken können, geht die

Haustür auf, und Alice erscheint. Sie sieht jünger aus. Als sie näher kommt, fällt Mary auf, dass sie barfuß ist. Und völlig ungeschminkt.

»Mary! Ich habe dich vermisst.« Viel mag sich verändert haben, Marys Gewohnheit jedoch, eine gewisse Distanz einzuhalten, ist gleich geblieben. Sie braucht ein oder zwei Sekunden, um sich an die Umarmung zu gewöhnen. Sie versucht, sich auf Alice' Parfum zu konzentrieren – duftet es nach Grapefruit? Oder ist es ein Hauch Zitronenschale? »Du bist der Ehrengast.«

Alice führt Mary die Treppe hinauf ins Haus, Ted folgt ihnen. Die Umgebung würde jeden überfordern – Säulen an beiden Seiten der Eingangstür, schwer zugängliche Kunst in riesigen Rahmen an den Flurwänden –, und Mary und Ted haben beide Mühe, dass ihnen vor Staunen nicht der Mund offen stehen bleibt. Sie gehen direkt in die Küche, wo Kit am Herd steht, mit einem Küchenhandtuch über der Schulter. Er geht zu ihnen und küsst Mary auf die Wange. Auch er riecht nach Grapefruit.

Während Mary noch eins und eins zusammenzählt, kommt Kit vom Kühlschrank zurück, wo er Teds Flasche deponiert hat, und legt Alice einen Arm um die Taille. Scheinbar war die gemeinsame Reise doch nicht umsonst gewesen.

»Du hast uns nie verraten, dass du in einem Palast lebst«, sagt Ted, er geht zur Glastür hinten im Zimmer und blickt auf den Garten.

»Hättest dir mal Jeans ohne Löcher kaufen können.« Olive sitzt am Esstisch, so dass man sie von der Tür aus nicht sieht, und blättert die Hochglanzseiten einer Kochzeitschrift durch, die beim Umblättern befriedigend knistern.

»*Gracias*«, sagt Kit und verdreht die Augen so, dass Olive es nicht sieht. »Das ist das Haus meiner Eltern, ich wohne hier vorübergehend wieder, und zum Feiern ist es hier auf jeden Fall besser als in meiner alten Bude.«

Ted blickt auf Alice' Ringfinger.

»Nicht *das*«, sagt Alice und entkräftet damit derart schnell, was in der Luft zu liegen scheint, dass selbst Kit schief lächelt. »Ich habe einen neuen Job.«

Als Mary den Artikel von Alice gelesen hat, war sie beeindruckt. Er war sensibel und gleichzeitig schonungslos, Alice hatte die anonymisierten Figuren Jim, Ted und Kit wirklichkeitsgetreu dargestellt. Hätte sie spüren müssen, dass Alice Journalistin ist? Das hätte ihre Hartnäckigkeit und ihre chronische Neugier erklärt. Zwei Tage danach hat Mary auf die E-Mail geantwortet und Alice gefragt, warum sie nicht die einfachere Geschichte aufgeschrieben hatte: Wohin Jim gegangen war und warum. *Das wäre nicht richtig gewesen* – hat Alice gesagt. Und Mary freute sich, dass es in Wahrheit nie falsch gewesen war, Alice zu vertrauen.

Und heute Abend feiern sie einen noch größeren Coup. Alice konnte den Artikel als Freelancerin verkaufen und hat nach der erfolgreichen Publikation eine Stelle gefunden: beim Reportage-Ressort einer angesehenen Zeitung. Sie hatte von der Stelle erfahren, als sie übers Wochenende bei ihrer Mutter zu Besuch war. Alice muss sich erst wieder an die neue Nähe zu ihrer Mutter gewöhnen. Sie hat so viel Neues über ihren Dad erfahren – inzwischen darf man seinen Namen sogar aussprechen. Nichts davon war leicht, aber Mum hatte eins ganz deutlich gemacht: Er hatte Alice immer geliebt, konnte es ihr aber nicht zeigen.

Alice war von ihrem neuen Job so in Anspruch genommen, dass sie NightLine erst einmal aufgeben musste. Das fiel ihr schwer, wurde aber wettgemacht durch die Gerüchte, dass die Krisenhotline eine unabhängige Finanzierung erhalten sollte – und daran war sie mit ihrem aufmerksamkeitserregenden Artikel beteiligt. Noch war nichts bestätigt, doch in der Zwischenzeit halten Olive und Kit die Stellung, und Ted beantwortet auch wieder Anrufe.

Nach sechs Monaten, in denen Kit gegrübelt hatte, wie seine Eltern auf die Neuigkeit reagieren würden, haben sie die Nachricht, dass er der auszehrenden Welt des Bankings den Rücken gekehrt hat, erstaunlich gelassen hingenommen. Er war wieder zu Hause eingezogen und würde bleiben, bis er sich wieder aufgerappelt hatte. Ted meinte, Kit würde sich überlegen, eine Umschulung zum Berater zu machen, was Mary zu der Frage veranlasste, wie es ihm selbst denn gehe. *Besser*, sagte Ted, obwohl Mary das schon sehen konnte, weil er strahlte. Das ist für sie ein Beweis dafür, dass der Begriff ›Krisensituation‹ manchmal irreführend ist – er muss nicht auf eine anhaltende Krise hindeuten, nicht bei jedem.

Trotz all des Lärms, Gelächters und Weins kann Mary mit ihren Gedanken während des feierlichen Abendessens gut abschalten. Sie weiß, dass sie Jim niemals vergessen wird. Er ist so sehr ein Teil von ihr wie das Blut in ihren Adern und die Luft in ihrer Lunge. Sie fragt sich, wo er ist (Alice hat ihr das nie gesagt, und sie wiederum würde niemals fragen). Sie fragt sich, ob er allein ist oder wieder jemanden gefunden hat. Sie fragt sich, ob er jemals seinen Frieden gefunden hat – und wie das für ihn aussieht.

Sie fährt mit einer Hand über den Tisch, den Kit flüchtig abgewischt hat. In der Mitte liegt die Karte, die sie für Alice gemacht hat – eine Art Dankeschön. Ealing ist abgebildet, ja, aber darüber hinaus ist es auch ein Netzwerk von Straßen und

Bahnlinien, von Parks und Flächen und Gebäuden, die stummen Zeugen ihres gebrochenen Herzens und auch ihrer ersten Versuche, sich wieder aufzurappeln. Mary blickt zu den vier strahlenden Gesichtern, die am Esstisch miteinander scherzen. Auch wenn sie nie hierher zurückkehrte, die Koordinaten dieses Ortes trägt sie für immer wie ein Tattoo.

»Ich habe etwas zu verkünden.« Kit räuspert sich. Alle sehen nervös aus, auch Alice. »Könnten wir bitte alle in den Garten gehen? Ich habe ein Lagerfeuer vorbereitet. Eine Art Frühjahrsputz gemacht, und ich dachte …«

Er rappelt mit einer Streichholzschachtel in der rechten Hand, und Mary sieht, wie Olive die Hand um ihr Weinglas klammert. Es sollte ein Gesetz geben, das Kit den Umgang mit Pyrotechnik verbietet.

Ted nimmt ihm die Streichhölzer aus der Hand. »Soll ich das nicht machen?«

Olive blickt zu Mary und teilt ihr telepathisch mit, dass sie gerade so um einen Notruf bei der Feuerwehr herumgekommen sind. Sie lachen, dann folgt Olive Kit und Ted nach draußen.

»Kommst du mit?«, fragt Alice, die noch in der Terrassentür steht.

Der Rest der Gruppe hat sich schon um den Haufen versammelt, den Mary für das aufgeschichtete Lagerfeuerholz hält, ihre Silhouetten werden vom Mondlicht angestrahlt.

»Gleich.« Sie lächelt, um Alice zu versichern, dass mit ihr alles in Ordnung ist, dass sie nicht zusammenbricht, wenn sie ihr den Rücken zudrehen. Nicht mehr. »Ich komme gleich nach – wartet nicht auf mich.«

Als Mary schließlich allein in der Küche ist, zieht sie den Brief aus der Reißverschlusstasche ihres Rucksacks. Seit Alice ihr den Brief vor sechs Monaten am Abend ihrer Rückkehr überreicht hatte, hatte Mary ihn häufiger studiert, als sie zugeben würde.

Sie drückt das Stück Papier auf den Tisch und liest den Inhalt ein letztes Mal:

Liebe Mary,
heute Abend habe ich zwei Freunde von Dir kennengelernt: Kit und Alice sind wirklich etwas Besonderes. Ich freue mich, dass Du solche Menschen um Dich hast. Menschen, die Dich beschützen und Dich unterstützen, wie ich es nicht konnte. Wenn Du das liest, werden sie wieder zu Hause sein. Ich hoffe, einer der beiden ist beim Lesen bei Dir. Mir war nie wohl beim Gedanken, dass Du allein bist.
Ich habe das Video gesehen und – bevor Du vor Scham im Boden versinkst, möchte ich Dir sagen, dass dies eine Deiner Sternstunden war. Du hast mich immer schon inspiriert.
Als ich meinen Namen auf Deinem Schild gelesen habe, konnte ich meinen Augen nicht trauen. Ich hatte Dich nie verdient, ganz zu schweigen von der Hingabe, die Du in den letzten Jahren an den Tag gelegt hast. Du hättest nie auf mich warten sollen, ob mit oder ohne Schild. Ich wünschte, ich könnte Dir diese ganzen Stunden zurückgeben, weil mir das aber nicht möglich ist, möchte ich Dir danke sagen. Von einer Frau wie Dir so geliebt zu werden, wird immer das größte Privileg meines Lebens sein.
Eine Angelegenheit beunruhigt mich jedoch noch, und ich wollte die Gelegenheit der zwei Boten auf meiner Türschwelle nutzen, um etwas klarzustellen. Falls Du Deine Wache hältst, um in irgendeiner Form Buße zu tun, dann höre bitte, bitte damit auf. Ich hätte es schön gefunden, wenn wir beide

unser letztes Treffen als glücklich in Erinnerung hätten behalten können. Ich hätte es schön gefunden, wenn ich Dich fest umarmt hätte. Ich hätte es schön gefunden, wenn ich Dir gesagt hätte, wie großartig Du bist und dass Du mir – ganz zweifellos – die besten Jahre meines Lebens geschenkt hast. Doch wir waren beide nicht in der Lage, durch den Schmerz zu erkennen, was für eine Beziehung wir einmal gehabt hatten.
Du hast nichts damit zu tun, dass ich gegangen bin. Nur ich und mein kranker Kopf sind dafür verantwortlich. Du solltest Dich nicht bestrafen. Du bist schön, klug und talentiert.
Ich hoffe, Du wirst noch viele Karten herstellen, die dann in Galerien überall auf der Welt ausgestellt werden. Wenn Du Dich künftig gern jemand anderem zuwenden willst, dann hoffe ich, dass derjenige weiß, wie glücklich er sich schätzen kann.
Bitte glaub mir, dass es mir gut geht und dass ich in Sicherheit bin. Bitte glaub mir, dass Du an nichts die Schuld trägst. Und bitte glaub mir, dass Du nur das Beste im Leben verdient hast.
Pass gut auf Dich auf,
Jim

Als sie fertig ist, nimmt Mary den Brief. Ihre Hände zittern nicht. Das Papier fühlt sich vom vielen Zusammen- und Auseinanderfalten brüchig an, deswegen lässt es sich ganz leicht in acht Stücke zerreißen. Sie steckt sie in ihre Hosentasche. Sie geht in den Garten, und die Gruppe macht ihr Platz. Ted beschäftigt sich mit seinem Inferno, aber beim Geräusch der sich nähernden Schritte blickt er auf. Er blinzelt Mary zu, sein Gesicht wird durch die Flammen erhellt.

Bevor jemand sie in die Unterhaltung einbinden kann, hockt Mary sich hin und sucht nach den letzten Überbleibseln aus einer Zeit in ihrer Vergangenheit, die sie nun hinter sich lassen möchte. Sie hat keine Ahnung, was die Zukunft bringen wird, aber sie hat Gewissheit darüber, was – oder besser gesagt, wen – sie nicht bringen wird. Sie wird immer froh darüber sein, Jim gekannt zu haben. Sie blickt gern auf die sechs Jahre mit ihm zurück und nimmt dafür die sieben Jahre ohne ihn in Kauf. Sie ist dankbar für alles, was er ihr beigebracht hat, für alles, was er ihr gegeben hat, doch jetzt ist Mary an einem Punkt angelangt – es hat zwar eine Weile gedauert, aber nun ist sie dort angekommen: *Akzeptanz* – hat sie darauf nicht immer gewartet?

Sie fischt die Papierschnipsel aus ihrer Tasche und wirft sie ins Feuer, beobachtet, wie sie in Flammen aufgehen. Zum ersten Mal seit Jims Verschwinden verspürt sie kein Bedauern. Mary starrt das Papier an, sieht, wie die Kanten verkohlen und sich kräuseln, bevor sie zu Asche zerfallen und in die Luft schweben. Jim ist frei, und nun ist sie es auch. Als sie nicht mehr geblendet ist vom Schauen in die Flammen, steht sie entschlossen auf und geht einen Schritt nach rechts.

Ted schiebt seine Hand in ihre. Mary weiß, dass sie den nächsten Schritt machen muss.

Danksagung

Ich danke meiner Agentin, der unermüdlichen Madeleine Milburn, die die Allererste war, die ein Romanmanuskript von mir gelesen hat und die mich seitdem unbeirrbar mit vollem Einsatz unterstützt. Ich danke Dir, dass Du, wenn ich einmal ins Stocken gerate, immer den Wald im Blick behältst und nicht nur den einzelnen Baum.

Ich danke auch den Mitarbeitern der Agentur, Giles Milburn, Hayley Steed, Liane-Louise Smith, Georgina Simmonds, Sophie Pélissier, Rachel Yeoh, Georgia McVeigh und Anna Hogarthy für die harte Arbeit und Euren engagierten Einsatz für dieses Buch.

Ich danke meiner Lektorin Emily Griffin, die stets den Überblick bewahrt und auch die kleinen Details im Auge behält, für ihre aufmerksame Begleitung, für die kluge Kritik und für das Vertrauen, dass ich es letztendlich doch hinkriege. Ich kenne niemanden, der am Telefon so viel Geduld aufbringt. Deine Unterstützung war unbezahlbar. Du weißt gar nicht, wie viel mir das bedeutet.

Bei Cornerstone gilt mein Dank Ajebowale Roberts, Ceara Elliot, Charlotte Bush, Klara Zak, Sarah Ridley, Mat Watterson, Claire Simmonds, Cara Conquest, Barbora Sabolova und Linda Hodgson. Danke für alles, was Ihr getan habt, um mitzuhelfen, damit mein Buch seinen Weg in die Welt findet, und auch dafür, dass Ihr mir immer das Gefühl gebt, willkommen zu sein.

Ich danke den Buchhändlern und Bibliothekaren, den Bloggern und Rezensenten und meinen Lesern: Ihre Zeit ist kostbar, umso dankbarer bin ich, dass Sie sich entschieden haben, einen Teil davon zwischen den Seiten dieses Buchs zu verbringen.

Dank auch der Familie und den Freunden, die sich freuen, eine leibhaftige Autorin zu kennen; ich hoffe, Ihr wisst, wie sehr mich Eure Freude beflügelt hat. Danke, dass Ihr Euren Kollegen und Nachbarn und auch der armen Seele, die auf einer Party neben Euch sitzt, von meinen Büchern erzählt. Danke für die vielen Live-Nachrichten und für das Versenden von Screenshots Eurer Lieblingsstellen während der Lektüre. Das macht die Stunden, die ich am Computer manchmal verzweifle, im Nachhinein mehr als wett.

Dieses Buch ist meinen Eltern gewidmet – Stephanie und David Greaves – für ihre Geduld, aber ebenso für ihren Glauben an mich oder ihren Stolz oder einfach nur dafür, dass sie mir klaglos erlauben, immer wieder zu ihnen nach Hause zurückzukehren. Ich danke Euch, dass Ihr mir gezeigt habt, was bedingungslose Liebe ist.

Ein besonderer Dank geht an Emma Fairhurst für ihren unerschöpflichen Rat auf meine unzähligen Fragen. Deine Meinung bedeutet mir sehr viel, und ich hoffe, Du weißt, wie dankbar ich bin für Deine schnellen Antworten. Wenn das keine Freundschaft ist, dann weiß ich nicht.

Zu guter Letzt danke ich John. Es ist immer eine Herausforderung, etwas Nettes über Dich zu sagen, nicht weil Du es nicht verdientest, sondern weil ich weiß, dass Du so ein Theater um Deine Person nicht magst. Aber ich kann es Dir nicht ersparen, denn für das verknotete Chaos in meinem Kopf ist Deine Hilfe von unschätzbarem Wert. Du hast mir stundenlang geholfen, aus Sackgassen beim Plot herauszufinden und meine losen Handlungsfäden miteinander zu verknüpfen. Du bist die unglaublichste Muse der Welt, so und nicht anders soll es sein.